人生若只如初见

QINGSHI HUANGFEI

慕容湮儿◎著

中国画报出版社

目录

【第四卷】素绾九阙萦指柔

第一章·芜然庄之约·002

第二章·夜探长生殿·006

第三章·凤血玉之诺·012

第四章·一朝为秀女·018

第五章·日月星辰妃·023

第六章·白马笑西风·028

第七章·血染惊情劫·035

第八章·贵宠倾六宫·045

第九章·岚苑惊情夜·054

第十章·蓦然泣红泪·060

第十一章·梅花酿之谜·066

第十二章·素绾九阙萦指柔·076

【第五卷】
人生若只如初见

第一章·七日锁情劫·088
第二章·黯然城殒逝·099
第三章·重主昭凤宫·109
第四章·清然莞之死·119
第五章·长生殿惊变·127
第六章·新承恩泽时·137
第七章·沧海巫山云·142
第八章·死鳝除莫兰·148
第九章·情叹暮颜花·163
第十章·幕后人之谜·169
第十一章·笙箫冷华知·179
第十二章·心绪暗凄迷·183
第十三章·铅华尽鸾凤·191

【第六卷】
十一年前梦一场

第一章·冷雨黯殇泪·208
第二章·凤血忆手足·218
第三章·凤阙死生约·228
第四章·冬梅傲初雪·237
第五章·箴悟夜阑惊·245
第六章·十年踪迹心·254
第七章·憾血再生缘·266
第八章·回首笑沧桑·278
第九章·魂断昭阳宫·288

·后记·291

芜然庄之约

眼珠流转,睫毛轻颤,眼睛缓缓睁开,黯然环顾幽暗的屋子,颈项上传来一阵阵的疼痛。我用力支起身子,怔怔地扫过雅致的小屋。屋内点着注入沉香屑的红烛,阵阵幽香刺激着我的思绪,脑海中回想起那日的一幕幕……我好不容易从客栈中逃出,中途遇见韩冥,后来他大发善心地放我离开了。再后来……身后传来一阵稀疏的脚步声,才欲转身,便觉得被什么东西扎了一下,一阵锥心之痛传遍全身。后来我就什么也不记得了!

这是哪儿?是谁把我弄到这儿来的?有何目的?我这真是才脱虎口,又入狼穴。我的命运为何如此波折不断,上天总要一次又一次地与我开着天大的玩笑?如今的我,又需逢何难、遭何劫?

我随意地整理好衣裳,穿上绣鞋便走到门边,拉开一直紧闭的朱木紫檀门。有两位姑娘守在门外,一见我醒来便淡淡地垂首道:"姑娘,您醒了。"

蹙眉望着她们两人,百转思绪,开口问:"这是哪儿?"

"芜然山庄。"她们二人异口同声地回答了我四个字。

这四个字着实令我骇了一大跳。我虽身处宫廷内,但"芜然山庄"四字我亦如雷贯耳,它仅仅用了十年的光景便控制了整个江湖,轰动天下,在三国内神秘崛起。简单地说,它是一个杀手组织,游走于三国间,做着以钱买命的生意。三国的朝廷亦与之井水不犯河水,毕竟芜然山庄犹如迷宫般,机关重重,其杀手的武功更是深莫能测,不到万不得已,无人愿与之为敌。

可我就不明白了,这芜然山庄为何要抓我?我不记得与他们有什么瓜葛。

 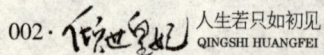

当我还在疑惑之时，一名侍女又道："主子有吩咐，姑娘若是醒来，就带你去见他。"

我颔首而应，满腹狐疑地随在她们身后，时不时用余光环视四周。晚露乍凝叶，明月冷如霜，暗窗残漏刻。尽管花草碧水皆有，仍让我不寒而栗，只能用两个字来形容此情此景——阴森。这就是天下闻名的芜然山庄吗？

终于，她们在一扇黑木门前停住步伐，躬身请我进去。我亦不疑有他，推开门便迈过门槛。映入眼帘的是一鼎金猊大熏炉，袅袅生烟，还有阵阵香味萦绕鼻间。我侧首而望，这一看不禁让我瞪大了双眼。一个男子由偌大的温泉潭水中迈步而出，正立在我几尺之外。这男子不是别人，正是客栈中的神秘白衣人。在场的几位侍女习以为常地拿着干布为他擦拭身上残留的水珠。

我咋舌地盯着神色依旧自如的他，猛然意识到眼前的男子正……一、丝、不、挂！

我赶忙转身背对着他，脸颊热得灼人，火辣辣地烧着，连手都不知该往哪里摆。这男人……恬不知耻，竟当着这么多女子的面寸丝不着，我若知此刻的他正在沐浴，断然不会进门的，也不会看到这样触目惊心的一幕。

"你醒了。"身后传来他清冷的声音。

"是。你……你快把衣裳穿好。"我有些语无伦次地说着，跳动的心仍未平复。

窸窣的穿衣声在这静得分外诡异的房内格外清晰。随着时间的逝去，我的心渐渐平复，摇头甩去刚才映在脑海中的一幕。

而他已是一身白衣胜雪，飘逸脱尘地潇洒，垂在肩上的发丝还未干透，凌乱地散落，更将他身上那邪魅之气散发得淋漓尽致。

我仰首望着立在我身侧的他，正对上一对幽暗如鬼魅的双眸。他的神色中略带邪气，深邃得让人不禁迷惑深陷，仿佛要将我吸进去。一时，我竟忘记自己想要对他说的话。

他在微暗的屋中冷睨着我，温泉的雾气不断上升，匍匐萦绕在我们之间。我收回自己的失态，不自在地清清喉咙，"……抓我来的目的？"

他勾了勾嘴角，眼眸闪过一抹异常的光芒，微微启口道："给你你想要的，索我所要求的。"

听罢他的话，我气定神闲地睨着他问："你知道我想要什么？"

"你这张脸做得不错。"他不回答我的话，却将话题转移到我的脸上。

我的心一惊，他竟能将如此天衣无缝的易容术看透，这个男人太可怕了，"你怎么知道？"

他转身，悠然在原地徘徊，"为你易容之人正是我师傅，绝世神医。"

他，竟会是天下第一神医的徒弟？我略微有些惊讶，却未表现出来，神色如常地问："所以呢？"

"将原本属于你的脸，还给你。"

冷冷地抽一口气，不确定我听到的话，"连你师傅都无法做到的事，你能做到？"

他的脸上充斥着自负与冷傲，仿佛这世上没有他不能办到的事，"蒂皇妃，没听过'青出于蓝'吗？"

"蒂皇妃"三字险些让我站不稳，他竟然知道！难不成他有通天之术，"你怎会知晓我的身份？"

他冷冷笑道："能让冥衣侯唯唯诺诺听命之人定然不凡。经一打听，原来你就是亓帝最宠爱的妃子。"

待我还欲张口询问的时候，他了然地截过我的声音，"亓国的后宫，有我的人。"他这句话彻底让我哑口无言，原来如此！后宫……会是谁？

那日我并没有答应他的交易，只是回到房内待了三日。由伺候我的丫头口中得知，那位白衣男子就是芜然山庄的庄主——曦！难怪他身边美女如云，一直都以为芜然山庄的庄主应是个满头白发的老头儿，却未想到，这年少俊朗的男子会是闻名于天下的芜然庄主。

画屏金兽，粉窗兰牖。我坐在紫檀桌前，将美人觚中新折下的花卉一瓣一瓣地摘下，倾撒了满满一桌。

还我原本的脸？我因这句话摇了，犹豫了。

曾经，之所以选择这张平凡的脸，只因我不想再卷入这场血腥的斗争中，想过一段平凡的生活。可如今不一样了，我选择了复国，选择了报复所有伤害过我的人，我已不甘平凡，更想要回我的脸。这样，若真有朝一日灭夏，我也有名正言顺的理由，而且，我更不用再顾虑到自己夏国公主的身份会影响到祈佑的皇权。

可是，要回我的脸又该付出什么代价呢？曦想要我为他做些什么？我的肩上还背负着与祈殒的交易啊！

直到最后一片花瓣被我摘下，我倏地起身，紧捏那片花瓣于手心，冲了出去。没顾那两位姑娘在身后的叫唤，依几日前的印象再次来到曦的门外，却被看守在外的两位姑娘拦下。

"我要见你们庄主。"故意将声音放大，好让里边的人可以听见我的叫唤声。

不多久，一个慵懒的声音由里边传来，"让她进来！"那淡淡的语调，似乎料定了

 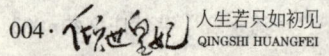

我会前来。

推门而入，又是阵阵飘香，曦又在温泉中沐浴。我有些无奈，为何每次来他都是一丝不挂，好在这次他整个人都浸在水中，我不用面对上回的尴尬。看他享受地靠在泉壁上，在客栈中见到的那位清傲白衣女子正用纤细的双手为他揉捏着双肩。

"你想好了？"他的声音轻轻地飘来。由于他背对着我，所以我看不清他此刻的表情。

盯着他那古铜色的脊背，我平淡地问道："那么，你想让我为你做些什么？"

"待你先回答我几个问题，我便知道你能为我做些什么。"

我一怔，他竟然还未想到要我为他做什么！我放松情绪，露出薄笑，"问吧！"

"你是纳兰祈佑的妃子，为何要逃？"依旧冷淡如冰的话语却让我双手握拳，硬硬地吐出三个字，"因为恨！"冷凛到连我自己都讶异。

他冷笑一声，"男人三妻四妾都很平常，更何况是一国之君。"闻他之言我就明白，他误以为我是因他不断宠幸后宫佳丽而因爱生恨，但是我没有解释，沉默着。

背对着我的曦突然转身凝望我，双手交叠放于琉璃地板之上，雾气笼罩着他的全身，"那你原本欲逃往何处？"

回视他的眼睛，我云淡风轻地说道："昱国。"

他一听"昱国"二字，冷漠的脸上竟有了变化，"你去昱国做什么？"

我缓缓闭上眼帘，吐出一口凉气，然后睁开，悠悠说道："连城。"

他的目光忽转为严肃凌厉，也不再说话，静默着在沉思些什么。良久，他才开口道："你认识连城？"

我点点头，更奇怪他为何突然变色，难道他与连城有着什么渊源？还是有着什么仇恨？

他随意地将手放进水里，轻拢起一掌清水，然后任水由他的指尖漏掉，恢复了他原本冷漠的表情，"我知道要你为我做什么了！"

夜探长生殿

此次上路,曦并未带着他的手下随行,而是带着我孤身上路,因为此次的行动人越多,就越危险。此行的目的只为去亓宫的长生殿,原本我不愿再去那个地方,这万一要是被人给认了出来,我的计划就付之东流了。可曦说,要恢复我的脸,他必须要见到我原来的容貌。我本想将自己的样子凭记忆画出,但是提笔却不知从何下笔,我的样子,自己早已忘记。

由此,我又想到了长生殿内袁夫人的画像,可是我不想冒险前去。但整个芜然山庄内,只有我对宫里的路线了如指掌。

在多番的犹豫之后,我终于决定随他同去金陵盗取袁夫人的画像。他单手在我左颊一挥,一块拳形大小的胎记便种在我的左颊之上。我多次用水洗都无法洗净,可见他对易容术之精通,也许,他真的有能力将我的容貌恢复。

日星隐耀,薄暮冥冥,虎啸猿啼。我与曦各乘一匹白马驰骋于天地之间,鹰骘翻,惊鸾影。

一连六日的赶路,我已是满面霜尘,精疲力尽,而他却一如往常精力充沛,才休息不到一个时辰就催促着我赶路。我即使是累得想倒下也不肯开口要求多休息一些时间,硬是撑着与他一路奔波而行。

路上,他的话很少,从不与我多说一句废话,性格极为孤僻。而我,也没有其他的话可同他说,紧随其后。他说什么,我便乖乖地做什么,不多说,不多问。

心中却很奇怪,那日他要我为他办的事只是杀了昱国的太后,也就是连城的母亲。我不认为自己有那个能力刺杀太后,况且他手下有无数的顶尖高手,为何单单要

 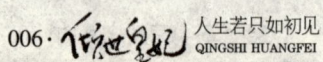

指派我去？他与太后之间又有什么恩怨呢？

犹记得曦说："若刺杀行动失败，你必须独自承受一切罪名。"

而我的回答则是："只要我在昱国达到了我的目的，所有的一切我会自己承担。"

他只是淡淡地瞥了我一眼，也未再询问下去，只是信任地点了点头。难道他不怕我会说话不算数吗？他们江湖要控制一个人，不是该给他服下一颗慢性毒药以便控制，然后每回给点儿解药，直到任务完成吗？这个宫主这么有人情味？

第七日，我们终于抵达了金陵城。繁华热闹的街道，熙熙攘攘的人群，四处吆喝的小贩，嬉戏玩乐的孩子，一切的生机皆验证了一件事：此刻百姓安乐，国富民强。这与亓国有一个好皇帝的关系甚大吧。

途经几处小巷，墙上皆贴着我的画像，悬赏十万两黄金。我不觉哑然失笑，我这么值钱吗？再看看四周还有许多官兵，一手持刀，一手执画，四处搜寻着。有几批官兵在经过我们之时，只是扫了我一眼就离去，可见曦的易容术已到以假乱真之境界。

我们就在金陵城内最豪华的客栈落脚，选了一间最不引人注目的厢房，进去后就没再出来过。

戌时一刻，我们换上夜行衣，以黑布蒙面，由窗口跃出。他一路上都紧紧挽着我的胳膊，不断地灌注内力于我体内，带我疾步飞跃，御风而行，速度快得令我看不清眼前之景，他的轻功是我见过的人中最出色的。翻过凤惢门的宫墙，避过来回的禁卫，一路小心翼翼地穿插过承天门，终于进入了后宫。

我们同蹲在长生殿外的荆丛内，观望冷清的长生殿，"是这里没错吧？"曦压低了声音问我。

我点点头，望着殿宇匾额上的"长生殿"三字，目光有些黯然，竟产生一丝犹豫，"我们……还是不要偷画了。"

"不想恢复容貌了？"他看着我的眼光中有微微的愠火。

我的手指不住地拨弄地上的泥土，"另想其他的办法吧……"

他一把拍上我的右肩，力气很大，我有些吃痛，他冷冷道："已无路可退。"他箍着我的肩膀，一个使力，便拖着我进入了四下无人的长生殿。

星空闪烁，点点如钻，为我们照亮了路途。夏虫鸣切深深，绣绿新红如换，微红嫩白，拂墙树动。很容易便进入了寝宫内，推开门的那一刹那，有淡淡梅香传来，我惊讶地嗅着芬芳，这么冷清的长生殿，难道有人前来打扫过？

曦将门关好，推开一扇窗户让月光照进，我借着明月溶光望向寝宫内近百幅传神的画。画中皆是同一名女子——绝美淳雅的袁夫人。我屏住了呼吸，颤抖着抚上那一幅幅画,真的……太像了!难怪先帝见我时,竟被泪水迷了眼眶;祈殒见我时,竟克制不住自己的情绪。原来,我与袁夫人是如此神似,不……这位袁夫人比我还要美上几分,清然、脱尘、高雅。

就连见惯了美女的曦都有些失神,怅然叹了一句:"此女只应天上有。"感慨了一句,他便收回自己的失态,倏地回首将我全身上下打量了一遍,"画中之人是你?"

我摇摇头,又点点头,再摇摇头。自己也不知道该从何说起,烦躁地伸手取下一幅画卷好,淡淡地说:"走吧。"

"有人!"曦戒备地望了紧闭的门一眼,一把抓着我的手腕就隐进寝宫一角的帘幕之后。

许久,我才听见一阵细微的脚步声传来,有人推开了寝宫之门。我的心跳逐渐加速,又朝里挪了挪,将曦又挤进去几分。不一会儿,烛光大亮,熠熠的亮光照满整个寝宫。

"皇上,您的惊喜就是带臣妾来这儿吗?"娇柔细美之声打破宫内的安静。

"对,这是袁夫人的寝宫。"再熟悉不过的清淡之音闯入耳中,我不自觉地掀起幕帘一角,偷偷地向外望去。是祈佑与苏思云。不久前,还是那个气质出众聪慧高雅的尹晶,这么快,伴在他身侧的就换成了苏思云吗?他难道又要换人来对付杜莞吗?帝王之心可真难懂。

苏思云灵动的美目不解地望着他,只见祈佑紧紧地握着她的手向挂满袁夫人画像的墙壁走去:"朕将长生殿赐予你可好?"

她先是一愣,后展露笑颜,一把扑进他怀中,"皇上您真的将它赐给臣妾?"

他含笑点头,眼中的柔情是怎么也掩饰不住的。那目光曾经只属于我一人,不……我以为那目光只会属于我一人,却没想到,他人也是可以拥有的。他宠温静若是因她像我,他宠尹晶是因她聪慧过人可以利用,那么苏思云呢?既不像我,亦不够聪明。

我冷笑一声,将幕帘放下。将长生殿赐予她,此意思再明了不过了。它不仅代表先帝与袁夫人之情,更见证了杨贵妃与唐玄宗的一段千古佳话,我懂,我都懂。我的离去,并没有影响他,反而成就了他的怀抱另有佳人。他是帝王,怎能奢求他一生独爱一个女子?

不自觉地握紧了双拳,心也逐渐冷却,最后趋于平淡。

"很疼。"曦低头在我耳边轻轻吐出二字,我才回神,原来我一直狠狠地掐着他的手,指甲深陷,已将他的手背掐出血印。

我立刻放开他的手,"我……"

"皇上,这儿怎么好像少了一幅画?"苏思云惊异的声音让我与曦对望一眼,默契地望望我手中紧握的画轴，又听苏思云道："那扇窗怎么也开着？难道有人来过？"

"出来！"

一声厉语惊了我，反倒是曦神色不惊地掀开幕帘走出。我紧随他身后走出，一直低着头，没有看祈佑，庆幸的是自己此刻正蒙着面，否则，我亦不知如何面对他。

曦与祈佑面对面地对峙半晌，谁也没有说话。倒是苏思云吓坏了，一直缩在祈佑身后，露了小半张脸对外边大叫："有刺客，来人呀！"

我在心中暗叫不妙，惊动了这宫内的侍卫，就算曦的武功再厉害亦是一人难敌众手，况且身边还带着我。

只见曦突然凝力于掌间，以迅雷不及掩耳之势先发制人，直逼祈佑的天灵盖而去。祈佑身形如鹤，轻易地避过，却没想到曦掌势一转，双指一扣，直掐苏思云的颈项。原来他的目标不是祈佑而是苏思云。

许多驻守在外的侍卫纷纷破门而入，拔刀相向。

曦依旧处变不惊地冷声警告，另一手紧紧地抓着我的手腕，将我护在身后，"谁敢动，她会死得很惨！"

祈佑伫立在原地，丝毫不动声色地下令："放他们走。"

众侍卫纷纷让路放我们离开寝宫。才迈出门槛，又是一批数千人的禁卫赶到，有的手持刀剑，有的手持弓弩对着我们。这个场面，像极了二皇叔逼宫的情景。

一个黑影如鬼魅般飞身而出，一把闪耀着银芒的刀朝我头顶挥下。曦一见情势不妙，已经顾不得手中的人质，一把推开苏思云，搂着我闪过那致命的一刀，顺势拔出一把薄细绕腰的软剑直逼祈佑刺去，曦始终紧握着我的手腕，将我护于身后。

眼看着剑一寸寸逼近祈佑，我的心漏跳了几拍，他……要死在曦的剑下？

苏思云竟不知从何处冲了出来，挡在祈佑身前，欲为他挡下这致命的一剑。这一幕，震惊了我！

千钧一发之际，韩冥飞身上前，挥刀截下曦的一剑后坚挺地挡在他们面前。我的目光掠过韩冥，望着泪雨梨花，早已哭花了妆的苏思云。她哽咽着说道："皇上……臣妾好怕……好怕您出事。"

祈佑轻拍她的双肩，安慰着她，"别怕，朕不会离开你，不会有事的！"

从何时起，他们之间的感情竟深刻到能令苏思云用生命去守护？

韩冥用刀指着我们二人，冷声问道："你们是谁？"

蒙面黑布下传来曦的一声冷笑，挥剑就朝韩冥逼去，势如疾风。韩冥翻越避过，顺势回以一刀。顿时，电光石火间，刀剑相击之声铿锵。曦一面要护着我免遭韩冥的刀势，另一面还要集中精力与韩冥交战，他明显落于下风。

多少次韩冥的刀险些让我送命，都是曦为我挡开。我忽见祈佑接过一名禁卫的弓弩，用力开弓，对准曦，关节处都因用力而泛白，尖锐的银剑之芒在月光下泛着寒光。

"小心！"我才开口提醒，祈佑的手一松，箭飞速逼向曦的胸膛而来，而曦依旧与韩冥缠斗，对于突如其来的箭丝毫未有防备。

心下一急，我飞身扑上前，为曦挡下那一剑。它射穿了我的左肩，我痛得冷汗淋淋。又是一刀插进了我的小腹，我望着韩冥，他僵在原地，手中依旧握着刀尖已刺进我小腹的刀，漠然含着杀气的眸子明显一变，仔细地盯着我的眼睛，闪过复杂、讶异。

"你……"他张了张口，想说些什么，却一个字也说不出来。

曦乘势拦腰搂起我，飞身而起。侍卫想追，却被韩冥一声"穷寇莫追"给拦下。我的血沿着手臂滑落，滴在画轴上。

我们逃出了皇宫，而身上的疼痛早已令我麻木。我无力地瘫在曦怀中，努力控制着自己的意识："去……楚清……王府。"

当曦带着我来到楚清王府时，我的意识依旧清晰，因为脑中一直有个声音在对我说：不能睡过去，否则就再也醒不过来了。

我将怀中的"凤血玉"递给王府的守卫，他们才带着玉佩匆匆地跑进府中通报王爷。说起这枚"凤血玉"，还真是阴错阳差地又转到我手中的，依稀记得那夜我与祈殒谈的那笔交易。

"楚清王，我知道你想要那个皇位……不，那个皇位原本就是你的。"

"你似乎什么都知道。"

"所以我才敢与你谈交易。"

"那你能帮我做什么？"

"如今王爷手中无实权，就算手中的筹码再多，也无法将祈佑从皇位上拉下来。而我，可以为你引见昱国皇帝，我相信，你们二人会有共同目标。"

祈殒听罢我的话，便由衣襟中取出那枚"凤血玉"交给我，勾起依旧淡然的微笑，但是眼底却有着昭然野心，"只要事成，我可以答应你任何事情。'凤血玉'为证。"

祈殒亲自跑出府将我们接进一间密室。曦命人取来纱布、药材、热水，而我手中却始终握着那幅画不肯松去。祈殒将画由我手中抽出打开的那一瞬间，脸色倏然而变，僵硬地开口问道："你们为何盗此画？"

曦不慌不忙地撕开我小腹上的衣裳，为我止血，有冷汗由他额上滴落，"画中之人是她。"

祈殒的手有些颤抖，良久不再说话，而曦则为我洒上金创药，止住了源源不断涌出的血，最后用一层层的纱布将我的伤口沿着腰际紧紧地缠绕了一圈又一圈。

"幸好没伤到要害。王爷，帮忙扶住她，我现在要将她肩上的箭拔出。"曦吐出一口气，然后擦擦额上的汗，再问我，"能坚持住吗？"

虽然此刻的我已意识混沌，很想闭上眼帘沉沉睡去，但是，我依旧倔犟地点头。

在为我拔剑的前一刻，祈殒突然肯定而沉郁地说道："你是馥雅公主。"

箭也在此刻从我肩上拔出，在剧烈的撕痛将我的意识掏空之前，我见到曦的目光中闪过一抹不可思议的光芒。

　　我在王府中养伤的半个月，祈殒未再踏足过一步。他竟因一幅画、一句话而断定我的身份，而且是馥雅公主的身份，可见先帝已将所有的秘密告诉了他。那先帝与祈殒还有多少不为人知的秘密呢？先帝，真是个可怕的人哪。

　　而如今，我已不怕将自己的身份公之于众，即使前方危险重重，我孤身一人，无牵无挂，有何畏惧？

　　在养伤期间，我见到了祈殒的王妃，那位被先帝称赞为"才思细腻，必为大事者"的多罗郡主纳兰敏。蕙心兰质，玉貌绛唇，说不尽的灵美淳朴，看不厌的绝代风华。

　　她对我是照顾有加，无微不至，更善解人意，常伴身侧与我闲聊。她的言谈举止风雅不凡，才情兼备，难怪先帝都对她另眼相看，原来这场婚姻也是早有预谋。先帝将如此聪慧的女子安排给祈殒，只为让她助他一臂之力，在政治上对其有所帮助。

　　在伺候我的几位婢女的搀扶下，我虚浮地迈出门槛，坐在苑中小凳上，任柳絮飞散，飘然掠过发间。初夏暖风侵袂，闭上眼帘，沐浴在暖阳中，心头之事越绕越多。

　　细微的脚步声传来，我睁开眼眸，仰视着祈殒，他终于来见我了。我知道，这些日子他在逃避，逃避我是馥雅公主之事实。

　　他对我勾起淡淡一笑，后与我并肩坐在石凳上，伸手接住几瓣残飞的柳絮，随后朝天际一抛，"父皇对我说过，潘玉就是夏国的馥雅公主。你与祈佑有一场复国交易。"

　　我点点头："先帝说得不错。"

　　他再次将"凤血玉"从衣襟内取出，拉过我的手，将它塞在我的手心，这是第三次将此玉给我。

"'凤血玉'为我母妃钟爱,它代表至高无上的承诺,你收好。"他紧握我的手,将它收拢。

我想推拒,他却凄然一笑,"不要拒绝了,这枚玉是我对你的承诺。若我登基为帝,定为你讨伐夏国。"

笑声由我口中逸出,听着竟是如此讽刺。他是第三个承诺为我复国的人,但是我知道,真正要复国只能靠自己。我不能再如曾经在祈佑身边那样,傻傻地等待他把一切处理完后,再去讨伐夏国。不能再靠别人了,我必须靠自己的双手。

在眼眸流转之际,我瞅见一张悲伤苍白的脸,是纳兰敏,"王妃!"

祈殒也随着我的视线望去,我连忙将手由他掌心抽出,我知道,她误会了。

纳兰敏幽幽地扫了我们一眼,曼妙转身,飘然而去。虽然她离去时如此高雅傲然,但她沉重的步伐却泄露了她此刻的心情。

祈殒忙起身想追出去,但是才迈一步却又退了回来,望望身边的我,神色极为复杂。我见他在原地踌躇犹豫,明了地一笑:"如此在意,为何不追?"

他一怔,明显的讶异表现在脸上,"可是……"

"我与王妃,谁才是能与你共患难,生死随,不离不弃的那一位,相信王爷的心会告诉你。更不要为了一段你割舍不下的依恋迷乱而放弃了自己的心之所爱,有些事一旦错过就永远无法挽回。"我用平静清透的声音对他说着,想唤醒他的心。

他原本迷乱无措的神色渐渐明朗,对我回以真心一笑,俊逸风雅,随即绝尘而去,没有一丝犹豫。今日,算是我为祈殒解开了一个心结吧。我一直都明白,他只将我当做袁夫人的影子而割舍不去,可见他有多么渴望母爱,我只希望纳兰敏能理解祈殒,用爱去抚平他的心伤。

曦无声无息地出现在我身边,"恢复得不错,都能出门走动了。"我惊讶地瞅着他,似乎他来了很久了,那我与祈殒的对话他又听到多少?

薄笑而邀他与我同坐,望簇簇青叶,纤纤素腕,明艳娇花,清风遐迩。

"身中一箭一刀竟能一直挺住,硬撑着不肯道一句疼,真挺佩服。"他的唇畔有一丝赞赏之意,浅浅淡笑。这是我第一次见他笑,颇为新奇。

"国破亲亡,容颜被毁,陷害中毒,阴谋利用,无情背叛,我照样挺了过来,这一刀一箭又何足惧?"我洒脱地将发生在自己身上的事一件一件道出,如今再谈起已是风轻云淡,"幼时有算命先生说我命硬,那时我还不信,现在看来,我不得不信呢。"

他没有对我说的话做出任何表示,只是问道:"为何要挡下那一箭?"

我摇头道:"那一刻我只有一个念头,你若受伤,我们两人定会沦为阶下囚。为你挡下一箭，你我才有一线生机。"

"你不仅胆识过人，还很聪明。"他脸上的笑容敛去，再次沦为一脸冷寂，"你真的是夏国的馥雅公主，连城的未婚妻子？"

"对。"我蓦然点头，如今再将我的身份隐瞒下去已没有多大意义，但是他似乎对连城的事特别关心。

"那你听我给你说个故事吧。"

25年前卞国有一奇女子名李秀，是青楼头牌歌妓，通晓琴棋书画，才貌兼备，艳冠群芳。多少王公贵胄、江湖侠士慕名而来，只为一睹芳容，听其一曲。多少人散尽千金想与她共度春宵，可是她向来高傲，那群庸人她一个也看不上。直到有一日，一名风流倜傥的俊气男子出现，他用那满腹的才情赢得了她的芳心。那夜，她将自己最珍贵的第一次献给了他。

那一夜的风流，却铸成了一场悲剧。

她怀孕了，那名男子亦要纳她为妾。这件事在汴京闹得沸沸扬扬，人尽皆知。因为那个男子是卞国的丞相——连壁，家中有妻室，父母更是坚决反对他纳一名风尘女子为妾。此事一直僵持了一年，直到那个男婴出生，丞相家人才勉强同意让她进门，将她安置在凄凉的小院中。她没有侍婢，凡事都要亲力亲为。

那个男婴出生在晨曦第一道曙光破空之时，所以父亲为他取名为——连曦。

随着时间的飞逝，那年他七岁；他看着母亲原本纤细柔嫩如雪的双手因多年浣衣而变得粗糙，生出厚厚的茧子。那曾经不食人间烟火的美貌，因常年的劳累已覆上一层斑斓的沧桑。她在府中甚至连一个卑贱的奴才都不如，遭受了数不尽的冷眼。但是她忍了，为了她心爱之人而默默承受这一切。让她宽慰的是，连壁对她很好，大多数时间在她屋里留宿，甚至冷落了正妻。

他还有两个哥哥，皆是正房的孩子，一个名连城，一个名连胤。可他从不叫他们为哥哥，因为他知道，丞相府内，除了父亲，其他人都看不起他与母亲。有时候他非常恨父亲，恨他身为丞相却如此懦弱，竟不敢站出来为自己心爱的女人说上一句话，还要母亲承受那么多委屈。

但是母亲却从来没有抱怨过一句，只因她爱父亲，为了爱他，甘愿来到府中受欺凌；为了爱他，甘愿放下她的骄傲陪伴其身侧；为了爱他，甘愿忍受命运对她的不公平。他默默地看着母亲受苦，却无能为力，毕竟他们都是寄人篱下，有什么资格去指责？

直到那一次，连胤跑到母亲面前，对她破口大骂，说母亲是下贱之人，用狐媚手段蛊惑父亲的心，想要毁了这个丞相府。母亲呆呆地站在原地，任他那不堪入耳的言语无情地将她吞噬。

看着母亲这样，隐忍多年的怒火一股脑冲上心头，他上前就将连胤狠狠地推倒在地："不准欺负我娘。"

连胤不甘示弱地从地上爬起，冲上来与他厮打在一起。母亲一直在劝阻，但是谁也没有理会，都气红了双眼。直到一声温雅却包含着无尽威严的声音传来："你们给我住手！"

他们停下了手中的动作，转望他们的大哥——连城。

"大哥，这小杂种打我。"连胤竟冲上前先行告状地指着他，"大哥，这小杂种打我。"

连城因这句话给了连胤一巴掌，"什么小杂种，他也是爹的儿子，我们的兄弟。"

因为这句话，连曦的心中涌现出一股酸涩，他从没想过，竟有人会为他说话，甚至称他为"兄弟"。多么奢侈的两个字，他从来没有想过会从连城口中说出。

此后，连城频频出入小院，给他们母子二人送好吃的糕点、水果，他还说："在这儿，我们是一家人。"

他盯着连城，心被填得满满的，一向不善言语的他破天荒地对他说了一声："谢谢，大哥！"

十岁那一年，父亲奉皇上之命领兵出征，独留他与母亲在府里。那时，隐隐有种不好的预感在他心中蔓延。果然，在父亲出征后第三日的夜里，父亲的正妻穆馨如领着几名家丁闯入母亲的房中，将还在睡梦中的她拖了出去，说是要将母亲填井，还口口声声称她是一只修道百年的妖狐，欲来迫害府中上下。

他躲在屋内，偷偷地看着外边的一切，那时他很想冲出去求她放过母亲，告诉她母亲不是妖狐。但是大哥却从后窗爬了进来，说："曦，你要逃，我娘不会放过你的。"

他就这样被大哥拖着朝后窗逃去，在离去那一刻，他眼睁睁地看着母亲被那几名家丁推入井中。穆馨如脸上痛快得意的笑，他一辈子都无法忘却。

我听着他一字一言地诉说，脸上并无哀伤之气，仿佛这件事，与他无关。但是，他时不时流露的涩笑，泄露了他的心事。令我没想到的是，曦，竟是连城的弟弟。难怪我见到他有种似曾相识的感觉，他太像连城了，言谈举止与身上散发的气质皆无二般。

"后来，你遇见了绝世神医，他收你为徒，对吗？"我开始猜测着下面发生的事。

他点头，"这些年来，我一直策划着欲暗杀穆馨如，但是……大哥救我脱险后，恳求我原谅他的母亲。所以这么多年来我一直未下狠心动手。"

我哀叹一声："但是杀母之仇你不得不报，你又不愿让连城知道此事是你所为，所以你找了一个与你毫无关系，又认识连城的女子，替你完成这次刺杀。"看着他沉默不语,我知道自己又猜对了,才道:"你不怕我将你的计划供出?"

"我不会看错人的。"

"看样子,我不能拒绝。"

他将冷然的目光投在我脸上,"既然你的伤势已无大碍,那让我为你复容吧。"

一个月后。

我的脸缠着重重纱布已经整整一个月了,每过三天曦都会来到我房内为我换药。我始终不敢睁开眼睛看我自己,因为我怕,更多的是恐惧,就连我自己都不明白为何会这样。曦似乎看出了我的紧张,总是低沉地对我说:"不要怕。"

而今日,是正式卸去纱布的日子。曦、祈殒、纳兰敏伫立在我身边。坐在妆台前的我双手纠结在一起,微微战栗。

纳兰敏紧紧握着我的手,温暖的手心抚平了我内心的恐惧,"动手吧。"

缓缓闭上眼帘,只听咔嚓一声,曦将纱布的死结剪开,一层一层将那白纱布卸下,千思百绪闪过我的脑海。

"如果,我毁了你这张脸,连城还会爱你吗?"

"真想拿一面镜子让你瞅瞅自己现在的样子,丑陋恐怖。"

灵水依用那锋利的刀子,一刀一刀地将我的脸毁去……血腥味仿佛又传进我的鼻间。

霍然睁开眼帘,正对上铜镜内的自己。嫩脸修娥,肌如白雪,娇娆意态不胜羞……这是我,这是馥雅曾经的脸。我不确信地伸出手,抚上自己的脸颊,是真的,我的脸竟完完整整地恢复了……一丝痕迹也看不出来。曦,到底是怎么做到的,竟能将我的容貌恢复?他的医术又达到何种境界了!

纳兰敏会心地一笑,"原来馥雅公主竟有如此倾城之貌。"

祈殒深深地凝视我的脸良久,竟一语不发地退出了房内。纳兰敏尴尬地一笑,追了出去,独留下我与曦在房内。曦歪着头若有所思地打量我。

我怪不自在地问:"怎么了?"

他将手中的纱布丢弃,"我就说那张平凡的脸根本不配你那出众的气质。"

"你是在夸我还是贬我?"

他不语,信步走至桌旁,为自己倒下一杯茶水,轻抿一小口,似有回味,"你的要求我已完成,如今,只剩下你的承诺了。"

"你放心,我说话算数,只是时间长短而已。"我回首盯着他的侧脸,"接下来,我

 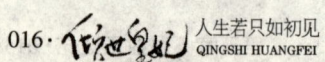

该去昱国了。"

他将手中的玉龙杯放在指间来回旋转把玩，"为了避嫌，此次你们先去昱国，我数日后便到。"

我狐疑地瞅着他问道："你们？你是指我和谁？"

"你与纳兰敏。"他将玉龙杯重重地放在桌上，有水溅出，"既然要与连城谈交易，必定要找个有身份、能信任的人与你同去昱国。这些日子我与王爷商议过，王爷若离开金陵必定会引起怀疑，选来选去唯有纳兰敏最合适。"

我的笑容渐渐敛去，拿起桌上的玉梳，一缕一缕地将发丝理顺，"你似乎对政治也很有兴趣？"

"我的生命中有三个最重要的人，一是母亲，二是父亲，三是大哥。如今母亲与父亲皆已亡故，唯剩下大哥一人。所以我会用尽自己的一切帮助大哥。"他这句话脱口而出，我才真正觉得连曦真的很敬重连城，对他的情亦是纯正的兄弟情谊。我忘记了，多久未再见到如此纯正的手足之情了。

是我在纳兰一族看过太多手足相残的戏码了吗？

"这么多年，你一直与连城有联系？"

"是，一直有书信来往。当我知道你是馥雅公主之时，我真的很惊讶。因为大哥在信中提过你多次，我一直想见见你，却始终没机会。如今，却是在这样的情况下相见，我终于明白为何大哥对你依然如此惦念。我相信，你对大哥的宏图霸业会有很大的帮助。"他顿了顿，又道，"但是，你若敢再伤大哥，我不会放过你的。"

一朝为秀女

　　我与纳兰敏于十日前的夜里偷偷出城，秘密前往昱国。我与她相对坐于马车内，我见到她眼底始终有无法放开的犹豫，还有那淡淡的愁思。

　　我将刚从路边小贩手中买来的鲜嫩香梨递给她，"你舍不得祈殒？"

　　她含笑接过，随手擦了擦，然后放在口中用力咬下一口，也不说话，只是细嚼。

　　"会恨他吗？为了自己的野心，将你推向危险的昱国。"喃喃一声轻问，也问出了我的苦涩，祈佑何尝不是如此待我。

　　"从与他大婚那日起我就明白，先帝是要我为他付出一切。现在是个很好的机会，不是吗？"她又咬下一口香梨，"祈殒从未想过要争夺那个皇位，但是当今皇上弑杀了最疼爱他的父皇，这是不能容忍的。所以，他誓为先帝报仇。"

　　我无奈地发出一声冷笑，笑得苍凉，"所以，一定要牺牲女人吗？"

　　"为了他，我心甘情愿。"她渐渐垂首，望着手心捧着的香梨良久，才道，"祈殒对我说，他怕见到你，因为你与母妃是何其相似。我知道，他是怕继续见你会控制不住地爱上你，更怕对不起我。"

　　我喟然一声叹息："祈殒爱的人只有你，不然那日绝不会抛下我而去追你。在他心中，我只是他母亲的一个影子，灯灭了，月蔽了，日落了，影子将由他心中散去。你才是他心中最珍贵的一份情啊。"

　　她霍然仰首，瞅着我，眼中有隐隐泪光，更加楚楚动人，她勾起一丝微笑道："谢谢。"

　　我不语，单手揭开帘幕一角，望外边匆匆掠过的景象，又想起了什么，忙开口问道："你们成亲这么多年，怎么没有孩子？"

 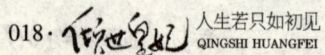

她神色一黯，"他说，现在不能要孩子。有了孩子会使他分心，令他无法安心继续进行他的计划。更担心，若是计划失败，连累了孩子。我懂他，所以我没有反对。我愿意等，等待能为他生个孩子的那一日。若没有那一日，我亦会陪他共赴黄泉。"

听到她的话我心念一动，那祈佑为什么又不让我有孩子呢？而且狠心到永远不允许我有孩子。怕我会影响他的皇权还是根本不想与我有个孩子？我也可以如纳兰敏一般，与祈佑生死与共。可是，他没有给我这个机会，还这样伤我。

"若你负我，今生亦不相见。"

我清楚地记得这句话，可他没有给我机会，还如此践踏我们之间的爱情。这份爱情既然已变质，那当初的誓言我又何需苦苦遵守？

"公主，曦说此时昱国正在举行三年一次的选秀，我们只要找到太监总管白福，给其大量钱财贿赂便可成为秀女。但是我担心，若见到皇上说明来意，他会将我们当奸细收押……"她格外担忧地蹙起了娥眉。

我立刻安抚道："王妃你放心，没有把握，我绝对不会冒这个险的。"

她的担忧也情有可原，远方还有一个深爱她的男人在等着她回去，不像我，已是了无牵挂，可放心去赌，即使赔了性命也在所不惜。

夜里酉时我们便安全抵达了汴京。据闻此次选秀之事在汴京闹得沸沸扬扬，为了进宫成为秀女而散尽千金去贿赂白福公公的平民女子比比皆是。她们之所以抱如此大的希望，只因四处都传闻，连城的后宫等同虚设，除皇后外，四妃至今未立，九嫔也只有两名女子居于嫔位，皇上也无子嗣。也难怪这么多女子都想挤进宫，想着有朝一日飞上枝头当凤凰，但她们只看到了这般荣耀，却没想过荣耀的背后，是血腥、残酷、凄惨。

红颜未老恩先断之例历来数都数不尽，况且天下国色皆聚于后宫，她们又怎能保证自己一定艳冠群芳，脱颖而出？

我与纳兰敏来到了提督衙门，据说选秀这一段时间白福公公居于此处。每日络绎不绝来访的人都快将门槛踩烂了。就连现在，上门拜访求见的都排了很长一队。我拿了一锭黄金给看守通报的衙役，他立马就放我们进去了。

我们与白福公公在一处幽雅的小居相见，屋内有淡淡的脂粉香气，四下也未点灯，唯有融融淡月照屋。当纳兰敏将满满一大盒珍宝摆在桌上之时，白福公公的目光由起先的冷淡转为熠熠生辉，指尖抚过那盒在黑夜中闪闪发亮的珠宝，他喃喃地问道："两位姑娘这是……"

"只要公公在秀女册上加两个名字。"我由袖中取出一笺纸递给他，上面写着馥雅与多罗两个名字，"这件事对公公来说只是举手之劳，对吗？"

他贪婪地打量着珠宝，频频点头，一连说了三个"对"字。我与纳兰敏对望一眼，脸上净是笑意。我没想到，进宫竟如此容易。连城怎会任用这样一个贪财的势利小人为太监总管？

神武高耸，殿宇巍峨。

满地落花，漫天飞絮，独步百花娆。

众批秀女被皇上身边的大侍女兰兰、幽草领着进入储秀宫住着。望着多年不见的两人，初见时她们眼中那股纯真干净已不复见，是这个宫廷磨去了她们的天真无邪吧。

兰兰捧着小册一个个念着名字分配居住的厢房，当她念到"多罗，馥雅……"时皱了皱眉头，又重复念了一遍，"馥雅？"

我与纳兰敏由所剩无几的秀女中站了出来，"我们是。"

幽草突然伸出食指惊恐地指着我，"你……你……"

"我是此次被选进宫的秀女馥雅，她是我的姐姐多罗。"我忙打断她的话，用目光示意她此时存在于周围的旁人，幽草不敢置信地上下打量着我。

相较于幽草，兰兰就显得冷静许多，平静地说道："你们俩住这间。"

我们一同进了屋，在关门之时只是将其微掩，留了一个缝隙。不出一盏茶的时间，兰兰与幽草鬼祟地溜了进来，一见到我就扑了上来，给我一个大大的拥抱，"小姐……您回来了！"

我被她们突如其来的热情弄得不知所措。身边的纳兰敏先是疑惑，后转为掩嘴轻笑。

幽草抱我尤其紧，她说道："自从上次小姐逃离，我以为再也见不到您了。"

兰兰不停地点头，"小姐为何要逃？"

"因为连城说话不算数，竟要册封我。"

她们二人对望一眼，齐声道："皇上从没说过要册封你啊！"

我僵在原地，没有？那么灵水依……原来我还是被骗了。自嘲地一笑，没想到竟是误会一场，这场误会害得我好惨。若没有这场误会，我依旧待在昭阳宫，根本不会遭遇毁容，更不会目睹云珠惨死，也不会陷害祈星，还有……被最爱的人利用。这一切，皆是拜灵水依所赐！

"小姐，此次来昱国是见皇上吗？奴婢现在就去禀报皇上，他一定会……"幽草说罢便朝外奔去。我连忙叫住她:"等等,见连城之前,我要你们帮我做一件事。"

　　戌时,万籁寂静,乌云蔽月。

　　原本凄暗的皇后殿内突然灯火通明,尖叫连连。

　　我一边由皇后殿跑出,一边大笑。一想到刚才灵水侬见到我时那惊惧的表情,我就非常痛快。

　　我用兰兰与幽草引开了皇后殿外的侍卫与奴才,然后偷偷潜入灵水侬的寝宫,用幽怨的声音一直在已熟睡的她的耳边轻道:"灵水侬,还我命来——"

　　她立刻由睡梦中惊醒,见到我,还没来得及尖叫出声就已吓得昏死过去。那时我多想一刀了结了她,但是理智告诉我,不可以冲动。我来昱国的目的不是杀灵水侬,而是复国。要对付灵水侬我有的是机会,只要我在连城耳边一语,将她与连胤的奸情抖搂出来,她便完了。

　　我喘息着来到皇后殿外一处小湖边,由水中的倒影望着自己脸上用鸡血画上的血痕,连我自己都被骇到,也难怪灵水侬会吓得昏了过去。伸手捧起一掌清水泼在脸上,将血痕洗去,多次打量没有残留的血痕才放心起身欲离去。

　　才回首,一个黑影闯入我眼中,我吓得连连后退,脚下一个踩空就狠狠栽进了湖中,水花四溅而起。我挣扎了片刻,呛了好多口水才稳住自己的身子。还没反应过来,那个身影由岸上跳了下来,再次溅起一大片水花,紧紧托着我的身子将我抱起。

　　我干笑了几声,望着与我同样成落汤鸡的连城,"我懂水性。"

　　连城被我这句话弄得哭笑不得,随后那绝美的眸子一沉,"听闻亓国正在四处寻找你的下落,没想到你会来昱国。"

　　我故作轻松地扯出笑容,再胡乱擦擦脸上的水珠,也不说话。

　　他未再继续追问下去,只是领着我从湖中爬上岸。我们全身都湿淋淋的,还溢淌着水滴,好不可笑。

　　红杏梢头风露里,柳萧瑟。

　　无穷百水碧天静,空飘荡。

　　连城领着我在萋萋小径中漫步,他问:"我听奴才说皇后殿闹女鬼,那个女鬼是你吧?"

　　我一声轻笑逸出口,"知我者,莫若连城也。"

　　"真没想到,你还能恢复容貌,为你恢复容貌的人又该有着何等高明的医术呀。"他的脚踩过片片落叶,发出簌簌的声响,"你和他吵架了?"

听到他的话我不觉好笑，若只是吵架这么简单就好办多了，"我也不知从何说起。"

他没有追问下去，在经过一棵柳树时，随手摘下一片柳叶放在指尖摆弄，"那你来的目的呢？"

"为你引见一个人，纳兰祈殒的王妃。"

他神色不变，等待着我的下文。于是我继续道，"亓国的皇位本就该属于祈殒，如今他只需一个可以在背后支持他的强大势力，他希望与你合作。"

"你知道自己在说什么吗？"他声音依旧如常，"你是要我联手纳兰祈殒将纳兰祈佑拉下皇位，我以为你爱他。"

我的脚步一顿，随后又追随上他的步伐而行，"我无心插手你们之间的恩怨，我只要复国，不论付出多大的代价。"

"若要复国，纳兰祈佑有那个能力。而且，只要你开口，现在我也可以出兵伐夏，不论成败，在所不惜。"

我的步伐再次顿在原地，再也无法前行，"昱、夏二国已归属亓国，若你贸然对夏国用兵，就公然暴露了自己的野心，亓国绝对不会容许你吞并夏国。此时的亓国定不会坐视不理，亦如阴山那一仗，出兵相援。所以，要灭夏国，只有先灭纳兰祈佑。这个道理你不会不懂。"

他的脚步也随之而停下，脸上依旧挂着可人的笑，"我不知你与纳兰祈佑之间发生了何事，也不想多问。既然你来到昱国我就会保护你。"他的声音飘然入耳，"但是，这一次我会留你在身边，再也不会放手。"

一直看着他的侧脸，而他的目光却飘向远方，有些捉摸不定。我沉默了许久许久，天地间只剩下风声拂过，青叶交响之声时，我作出了自己的决定，"我答应你。"

他依旧没有看我，"真的想清楚了吗？是一辈子。"

我肯定地点了下头，"是，一辈子。"

他的唇边有了一丝微笑，笑得令人着迷，但是那份微笑后却有我突然觉察到的苦涩。我的目光黯然一滞，对于连城，我有愧。从他允诺我四年复国起，我就注定欠了他。

日月星辰妃

　　青铜凤凰大鼎口中飘散出的轻烟缕缕，并不浓郁，却弥漫一殿。黄绫纱帷帐被金钩挽起，榻上铺着龙凤呈祥锦丝被。我静静地凝视着澄泥金砖的地面，出神。

　　三日前的选秀，原本应是皇上与皇后一同出席，却因数日前的夜里，有一女鬼闯入皇后娘娘的寝宫，将她吓得一病不起，连日来都躺在病榻上，故而没有前来。同时，我也在暗自庆幸，若她出席见到我，指不定又会引起什么风波呢。

　　选秀那一日，连城册封我为昱国唯一的妃，赐号"辰"。当时在大殿内，可以听见一阵冷冷的抽气声。因为"辰"这个字非同一般，日月星之统称，与天齐名，与帝同在。

　　同时，他还立了两位嫔，数十位答应。在近千人的秀女中，他只封了宫嫔不到二十人，这在帝王中是极为少见的。

　　纳兰敏也在答应之列，我明白连城的用意，留下纳兰敏来牵制祈殒，以防他日助祈殒登上皇位，祈殒却调转头来对付昱国。我相信，祈殒也早料到这一幕，他却仍舍得将自己的女人作为人质来完成他的权力之争。他不怕万一事有变故而伤到纳兰敏？仇恨、权欲真的能让人蒙蔽双眼，不惜利用自己的爱人呵。

　　我一声冷笑，不禁惹得幽草与兰兰侧目，"娘娘，您笑得……好奇怪。"

　　我没有回话，也未看她们俩，依旧盯着地面上的纹理。连城再次将她们两人派给我做奴才，一直空了三年的昭阳宫再次赐予我作为寝宫。而今夜，是皇上临幸之夜。

　　凤台桌案上摆放着两支如手臂粗大的腾龙飞凤花烛，烛光幻若流霞，迷乱了我的眼眸。我一直怔怔地看着，脑海中一片空白。

　　"你在想什么？"

直到连城一声轻语我才回神,发现兰兰与幽草早就没了踪影,朱门紧掩,宁神香白烟如雾。一袭鹅黄金绫龙袍的连城,已坐在我的身畔,执起我的手,"馥雅,盼了这么多年,你终于是我的妻子了。"

我垂首望着他握着我的手,没有说话。

"如果没有那次夏国的宫变,你早就是我的妻子了。我亦不会奉皇命而娶灵水依,亦不会篡夺这个皇位,而你,亦不会受这么多苦。"他轻风细雨地将多年来发生的事用简单的几句话带过,却是字字铭心。

终于,我因他这句话而抬起头,对上他的目光,将他的话接下,"我亦不会成为纳兰祈佑的皇妃!"

他蓦地一怔,神色转为复杂。我的笑容却渐渐扩散在两靥之下,"我,是他的女人。"

他猛然搂过我,强而有力的双臂紧钳着我的纤腰,在我耳边低语道:"我不在乎,只要你在我身边。"他的声音沙哑着,唇齿轻含我的耳垂,浓浊的温热气息在我脸颊边吹拂着。

吻,密密麻麻地落在我的唇上,吻得密不透风,将我的呼吸一并夺走,烙印着属于他的印记。他的手轻轻将我的衣裳一层层褪去,赤裸的我完全呈现在他面前。他的目光变得炽热,呼吸变得浓浊沉重。我微微撇开头,不去看他那贪恋的目光。

他将我放倒在锦衾帷帐中,肌肤贴着微凉丝滑的锦缎,激起一层麻麻的粟粒。滚烫的唇陡然游走在我的全身,越深越缠绵。我的发丝倾洒了一枕,我的目光始终望着帷帐内的鹅黄,任他在我身上索取着。

他的龙袍也不知何时已褪去,滚烫的身子与我交缠在一起,他的手指抚过我的小腹,最后向下探去。这样陌生的情欲让我突然闭上双目,不去看他。感觉他的下身有了很强烈的变化,抵着我的下身,他不由得低唤道:"馥雅……"

在此时,我的脑海中却闪过一幕幕清晰的往事。

"若拥有这个皇位,必须用你来交换,我宁可不要。"

"生死契阔,情定三生亦不悔。"

"纳兰祈佑,定不负相思之意。"

一句句话,犹如他在我耳边低诉,如此真实。

连城在我身上的动作突然停住了,他的指尖划过我的脸颊。我才惊觉自己落泪了,我不敢睁开眼睛看连城此刻的表情。

覆在我身上的重量突然没了,只听到他穿衣裳的窸窣之声,在这寂静的夜中如此清晰。良久,他的声音由耳边传来,"我不会勉强你。我愿意等,等到你接纳我的那

 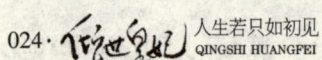

一日。"语罢,脚步声渐远,开门关门之声狠狠敲打了我的心。

为何要落泪?我都准备好将自己给连城,这样,我就不会再想着他,难道,事到如今我还是放不下他吗?扯过床上那锦薄丝被,紧紧包裹着自己赤裸的身子,一夜未眠。

次日,我按规矩到皇后殿请安,尽管我这些日子尽可能地在回避见到灵水依,可躲得了一时,躲不了一世。准备好了一切便来到皇后殿。听闻,灵水依大病初愈,已恢复了以往的母仪天下之风范。

"臣妾参见皇后娘娘。"我福身而行礼,只闻她柔美的声音道:"辰妃不必多礼,起吧。"

"谢皇后娘娘。"我抬首笑望灵水依,她原本端庄秀丽、眉目和善的笑在见到我的那一刻惨然一变,血色尽褪。

我佯装未看见她的异样,捧着一杯香溢的铁观音,端庄地递至她面前,"娘娘请用茶。"

"你……"她全身战栗着,有丝丝冷汗在她额头上溢出,"你们给本宫退下。"她略微平复自己的失态,将在场的奴才们全数遣去。

我双手依旧捧着茶水,望着十几位奴才由我身边越过,退出殿外。

她见殿内的奴才纷纷退下,迫不及待地怪叫一声:"你没死!"

见她始终未接过我端给她的茶,我便收回,将茶放回桌案,"托皇后娘娘洪福,臣妾活得很好。"

她依旧不能置信地上下打量我,"怎么可能……我明明在你脸上……怎么可能!"她不断地喃喃重复着,恍然道,"那夜皇后殿的女鬼是你!你好大的胆子,竟敢装神弄鬼吓本宫。"

"皇后若不做亏心事怎会被臣妾吓着呢?"我悠然端坐在侧椅上,将那杯铁观音端起,放在唇边抿下一口,满意地看着她的脸色渐渐冷下,"皇后,你要知道,你与连胤的命攥在我手上。只要你们安分,我绝对不会为难你们,曾经的毁容之事我也可以不再追究。"

她目光一凛,"你是在威胁我?"

我笑道:"就算是吧!那你受威胁吗?"

她的目光中渐起杀气,"我随时可以杀了你!"

我丝毫不畏惧地对上她的目光,"同归于尽这样的傻事,聪明的皇后是不会做的。"

她蓦然沉思,脸上的杀气逐渐散去,神色恢复如常,美目流转,"你说得不错,这样傻的事,本宫是不会做的。"

我来到昱国有四个月了，宫里的奴才们都在对我窃窃私语。有人说我很得皇上宠爱，因为连城每日必来昭阳宫；有人说我根本不得皇上眷顾，因为连城从来不曾在昭阳宫就寝。我坦然接受所有人的批判与审视，后宫从来都是如此，他们不议论那才叫奇怪。

皇后那儿我也再没去过，她也未再刁难我。反倒是太后，她见到我时，一张脸急速冷却了下去，竟当着众妃嫔和奴才的面不受我的请安之茶，愤怒地拂袖而去。自那以后连城对我说，以后再也不用去给太后请安，安心待在昭阳宫，不会有人为难我。

这段日子我去见过纳兰敏数次，她在那儿闲得慌，整日就剪剪纸鸢，绣绣花。每次我一去她那儿就小坐一整日，与她聊天我的心情很舒服，因为她是如此地善解人意。我很想求连城让她搬来昭阳宫与我同住，但我知道，这不合规矩，一个答应是没资格住入昭阳宫的。纳兰敏并不介意，还要我以后少去她那儿，因为后宫内人言可畏。

昭阳宫偏院有一处小湖，名为"离缘湖"，这两个月我最常去的也就是那里，一坐便是半日。在那儿我可以享受安静，听湖水荡漾百鸟啼鸣之声，观残絮纷飞秋风落叶之景。

兰兰道："主子，该用晚膳了。"

我迷蒙地望着漂荡的湖水，里边映着天边那一轮绝美的落日，晚霞布天，耀花了眼，"已是深秋了。"又要到父皇、母后的忌日了。

又是一阵静默，我也没有起身离开的意思，却听闻一声，"参见皇上。"我再次回神，望着连城，没有行礼。习惯直接喊他的名字，习惯在他面前放肆，这仅仅是一种习惯。

他在我身边坐下，同我一起观望茫茫碧水，激滟晚霞，"你想家人了？"他的声音随风飘来，我的神色也黯然一沉。

他见我不说话，又道："三日后的秋猎，我打算带你一同前去。"

"你说真的？"我的眼神一亮，望着他认真的表情。

他淡淡一笑，"这样，你才能开心。"

我眼中的光彩渐渐褪去，"连城，你不要对我这么好。我的心，不可能再爱上其他人了。"

他道："这两个月，你从来没有笑过。我只是希望你开心。"

开心是什么，我早就忘了。我的心早已被人伤得血迹斑斑，伤痕累累，若不是还

 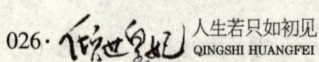

有复国的信念支撑着我,怕是早就坚持不下去。早在弈冰与温静若倒在我面前之时,便随他们而去。连城对我的好,我一直都知道,但是我不想伤他。我被爱人伤过,知道那是什么滋味。

他突然转移了话题,"看这天色渐暗,我带你去放孔明灯吧。"

我疑惑地盯着他,"孔明灯?"

他握起我的手,将我拉起,"孔明灯祈福,你的父皇、母后在天上可以看见。"

我顺着他手的力道而起,只见他吩咐兰兰与幽草去准备孔明灯。不出一个时辰,心灵手巧的她们已将一盏孔明灯做好,拿到我们面前。此时天色已渐晚,漫天繁星如钻点点,耀花了我的眼。

连城递给我一支笔,"把你的心愿写上去。"

我接过笔,却始终没有动手。连城若有若无地叹息,他也执起一支笔,在上面写着什么。看着他在写着,我的心念也一动,提笔写着:

父皇、母后佑馥雅早日完成复国大业。

写完这句,脑海中又闪过一个念头,不自觉地提笔写下一行字:"愿连城早日寻到心爱的女子。"

我松下一口气,将笔递给兰兰,"写完了。"

但是幽草与兰兰见到我写的字,脸色一变,"主子……"

连城走到我身边,看着我写的字,脸色依旧不变,淡然一笑,"你真为我着想。"

我笑着越过连城,看着他写在另一处的字:"馥雅幸福。"

"幸福……"连母亲都做不了的人,可以幸福吗?一想到此我的心就隐隐作痛。

连城接过火把,将其点燃,孔明灯缓缓升起,带着我的祈祷升上了天。我与他并肩望空中那徐徐而升的孔明灯,点点火光带着灯飘荡着,泪水迷蒙了眼眶,模糊了我的视线。

白马笑西风

深秋的天空蔚蓝而高远,温暖的阳光透着一层淡淡的紫晖。放眼嵯峨山中,依旧树木葱茏,绿荫匝地,村落旷野地带则是一片金黄的火焰。连城此次的秋猎携我出行,还领着数百名善射的左右猎手,号曰"百骑"。到目的地后,百骑便动手搭起了帐篷,皇上的主帐在最中央,百骑的帐篷则将主帐团团围住。

在一行长长的队伍中,我还见到了曦。他此次是孤身陪在连城身边,两人并肩骑着白马,徒似一个模子印出来的,明眼人都能猜测出他们的关系。当然,连胤此次也同行前往,他从见到我那一刻起,瞳中就布满了隐隐的杀意,正因为这样我一直紧随在连城身边,一刻都不敢离开。

这样的情形引得曦开口道:"辰妃与大哥形影不离,感情好得羡煞旁人。"

听到这句话,我也就只能干笑几声。是呀,在他人眼中,我与连城的确恩爱。但其中的关系他们又能懂几分呢,只有我们自己明白啊。

搭好帐篷已经入夜,众人用过晚膳便疲累地去睡了。我与连城同居一帐,他却不与我同卧。他将床榻让给我居卧,自己居于偏帐内秉烛观书,沉沉地倚在桌上睡去。他堂堂一个皇上竟要与自己的妃子分卧而居,此话若传出,又有谁会信?

躺在榻上,我翻来覆去地睡不着,担心连城一人独居偏帐过夜会冷。想到这儿,我便身着单薄的衣裳跑下床,手捧一件披风,悄悄闪入偏帐。里面的烛火摇曳,他安详地倚在桌上睡去,胸口起伏,呼吸平稳。

我将披风小心翼翼地披盖在他肩上,再将他手中始终未放下的书取下,置放在桌上,"为何要对我这么好,我怕还不起。"我喃喃对着他轻道,若有若无地吐出一声哀叹。我的愧疚之情渐渐涌上心头，越在他身边我欠他的就越多了……

我穿着单薄的轻罗衣衫走出了主帐，山风寂寂吹荡，秋色梧桐片落。山间的空气真的很清新，我站在高山悬崖边缘，俯视朗朗天地乾坤，仰望着明月，原本躁动的心平静了下来。这个情景是我梦寐以求的生活呀，我想永远在这里待下去，终老一生。

"辰妃娘娘！"凄怖的声音在空旷的平地响起，止住了我的畅想。

回首望着笑得邪恶的连胤，我的心漏跳了几拍，"你……"

"连胤真的很佩服，你竟有如此通天本领逃过一劫，又再次进宫成为大哥的辰妃。"他朝我一步步地逼近，在月光的照射下，有一道寒光射出，那是刀锋之芒。

"托你们的洪福。"我不自觉地朝后挪了一小步，再回首望望身后的悬崖，不好！难道他要在此时谋害我？

"连胤。"曦的出现止住了连胤的步伐，他立刻将刀隐藏在袖中，我们一齐侧首望着曦。

"这么晚，你还找辰妃聊天？真是好兴致。"曦悠然地走到我身边，身上散发着冷然的气势。

连胤呵呵一笑，睇我一眼，再望望曦，"晚了，我先回帐了。你们聊好！"

当他悻悻离去后，我悬着的心终于放下了，同时也感激曦适时的出现，若没有他，我怕是又难逃一劫。我更没想到，连胤竟如此大胆，真的想对我下手。

曦盯着他渐渐远去的背影，问道："你认识他？"

我轻笑一声，"毁我容，他也有份。"

"那你为何不告诉大哥？难道你想就这样算了？"

"曾伤过我害过我的人，我会加倍向他们讨要回来的。但现在不是将事情闹大的时候。"

他沉默了良久，蹲下身子，捡起地上的一根残枝，然后朝面前的山谷一掷，"你想不想知道亓国这半年来发生的事？"

我迎风而立，发丝乱了我的眼眸，"我没有兴趣。"

"我以为亓国废后立后之事你会很感兴趣。"

我一怔，"废后？"难道短短半年时间杜家就被祈佑给铲除了？

他回道："亓后杜莞被查出以巫蛊谋害陆昭仪的孩子，导致流产。皇上一怒之下将其废黜打入冷宫。但是半个月后又将她复立为后，你知道这是什么原因吗？"

我沉默良久，思绪百转，灵光一闪，"杜莞用巫蛊谋害陆昭仪的孩子，此等迷信之说你信吗？"

他不答反问："若说是有人故意嫁祸，这手法也太不能令人信服了，像纳兰祈佑这样圣明之主会被此妖邪之话而左右到废后？"

我立刻接下了他的话，"那就只有一个原因，巫蛊之说根本是皇上策划。"

他点点头，后又不解道："若是皇上策划，那为何又要在半个月后复立皇后？自相矛盾不是吗？"

我拂过挡在眼前的发丝，"这就是他的高明之处了！先降罪给杜莞，让杜家一党心急如焚，自乱阵脚。适时再给他们一个天大的恩惠，让他们放松戒心，更加肆无忌惮地以为祈佑根本不敢动他杜家。只要戒心一放松，铲除杜家就指日可待了。"

"他，真是用心良苦呀。"他缓缓起身，后退几步，拍拍手上的灰尘，"可惜了花蕊夫人。"

我问："尹晶？她怎么了？"

"经查证，嫁祸皇后的人正是这位花蕊夫人。纳兰祈佑竟拿自己的女人当刀子使，确实高明、高明、高明呀。"他一连赞叹三声高明，可见他对纳兰祈佑的佩服。

我一声轻笑，在空谷中来回绝响，"这就是纳兰祈佑。"

我们之间再次沉默良久，我说道："你对亓国后宫之事真的很清楚。"

"我说过，他的后宫有我的人。"

次日一大早，连城一声令下百骑皆放奔四野，执弓弩打猎。我站在原野间望山涧绿野丛丛，心情甚好，再望天际那雄鹰展翅，嘶嘶啼叫，我将背着的弓弩用力拉开，对准天际的雄鹰。箭突然射出，却射到一半就掉落了下来，这个情景让身旁的连城笑了起来，我有些不服气地再次举箭拉弓。这次如上次那般，箭飞射到一半却又掉落了下来。连城的笑声更大了，我有些尴尬地望着他，"不准笑！"

他抽出一支箭，然后走到我身边，环住我的双臂，在我耳边轻道："姿势站正。"

起先我因他的靠近有些不自然，知他的意图后便将僵硬的身躯松弛下来，顺着他的力气而轻轻拉弓，箭朝一点对准目标后，右手拉箭柄的力气才开始加大。

嗖一声，箭飞射而出，快得让我惊异。

那支箭笔直地射中鹰的小腹，它由天空中摔落而下，跌至我们的脚边。

"好箭法。"我忍不住一声赞叹。他将环着我的双臂收回，跑至已奄奄一息的鹰边。

望着连城将地上奄奄一息的鹰捡起，我突然察觉到一阵杀气直逼，侧首而望，一支尖锐锋利的箭直朝我的胸口射来，我呆呆地站在原地望着箭一寸寸朝我逼近。一个身影飞身将我扑倒在地，连续翻滚了好几圈才避过那致命一击。

"连胤,你想在皇上面前射杀辰妃?"曦才救我脱险,一双冷眸便射向连胤。

连城也回首瞅了眼扑倒在地的我们,再盯着连胤,目光逐渐变深变暗,含着杀戮之气。连胤无辜地耸耸肩,指着我们身后道:"我只是想射杀那只银狐而已,并无冒犯辰妃之意。"

我们皆侧首望着那只深中连胤一箭的银狐,它双腿还在无力地做着垂死挣扎。连城原本闪过杀气的目光渐渐放下,转为了然,将依旧趴在地上的我扶起,轻柔地为我拍拍身上的杂草灰尘。

曦也起身,我感激地望着他,用眼神表示我对他的谢意,他已经是第二次救下我了。刚才连胤那一箭绝对是冲我来的,那只银狐只不过是他射杀失败的一个借口而已。我不得不佩服他的大胆,当着连城的面也敢做此大逆之举,这就是所谓的狗急跳墙?看来以后是不能离开连城一步了,否则随时会命丧连胤手中。

连胤手捧银狐,"辰妃,这美丽的银狐送给您,就当为臣惊吓到您而赔罪。"

我含笑接过,"那本宫谢过了。"心中却暗暗恨道,好你个连胤,竟多次欲置我于死地,既然你如此狠心地不留余地,休怪他日我也不给你留情面。

此时的连城与连胤并肩而立,同时瞄准天上仅剩的一只雄鹰。我不觉凝神望向他们二人,心中期许连城能射中,灭灭连胤这阴险小人的威风。

曦压低了声音说道:"我很好奇,你到底知道些什么秘密,令连胤多番对你下杀手。"

"谁知道呢!"我避而不答,目光依旧紧盯连城与连胤,两人双箭齐发,同时逼近那只鹰。却在此时,连城的箭突然转了个方向,将连胤的箭射下,最后直插苍鹰的咽喉。剑法之精准让我拍手叫好,不禁朝徐徐掉落在地的鹰奔去,后蹲在地上审视一番,"一箭毙命,皇上箭法之精准可不是一般人能比拟的。"

但见连胤脸上的肌肉抽了抽,仍旧赔着笑,"大哥的箭法确实无人能敌,连胤自叹不如。"

连城不说话,唇边挂着逸雅迷人的笑凝视着我,仿佛看出了我与连胤之间的暗潮汹涌。他牵过一匹马,翻身跃上朝我奔来,最后向我伸出手,"馥雅,陪朕跑几圈。"

没有犹豫,我伸出了手。与其在这儿与讨人厌的连胤待在一处,还不如策马于草原,放歌于天地之间来得安逸。

山川秀丽多娇,秋意寄情蜜意,天角孤云渺渺。

连城将我护在他那强而有力的臂弯之中,飞奔于这片郁郁草丛,速度很快,风拍打在我的双颊上,我几乎睁不开眼睛。

只听得连城大声问:"你与连胤有过节?"

"不喜欢他，太假。"我多想开口对他说出连胤与灵水侬之间的奸情，但是这并不是明智之举。我根本没有证据，就算连城信了，其他人会信吗？

他又道："还在为刚才那无心一箭而生气？"

"是呀。"我无奈地承认下来。

他一阵轻笑，"那只是一个意外，二弟怎么可能有意加害于你。"

听到他这句话，我没有再说话，只是在心中叹息。连城对这个弟弟似乎没有防备，是连胤隐藏得太好，还是连城太过于相信他？

也不知跑了多久，连城终于将马停了下来。我们置身于漫腰的芦苇之中，仰望默默碧天，白云千载，雁过无痕，千山腹。

今日，将沉积于我心中许久不得而释的沉重一扫而空，呼吸着属于天地间最清新最干净的空气，我心畅快。

"见到你一扫多日的忧郁之气，我更确定携你出猎之举是正确的。"连城笑着躺入芦苇中，我侧首望着他一脸欣慰之色，心中除了感激仍是感激。

"真的很开心，这，才是我一直想追寻的日子。"双手抱膝，睇着随风摆动的芦苇，"为什么你从来不问我与祈佑发生了什么事？"

"我不想揭你的伤疤。我在等，等你主动告诉我的那一日。"他的笑容仍旧在脸上，我才发现，他在我面前，似乎一直都保持着这个暖暖而宠溺的笑容，只为我一人而笑。

我沉默半晌，天地间唯剩下风声，我终于开口吐出那个藏在我心中半年不愿提及的伤痛。

"纳兰祈佑，他利用了我们之间的爱。

"他在我皇陵祭祈星之时，竟在佩刀上下毒，只为嫁祸杜皇后，唤起我的仇恨，助他铲除那个不得不除的杜家。虽然那毒药有解药，可是我恨他利用了我对他的信任。

"这件事，我可以原谅，因为他是帝王。

"他刻意命人将我引去一处废苑，发现静夫人与弈冰的奸情，欲借我之手诛杀他们。到时候就有理由给我更多的宠爱，将我推向风尖浪口，权力的顶峰，用我来瓜分杜家的势力，巩固他的皇权。

"这件事，我也能原谅，因为他是一国之君。

"唯独有一件事我无法说服自己原谅他。他命人在我每日喝的茶中放入麝香，剥夺了我当母亲的权利。之所以不能原谅，因为他是我的丈夫，孩子的父亲。"

说这些话时，我以为自己会很激动，结果却是出奇地平静无波。原来再说起纳兰祈佑对我的所作所为,我竟能如此平静。

连城始终没有说任何一句话,只是陷入沉默之中。

我苦涩一笑,"我很可笑,对吗?"

平躺着的他起身,紧紧将我拥入怀中,力气很大,很强势。我挣脱不出,只能被他圈在怀中。

他哑然道:"我连城发誓,永远不会让你再承受如此之痛。"

我没有落泪,只是木然地注视远方,将藏在心中这么久的话吐出,真的轻松了许多。

"我知道,你一直想过平凡的日子,我给不起。但是我能陪你坐起望旭日东升赏朝晖漫天,卧倚观落日徐徐睇朝霞映空。闲暇时微服出巡,走遍山川,俯看锦绣山涧,吟唱九歌。这一切的一切我都能给你。"他的声音如一股春日暖风吹进我的心,他说的话……真的让我好生向往,但是,我真的能拥有这些吗?

或许我可以在连城身上寻找一个温暖的港湾,在这君临天下的连城身上寻找自己的归属,终老一生。但是,真的可以吗? 我真的能将对祈佑的爱与恨皆忘去?

后来,我们彼此都没有说话,他紧紧地拥着我,我靠在他怀中听他强劲有力的心跳,直到晚霞映红了天际,落日沉入了地面,百骑们匆匆找寻而来,他才放开了我。

我望着曦与连胤异样的目光有些尴尬,他们俩也未多说一语,恭敬地将我们迎回主帐。

连城走在最前边,我默默地跟随其后。一路上,谁都没有说一句话,安静得出奇。

夜晚,百骑围在篝火前烤着猎来的羊、兔,哼唱着军歌,好不热闹。连城也与他们同坐共食。我没有吃任何东西便一人躺在军帐内,不参与他们的热闹。帐内漆黑一片,我睁着眼睛想着数个时辰前的一幕幕,心神异常乱。不应该陷入他的柔情之中,我已没有资格再去爱人。

听见一阵脚步声袭来,我立刻闭上双目,假装酣睡。直到脚步声渐渐逼近,最后在我床侧停住步伐。我紧张得竟屏住了呼吸,希望他能快些离开。

一阵轻笑传来,"憋了这么久不难受?"

听他这样一说,我用力吐出一口气,睁开眼睛正对上一双暗夜凄魅的瞳。如今的我面对连城竟然会紧张,与他相识这么多年从来不会有紧张之感,今日却油然而生。

我支起身子,不自然地轻笑,"外面那么热闹,怎么不多待会儿?"

"你不在,没意思。"他在床榻边坐着,"你在躲我吗?"

我的声音猛然提高,"我干嘛要躲你啊!"

"你这样像是欲盖弥彰。"他轻轻顺了顺我的发丝,"你想不想去看看你的父皇、母后? "

我的眸光迅速黯淡,"当然想。"

"那我带你去夏国吧。"

他此语一出,我立刻仰头惊异地望着他,"你说什么,你要带我去夏国? "

他颔首,我立刻摇头,"不行,你可是昱国的皇帝。"

"我们可以偷偷离开军帐,摆脱百骑,就不会引起夏国的注意。"他说罢,我便沉默犹豫着,他又道,"我知道你想他们,所以这次秋猎也是个借口,我只为带你去夏国见你的父皇、母后。算算日子,你也有六年没回去了吧。"

我的双指纠缠在一起,内心也十分挣扎,我们这一去万一被人认出来就太危险了。除非……连曦。我立刻开口道:"如果,我们懂易容术就好了……"

他含笑揉揉我的发丝,"曦就是一个很好的易容大师,你若不放心,我们带他上路。"

我佯装惊讶地问:"他会易容吗? 那我们就可以安心去夏国啦。"

我与连城在帐中聊着我们此次去夏国的计划,直到深夜寂寂,外边只剩下几小队巡逻的士兵后,我们才偷溜出帐,与连曦会合,骑马奔腾在黑夜之中。天边的星星闪烁如钻,连城紧搂着我同乘一马。

靠在他怀中我才发觉是这样安心。他对我的用心我一直铭记在心,说不感动是骗人的。但是……这只是感动,只是感动。

血染惊情劫

夏国

我与连城在连曦的精心打扮之下，成为一对年近四十的普通中年夫妇，而连曦则扮演着我们俩的"丑儿子"。一路上，我不停以母亲的口气唤他为"曦儿"，惹得连城一阵爆笑，连曦却是摆着一张臭脸。我却依旧我行我素地唤他为"曦儿"，他就干脆无视我。

连日来的奔波，他们俩的体力倒是绰绰有余，我却是累坏了，全身的骨头几乎要散了。连城看我可怜兮兮的，便在一间客栈内包下两间上房，供我们落脚。

夜里，夏国的街道很是热闹，熙攘的人群漫步在空旷宽敞的大道上显得有些拥挤。我吵着连城要下去凑凑热闹，他宠溺地握着我的手便步出客栈。与他紧握着的手传来阵阵温暖，先前有些僵硬，后想起我们现在扮演的是对夫妻，我自然而然地放松了自己。与他漫步在人群中，像极了一对恩爱的夫妻。

好多年了，我都未再走在这熟悉的街道上，记得曾经与皇兄偷偷逃出皇宫，被父皇亲自抓了回去。我知道，那时他是多么担心我与皇兄会出事，毕竟我们根本不懂人情世故。如今，再也没有父皇的训话，母后的疼爱，皇兄……怕是早已遭受二皇叔的毒手了。

大道两旁挂着的红红的灯笼照亮了街道，我拉着连城走到一个多人围绕之处，许多老少男女皆撑头思考着灯谜。由他们口中得知，猜对灯谜即可得到奖励，我的兴趣大起，与连城共猜灯谜。

一位手持灯笼的掌柜开始出题，"第一题'日落星出月当头'，打一个词。"

我立刻有了答案，声音还未发出，就听一个清脆的女声抢先道："星去日，当头月，正是'生肖'二字。"

众人听罢立刻点头，恍然大悟。

"这位姑娘答得不错。第二题'残阳如血'，打一种花卉。"

我又想开口，方才那位姑娘又抢先了一步，"晚来红。"

"姑娘又答对了。第三题'一见钟情'，打五唐句。"

为了避免她再次抢先，我想都没想便脱口而出道："相看两不厌。"但是这次却是与那名女子同时脱口而出，声音夹杂在一起格外响亮。

众人皆拍手叫好，我侧首凝望那位姑娘，脸色惨然一变，险些站不住脚。她……不正是苏思云嘛，她怎么会在这儿？如果说她在这儿的话，那祈佑……

我连忙拉着连城想避开，她却上前拦住了我们，"大婶，没想到你也挺有才学的，真人不露相啊。"

我压低了声音回道："姑娘谬赞，不敢当。"

"云儿。"一个淡淡的声音插入我们之间，我的手一阵轻颤，连城用力握了握我的手，给予我勇气面对。

我垂眸后退几步，视线始终盯着自己的绣鞋，不语。

连城轻声道："走吧。"

"两位请慢走，这是你们猜谜得到的奖励。"掌柜将糊着鸳鸯的纸灯笼递给我与苏思云，"祝福两位与夫君白首偕老。"

"谢谢。"连城接过，道了声谢。

而苏思云则是将灯笼放在掌间观赏，笑得很甜，"佑，好看吗？"

他点点头，"好看，走吧。"

直到他们离去，我才仰头而望他们的背影。十指紧扣，相互依偎，虽看不见他们二人的表情，但是我知道，那笑一定很甜。我的心中浮现涩涩之感，仿佛有什么东西正在扯着我才要愈合的心，竟是撕心裂肺。

连城沉沉地开口："或许，他来夏国是找寻你的。"

看着他们的身影渐渐隐遁而去，我自嘲一笑，"我不喜欢自欺欺人。"我再由连城手中接过那个纸灯笼，细细凝视上面的鸳鸯戏水图案，喃喃吟起，"借问吹箫向紫烟，曾经学舞度芳年。得成比目何辞死，只羡鸳鸯不羡仙。"

连城轻轻松开了紧握着我的手，"你还是放不下。"

我默然。

他缥缈一笑,"如果现在后悔了,就追上去,告诉他馥雅就在这儿。"

灯笼摔在地上,在原地滚了好几个圈才停下,"没有,我没有放不下。回去吧,我来夏国是拜祭父皇、母后的。"

次日一大早,我们便动身前往夏国皇陵,但是父皇、母后并未葬于皇陵,而是皇陵外。二皇叔真的非常狠心,诛我父皇、母后不说,就连尸骨都不允许进入皇陵,他与父皇真的是亲兄弟吗?

我望着眼前蔓草萋萋无人理的墓碑,赤手上去拔那些荆草,手被割伤也浑然不觉,眼泪再也控制不住地溢出。第一次,我在父皇、母后面前痛哭,只可惜如今已是天人两隔。连城忙上前阻止我疯狂的举动,我无力地跪在墓碑之前。"馥雅,别难过了。"

连城拿出一条帕子为我拭去脸上的泪水,我哽咽着说:"以前我是多么不孝,为了爱一个男人我甘愿放弃了复国,却反被他伤得伤痕累累。我好后悔,为何没有答应纳兰宪云,如果我做了他的女人,夏国早就亡了,连城……你也不会承受阴山的血耻。如果我能回到五年前,让我重选一次,我一定不会选择那段夹杂着阴谋的爱情。"

手上的血滴入泥土中,深深浅浅。

曦的声音沉沉响起,"快走,有杀气。"

我与连城同时回头看着曦,果真,二十多名黑衣蒙面杀手持着长刀从天而降,一语不发地朝我们杀来。连曦首先拔剑,口中大喊:"大哥,快带她走,这里有我挡着。"

连城拉着我就朝拴在树边的马奔去,隐隐听见后面传来杀手的声音,"一定不能放那个女人逃了。"

我一惊,难道是冲我来的?二皇叔这么神通广大,竟能得知我的到来?不,事情一定没有这么简单。

连城与我骑上了马,飞快地朝林间深处奔去,他将我密不透风地护在怀中,在我耳边道:"闭上眼睛。"

我很听话地将眼睛闭起,耳朵却在倾听着风声呼呼由耳边滑过,我握紧了连城的手臂,一定会没事的,连城和我……都不能出事。也不知过了多久,马速渐渐放慢,连城的身子一晃,感觉到他的异样,我低呼:"怎么了?"

他说:"没事……马上就安全了。"

我感觉到他呼吸开始紊乱,气若游丝,我大骇,忙睁开眼睛回首望着仍旧紧握缰绳的连城。他面如死灰,眸色涣散。

我怔怔地望着他,喃喃地唤道:"连……城……"话未落音,他便由马上翻落,摔在草地上，我清楚地看见他的脊背之上插着两把尖锐的匕首。我立刻停住马，翻身而下，搂着早已神志涣散的他，"连城，你不能有事，连城……"

他伸出手拂过我早已被风吹得凌乱不堪的发丝，笑道："馥雅没事，我便放心了。"终于沉沉地闭上双眼。我颤抖着伸手上前探他的鼻息，当我感觉到还有气息之时，终于放下了一颗悬着的心。

我的心突然感到一阵锥心的痛楚，泣不成声，若不是他用全身护着我，那两把匕首应该是插在我身上的，我呢喃着："你不能有事……"放眼望去，苍茫碧草，大风卷尘飞扬。在大约半里之外看见一处小屋，我的希望徐徐升起，用尽全身力气将连城扛在身上，背着他一步步地朝前走去，"连城，我们都会没事的……你一定要……坚持住。"汗水一滴滴地沿着我的额头滑落。

也不知走了多久，我终于走到那处小屋前，扯开喉咙喊道："有没有人……有没有人，请救救他……"叫喊了好多声都没人回应，原本的期待变成绝望。我含着泪望着荒芜一片的小屋，一阵眩晕，双腿一软，与连城一同倒在满是尘土的地上。我颤抖地抚过他的额头，"都怪我，若我坚持不来夏国，就不会遭人追杀，都怪我……"

"大婶，你们怎么了？"莺莺之声由身后响起，再次点燃了我的希望。猛地起身转望身后的女子，我怔住。是……太子妃苏姚与太子纳兰祈皓，苏姚的手中还抱着一个三岁左右的孩子。他们竟隐居于夏国境内？

我立刻跪在他们跟前，"姑娘，求你救救我的夫……他受了很重的刀伤。"

祈皓蹲下身子将早昏死过去的连城扶起，稍稍检查了一下伤口，便对苏姚道："去拿一盆热水和纱布，对了，还有止血的草药。"

一听到他的话我便破涕为笑，胡乱擦了擦脸上的泪珠，帮着他将连城抬进屋。

之后，祈皓将我遣出屋外等着，我焦急地在屋外踱来踱去。苏姚安抚着我，"不用太担心，不会有事的。"

看着带着娴雅之笑的苏姚，我的心稍稍平静了些，轻轻点头问了句："姑娘，这荒山野岭的，你们怎会居住在此？"

苏姚笑了笑，再轻抚了抚孩子的脑勺，"就为图个清静。"

"这般日子你不会觉得无趣吗？不会思念自己的亲人吗？"

"只要能与自己真爱的人在一起，怎会无趣？亲人……"她喃喃地反复呢喃"亲人"二字，"鱼与熊掌不可兼得，有得必有失。"

钦佩地望着苏姚，我点头道："姑娘有一颗平常心。"自选秀那日见着她，我就知道她不是一般庸脂俗粉能比的，也难怪太子会为其倾心。

小木门咯吱一声被人拉开，祈皓一脸疲累地步出，"我已为他取出两支匕首，敷上止血草药，应该不会有大碍。"

一颗悬吊老高的心终于放下，"谢谢你们，谢谢……"感激过后，我便飞进屋内瞧连城。他趴在木床上，身上缠绕了一圈又一圈的纱布，血早已染红了纱布。望着依旧昏迷的他，我的心五味掺杂。坐在圆桌旁，深深注视着那张已被曦弄得略显苍老平凡的脸，我笑出了声。

突然，外边传来一声清脆的破碎之声，我忙欲冲出去瞧瞧，步伐却硬生生停在暗木门边。我闪躲至门边，由一旁的小窗朝外望去，竖耳偷听外边的谈话声。

"大哥，大嫂。"祈佑恭谦却略显冷漠地唤了一声。

"你怎么会找到这儿？"祈皓很是戒备地瞅着他。

"自你被父皇逐出皇宫我便派人悄悄跟随。"

祈皓与苏姚对望一眼，沉默半晌，"你此次前来又是为了什么？"

"你知道母后已薨吗？"祈佑不答反问。

祈皓一听，脸色大变，立刻紧拽他的双肩，激动地问道："你说什么……母后怎会……"

"是我，为了嫁祸祈星，我派人……"祈佑毫无隐瞒地回答，话未说完，一巴掌狠狠甩至他的脸颊，祈皓怒斥道："畜生。"

苏思云捂着唇惊呼一声，担忧地凝望祈佑，"皇上……"

祈佑也不怒，依旧淡淡地说："此次我来，是请你们回金陵。"

祈皓不禁笑了起来，笑中却带着苦涩伤痛，"你可知母后多么疼爱你……有时候，我会恨母后对你我的不公……为何要选我为太子，为何……"

"你说什么？"祈佑终于动容，淡漠的神色掠过惊诧、不解。

"母后在害死袁夫人后就察觉到皇上欲诛她，为了自保，她将我推向权力的最顶端，为了保全你，用冷漠来装出对你的漠视。多少次……我羡慕你能得到母后这般保护……只因你不是太子！"祈皓的轻笑转为狂笑，"这些，你都不知道吧……你太可怜了……太可怜……"

祈佑呆愣在原地望着他，我清楚地见到，有泪水在他瞳中打转，更多的是不相信。他似乎不能接受这个事实，"我不信！"

苏姚叹了口气，"祈皓说的全是实话，我们没必要拿这种事来骗你。"

时间似乎在那一刻静止，所有人都呆立在原地，各有所思。却在此时，曦贸然地闯了进来，所有人都用七分戒备三分杀气的眼神注视着他，我一惊，他早不来晚不来，偏偏这个时候来，不要命了。

一咬牙，我拉开门便冲了出去，一把将曦抱个满怀，扯着粗嗓哭道："曦儿，幸好你没事，娘担心死你了。"

曦僵硬地拍拍我的背，"我没事……娘。"

一听曦唤我为"娘"我险些笑出了声，偷偷将头埋在他怀里无声地笑。苏姚见我双肩耸动，忙上前安慰道："大婶，别难过，您的孩子不是回来了嘛。"

我佯装拭着眼角的泪，点点头。曦担忧地问，"大……爹呢？他没事吧？"

"在里边，走，娘带你去看看。"我拽着他的臂膀就朝里屋而去，自始至终我都没有正眼看祈佑一眼，可我知道，他的视线一直凌厉地盯着我。

我紧紧将门关上，曦望着连城，皱了皱眉头，"那批杀手是冲你来的。"

我点点头，"此次我们易容来夏国，不可能这么容易被人发现。除非……有人一直在跟踪着我们。"

曦也点头附和，"对，有内鬼。"

我们俩对望一眼，同时喊出了一个名字，"连胤。"

我握紧的拳用力捶了一下桌案，怒道："连胤这个小子，竟敢这么放肆！"

曦道："所以，我们不得不对付他了。"

"可是，凭我一己之力根本无法对付他。除非，你进宫帮我？"

他沉默着，似乎在挣扎，终于还是点头，"好。为了大哥的江山，我会想办法进宫助你除去连胤这个卑鄙小人的。"

"谢谢……"我感激地盯着他，又想到我们现在的处境，不禁有些担忧，"祈佑现在在这儿，我们很危险。"

曦说："我在来的时候发现，四周隐藏了许多大内高手，祈佑是来寻你的？"

"怎么可能……他是来寻他的哥哥。"我暗自一笑，将目光放在连城身上，"你的医术一向很高明，你能不能让连城尽快好起来，我们就能上路回昱国了。"

曦点头。我的目光却再次投放窗外，在飘扬的风中唯独剩下苏思云与祈佑并肩而立。苏思云一直紧握他的手，在说些什么；而祈佑则是呆呆地立在原地，目光呆滞。如今在他的身边安慰他的已经不再是我了，而是苏思云。她暖暖的笑，似乎能渗透人心，清脆的嗓音能抚平他的心伤……或许苏思云真的比我更适合待在祈佑身边。

知道真相的他应该如何后悔当初谋害了自己的亲生母亲啊，曾经我不愿将真相告诉他，就怕他会承受不住……但是，他是个无情的帝王，即使伤心也会很快淡去，将来再次振作管理国事、天下事。我相信，不会有任何事能左右他的。

这两日我心惊胆战地与祈佑他们待在一起,做任何事都小心翼翼的,生怕一个不小心便被他认出了我。这些日子我从他们言语之中发觉,祈佑一直很消沉,目光有些涣散凌乱,似乎还沉浸在他母后那件事的阴霾当中。而且,他更坚定了要请祈皓回金陵之意。我不知道他出于何种目的要将他们请回去,但是我看得出,他很孤单。他的身边真的连一个亲人都没有了,唯有这个哥哥。虽然他们曾经为敌,但是血浓于水,没有任何人能否认这个事实。

今日,连城终于由昏迷中清醒了过来,他的脸色还是很苍白,但是脸上却依旧挂着笑。我看着非常心疼,都伤成这个样子了还有心情笑。端着盛满黑汁的药碗递给他,"快喝吧,瞧你现在的样子,哪像个皇帝。"

他欲接过药,我立刻收回伸出的手,"算了,还是我喂你吧……你这个样子哪端得稳。"

他无奈地动了动身子,"你的话好像变多了。"

我不答理他,低头吹了吹冒着热气的药碗,再盛起一勺药汁凑到他嘴边,"早些养好伤回宫去。"

他乖乖地吞下一口,因苦涩之味皱了皱眉头,"你还变凶了。"

我瞪他一眼,又盛了一勺过去,"你的废话真多。"

连城却握住我的手,药泼洒在我们手上,他问:"你怎么了? 在生我的气? "

我僵在原地,呆呆地望着碗中浓黑的药,"连城,当我看见你背后身中两刀……我真的好担心你再也醒不过来了。那就是我害了你……我欠你的已经够多了,我不想再害你为我丢了一条命!!"

他猛地拉过我,手中的药碗摔碎在地,我狠狠地撞进他的怀中,他闷哼一声。我知道他的伤口在疼,想挣脱,他却搂得更紧,"对不起。"

我不敢再挣扎,生怕一个用力会扯动他的伤口,只能安静地待在他怀中。"你对不起什么? 从头到尾都是我在对不起你啊。"

"真希望一直病下去。"他紧紧按住我的脑袋,将其紧贴他的胸膛,"我喜欢看你生气时的表情,喜欢看你对我凶的样子。"

门突然被人推开,我们齐目望着曦匆匆进来,"今夜就走,我的手下已经赶来接应。"

"这么急? "连城不解。

曦淡淡地说:"若不快些离开,我怕会再遇见杀手,而且……这儿不能久留。"

他似乎意识到了些什么,神色格外凝重地问道:"谁在这儿? "

我僵硬地将"祈佑"二字吐出,换来连城一笑,"没想到,你和他这么有缘。就连来到夏国都能接连碰着。"

我淡淡地回避着他的话语，只道："若要离开，我必须向他们夫妻二人道谢再走。"说罢，便匆匆出门。

当着祈佑的面，我很平静地向苏姚与祈皓感激道别，自始至终我都没有看他一眼。我知道，眼睛是会透露心事的。

也许是因我的平静面对，又或是曦的易容之术太过高超，我逃过了祈佑的眼睛。又或者是……如今他的眼中只有苏思云呢？

匆匆告别之后，与连城还有曦乘着马车离开。我揭开锦帘探头望着离我越来越远的小屋，此次一别，何时才能再相见？或许是兵戎相见的那一刻吧。轻轻放下锦帘，再望望始终将视线停留在我脸上的连城，我悄悄别开视线。

不可以，他是连城，并不是寂寞中的依靠。

在回昱国的路上，我们连续遇到了两批杀手，此次那些杀手不只是冲我来，还欲置连城于死地。不敢相信，连胤竟连自己的亲哥哥都要杀，他已经急红了眼吧。连城带伤与那批杀手搏斗，又扯动了才愈合的伤口，血渗透了一背。幸好曦的手下及时赶到，否则我与连城是在劫难逃。当所有杀手被他们解决之后，连城便昏倒在地，不省人事。

我们不敢多作停留，带着昏迷的连城连夜赶路回昱国，终于，在第四日抵达皇宫。太后闻讯立刻请了数十位御医为其诊治，对于我则是冷言相向，甚至不容许我踏入凤阙殿。我知道她认为是我害的连城，更不想再见到我。

带着担忧，我悻悻地去了储秀宫见纳兰敏，她的眉宇间充斥着无尽的惨然，时不时轻咳几声，隐有病态，见到我来，立刻扯出笑容邀我同坐。她一边剪着纸鸢一边问："听说，皇上受了很重的伤？"

我点头，心中的担心无尽蔓延，"是我的错。"

她轻咳了几声，带着笑道："谁都没有错，只因你们都太痴。"

见她咳声不止，我忙去顺顺她的脊背，"姐姐怎么了？要不要请御医？"

她摆了摆手，"没事，老毛病了，天气稍寒便会咳嗽不止，习惯就好。"她将手中已剪好的一对鸳鸯送给我，我不禁失笑，"姐姐为何送我鸳鸯？"

她放下剪子笑道："自从你进入这储秀宫开始，你的脸上就挂着担忧。"

轻抚上手工精致的鸳鸯，我道："是呀，连城现在还昏迷着，我怎能不担忧？"

她道："那你为何要担忧呢？"

我的笑依旧未敛,"因为他……"说到这儿,我却突然顿住了,想了许久才道,"因为他是我的朋友。"

"你知道,这样的担忧,只有在爱人之间才存在的。我相信现在的你,对他的感情已经不仅限于朋友之情了。"她了然一笑,"所以,这对鸳鸯是祝你与他白首偕老的。"

我不自然地放下手中的纸鸢,"姐姐别说笑,我不可能再爱上他人。"

"为何要封闭自己的心?敞开胸怀给他人一个机会,也给自己一个机会。"

"我的归宿不会是连城,连城爱的女人也不该是我。"我不能接受连城,因为至今我都无法忘却祈佑给我的伤,或许……真能看淡祈佑对我所做的一切,我就能敞开心怀接受连城吧,但是……真的会有那么一日?

"哪来那么多顾忌。只有彼此相处得开心才是最重要的,不是吗?又有谁规定,女人一生只能爱一个男人。那种礼教,所谓的'三从四德'我最不屑一顾了。"她含笑拍了拍我的手背,温暖了我的心。

事到如今,竟还有人能对我关怀备至,悉心开导。女人之间原来也可以有如此真诚的一份友谊,即使她仍旧顾虑祈殒心中最爱的那个人或许是我。

"妹妹随我来。"她握紧我的手,领我走出门槛。我们一同埋进漫漫黑夜之中,风露渐冷,她单薄的身子能承受住?

储秀宫后院,草草分携,满地枯叶霜霜。最为触目惊心的还要属那满地纷铺如雪的昙花,她是带我来看昙花的?

她指着几朵渐渐萎去的昙花道:"昙花很美,但是它的生命却极为短暂,开过后瞬间凋零,也正因它的短暂才让人觉得可贵。"

我蹲下身子,目光始终凝滞在这片昙花之上。我的手才触及一朵开得冰清娇艳的昙花,它却开始缓缓萎落,最后凋零。我的心因它的凋零一阵疼痛,更多的还是惋惜……这么美的花,生命却是如此短暂。

"我带你来这儿,只是想告诉你,当你发现自己已然动心之时,一定要抓住这稍纵即逝的感觉,不要待到它逝去后才觉得可贵。到时候,它将是你一辈子无法挽回的遗憾。"她摘下一朵刚盛开的昙花交到我手中,笑得温淳,"你看,摘得及时,到你手中仍旧是绝美的昙花。"

看着手中的昙花,我的心突然有了一种从未有过的紊乱。不,我对连城,只有感动。

一想到此,我立刻丢弃手中的昙花,疾步奔离而去,独留下纳兰敏一人于昙花之前。

小庭幕帘逢冬,百香寒萦鼻,凉风袭罗衣。

我一路小跑出储秀宫,思绪早已被纳兰敏的几句话打乱,她说的话已深深敲动了我的心。不可能的,我怎么可能会喜欢祈佑以外的人呢?我单手抚上额头才发现满是汗水。

这时,一名公公急匆匆地跑到我面前,"辰妃娘娘,太后召见。"

思绪变转,我惊诧地望着他,深知太后的召见定然不简单。但心中担忧的仍是连城此刻的状况,便随他一同进入太后殿。一眼望去,太后高雅地倚坐在凤椅上,目光深凝着我,颇有凌厉之色。

"跪下!"她一开口就有着挡不住的怒气。

没有犹豫,我跪倒在大殿中央,双手撑地,视线始终凝于地面,等待着暴风雨的来临。

"辰妃,你竟敢蛊惑皇上与你只身前去夏国,真不知你安的什么心,害皇上受如此重伤。"她克制不住地朝我吼来,紧握的拳头一下下地敲击着桌案,声音来回飘荡在空空的大殿之上。

"是臣妾的错。"我平静地回应着她的怒气,担忧地问,"皇上……伤势如何?"

"幸得上天庇佑,没有大碍。"太后缓缓松了口气,脸色立马肃起霜冷之色,"辰妃,你该当何罪?"

一听连城没事,我心中的千斤之担总算放了下来,"臣妾任凭太后发落。"

太后整了整暗紫深红的凤褶裙,泛起傲然之色,"哀家看你就是个不祥之人,戾气甚多,克了皇上的天子龙威,自今夜起,你每日于昭阳宫的佛堂面对观音大师诵读佛经三遍,洗涤身上的媚野之气。不经哀家的允许,决不能见皇上。"她的话娓娓道完,我却未做任何回应,她又道,"哀家没有忘记,多年前,一名少年直闯亓军阵营,将我儿救出。哀家多次想谢谢那位少年,经一番打听才得知那名少年正是城儿金屋藏娇的女子。那一刻,哀家才重新考量你。女子有你这般胆识,定是名性情刚烈心存善念的女子,所以城儿封你为辰妃,哀家并未多加阻挠。而今,城儿为你险些丢去性命,这是哀家不能容忍的。"

"臣妾明白。太后说这么多,无非是想让臣妾心甘情愿久居昭阳宫,不再与皇上有过多的接触罢了。臣妾唯太后命遵从便是。"我深深磕下一个响头,起身步出太后殿。

殿外迢迢黑夜,疏星几许,如钻闪烁。

或许,我是该用一段时间让自己的心性平静下来。同时,也能消减灵水侬与连胤的戒备之心。

贵宠倾六宫

一年后

又是腊月冬日，昭阳宫内凄凄冷寂，庭院落叶纷铺无人扫理，风尘袭袭覆满屋。宫内的奴才不是被我遣走便是自行离开投奔别主，唯有兰兰与幽草，我怎么赶她们都不走，一直陪在我身边。偌大一个宫殿如空城，静得让人觉得不够真实。自一年前甘愿闭宫不出后，我就没有再见过连城。听兰兰说，他来过多次，可是才迈进宫门却又折了回去。我知道……太后的命令不可违。而且，我也不知如何面对他。

"娘娘，你又诵读错了。"幽草手捧佛经叹了口气，"您把第一段与第三段混淆了。"

我正敲着木鱼的手一僵，紧闭的眼帘倏地睁开，望着欲燃尽的红烛才知道自己又在佛堂跪了一整天。

人说念经理佛可以让人心情平静如水，无波无澜，可是这数月的理佛却使我的心情更加紊乱。脑海中闪过的是数月前已身为太医院院判的曦给我带来的话。

"辰妃，有一个不知是忧是喜的消息，你想听吗？"

"说实话，你带来的消息我还真不敢听，但是却很想听。"

"一夜之间，亓国支持杜丞相的党羽倒戈相向，四十多位官员联名揭发其罪行，整理出三十宗罪名呈递给皇上。"

我呵呵笑了一声，"仅两年的时间，真的好快。"记得我离开亓国之时，朝廷中仍是杜家一手遮天，祈佑用了什么方法，竟能如此神速地解决了这个大患？

"废后当日，他又册立了一位皇后。"他的声音顿了顿，"苏皇后。"

苏皇后？我的呼吸窒了窒，随后笑了，"册后是好事……是好事。"

"还是放不下？"

我淡淡地摇头，"只是觉得，很可笑。"是谁说一旦铲除了杜家就立我为后？罢了，罢了，这些早已不重要，何必再去计较呢。每个人都有选择自己爱人的权利，我不能要求一个人永远将心放在我身上，这样岂不是太自私？更何况他还是皇上。自从我决定离开亓国那一日起就决定将我与祈佑的感情放下了，不是吗？这些事我又何必耿耿于怀。早在由皇宫中逃离后就已经放下这份爱了，不是吗？都两年过去了，对祈佑的情也该放下了……

回神，轻放下手中的念珠，由软垫上起身，感觉到双腿有些酥麻，头也昏昏沉沉的。我的心也渐渐放宽，心如明镜，轻松一笑，舒展了一下僵硬的身子。再望望外边的天色，已近子时。本想回寝宫休息，却听兰兰低呼一声："下雪了！"

一听到"雪"，我就想到后院肯定是万梅齐放，伴随着点点雪花之景定撼动人心。没能克制住心中的冲动，忙奔向后窗，将那紧闭着的紫檀窗推开，一股沁凉之气萦绕鼻间，放眼望着梅林，有雪花侵袭覆枝，却衬得梅花更为娇艳。

眉目一转，却望见一位衣着单薄而孤立雪海林中，静静看着我的男子，我僵在原地。雪覆盖了他满满一身，穿得那样少，在这酷寒的雪夜，难道他不冷吗？

猛然回神，我跳窗而出，飞奔进梅林，在他面前停住步伐，怔怔地望着他道："你……怎么来了？"

他神色变换，沧桑的脸上终是露出了笑容，"突然想起，今天，是你的生辰之日。忍不住，我就想来看看，你过得可好……"

生辰之日，这四个字将我彻底震住。我才回想起多年前在丞相府与他说的一句玩笑话："腊月梅花盛开时下的第一场雪就是我的生辰之日"。我没有想到，这样一句玩笑话他竟铭记在心，一直不曾忘却。

"既然来了，为何不进去？"

他道："如果我们见面了，母后又会怪罪于你……其实，能远远看着你，就好。"

我无声地笑了起来，有泪水沿着脸颊而滑落，雪花纷飞散在我们的身上。

他见我又笑又哭的，顿时慌了手脚，"馥雅，你若是不喜欢，我以后再也不来了。"我的笑声逸出了口，扑进他的怀中，紧紧抱着他那冰凉的身躯，泪水更加止不住地倾洒在他那单薄的衣襟之上。这份爱，我怎能辜负？

那日后，连城握着我的手与我同去太后殿，当着太后的面让她解除禁足令，口气十分强势。太后看着他这么严肃坚定，便点头赦了那个禁足令。但我知道，她对我的不满又加深了一层，她一定认定我是个狐狸精，魅惑她的儿子。

 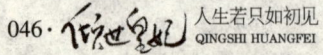

此后,我真正成了连城的辰妃,真正的宠冠后宫,但是我从不专房,深知专房是君王大忌,更何况,我是不孕之身。

他每日陪我对弈品评诗画,与我畅聊他那一统江山的宏伟大志。在我面前,他丝毫没有隐瞒地将他的野心吐露,我总是含笑而静静地听着他与我同享他的野心。

我已经历了那么多坎坷波折,我累了,我也想找个肩膀让我依靠。或许,我能在这位帝王身边寻找到自己的港湾,寻找到自己的归宿。

我倚在窗边,望梅林间的香雪海渐渐飘飞,散落了一地,我的心中有着浓浓的失落,这梅花是要凋零了吗?冬,过得可真快。

突然听见梅林间传来隐隐欢笑之声,如泉水潺潺般悦耳动听,我朝梅林深处望去。有一白一蓝的身影正徐徐移动着,似乎沉浸在赏梅的乐趣之中,"兰兰,她们是谁?"

兰兰探出脑袋朝林间望去,半晌她才收回视线,"回主子,那是兰嫔与瑾嫔。"

我点点头,"皇上他有几位嫔?"

她掰了掰手指,"现在有四位,兰嫔、瑾嫔、媛嫔、香嫔。四位嫔中,皇上唯一宠幸过的也只有兰嫔。她曾经同我们一样是个小宫女,但是她甚懂承颜欢色,阿谀取容,将太后娘娘哄得一愣一愣的,当下便收她为义女,再让皇上纳了她。这样,兰嫔一朝得势,矜功恃宠,平日来倚仗太后对她的疼爱,目空一切,就连皇后娘娘都不放在眼里。"

幽草羡慕地说道:"其实,这么多年来皇上一直以忧心国事为借口而极少近女色。但是奴才知道,皇上的心里只有主子,故对女色敬而远之。"

我转眸望着梅林间谈笑的兰嫔与瑾嫔的身影渐渐清晰,笑道:"其实连城他不用……"我的声音猛然止住,望见她们二人正踮脚折梅枝,我立刻冲了出去。

她们二人握着手中刚折下的梅枝望着我疾步朝她们而去,立刻福身行礼,"臣妾参见……"

"你们竟敢在我昭阳宫折梅。"我冷声打断她们的行礼之言,走至她们面前将其手上的梅枝一把夺过。

瑾嫔立刻低头,怯怯地说:"娘娘息怒。"

兰嫔则脸色一变,口气很不好,"辰妃何故小题大做,区区一枝梅而已。"

"区区一枝梅?梅乃高洁之物,岂俗凡之人可亵渎?更何况,这昭阳宫内每一枝梅都是本宫心爱之物,你们折梅就是犯了错,明知有错竟也不知悔改,公然顶撞本宫,可知尊卑之分?"

"哟,辰妃说得还真是满口道理,兰儿确实不知哪儿错了。这样也好,咱们去太后娘娘那儿由她老人家做个公断如何?"

我看她一副盛气凌人的样子就觉好笑,"兰嫔你与太后娘娘之间的关系后宫尽人皆知,你要本宫同你找太后评理?"

她的笑意更大了,"既然辰妃知道……"

我即刻截了她的话,"那可否要求兰嫔与本宫去找皇上评理?"

她红润的脸因我的话突然一变,傲然之笑转变为冷然,"你一个身份不明的女子,也敢妄自尊大,自以为能掌控后宫翻云覆雨?就算辰妃你宠冠后宫又如何,也只会靠狐媚手段勾引皇上。靠美貌与手段得来的宠爱你以为能长久吗……"

不等她将话说完,我扬手就狠狠给了她一个巴掌,清脆的巴掌声回荡在幽静的梅林,幽草与兰兰冷抽一口气。

我冷冷斜了她一眼,笑道:"若说身份不明,你兰嫔的身份不更加低微吗?"

兰嫔的脸上留着鲜红的五指印,她那喋喋不休的唇微微张开,怔怔地望着我。

我在梅林打兰嫔的事很快就传到太后耳里,她将我与兰嫔召至太后殿。一入大殿我便觉得这挺像三堂会审,太后首座雍容而坐,副手皇后温婉朝我淡笑,两侧分别坐着三位貌美的女子。

兰嫔立刻朝太后扑了过去,跪在她跟前哭哭啼啼地哭诉着:"太后您要为兰儿做主啊,辰妃竟不分青红皂白地赏了兰儿一巴掌。"说着,还指着颊上依旧未褪去的红印,示意她并没有撒谎。

太后心疼地抚上她的颊,稍加安慰,却转眸而怒视着我,"辰妃,兰儿她到底哪儿得罪你了,你竟下如此重手?"

我淡淡地笑道:"一折梅,二出言不逊。难道不该打?"

"一枝梅而已。"她蹙了蹙眉,又问,"兰儿说了哪些不逊之言?"

我正要开口,兰嫔立刻抢先一步说:"兰儿只是提醒辰妃,至今皇上都未有子嗣。她来宫里也有一年之久,皇上留宿最多的地方也就是昭阳宫,这么久了却未见有何怀孕迹象。所以就劝她应该大度一些,让皇上多宠幸那些身子骨好的宫嫔,延续皇族的后代,以定江山。可她一听这话脸色就变了……"

不言不语地听着她的话,我只觉好笑。兰嫔,还真能演戏,难怪太后如此喜欢了。

太后听罢,脸色倏变,气愤地拍案而起,"辰妃,哀家真是不敢想象,你竟是这样一个心胸狭隘的女子。今日兰儿只不过说你几句,便出手打人。你还要不要规矩了?"

听着她一言一语的苛责,我只是低头不语,更不想为自己辩解些什么,即使辩解了,也是枉然。从最初,太后就一直将我当做敌人看待。

太后又道:"算算日子,皇上这半年来有数个月留宿你的昭阳宫,而你至今仍未有身孕。那既然辰妃你的肚子不争气,就该有容人之量,'无后'可是君王的大忌。若这件事传了出去,岂不贻笑大方?"

那句"肚子不争气"似乎狠狠地戳上我的心头,苦涩之感滑入心间。我深呼吸一口气平静自己的心性,用此起彼伏的声音道:"是,臣妾的身子是不好,可是身子不好就一定要遭受众人的嘲讽?一个女人不能有孩子已经是件悲哀的事,而太后您却用此事来不断打击臣妾,您的心难道是刀子做的?"

"辰妃,你好大的胆子!竟敢质疑哀家!"太后气得全身战栗,"来人,给哀家掌嘴。"

"母后!"一声怒吼传遍了整个大殿,使所有人的目光皆望着连城匆匆而入。

连城凌厉地扫了众人一眼,最后将视线投放在我身上,笑着握起我的手,"有我在,没人敢动你。"

太后的脸色煞白,"城儿,你可知辰妃何等大逆不道?"

连城将视线移至太后身上,"儿臣不觉她说得有何不对,反倒觉得母后您过于苛刻。即使她不能有孩子,她也是我心中唯一的妻子。"

太后听至此,连连后退,不可置信地望着连城,目中有悲痛。

"儿臣带辰妃先行离去。"连城随口说了句,就拉着我出了太后殿。

一路上,他走得很快,我也很默契地配合着他的步伐,轻声问:"你都听到了?"

他点点头,步伐却依旧未停,"嗯。"

"其实,那只是我一时冲动……"

他闻我言,猛然停住步伐回头凝视着我,"我只怕母后那番话会勾起你曾经的伤痛。"

我暗自垂首,淡淡地笑了笑,"我们不是说好了,以前的事,再也不提吗?"

他幽深的眸子有些黯淡,却依旧保持着淡笑,"嗯,以后再也不提了。"

我收起黯然之色,带着笑仰头而望,"皇上可还需理政?如有闲暇,陪臣妾去观落日朝霞,可好?"

他一愣,随后也笑道:"爱妃之命,朕敢不从?"

他伴我到昭阳宫的离缘湖边倚坐,直到落日隐遁而去,黑夜来临我们才起身欲回宫用晚膳,我却突然想起半年前于此放的孔明灯。一时兴起,我忙吩咐兰兰与幽草做了一个孔明灯,连城有些担忧地问:"你想做什么?不是又要祝愿我找到心爱的女子吧?"

我不答,执笔在孔明灯上缓缓写下十三个工整的大字:连城早日完成统一三国之大业。

当我写好时,连城望着灯上的字笑了笑,"统一三国,这是你的希望吗?"

我拿起火把,将其点燃,任它高飞。

"不只是我的希望,也是你的希望,不是吗?"我仰望孔明灯道,"连城,太后说得对,我是个不能有孩子的女人,你是皇帝,必须有子嗣。"

他侧首睇着我,打量了良久,缄口不语。

我挂着淡笑回视着他,"我可不想因专宠而连累了你的江山。"

他突然沉默了下来,良久才沉沉地开口道:"如果有一日我真与纳兰祈佑兵戎相向,你真的会冷眼旁观吗?"

没想到他突然将话题转移,我的思绪有些转不过来,竟只能傻傻地看着他。

"我想,你会帮着祈佑吧。尽管你口中一直说你恨他,可没有爱哪来的恨?"

我蓦然回神,不自在地笑了笑,"自从我知晓他废了杜莞竟迫不及待地又立一后,我就看淡了。其实往事皆云烟,我只想完成复国之业,与你共度余生。"

他闻我之言眼中立刻闪烁着令我看不懂的疑惑之光,张了张口欲说些什么,却还是吞了回去。

我以为他不信我说的话,忙道:"我说的都是真的。"

他笑着为我将耳边垂落的流苏勾至耳后,再抚上我的脸颊,"你说的话我一直都没怀疑过。"

他低头欲在我唇边落吻,我立刻伸手捂着他压下的唇,"有人!"我望了望四周,兰兰与幽草竟不知何时已没了踪影,溜得好快。

他扯下我的手,霸道地吻了上来,唇辗转反复,蔓延下去。我必须踮脚才能迎合他的吻,他的吻与他温和的外表一点也不像,激狂如骤雨,我们的呼吸夹杂在一起,浓浓的情欲蔓延。

元宵那日,灵水依请我到皇后殿,说是太后赏赐了三条天蚕金缕衣给她,让我过去选一件。当我踏入皇后殿之时,发现兰嫔也在,她一见我到来,脸色即刻冷了下来。我暗自思忖,难怪灵水依这么有兴致,要我来挑选天蚕金缕衣,她是想再次挑起我与兰嫔之间的战火吧。既然她这么想看戏,那我就演一场戏给她看。

当奴才捧着三件天蚕金缕衣到我们面前之时,兰嫔惊叹了一声。确实,满目琳琅,钻石耀眼,这一件金缕衣能供多少人一辈子吃穿不愁啊。

"好漂亮啊。"兰嫔惊叹一声,目光徘徊在三件金缕衣上。

灵水依指着它们道:"这金色贵气雍容,紫色妩媚冶艳,白色高雅脱俗。你们喜欢哪一件,挑了去吧。"

我的手轻抚过白色那件,光滑的质感传遍了手心,灵水依立刻笑道:"这件白色的金缕衣最适合辰妃了,清雅脱俗。"说着便将它递到我手中。

兰嫔立刻由灵水依手中夺过,"这件是我先看中的。"

我只是笑了笑,"相较于白色,我倒是喜欢紫色,皇后就将紫色这件给我吧。"

灵水依皱了皱眉,"本宫觉得辰妃还是穿白色比较好。"

我睨了一眼兰嫔,她正为自己抢到那件白色金缕衣而得意道:"兰儿倒是觉得白色穿在自己身上比穿在辰妃身上更美。也只有狐媚之人才对紫色情有独钟吧。"

我的脸上依旧挂着薄笑,"是呀,紫色唯有狐媚之人喜欢,本宫承认。"顿了一顿,又道,"白色穿在兰嫔身上确实脱尘美丽,但是,白色却也是丧服的颜色。"

她的一张脸急速冷了下来,惨白了一片。

我继续道:"难不成兰嫔你的亲人全过世了,所以才这么喜欢白色?"

她手中的白色金缕衣顷刻掉落在地,发出一阵清脆的声响。她气红了双眼,恶狠狠地瞪着我。我笑着回视道:"怎么? 本宫哪里说错了吗? "

她突然一个箭步冲到我面前,双手狠狠地将我一推。没有料到她会突然冲出来推我,脚下没站稳,连连后退……最后狠狠撞上了金色纹理大柱,我的头突感一阵晕眩,只听见兰兰一阵尖叫。但是我的眼睛却陷入一片黑暗,什么都看不见了。只觉得有一阵阵血腥之感传入鼻间,有种令我恶心的味道,温热的液体沿着我的唇缓缓滑落。又是血吗? 我这辈子似乎与血结缘了……灵水依,这样的结果你满意了吗?

在意识逐渐游离之时,我感觉奴才们七手八脚地将我抬上了床,四周淡淡的清香是属于灵水依身上的味道,看样子他们是将我扶上了她的寝榻。我只能感觉到四周有众人的嘈杂之声,却听不清他们在说些什么。但是我的眼睛始终睁不开,疼痛由脊背、额头传遍了全身,胸口疼痛得似乎快要炸开。

"……快看看我们主子……她……没事吧? "

"一定要……救救主子……她的身子……"

这一阵阵的呼喊声,不用猜也知道是兰兰和幽草那两个丫头,在这个皇宫只有她们两人是真正关心我的。

只听见一个低沉的声音在我耳边道:"娘娘……放松。"他的声音蛊惑着我,紧握的双拳也渐渐松开,接着,一阵清凉刺鼻的味道充斥着我的嗅觉,将我混乱的意识一分一分地拉回。

终于,难受之感渐渐淡去,取而代之的是舒爽清凉之感,眼睛也能慢慢睁开了。

当一切景象都能进入我的视线中时,我看到的是曦,他一身太医官服,手中握着一小瓶药望着我。再见到连城奔进殿,一脸心疼地看着我良久不发一语。

"皇上,娘娘她的全身受到强烈的冲撞,有淤血逆流之险,幸好救得及时……"曦将我的病情详细地禀报给连城。

连城每听一个字,眉头便深锁一分,最后冷冷地扫向灵水依与兰嫔,"你们谁能告诉朕到底是怎么回事?"很具有威胁性的一句话,夹杂着浓浓的怒火,仿佛随时会杀几个人以泄愤怒。

兰嫔的脸色惨白如纸,神色恍惚地低着头,双手紧扣。灵水依娴雅地笑着欲开口,我却抢在她前头道:"皇后,我不知做了什么事惹得你如此大怒。"

灵水依的笑容僵在脸上,"辰妃,你在说些什么!"

兰兰似乎明白了什么,忙附和着我,"皇后娘娘,您为何要推我们主子?您难道不知道她身子一向不好吗?竟下如此狠手。"

兰嫔一听猛然抬头,不可置信地望望兰兰,再望望不说话的我,立刻点头,"是,是皇后娘娘推了辰妃。"

幽草也附和道:"主子只不过与您同时喜欢上那件白色的金缕衣而已,您也犯不着下如此狠手吧?"

灵水依突然遭千夫所指,她众口难辩地指着我们,"你们……本宫何时推了辰妃,明明就是兰……"

兰嫔一听她就要喊出自己的名字,急急地打断,"皇后娘娘,这满殿的奴才可都看得清清楚楚,您何必再狡辩呢?"

当时在场的奴才中,除了皇后殿的奴才,其他人皆连连点头。

灵水依望着这一切,猛地转身瞪着床上的我,"辰妃,你这个贱人,竟敢污蔑……"她的话才说到一半,连城就上前一步甩了她一巴掌。她被打得七荤八素,愣了许久意识才恢复,捂着脸哭道:"你打我?"

连城淡漠地回视着她,声音冷硬,"灵水依,朕对你的容忍是有限度的,你现在就给朕滚出去,朕不想再看见你!"

灵水依怔怔地望着他许久,最后羞愤地离开了寝宫。

连城走到我的床边,用袖口为我拭去额头上因疼痛而渗出的冷汗,"还会疼吗?"

我虚弱地摇了摇头,"没事。"

曦的神色却格外严肃,犹豫了许久终于还是开口说:"辰妃娘娘的身子不能再承受如此重创了,也不知为何,她的身子非常虚弱……似乎有潜伏性未驱除的毒。"

"毒？"连城的声音提高了许多，"怎么会有毒？"

我平静地解释道："曾经误服的。"如果没有这个毒，怕是当时的我根本不可能得到祈佑的应允而回夏国，这是我自己种下的毒。

连城似乎明白了什么，着急地问："能驱除吗？"

曦道："只要娘娘今后悉心调养，定能驱除。"

"好，以后辰妃的所有调养由你负责，朕要速速看到成效。"

　　自那次后，曦每日都能光明正大地来到昭阳宫为我诊脉，若说上回嫁祸灵水依是为了报复也不尽然，更大的目的是为了给曦一个进入昭阳宫的借口。在昱国除了连城，我根本是孤掌难鸣，想做任何事都是有心无力。正好，我的病这回帮了一个大忙。苦涩一笑，从何时起，我竟然连自己的病都要利用了。

　　我与曦静静坐在汉白玉雕琢而成的小桌前，熏炉上香烟萦绕，弥漫着我们。四周安静到只剩下外边的风声与我们之间的呼吸声，感觉不够真实。轻抚着曦为我亲自调配的"冷香冰花茶"，他说这茶可以洗涤我体内潜藏不去的毒。

　　曦将一封信递给我，"这是我的手下乘夜溜进连胤府中偷到的。"

　　我接过，将信封内的信取出，望着上边墨黑的字问道："这些字是连胤的笔迹？"

　　"从他书房内偷来的。"他随意将手置在桌案上，"你知道自己的身子很差吗？"

　　我笑了笑，"知道。"

　　他异常疑惑，"为何你的体内会有这么多种毒？很多人对你用毒？"

　　我回避着他这个问题，正色道："不要问了。我现在关心的只是如何除去连胤与灵水依，如今连胤要杀的人已经不止我一个了，还有连城。"

　　"你怕吗？"曦突然问道。

　　我蓦然抬头凝视着他，"怕什么？"

　　"杀太后。"

　　我的手突然轻颤一下，连日来与连城的共处，我已将此事淡忘了。杀……连城的娘？我真的要杀她……

"怎么？你怕了？"他的唇边挂着诡异的笑。

我僵硬着摇了摇头，"现在说杀太后的事未免尚早，先灭亓、夏之后才是我杀太后之时。"

他挥了挥自己的衣袖，走到窗边，仰头望着碧蓝的天空，庭下丛翠欲流，楼槛凌风。他的声音伴随着临夏之风徐徐传来，"我想，你该学点防身的武功，一来保全自己，二来有更大的把握刺杀太后。"

风也吹打在我身上，乱了额前的流苏，我的手紧紧握拳，最后再松开。

他又说："亓国那边有些动静了，祈殒秘密联合了许多支持他的官员，他们都同意等待时机拥立祈殒为帝。"

我略微有些奇怪地问道："他用什么方法让官员支持他？"

"若说纳兰祈佑手段高明，那么纳兰宪云就是神机妙算了。"他依旧伫立在窗边，有些字被风吞噬，但是我依旧能听懂他这句话的意思，静静地等待他的下文。

"纳兰宪云早就猜到纳兰祈佑不会心甘情愿让出皇位给祈殒，在有生之年秘密召见祈殒，给了他一笺遗诏，'传位于皇五子纳兰祈殒'。"他顿了顿，"果然是有其父必有其子呀，都是机关算尽。也许这就是身在帝王之家的无奈，父子之间都要如此提防算计，故而有诗云：最是无情帝王家。"

遗诏！我心中暗惊，猛烈地颤抖了一下，随即又平复下来，勉强地笑了笑，"这种事确实像纳兰宪云所为。"那祈佑是否知道遗诏的存在呢？祈佑现在的处境似乎很危险呢。

曦后退几步，终于回身望着我，"连胤的字，你就好好临摹吧，不要露出破绽。"

仰头望着他那千年不变冰封的俊颜，我很自信地点头，"临摹这事难不倒我，给我三日时间，一定临摹出九分神似的字。"

他点点头，信步就朝外走去，却在欲迈出门槛时顿住了步伐，回首指着被我把玩在手心的茶，"别忘记，把它喝了。"

我轻声一笑，打趣道："我知道了，婆婆妈妈。"

曦离开后，我立刻取出纸笔开始临摹连胤的字，一笔一画工整地写着。从小我就有个兴趣——临摹书法。记得我最爱临摹的就是宋徽宗的书法，每次父皇看到我临摹出来的字都会对我赞许有加。

这连胤的字平平无特色，要临摹他的字简直易如反掌，只怕写出来灵水依不上当就完了。这些日子曦也有盯着灵水依的一举一动，她似乎很安分，好像与连胤再没有任何联系了。如果真要写张字条给她，纸上该写些什么呢？

想着想着，竟想入了神。直到连城的出现，我手中的毛笔滑落在刚写好的纸上，墨迹洇了好大一块。

连城一语不发地将一旁供我临摹的纸拿起来观赏了许久，问："这是二弟的字，你这是要做什么？"

我望着连城认真的表情，知道自己也瞒不下去了，"连城，你知道灵水依为何要毁我的容吗？"

连城将纸放回桌上，"因为妒忌。"

"你错了，不全因妒忌。"

他的脸上闪过数不尽的惊讶之色，声音不住地提高，"那是因为什么？"

我笑着摇摇头，握起他的手淡然笑了笑，"如果你相信我，就什么都不要管，三日后我会给你看一个真相。"

他的目光中掠过一丝异样，手回握着我的手，"我信你。"

我看着他信任的目光，心中被填得满满的，我谢谢他没有追问下去，因为连我自己都不知该如何说清楚。若说了，他定然是不能接受的，唯有亲眼所见，亲耳所闻才能让他相信。

他坐在桌案前的椅子上，将我拉入怀中，轻轻环着我的纤腰，头深深埋在我的颈项间，鼻息喷洒在我的脖子上。我安静地倚坐在他的腿上，将全身靠在他胸膛之上，"亓国那边怎么样了？"

"一切都很顺利。"他的声音很低，感觉有些缥缈。

顺利……顺利的意思就是祈佑篡位之事很快就要被揭发了，那他的皇位就保不住了。然后我就能复国了……

"你在担心他吗？"他的声音仍旧很低沉，言语中甚至带着几分冷凛。

"不是。我只是在想，如果真的复国了，你一定要帮我好好管理夏国。你是我的夫，夏国将来就是你的。"

"是我们两个人的。"他的手臂又收拢几分，紧紧地箍着我。

我没有再说话，只是闭上眼睛靠在他怀中，享受此刻的宁静。复国之后我就要刺杀你的母后，那时，你会原谅我的所作所为吗？一定不会的，他毕竟是你的母亲。但是……我答应过曦的事就一定会做到，我不会失信于他。

当我以为时间要静止的时候，连城带着沙哑的声音对我说："馥雅，我爱你。即使要拿这个江山做交换，我也不会放你离开，没有人能将你从我身边夺走。"

他的这句话如同宣誓般，格外认真，放在我心上却有着沉甸甸的重量，压得我喘

 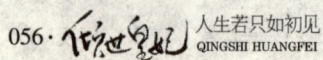

不过气来。

"如果有一日我做了对不起你的事,你会原谅我吗?"

"不会。"他的这两个字让我全身紧绷,一时竟手足无措起来。又听他轻柔地笑道:"如果你真做了对不起我的事那一定是我先对不起你了,所以这句话应该是我对你说。"

我侧首凝望着他净白如雪的脸,最后深深地注视他的眼睛,"希望我们能一直这样,我感觉自己欠了你好多好多,我想全部还给你。"

他丝毫没有犹豫地点头,"你知道,我想要的并不是你的愧疚。"

我淡淡地笑了笑,然后握着他的手,点了点头。

岚苑

月洗高梧,桐苑深深,夜寒袖湿。

我与连城早早地就躲在岚苑的凤台之上,借着月光正好一览苑后的荒野之地,杂草芬芳,分外幽静。我坚信灵水依会来,因为我在纸上写了"诛杀辰妃"四个字。我相信,她做梦都想杀了我吧,更何况数日前我还嫁祸于她,公然与她叫板,怕是她这些天没一日睡过好觉吧。

又等了近一刻钟,一个人影朝这儿缓缓移动而来,我拉着连城闪躲至隐蔽的地方,偷偷探脑向外望去。

人影越走越近,月光倾洒在其身上,一张绝美的脸暴露在月光之下,显得有些苍白诡异,神情异常冷凝。她的目光戒备地逡巡四周,这时,另一个黑影走了出来,溶溶残月照射,依稀可辨出是连胤。

"不是说过,以后我们不再见面吗?"灵水依冷硬地望着他。

"怎么?不想见我?"连胤冷笑一声,在寂寂荒凉之地显得格外阴森可怖。

"这么危险的时刻你怎么还来找我,万一被人发现就糟了。"她的语气带着几分担忧。

"如今已经不能再拖下去了,我们的事辰妃知道得一清二楚,不杀她,我们二人都不会有活路的。"

一听到"辰妃"二字,她的目光倏地转换为阴狠,"那个贱人的命真够硬,派那么多杀手在夏国都不能杀了她,我很怀疑你的办事能力。"

听到这里,我发出一声冷冷的抽气之声,真的是他们派去的杀手!这么狠,竟想将连城也置于死地,好由他们来操控这个朝廷吗?

连城握着我的手一紧,我轻轻回握着他的手给予安抚,他才松开了几分,定定地望着下面的一切，身上散发着杀戮之气。

"我们不要说这些了。"连胤朝她靠近几分，伸手去抚摸她的脸颊，"这么久没见着你，真的好想你。"

灵水依用力挥开他的手，"放尊重点，我可是皇后。"

连胤目光一凛，"灵水依，你少装了，你被我摸的还少吗？"

"你少拿以前的事来说，若不是你主动诱惑我，我会上了你的当吗？现在怎么会有这么多麻烦事。你快将辰妃那个小贱人给解决了，否则我们再也不要见面了……"灵水依原本愤怒的声音突然僵住，瞪大了眼睛望着连城一步步地走下凤台，最后朝她走过去。

她的身子微微颤抖着，然后指着连胤，"皇上……是他……"声音再次僵住，眼前之人哪里是连胤，根本就是曦。

曦将手中的人皮面具丢弃在草丛中，"臣参见皇上。"

连城走到灵水依面前，看着她许久，"水依，朕早就知道馥雅的容貌是你毁的，之所以没有处置你是顾念你姓'灵'，毕竟我对不起你们灵家。但朕万万没想到，你竟与朕的弟弟勾搭在一起，再一次要杀馥雅。这一次，朕绝不会宽恕。"

她呆呆地站在原地，泪水凝聚满眶，却出奇地没有解释没有求饶，只是带着哽咽之声，"连城，我一直都知道，你的心中没有我，但我认为用自己的真心可以感动你，让你爱上我。我尽心尽力扮演好妻子的角色，我学会忍让学会宽容，放下公主的架子迁就你，只因我爱你。可这个女人的出现把我的梦全部打碎了！"她将目光恨恨地投放到我身上，"我妒忌她，凭什么拥有你的爱！那日我明明助她逃离丞相府，她答应我不再回来见你，可是她说话不算数，她又回到你身边，我算什么？她凭什么破坏我们的夫妻感情。"

"若说破坏，你才是破坏我们的第三者。"连城的声音才脱口而出灵水依便怔住了，她迷茫地问："我才是？"

"馥雅她本就是我的未婚妻，若不是你执意求你的皇兄赐婚，我怎会娶你？我最恨的就是有人勉强我做不愿做的事，所以你对我再好，我也不会爱你。"连城说话声虽低沉，却暗藏着数不尽的无情。

灵水依身子一个摇晃，颓然跌坐在露水弥漫的草丛中，低垂着头，泪水滴洒在她的手背上，"真的是我错了？不会的……是她……都是她！没有她我就不会一时被气愤冲昏了头，就不会与连胤做出苟且之事……"

"没有她，我也不会爱你。"

连城一句话扼杀了她最后一丝期许，她惊愕地仰头望着连城，就连哭泣都忘记了。看着灵水依凄惨的样子，我突然觉得她也是个可怜之人。

"皇上打算如何处置她？"曦却丝毫不为灵水依哭哭啼啼的模样所动，冷声开口。

连城没有思考便吐出"废后"二字。

"皇上，别忘记，你还欠她一条人命，她的皇兄。"我没能控制住自己，声音便脱口而出，"一日夫妻百日恩，她虽可恨，却有可怜之处。"

"你不用假好心卖人情，都是你这个贱人，都是你害的……"灵水依疯狂地朝我吼道，声音不断扩散在四周，格外凄厉。

"对，我就是要你依旧坐在皇后的位置上，我要你永远记得，你欠了我的。我要你一辈子都不能安心。"我上前一步，回视着她欲将我千刀万剐的眼睛，"你要知道，你所做的错事并不是'废后'二字可以解决的，你将一辈子受到良心的谴责。"

那一夜之间，连胤被革去官爵，终身不得踏入皇宫一步；灵水依的金印紫绶被收回，幽禁于皇后殿，再不得干涉后宫之事。连城这样雷厉风行地做完两件事，引起朝廷大多数人的不解与反对。但是连城并未解释原因，这是家事，断然不能让朝廷大臣们知道。

当夜，皇后的金印紫绶被白福公公送到昭阳宫，说是皇上吩咐，今后由我代理皇后掌管后宫。这同时也引来了太后，还没等我行礼，她一个巴掌就朝我挥来。我没有躲，硬生生地接下这狠狠的一巴掌，半边脸火辣辣地疼。她这样突然而来的怒气，想必是连城还没来得及将灵水依与连胤之事告知于她吧。

"辰妃你好大的胆子，竟敢鼓动皇上对付自己的亲弟弟与结发妻子。"太后声声指责，火气直冲心头，整张脸因怒气而涨红。

我漠然以对，"臣妾没有。"

"今夜皇上一直同你在一起，才回昭阳宫就下了两道旨，他们犯了什么大逆之罪值得如此？定是你用言语蛊惑皇上，废了皇后而立你吧。哀家告诉你，不要妄想了。"她的声音越提越高，全身皆因气愤而战栗。

"难道皇上没和您说吗？"我平静的声音与她愤怒的声音成了一个鲜明的对比。

"说什么？"

我移步上前，附在她耳边，用只有我们两人听得到的声音说道："小叔子与大嫂有奸情，太后您如何看待？"

只见太后脸色骤然一变，动了动口，却一点声音也没有发出。我清楚地看见，有几滴冷汗沿着她的额头滴落。

蓦然泣红泪

　　灵水依与连胤的事经过了两个多月,已经平复下来。但是连城似乎还不能放开,这些日子经常在御书房几日不曾出来,我也很少见到他,每次来都只是匆匆小坐一会儿就离开,说是有很多奏折要批阅。我知道,他无法从连胤的事中抽身而出,是因为太信任这个弟弟了。

　　原来帝王之家的信任与提防竟是相互的,你若提防,坏了兄弟间的感情;你若信任,得到的却是无情的背叛。曾经我身为公主,每日看着父皇撑着额头想着该立谁为太子时,我就觉得很奇怪,不就是立个太子嘛,用得着如此费心吗?但是经过了纳兰一族的夺权我才明白了当时父皇的忧虑,治江山比打江山还要难,尤其在立储君时,竟是如此困难,生怕手足相残,发生人间惨剧。人人羡慕帝王之家,谁又懂身为皇子的苦呢?

　　这些日子以来,连城表面依旧如常对我,但是他眼中时时流露的伤是骗不了人的。我不想多问,再次挑起他的伤。

　　而这些日子我也很少见曦,听说连城频频召他进御书房,似乎在商讨些很重要的事。难道是对付祈佑?这么快……祈佑的朝廷才除去杜丞相,元气肯定大伤,按理说这个时机确实是对付祈佑的好机会……但是,真有那么容易吗?

　　今日我再踏入储秀宫,才发觉自己很久没有来看纳兰敏了,是从一年前被太后禁足起吧……

　　可当我推开屋门之时,却见她病恹恹地躺卧在床榻上,咳嗽声声声刺耳。我立刻冲到纳兰敏身边,望着伺候她的那名宫女厉声道:"怎么回事?"

 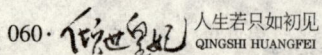

"小主她前几月重咳不止，奴婢去请御医，可是他们看小主不得圣宠，就不肯来医治。奴才想找辰妃您帮忙，可是当时的您又被禁足，根本见不到您。直到数月前才好了些，可谁知今日又复发，比以往严重许多。"她猛地跪下，身子略微有些颤抖。

"你现在就去请御医，就说是辰妃的命令，不来的话，等着掉脑袋。"我咬着牙，一字一句地吩咐着。心中对纳兰敏的担忧之情更是加重，她……若有事，我如何向祈殒交代？他临送我们前，千叮咛万嘱咐，托我好好照顾纳兰敏，我竟没有做到，让她病成这个样子……

我双手紧握那只柔软无力的手，颤抖着声音说："姐姐放心，马上你就能回家了，祈殒的手上有先帝给他的传位遗诏，先帝……很聪明对吗？临死前都将了祈佑一军……所以我们取胜的把握很大。很快，你就能回到他身边，你可以做皇后，可以有你们自己的孩子。"我不断地给她希望，给她期许，让她能坚持下去。

她虚弱地笑着，黯淡无光的眼神中有了一丝光彩，"皇后……孩子……"笑过后，却是一丝绝望，"不，我的身子怕是已经撑不到那一刻了。"

"姐姐不许胡说，你怎么会有事呢？"我强扯着笑，抚慰着她。

"我自己的身子，自己知道。如果我真的没命……回到祈殒身边……"她的泪水顷刻间滚落满脸，湿了衾枕，看着她我的整个心都揪了起来，"如果可以，我真的想回去再见祈殒最后一面……"

我的泪水湿了眼眶，硬咽下酸楚笑道："只要你的病好起来，我们就回亓国，好吗？"

她的眼光一亮，"真的吗？真的可以回去吗……"

我狠狠地点头。

"娘娘，御医来了。"

一听见御医到来，我立刻由床榻边起身，好让御医诊脉，也不知是起得太快还是身体不适，眼前一片黑暗，脚下全然站不稳。御医忙扶住欲倒的我，"娘娘，奴才先为您诊脉吧。"

我摇头，"先为多罗小主诊脉。"我找了一张小圆凳坐下，单手撑着略微眩晕的额头，望着御医为纳兰敏红线诊脉。

半晌，他收起线，捋着胡须道："小主的病因久不得治而积累成疾，再加上她性情沉默寡言，忧郁而成心病，要治愈有一定难度，奴才觉得还是先解开小主的心病再行医治。但是……治不治得好就难说了。"

听到这儿，我的心提得老高，"你说什么?治不好?"我的眼前突感一片黑暗，险些由椅上摔下，御医立刻上前扶着我，"娘娘，您脸色很苍白，奴才还是先为您诊诊身子再谈多罗小主的病情。"

他将红线绕在我的手腕上，诊治许久，脸上由最初的担忧转而浮现出笑容，欣喜地大叹："娘娘，恭喜您是个喜脉。您可是第一个为皇上怀上龙子的呀，恭喜恭喜……"

我的脸色渐渐僵硬，望着御医的嘴巴一张一合，脑子突然无法再行运转。

他说喜脉？我有身孕了？怎么……可能？

我的声音略微有些颤抖，"不可能！"

御医因我的话错愕了好一阵子，"娘娘，千真万确，您已有一个多月的身孕。"

我仍然不住地摇头，犹如听见一个晴天霹雳，"怎么可能有身孕……我曾服麝香近半年，早已是不孕之身……你一定诊错了。"

御医再次捻起红线为我诊断，我屏息望着他脸上的表情，呼吸几欲停止。

良久，御医抽回红线，疑惑地盯着我，"娘娘，您的体内根本没有您所说的麝香存在，何来不孕之说？"

我倏地由凳上弹起，"你胡说！"

御医立刻跪下，"娘娘息怒，奴才所言句句属实，绝无半句虚言，您若是不信，可再请几名御医前来诊脉……"

我连连后退几步，"不可能……"双腿逐渐无力，思想一片混沌。房内突然陷入一片尴尬的气氛，诡异到连我自己都不敢呼吸，只能紧紧将自己的手指紧扣，指甲掐入手心，疼痛蔓延。

御医有些畏惧地唤了一声："娘娘……"

我沉默了良久，最后深呼吸一口气，"本宫怀孕之事，你们不准对任何人提起。"

"这……娘娘有孕是件好事……"御医急急地脱口而出。

我厉声打断，"就按本宫的吩咐做，如敢泄露半句，唯你们是问。"

断云连碧草，点点是春色，日暖风拂露，翠袖衬罗衣。我头昏昏地回到昭阳宫，望着处处撩人的景色竟是暗淡无光。

幽草远远见我回来，便朝我跑来，口中还大喊着："主子，皇上等您很久了。"

听到这儿，我有片刻的失神，恍惚地后退几步，欲往回走。

"馥雅。"连城一声低唤令我止住步伐，我望着连城立在寝宫门槛之内，看着我的眼神那样认真。我淡淡地回避开，缓步向他走去。

"你怎么了？脸色如此苍白。"他担忧地抚上我的额头，"幽草，去请曦过来为……"

"不用了。"我急忙打断。

 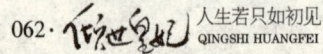

他脸上的担忧之色渐渐隐去,取而代之的是疑虑之色,"你到底怎么了?"

"没什么,我只是累了,休息会儿就好。你不是还有很多事要忙吗,不要因我耽误了国事。"我强颜欢笑地将他往寝宫外推去。

"你是不是怪我这些日子冷落了你,其实……"他着急地想解释,我却笑着摇头,"没有,我怎么会怪你呢。我真的只是……累了。"

望着我,他突然沉默了下来,静静地盯着我,似乎要把我看透。

我佯装没看见,朝幽草笑道:"幽草,送皇上。"言罢,我也未多做停留,徒步朝寝宫内走去,身后很安静,我却始终没有回头。脚步声回荡在空寂的寝宫,微暗的烛火在桌案上摇曳,滴滴红泪滚落,我便伸手去接。滚烫的红蜡滴在我的肌肤上,火辣辣地灼痛,我用力咬着下唇,不让自己哭出来。

——没错,你这杯所谓的梅花酿,与当年我所饮之茶的香味一模一样。

——告诉我,你是不是早就知道那杯梅花酿内加有麝香!所以那日你见我饮此茶才略有激动之色?

——是。

——对不起。

——你做了什么对不起我的事吗?

——没什么,只要你幸福开心便好。去寻找属于自己的人生,能飞多远便飞多远,再也不要回来了。

想到曾经的一切,我不禁笑出了声……

到底是韩冥骗了我,还是我误会了祈佑?

"主子,你这是在做什么?"才踏进寝宫的兰兰立刻冲到我身边,一把将我的手由烛台上抽离,忙将凝结于我手心的蜡拨去,再冲外边大喊,"幽草,快打盆冷水进来。"

看着焦急的兰兰,我依旧挂着淡笑,"我没事,你去请连曦大人过来。"

兰兰犹豫片刻,终于放开我的手,快步跑了出去。

约莫一盏茶的工夫,曦来了。他一见我便要为我把脉,我立刻将手藏进衣袖,"曦,这次我召你过来是想问一下,我体内的毒何时能除尽?"

"再过三个月吧,只要你日日服下我为你调配的茶。"

"你的医术确实高明呀。"我赞叹一声,"那你说我的身子有希望怀孕吗?"

曦奇怪地睇我一眼,"当然有希望。"

"是吗?那为何我与连城同房半年之久,竟不能怀上孩子?"

"你的身子确实太虚弱了,所以比一般女子要难怀一些。待到你的身子好起来,定能为皇上怀上孩子。你无需太担心。"他细声安抚着我。

我含笑而点头,"对了,你初为我把脉之时,有没有发现我体内潜藏着……麝香?"

"没有。"他很肯定地摇头,"你千万不能乱碰那东西,若误服了它,就真不能怀孕了。"

"是么。"我平静地笑着,藏在衣袖中的手却在微微颤抖着。

"你的脸色真的很差,让我为你看看。"

"不用了,曦。以后你无需再来昭阳宫为我诊脉了。"

夏雷阵阵,雨卷残花,满庭风雨落叶凋疏。孤立回廊阶前望纷飞乱雨溅泥,声声敲心。这场雨似乎下了很久,却始终不肯停。

在雨滴乱弹声间,有人高喊:"皇上驾到!"

隔着密密麻麻的雨望去,连城在几位奴才的簇拥之下,打着一把伞而来,虽然伞很大,但仍旧湿了他的龙袍,泥土沾满了他的龙靴。

待到他进入廊内,我由袖中取出帕子为他擦拭额发间的残珠,"这么大的雨你还来做什么?"

"相信你听说了,兰嫔有了我的骨肉。"他任我在他发间擦拭着。

"嗯。"我点点头,"是好事,皇上该开心。"

他轻笑一声,"我是很开心。"

看着他脸上的笑,根本没有笑到眸内,我知道,他想要一个属于我们的孩子。但是现在我还不能告诉他,我必须先完成一件事,才能对他说。

见我沉默,他说:"刚批阅完奏章,突然想喝一杯你亲手泡的雨前茶。"

为他拭干了发间的残珠我才收回帕子,"只为喝一口茶吗?"

"只为一口茶。"他含笑搂着我的肩,"你肯为我泡杯雨前茶吗?"

我倦倦地靠在他怀中,闭上眼帘,"不论多少杯我都愿为你泡,但是……我想求你答应我一件事。"

"你说。"他温润的声音传至我的耳中,暖暖的气息拂在我的脸上,痒痒的。

"纳兰敏病了,非常严重。我希望带她回亓国见祈殒一面。"我的声音非常平静,没有起伏。却感觉他的身子一僵,立刻回了句,"不行!"

我睁开眼睛,看着连城肃冷的脸色,心头一紧,"她怕是快不行了。"

"不行。"依旧是这两个字;我黯然垂首,望着脚下污泥飞溅,不再说话。

我们之间顿时沉默了下来,过了许久,只听连城一声叹息,"让曦同你们前去吧。"

我霍然抬头仰望他的脸,无奈中带了丝丝宠溺。"你答应了?"

"现在能为我泡杯雨前茶了吗？"他执起我的手，将我领进寝宫内。

感受到他温热的手心，我的心中涌现出愧疚之情，"你不担心纳兰敏一去不回头，将来助祈殒登上皇位后没有可挟制于他的筹码吗？"

"傻瓜。"他半带苛责半带爱怜地斥了一句，"相较于这件事，我更担心的是你。我怕的是，你一去不回头。"

我的眼眶一热，"连城，我会回来的，这是我对你的承诺。"

他见我的眼泪随时可能滑落，忙制止我继续伤感下去，"我相信你，我会等你回来的。"

我笑着转身走向桌台为他泡茶，泪水却弥漫了整个眼眶，滴入水中，在澈明的杯中荡漾出圈圈涟漪。有些事我一定要回去弄清楚，否则，我这辈子都不会甘心的。

梅花酿之谜

伴随着阵阵夏雨，电闪雷鸣，我们乘着马车再次回到亓国。看着离我们不远的金陵，我的心竟有一丝恐慌。两年未再涉足，却是如此熟悉又陌生。如今的我已经二十有二，一晃如梦，自亡国后已经七年之久了，真快！犹记得那时与祈佑的初见……想着想着我不禁苦涩一笑，都是往事了！

一路上，纳兰敏咳嗽阵阵依旧不能止，最严重那一次竟咳出了血，触目惊心。曦一路上为了照顾她的病情走走停停花了十日才抵达亓国，而在这十日内，纳兰敏的病情奇迹般地由最初的奄奄一息而渐渐好转，原本黯淡无光的眼神中散发着异样的光彩，难道这就是爱情的力量？

我兴高采烈地冲出马车找到曦，他却一语不发地走到雨后烟雾弥漫的小溪边，我跟了上去，"怎么了，她的病情到底怎么样了？是不是有好转的迹象？"

他依然不语，默默凝望小溪内的清水随波逐流。

我的心漏跳几拍，心知他的沉默意味着什么，急急地上前一步，"她不再咳嗽了，脸色也渐渐红润了。"

"看事并不能只看表面。"淡淡的一句话，衬得溪水潺潺之声更加清晰明朗。

"你是什么意思？"我的话才落音，胃里涌现出一股恶心的冲动，我忙捂着嘴干呕。

曦侧首望着我，神色如常，只是那对眸子仿佛能看穿一切。待我平复了恶心的冲动，缓了口气，朝他笑了笑，"可能水土不服，吃坏了肚子吧。"

他不理会我的解释，冷漠地环视了一会儿空旷的四周，用缓淡的声音说了句，"出来吧。"

转瞬间,七名貌美的女子从天而降,齐齐跪在他面前,异口同声道:"主子。"

"蓝菱,你们一路跟着,似乎有急事?"曦将冷眸投放在为首那位清傲的女子身上,我认出了她,是那日在客栈内的白衣女子。我有些傻眼地望着她们七人,江湖中人都是如此神出鬼没吗?而且一次七个美女,多招人注目,如果真这样进金陵,还不让人给盯上。

那位被称做蓝菱的女子缓缓起身,将手中紧握着的白色信鸽递给曦,"这个是我们昨夜劫到的信鸽,一直不敢出来与主子见面,是怕您不高兴。"

曦不答话,接过信鸽,将绑在鸽子脚边的纸条取下,才看清内容,原本冷漠的脸上出现了一丝疑虑。我还在奇怪里面写了些什么时,他已将纸条朝我递来,我莫名其妙地接过,上面清楚地写着:辰妃,馥雅公主。

"这是谁发的信鸽?欲飞往何处?"我心中暗潮汹涌,一股不好的预感蔓延到全身。

"谁发的倒不清楚,但是看这鸽子的走向,应该是飞往金陵的。"蓝菱说话时并不看我,只是垂首向曦禀报,对我的态度异常冷淡。

"是谁,竟知道我的身份,还要飞鸽传书给亓国。"我将纸条紧紧握在手心,暗自沉思着。这信鸽很有可能是出自昱国,但是知道我身份的只有连城、曦,岚苑那夜连城还亲口对灵水依说出我本是他的未婚妻,那就是灵水依也知道了。曦每日与我一起,断然不可能;连城就更没有理由做这样的事了。最有可能的就是灵水依,可她为何要这么做,这样做对她有什么好处?

"好了,你们都退下吧。再过几里路便是金陵,你们若继续这样跟着我,会引起众人的注目,暴露了身份。"曦不再继续追问下去,挥挥手示意她们退下。

转眼间,七名女子如风般消失得无影无踪,独留下我们二人相对而立。曦蹲下身,捡起脚边的一颗石子,用力朝清澈的溪水掷去,"这件事,你怎么看?"

我不说话,等待着他说。而他却起身,拍了拍略沾于手的泥土,"走吧。纳兰姑娘等得太久了。"

不等我,他自行朝马车走去。我站在他身后干瞪眼,还以为他会发表一番高谈阔论呢,没想到他竟自顾自地走了。难道他心里已经有了答案?是否和我想的一样呢?

不过这次幸好信鸽被她们给劫下,若真的飞往亓国那还了得?

黄昏时分,我们抵达了金陵城,那时的纳兰敏已经开始坐立不安了,目光中闪烁着熠熠光辉,根本不像一个有病在身的人,我真的很怕她是回光返照。希望,是她对祈殒的情让原本绝望的她振作了起来,或许爱真的很伟大。

"到了,到了。"纳兰敏在马车内兴奋地望着窗外繁华的街道,双手紧握,眼神有些涣散慌张,乱了方寸,"好久都没看到他了,不知他近来可好……"

"放心吧姐姐,我们早就派人通知祈殒今日会到,他一定在府上等你呢。回到府中你就能见着他了。"我拍了拍她的手,安抚着她。

她渐渐平复了自己内心的慌乱,压抑着躁动。

约莫过了半个时辰,天色渐渐暗了,我们才抵达楚清王府。由微掩的后门进入,看来他们是早料到我们会从后门进,故微掩后门方便我们进入。

凉风徐徐,蒙蒙月华知,孤影枝摇曳。整个楚清王府如空城,一个人影也看不到。飞絮飘飘,回廊钩挂的灯笼内未点烛火,静得让人觉得可疑。

"不对劲。"曦一声未落,阵阵脚步声回荡在空寂的庭院当中,火把映照在我们的脸上,将漆黑的院落照得恍如白昼。数百名官兵将我们三人重重包围,曦暗自抚上腰间,我知道,他欲拔出缠绕于腰间的软剑,作奋力一搏了。

这时,祈殒被两名官兵押了出来,他全身被捆绑着,两把锋利的刀架在他颈上,随时可能割断他的喉咙。纳兰敏低呼一声:"王爷!"

"等你们很久了。"冷硬的声音中夹杂了几分杀戮血腥之气,让谁听了都会有种不寒而栗之感。

我知道,这一次,又输了。

众官兵让出了一条道路,身着金衣便袍的祈佑在韩冥的陪同之下走了出来,他魅冷的目光扫向我们,最后将视线停留在我身上,目光明显一怔,他是没有料到今夜我会出现在此吧。

他凝视我许久,终于还是淡淡地收回目光,对着曦道:"怎么,很惊讶我怎么会知道你们的计划?"

"洗耳恭听。"曦处变不惊地回道。

"纳兰祈殒,朕早就知道他手上有一份遗诏,朕早就知道他有谋反的异心。之所以不动他,正是顾念他是朕的五哥,朕希望给他一条生路。可是他竟不知进退,胆敢勾结昱国来谋夺朕的江山,这点断然不能容忍。"他的目光中隐隐藏着一丝悲痛,更多的却还是那份与生俱来的冷血残酷之色。

"你们懂得在朕的后宫安插奸细,难道朕就不懂在你们昱国安插奸细吗?"他将目光由祈殒身上收回,投放在曦身上,"真是不明白,你们在这么危急的时刻竟还敢来亓国。"

果然是昱国有奸细,那个信鸽定是欲传送给祈佑的,只可惜被我们劫下了。这一

 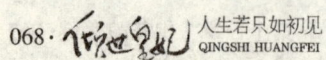

切只能怪我,若不是我急着想要回来找韩冥要一个解释,若不是纳兰敏在此时此刻病入膏肓,我们又怎会陷入此等危机之中呢?我们还是斗不过祈佑,他……确实是一个天生的王者。

这时,一把剑破空而出,在火光的反射之下刺得我睁不开眼。待到一阵冰凉之感传到颈间之时,我才睁开了眼睛。曦手中那把锋利的剑已经架在我的脖子上,他一声冷笑而望祈佑,"你觉得,是谁输了这场游戏?"

"你做什么?"祈佑脸色肃然一变,盯着他手中那把剑冷声开口。

"纳兰祈佑,你知道她是谁吗?"曦的剑加了一分力道,狠狠地抵着我的脖子,"她是我昱国的辰妃,她的肚子里怀着我大哥的骨肉。"

祈佑盯着我,眼神中有置疑。我却回避了他的目光,用我的沉默来表示我的默认。我就觉得奇怪,曦身为御医,看见我一路上连连害喜的症状为何不闻不问,原来他只是在装傻而已。

"既然她是……辰妃,还怀着龙嗣,现在你是想利用她来威胁朕?"他一声笑,是那么讽刺,看在我眼中是如此刺眼。

"没错,她确实是辰妃,但她同样是你的蒂皇妃,不是吗?"

我看见祈佑的手紧紧握拳,寒光直逼曦,仿佛随时可能杀了他,"你要怎么样?"

曦毫不在意他眸中之杀气,竟发出一声轻笑,"放过纳兰祈殇、纳兰敏,让我们安全离去。"

"一条命换这么多条命?"祈佑或许是被他的轻笑引导,竟也发出了一声冷笑,"朕不信,你敢杀她。"

曦的手再次用力,疼痛蔓延着我的颈项,我看见有滴血沿着刀锋缓缓滑落,一条醒目的血痕染红银白的剑,"那你试试看?"

我静然不动,却因疼痛而闷哼一声,这个曦下手还真是重啊。

"好,你们走。"祈佑立刻下令让众人空出一条安全之路供我们离去。纳兰敏冲上前,将祈殇身上的麻绳解开,扶着他跟随着曦缓缓离去。

身后一大批官兵紧紧尾随,祈佑的目光自始至终跟随在我身上,充满矛盾复杂之情。而我却怔怔地盯着祈佑身后的韩冥,他在回避,根本不敢看我,他是在心虚吗?这一切都是他在骗我吗?

"主子。"曦手下的七大美女及时来到此处接应,一时,两方对峙。

"朕说话算话,你放开她。"祈佑隐隐含着冷意盯着不肯将我放开的曦。

"你放心,我会安全带她回昱国的。"他勾起邪恶一笑,托起我的身子,翩然飞跃而起,迎着风,我蓦然回首而望离我越来越远的祈佑,心中迷茫。他向来不可一世,为达目的不择手段,此次纵虎归山的后果他该知道有多么严重的。我的腹中有连城的孩子,他真的认为曦会对我下杀手吗?祈佑,你真的是个非常难琢磨的人,又或是我从来没有真正了解过你呢?

也不知曦带我行了多少路,来到一处空旷的树林,祈佑的兵早已没有踪影,不一会儿,祈殒与纳兰敏在曦手下的带领下也赶到。

明月悬穹天,暗香侵衣襟,我们彼此静静地立在原地,呼吸喘气之声混杂在一起。我看着神色依旧沉冷的曦良久,犹豫再三才开口,"你何时知道我有身孕的?"

"自那日你问起我麝香之事,之后又不让我为你诊脉,所以我便将此事告知于大哥。听大哥一番言语,我便猜测你已有孕在身。"

"连城可知我有身孕?"

"知道。"他顿了顿,"那日大哥要放你回亓国,我再三劝阻,他却始终相信你会回去,他说会在皇宫等你与孩子回去。"

看着曦的唇一张一合,一字一语传进我耳中,原来他早知道……他早知道我回来的目的何在,却仍旧要放我回来。我终于能理解他那一句"我怕的是,你一去不回头",他既然担心,又为何放我回来?

"连曦,你到底还有多少事瞒着我?"

他只是静静地看着我,神情阴暗难测。

我一声冷笑,暗含着自嘲,后退几步,"我会自己去找答案的。"

"辰妃!别忘了你的身份,你肚子里怀着我大哥的骨肉。"他愤怒地扯着我的胳膊。第一次见曦发怒,我还以为他一辈子都不知气愤为何物。

"好,你要知道,我全告诉你!"他的声音绝响在树林,随嘶嘶夏风,格外森然。他的手下都微微变了脸色,错愕地看着曦。

"我第一次见你,并不是在客栈,而是在亓宫的养心殿,你在我们面前舞了一支凤舞九天。

"或许你不知道,那日我扮成大哥身边的手下进入养心殿,我们此去的目的并不仅仅是晋见纳兰祈佑,还要刺杀纳兰祈佑。可是大哥对我说,你就是馥雅公主,是他的未婚妻。为了那次的刺杀我们安排了整整一年,却因你的出现,大哥取消了。他说,不想你伤心。

"半年后,再遇你,你是出逃的皇妃,我将你掳去芜然山庄,用还你容貌的条件让你进宫为我刺杀太后。但是杀太后只是一个幌子,我怎会因仇恨杀我一直尊敬的大

 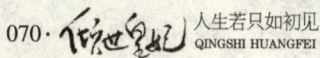

哥的母亲，其实早在大哥救我之时，我便原谅了她。我对你说这个谎只为将你送到大哥身边，待到你真的爱上我的大哥，我便会把真相告诉你。

"对，纳兰祈佑一年前铲除杜家后，并没有立苏思云为皇后，他的后位始终空着。他一直在等你，等你回到他身边。但我不能告诉你，若你知道这件事，定然会离大哥而去，所以我才撒了这个弥天大谎。"

当他将一连串的真相说出之时，我却笑了，"我从来没想过，你与连城也会骗我。"

"大哥是后来听你说起祈佑立后才起疑，跑来质问我。那时他才知道真相，你不可以怪他。一切都是我搞出来的。"

我用力甩开他始终紧拽着我胳膊的手，调头便走。曦没有再阻拦我，只是庚冷地开口，"你若去找纳兰祈佑，我会让你后悔。"

"有件事，我必须问清楚。"我没有回头，依旧信步前行，身后再没一丝声音，而我的脑海中只有一个念头，我要见韩冥，他必须给我一个解释。

徒步而行，朝韩冥的府上走去。他府上的守卫说他进宫还没回来，我便在他府外的石阶上坐着等他。相信现在的他是与祈佑在一起商讨如何攻打昱国吧，此事已经被揭发，连城是危在旦夕，随时有动乱的可能。如今的连城身边是最需要有人陪伴的，只要我解决了韩冥的事，我就该回去了，我承诺过，一定会回去。

也不知道等了多久，人依旧没回来，我双手抱膝，低头俯视脚下的蚂蚁一步步挪动着寻找粮食，在月光的照耀下显得格外勤奋，我不自觉地看出了神。直到一个黑影挡住了我眼前的光，阴郁笼罩了我整个头顶。

我仰头望着韩冥，他正静静地俯视着我，月光映照着他的身影，暖暖的金光灿然。时间在那一瞬间凝聚，我们对视良久，都未有人先开口。

"爷，您回来了。"一名中年男子拉开厚实沉重的大门，毕恭毕敬地走到韩冥身边，请他进去。

韩冥看了他一眼，再转向我，"进去说吧。"

"我只有几句话，问完我就走。"我由石阶上起身，与他相对而站。

韩冥挥了挥手，示意他退下，"你问吧。"

"梅花酿里，是不是根本就没有麝香？"

"是。"很简单的一个字的回答，却让我觉得好笑而讽刺。

"你到底有什么目的？"

"没想到，你会去昱国，你会成为连城的妃子。"他苦笑一声，眼神中依旧是淡淡的回避，"曾以为，让你对皇上死心，你便会义无反顾地离开，寻找你心中的梦。我以为那是对你好,却没想到,将你推进了仇恨的深渊。"

我的心头一阵酸楚,百般滋味萦绕心头,"你只为让我离开祈佑?"

他的脸色在月光的照耀下异常苍白,我才发现,这短短两年间,他的脸上已经浮现出沧桑的痕迹。只见他虚无地笑了笑,更是憔悴,"知道吗,你幸福便是我最大的期望,可是你并不幸福。我也不知道皇上还会对你用什么手段,不知道会伤你多深,所以我与姐姐一同撒下了这个弥天大谎。"

他突然将手伸进衣襟之中,掏出一本暗黄带血的奏折,最后递至我面前,"我以为这个谎言可以让你追寻属于你的幸福,却没想到,让你如此恨皇上。是我低估了你对皇上的爱,忽略了孩子对母亲的重要性。"

我的手脚麻木,脑海中一片空白,颤抖着接过那本奏折。我从来没有想过,这本奏折会再次回到我的手上,胸口窒闷到连喘息都困难,再次凝望里边的九个字,脑海中闪过一幕幕往事,竟依旧刻骨铭心,一刻都不曾淡去。

"我以为,再也没有机会将它还给你了。潘玉,原谅我又一次的自私。"

知了声声绝响,响彻云霄,衬得四周寂冷凄凉,府门悬挂的灯笼被风吹得轻然四摆。我们二人的影子拉了好长好长,仅是短暂的沉默,我悠然开口,"忘不了,雪地中曾背我走过那条艰难路途的人;忘不了,在我最凄凉那一刻说要守护我的人。忘不了,在我大婚那日背我上花轿的人;更加忘不了,那个为了让我寻找自己幸福而撒下善意谎言的人。"

看着他缓缓抬起始终低下的头,神色涣然。我继续说:"陷害祈星是我这辈子最后悔的事。所以我不会恨你,更不想祈星的悲剧发生在你身上。"

韩冥的眼中熠熠泛光,似乎闪烁着一层薄薄的雾气。我的双手紧紧捏着奏折,十指生疼,蓦然回首背对着韩冥,"找到了答案,我也该回去了。"

"回连城身边?"

"我说过,一定会回去的。"将那本奏折收入怀,淡然笑了笑,才欲提步前行离去,却发现远处幽暗之处站着一个黑色身影,我看不清他的脸,却依稀可辨他的身份。

祈佑!

他在那里站了多久,他又听了多少。如果麝香之事被他知道了,韩冥将犯有欺君之罪,以祈佑的个性又会如何处置他?不会,如今正逢乱世,内忧外患,他不会对付一个手握重兵,对他江山有足够影响力的人。

一想到此,我便安心了,放开心头的焦虑而前行。

祈佑徐步而来,慢慢由阴霾笼罩的黑暗中走出,他的脸上覆盖着层层肃冷,眸中

 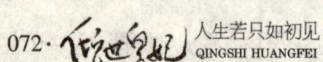

隐隐有杀气。却不知那份杀气,是对我抑或是对韩冥?

"皇上!"韩冥似乎这一刻才发觉祈佑的存在,声音中夹杂着一丝忧惧之情。

祈佑的步伐由最初的缓慢而变快,直朝我来,一把拽住我的手腕便将我扯向另一处。我无法挣脱他的钳制,更不愿费力去挣脱,有些事,是该解决了。

他带着我走向黑夜茫茫的小巷,阴暗的小巷时不时传出几声老鼠的吱吱声,还有腐食的腥臭之味。我随着他的步伐,跟在他身后而行,他走得很快,我几乎快跟不上,不时地喘息着,有汗水渗出我的额头。

终于,他停下了步伐,放开了我的手腕,却始终背对着我。而我则是轻抚上那只已经被他捏得酸痛的手腕。

等了许久,他却始终不发话,只是静然地背对着我而伫立,如一尊冰雕,一动不动。从何时起,我们竟相对也无言了?

我扯出淡淡的笑容,率先开口,"你带我来,只是为让我看着你的背影吗?"

"你真的要回到连城身边去?"他的声音有些沙哑。

"在来亓国前一日我就承诺过,一定会回去。而且,我还有他的孩子。"尽量使自己的声音显得云淡风轻,不把悲凉表现在声音中。

"既然有了他的孩子,为何又要回来?"

我不语,将视线投放在漆黑的边缘,寻找黑暗中的角落,孤独地伤痛。

他倏地回头,一步一步朝我逼近,"是因为你根本放不下,你根本不爱他。"

他突然的逼近让我感觉到从未有过的恐慌,一步步地后退,最后被他逼到墙角边缘,我再也无路可退,"他能给我安定。"

"他不能!"祈佑的声音霍然提高,"不久,我就会对昱国出兵,他如何给你安定?他如何保护你?"

"祈佑,你从来都不曾了解过我,就像我也不曾了解过你。"我无力地瘫靠在墙上,终于能正视他的瞳,"我追求的不是地位,不是权力,我和连城在一起,并不是因他是皇帝,并不是因他能给我一个妃位,而是他能给我单纯的爱与快乐,即使平凡无奇也是一份心灵中最深的感动。

"和他在一起很轻松,将他的快乐与愤怒与我共享,我们之间的相处虽然平淡却安逸融洽,我的心也不会有与你在一起时那种撕心裂肺的痛。

"我与你在一起虽然会有酸涩、甜蜜、幸福,是那样色彩斑斓,轰轰烈烈,但是你给我的痛却大过给我的爱。我们几经波折才走到一起,我知道,这份爱情需要去珍惜,需要理解与维持,可是你从来没有给过我信任。

"和你在一起,我很压抑。你给我的是封闭的心,给我的永远是你的背影。你从不把你的心事与我分享,任何事都藏在心中默默承担。你以为你所做的一切都是为了我好,是为了给我幸福,但是你却从来没问过,我想不想要。"

我一口气将多年隐藏在心底的一切脱口而出。他听完我的话,静然地盯着我良久,紧绷的身子突然有些松弛,却始终不发一语。我吞下一口夏日沁凉之气,欲越过他离开,却被狠狠按回墙角,"今后,我会尽我所能去补偿你。"

"我必须回去。"我的声音异常坚定。

"因为孩子?"

我不答话,静静地站着,他也不语,单手撑着我身后的墙。就这样一直僵持着,他突然重重地吐出一口气,声音渐渐由最初的冷硬软了下来,"我希望你不要走。这个孩子,我会当做……你我亲生。"他似乎下了很大的决心,在"你我亲生"这四个字上格外认真。

我不敢置信地望着他的瞳,我从来没有想过,这句话会从天生残冷无情的祈佑口中听到。我打算由他的眼中探寻此话的真假,但是他的认真与挽留之色,皆是再真不过了。或许,他说这句话时真的下了很大的决心,又或许,这句话只是权宜之策。无论如何,孩子,毕竟是我与连城的。

我轻轻地摇头,"不可以,连城在等我。"

他双手紧攥着我的双肩,"你根本不爱他!"

"那你爱我吗?"我的一个问题突然问得他哑然,见他怔忪,我又开口,"还是你更爱你的皇位?"缓缓由怀中将韩冥给我的奏折掏出,摆在他面前,暗自嘲讽地笑道,"'潘玉亦儿臣心之所爱'。这句话的分量我懂,那一刻你对我的爱已经超越了皇位,你为了我们的爱打算放弃皇位,我都懂。可是后来,为什么会变了呢?只因你是皇帝,你就要扼杀我们的爱,将爱蒙上一层权欲阴谋吗?"

他将手由阴冷的墙面收回,转而紧紧握着我的手,看着我手中的奏折,凝神思考了许久。感受到祈佑手心中的温度却是如此冰凉,好像……他的手心一直如此,似乎永远没有温度,永远都暖不热。

"如今,你依旧是我心之所爱。"他猛然将我搂入怀中,紧得让我几乎喘不过气。理智告诉我,应该推开他,但是我的心却不想推开他,或许,这会是最后一次待在他怀中,享受这最后一刻的宁静了吧。这瞬间,他对我的一切伤害,似乎已经淡去。于他,我似乎永远做不到狠心!

"对不起,我想为曾经对你所做之事做出一些补偿。"他的声音传递到我耳畔,飘飘洒洒的气息拂过我的脸颊。我将脸靠在他的臂膀之上，想了许久，"如果你真的想补偿什么，就放我回去吧。将来在亓国与昱国的战争中，不论谁胜谁负我都不会为我今日所做的决定而后悔。如今，一统三国，是你的夙愿吧。我也觉得三国应该统一，四分五裂，长年的战争早让百姓身心疲惫了，应该有个明君去治理。"

感觉到他的手掌轻轻抚上了我的发，缓缓滑落，"于你，我绝对不会放手。"

话音落，只觉颈项间传来一阵疼痛，我还没来得及反应已经意识模糊地倒靠在他的怀中。在意识逐渐被抽离之时，恍惚听见一个脚步声传来，声音阵阵贯彻凄寂的小巷。

素绾九阙萦指柔

　　韩冥一路尾随着皇上进入小巷,在拐角处徘徊不定,不知是否该上前打扰。他忧虑的是皇上如果真的要扣留下馥雅,那将会引起一场大乱。带着这样的心情在原地踌躇着,他终于还是下定决心,应该劝阻皇上,即刻转出拐角之处,朝前方不远处的人影徐徐而去;却见皇上一掌将她打晕。

　　见到此情景,韩冥加快了步伐冲上前去,"皇上!"

　　祈佑将倒在自己怀中的馥雅拦腰横抱而起,冷淡的目光扫向韩冥,"回宫。"

　　"不可以!皇上,你不放她回去会挑起战争的。"韩冥拦住了祈佑欲向前的步伐。

　　"朕,就是要挑起这场战争。"他睨了韩冥一眼,神色带着前所未有的坚定与不容抗拒的王者之气。

　　韩冥一惊,霍然望着早已经昏死过去的馥雅,"原来皇上是打算用她来做导火线,引连城先发动战争。可是您不觉得这样做对她很残忍吗?"

　　"成大事者,必须舍去一些舍不得,这便是帝王。"他的目光有些闪烁,搂着馥雅的手收拢几分,"而且,对于她,我是不会放手的。"

　　韩冥突然单膝跪了下来,"皇上,臣请求辞官。"

　　"你在威胁朕?"他带着一声冷哼伴随着淡笑脱口而出,"难道不想守护你的姐姐了吗?她勾结朝廷大臣做着私家买卖,将一笔笔非法钱财私吞,你以为朕都不知道?朕对她的容忍,皆因你在朝廷立的功,如若你离开了朝廷,你可以想想你姐姐的下场。"

　　韩冥一惊,心中闪过种种复杂的情绪,姐姐的事他确实早就知道,劝过多次,但是她已经不能回头了。他一直留在皇上身边,为的只是姐姐,只为了保她啊。如果他

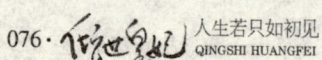

真的辞官了，那皇上第一个对付的就是姐姐，他不能弃姐姐于不顾，绝对不可以。

祈佑没有再看韩冥一眼，径自越过他，走了几步却又停了下来，缓缓开口，"你有欺君之罪，希望你能戴罪立功。"

丢下别有深意的一句话，将他投身于漫漫长夜中的星空之下，凉风拂过韩冥的发丝，飘飘扬起。他紧紧握拳，目光狠狠地盯着黑暗的角落，这就是身在朝廷的无奈。若不是姐姐，他想，两年前自己会带着潘玉远离吧。如果他不瞻前顾后，就不用刻意说一些谎言去欺骗她……

他颓废地起身，缓缓跟上了祈佑的步伐，月光的照耀下，他的脸色更加苍白如霜，仿佛一夜之间老了十岁。他盯着祈佑的背影，无声一叹，这辈子，他怕是要卷入这场无休止的战争了。

养心殿

暖风回芳草，珠幕碧罗天，红翠柳叶羞对。苏思云一直担忧地徘徊在寝宫外，焦虑地等待着祈佑的归来。还记得数个时辰前，他领着一批禁卫军匆匆出宫，似乎急着要办什么重要的大事。她的心一直不停地起伏着，不会出了什么事吧。

也不知在回廊前多少个来回与踌躇，终于见到祈佑的归来，她不禁迈开步伐迎了上去，"皇上……"声音还未落下，步伐就僵住了，怔然地望着他怀中轻柔而抱的那个女子，在灯火摇曳中，微弱的光映照着她那绝美略显苍白的脸，忽明忽暗。

"她……是谁？"看着祈佑一步步地朝自己走来，眉头深锁始终放不开。

祈佑只是淡淡地掠了她一眼，却不回话，自顾自地朝寝宫走去。苏思云的手有些颤抖，目光中闪烁着令人怜惜的水汽，仿佛随时可能凝结成珠而滚落。又是一个女人，为什么又是一个女人？曾经先有蒂皇妃，后有花蕊夫人，再有陆昭仪……如今这个女人又是谁？难道他深夜出宫只为这个女人吗？

她一直以为自己在他身边是特别的，可为何他总是宠幸了一个又一个的女人，为他付出了那么多，为何他的心就是不肯只为她停留……难道她所付出的一切，皆是过眼烟云吗？他对自己说的话全是假的？

她冷硬地朝寝宫内走去，只听见祈佑低沉的声音传出，"快请个御医为她看看。"虽然淡漠却带着不尽的温柔。她的手不禁握成拳，指甲狠狠掐进手心，唇齿间狠狠地咬着，有血腥味传至舌间。

最后，她翻然转身而去，衣角拂过地上的尘土，带出呛人之味。

连曦与纳兰敏、祈殒在那片树林里一直等着馥雅,整整一夜,谁都没有说半个字,僵在原地沉思着。

连曦望着东边初起的太阳越升越高,耐心也一分一分地被磨光,"走吧。"

"再等等吧,我相信妹妹她一定会回来的。"纳兰敏立刻上前挡住曦欲离开的步伐,"她有了皇上的孩子,不会那么自私留下的,我相信她。"

"一夜了,有什么事需要谈一夜吗?"连曦讽刺地一笑,掠过纳兰敏看着祈殒,"楚清王,你现在有何打算?"

祈殒笑了笑,"如今我已是丧家之犬,你我的谋算已被揭发,还能有什么打算。你还是速速回昱国吧,祈佑做事向来雷厉风行,出卖他的人,他绝对不会手下留情,他下一个目标定是对付昱国,你们要快些准备好……怕是有一场大战要展开了。"

"我应该去的地方不是昱国,而是夏国。"连曦的眸中闪过一抹算计的亮光,深莫能测,"如果楚清王愿意的话,就随我去夏国证实一件事吧。"

祈殒望着纳兰敏,还在犹豫着,她的身子似乎不太好,如果还要连日奔波,万一出了什么差错,他会后悔一辈子的。

"不用担心我,我的身子可以挺住。"纳兰敏上前一步,轻柔地握上他的手,"我不想牵绊住你的脚步。"

祈殒回握着她的手,淡淡地望着连曦,下定了决心,"好,我们现在就起程前往夏国。"

"好,果然是个成大事者。"连曦猛拍上他的肩膀,不住地赞叹了一声,"馥雅公主,我说过,会让你后悔的。"

纳兰敏垂首,凄然地扯出淡淡的笑。自己的身子怎么样她很清楚,在生命的最后一刻,她希望陪伴在他的身边,陪着他一起完成他的夙愿,这样她就能安心离开了。

夏国

连曦单手抚玩着翡翠玉杯的盖帽,茶水中的热气时有时无地蹿出,袅袅泛起轻烟。祈殒双手置于桌上,目光深沉,双唇紧抿,呼吸平稳。偌大的殿堂格外寂静,似乎都在思考着什么。

夏帝元荣端起案上的杯,置于唇边轻抿一口,香气充斥着口腔,他闭目回味了好一阵子才将杯放下,"你是要朕与昱国联手对付亓国?朕没听错吧,多年前连城还派兵攻打夏国,是亓国派兵增援才免遭一难。更何况,如今的夏国也没有那个实力与之对抗。你们回吧。"

连曦猛然将盖帽置回杯上,清脆的声音响遍大殿,"如今亓国已准备攻打昱国,

 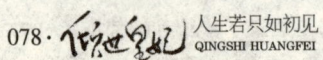

单凭我们一己之力根本无法与之对抗,如昱国真的灭亡,下一个被亓国吞并的便是你夏国。"

元荣扬了扬嘴角,丝毫不为所动,"这不需要你操心。"

连曦一声狂傲的冷笑,"堂堂夏国之主竟是如此顽固不化。亓国野心勃勃欲吞并昱、夏二国一统天下,您还想置身事外!况且……"他的声音突然顿住,凌厉的目光直逼元荣那颇有自信的眼,"您可记得夏国的馥雅公主?"

一听"馥雅公主"四字,他的脸色惨然一变,抚着杯的手一颤,滚烫的茶水溅在手背上,他却感觉不到疼痛,忙问:"你说馥雅公主?"

"她可是纳兰祈佑最宠爱的蒂皇妃,您要知道,枕边一语,夏国覆灭只是迟早之事。"连曦很满意见到他的变脸,"馥雅公主"四字确是元荣多年来的心病。

"不可能,朕见过蒂皇妃,她与馥雅根本就是容貌相异的两个人。"

"她是不是馥雅公主,就由楚清王为您解释吧。"连曦含着若有若无的笑,终于端起一直把玩在手心的茶杯,饮下一口茶。

祈殒点了点头,"那时的她只不过换了一张脸,为了掩饰其身份。但她无时无刻不在想着为父皇、母后报仇,所以七年前便与祈佑谈了笔交易,正为复国。"

元荣的脸色更显惨白,神色渐渐涣散不定,双手紧紧握拳。蒂皇妃,馥雅公主……竟会是同一个人,竟会在纳兰祈佑身边。当年甘泉宫那一幕幕血腥的杀戮仿佛历历在目,原本是想斩草除根,却没想到馥雅这丫头的命这么大,多次逃脱了。当时他就觉得奇怪,那么多批杀手的阻杀竟不能解决两个人,原来是被纳兰祈佑救了去。

他迫不及待地开口,"即使夏、昱二国联手,也未必能铲除亓国。"

"我们为的不是铲除,只是自保。只要我们二国牢牢绑在一起,他亓国对我们也无可奈何。"连曦睇了祈殒一眼,"楚清王自小便在亓国长大,对其地形分布一清二楚,这便更利于我们。"

元荣紧握成拳的手心已经涌现出丝丝冷汗,"容朕考虑考虑。"

"事到如今,您还需考虑?若你我二国不联手,将会如一盘散沙,被亓国一口一口地吞并。相信我,纳兰祈佑的野心并不仅仅限于此刻的形势,他的目标是——天下。"连曦一个用力,手中的翡翠玉杯便被他狠狠捏碎,杯中之水与手心之血汇集在一起,滴在剔透的汉白玉桌面之上,格外骇目。

未花太多的时间,元荣便被说得冷汗淋漓,焦躁不安,当下应允同昱国结盟,一齐对抗亓国,甚至将自己的女儿湘云公主送给连曦做妻。这一幕,仿佛如七年前,馥雅公主与连城的婚姻一般无二,再次重演。如今只是换了一个人,换了一种身份,换了一种目的。鹿死谁手,待后观望。

当他们二人与元荣达成协议后便回到客栈,祈殒才推开门却见纳兰敏死气沉沉地躺在冰凉的地面上,一动不动。祈殒的呼吸在那一刹那静止,猛地回神,冲上前将纳兰敏扶起拥入怀中,"敏敏,敏敏……"他一声声地呼唤着她,希望能够叫醒她。

连曦闻声而来,盯着已奄奄一息的纳兰敏,悠然开口:"她已快油尽灯枯。"

祈殒回首,狠狠盯着他,"她的病怎会如此严重,你不是告诉我,她的病情很稳定吗?"

"不这样说,你如何会同意与我前来夏国?"他的声音如斯冷漠,仿佛天地间没有任何人能带动他的情绪,那份冷血,犹如暗夜之魂,"你应该清醒了,不要因儿女私情牵绊住自己的步伐,我们是做大事的人。纳兰姑娘是个识大体的人,她不会怪你的。"

"你闭嘴。"祈殒怒斥一声,眼眶微微泛红,泪水在眼眶中打转。他真的不知道,她的病情竟到了如此绝境,如果他早知道,绝对不会连日来马不停蹄地奔波,让她身心疲累。多年前送她去昱国已使他自责至今,而今,他该如何面对这位为了他付出一切,甚至生命的女子?

不知何时,纳兰敏已经悠悠转醒,舔了舔干涩的唇,笑道:"他说得对,你是干大事之人,千万不要辜负了我的一番苦心。"她一直都知道,祈殒非常想为先帝报仇,不是出于私心,全然是因为对先帝的父子之情。她知道,先帝对其他人或许是无情的,但是对袁夫人的儿子,却疼爱有加,甚至将他看得比自己的命还重要。也正因为有了这样的情,才有了祈佑弑帝的一幕吧……如果先帝能多分一些爱给其他的孩子,或许就不会有当年的惨剧发生。

祈殒盯着倚在自己怀中的女子,竟是如此娇弱,如此单薄。曾经,他怎么没有发现,原来她也是一个需要男人悉心疼爱的女人,她也需要自己的关心。而他,整日沉浸在母后枉死的悲痛之中,又一心想着为父皇报仇,竟忽视了一直默默伴在自己身边的她。

纳兰敏惊诧地望着祈殒的眸中渐渐凝聚出水汽,最后聚满而由眼角滑落。她立刻接住,虚弱的声音不可置信地问:"为我而流?"

祈殒紧紧握着她的手,已无法再言语,只能点头。

"原来,你是在乎我的。"她原本沉闷难受的心情突然得到释放,脸上的笑格外明媚,可脸色却在一分又一分地变白变暗沉,血色早已褪尽。

"傻瓜,我怎么会不在乎你。"祈殒心疼地抱紧她,泪水时不时地滑落在脸颊,可见他对她的用情之深。

 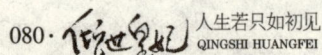

"我一直有个问题……多少年放在心头却不敢明言……"她的目光渐渐涣离迷茫，声音也越来越沉，"纳兰敏与馥雅……谁才是你心中第一人？"

祈殒听到这句话，有片刻的沉默，随即毫不犹豫地答了三个字，"纳兰敏。"是的，这个问题也纠缠了他多年，仍不能解。直到方才看见纳兰敏躺在地面上的那一刻，他有一种从未有过的恐惧，当他听连曦说起"油尽灯枯"，他确有一种撕心裂肺的痛，是那样强烈。他才明白，多年来，一心牵挂之人唯纳兰敏一人。至于馥雅公主，永远只是母妃的一个影子，对她的情，从头到尾仅仅是单纯的迷恋，而非爱。

纳兰敏听见他异常坚定的回答，心头被甜蜜灌溉得满满的，强忍许久的泪终是无法克制地滚落。她紧紧地回拥着祈殒，用细若游丝的声音说道："殒，能在有生之年听见你这句话……我死而无憾。半生之事……诸多烦忧，感谢有你的爱……君可知……我心……"声音渐渐被吞噬，唯见纳兰敏的口一张一合，却再无法吐出一个字来。

连曦一步步地退出了房内，千年清冷的脸上覆上了一层淡淡的伤感之色，"爱情"这两个字是他终身都不屑触碰的东西。女人，他有，七大手下皆为他的女人，但是爱情，他从来没有过。因为爱上他的人只有三个理由，相貌、钱财、权势，这样的爱情要来可做什么？

在他将门缓缓闭上那一刻，见到纳兰敏静静地闭上了水眸，脸上挂着安详的笑容。他想，这一刻，她是幸福的。权力与爱情往往不能兼得，有取必有舍，正如馥雅，她与纳兰祈佑之间正是如此。有时候他会问自己，设计将馥雅推给大哥之举到底是对是错，真相大白那一刻，不仅伤了馥雅也伤了大哥。可他一直不敢相信，怀着大哥的孩子，她竟然选择留在纳兰祈佑的身边，她忘记自己腹中怀着与大哥的孩子了吗？

昱国

连城在御书房内批阅着手中的奏折，但是思绪却飘向了远方。已过半个月，他们还是没回来。或许是他错了，根本不该放馥雅回去的……不，他一直都相信，她会回来。临走时她的眼神是那样坚定，信誓旦旦地告诉他，一定会回来，他也一直都相信她。因为她承诺的事，从来都做到了。

恍惚间，又回想起在夏国第一次见到馥雅，那惊鸿一瞥，至今仍难忘……

正值冬至，雪压欺霜，北风呼啸袭衣袂。茫茫雪色，点点阴冷，万里飞霜，朦胧清冷。此时的他是卞国的丞相，此次奉卞国皇帝之命秘密出使夏国，与夏国皇帝谈判，联手对付强大的亓国。该以什么条件与之谈判呢？脚轻轻踏过满地积雪，落痕满地，一直随行的小厮口中满是抱怨。

"这就是夏国的待客之道?将我们丢在此处,也不派几个奴才前来伺候着。"小厮愤愤不平地嘟囔着。

连城只是轻笑,笑容中却多了种含而不露的威严,低声提醒道:"若派奴才来伺候,不就等于昭告天下,我们两国有阴谋?"目光在宫内四处流转。小厮一听此话也恍然大悟,便安静地随在他身后不再言语。

突闻环佩之铿锵,馥郁之芬芳,他觅声而去,单转两个回廊,如曲径通幽,乍时白茫茫一片梅林闯入眼帘,"遥知不是雪,唯有暗香来"足以形容此刻之盛景,他不自觉走出回廊,呼吸顿然窒了一窒。

玉貌冰清,芳容窈窕。姿态葱秀,因风飞舞,俨然彩蝶展翅。侧耳倾听,林内那位绯衣女子口中轻唱之曲,是《暗香》。

旧时月色,算几番照我,梅边吹笛。唤起玉人,不管清寒与攀摘。何逊而今渐老,都忘却、春风词笔。但怪得、竹外疏花,香冷入瑶席。

江国,正寂寂,叹寄予路遥,夜雪初积。翠尊易泣,红萼无言耿相忆。长记曾携手处,千树压、西湖寒碧。又片片、吹尽也,几时见得。

......

声音柔而不腻,细而清脆,连城情不自禁地停下脚步,凝神望着这一幕。良久,一曲终罢,但见那名女子浅笑盈盈,踮脚攀折一枝粉梅,放至鼻间轻嗅,缓而闭上眼帘,仿佛在享受此梅之香。片刻间,她紧握红梅原地轻转,步伐逐渐变大,裙摆飞扬,衣袂绽开轻舞,妙不可言。

他在心中暗想,她是要起舞吗?

随着身形的转动,她步子也疾如闪电,手中的红梅滑落,纤柔之腰如细柳摆动,飘扬,流转。他不禁屏住呼吸,感慨在这深宫之中竟还能有如此出尘的清丽绝美女子,脸上尽是纯美天真,她到底是谁,难道是夏国皇帝的妃嫔?

"朕的公主,如何?"刻意压低的声音,似担心会惊扰了林中起舞的女子。

"她是皇上您的公主?"轻轻转身,淡淡地行了个礼,眼中闪出惊诧之色,更泛着熠熠之光。

"朕唯一的公主,馥雅。"说起自己的女儿,他的眸光中尽显宠溺之色,笑容始终徘徊在嘴角,可见他有多么疼爱这个女儿。

"那么皇上,我们谈笔公平交易吧。"他的余光拉远,向梅林间依旧飘然起舞的女子望去,"卞、夏二国结下邦盟,灭亢之日,就是馥雅公主为我夫人之日。"

那时他知道,这是一种很唐突的要求,结盟若要和亲,向来是公主嫁于皇上为妃

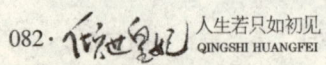

082·人生若只如初见
QINGSHI HUANGFEI

嫔，而他却只是个丞相。但是，他真的控制不住心中那蠢蠢欲动的情，所以自做主张地定下了这门亲事。回到昱国，他只将此事告知了皇上一人，就连他的母亲也未通知。毕竟他去夏国谈的是国事，若对人讲起和亲之事，天下人又会如何看待？

"皇上，兰嫔求见。"白福的声音隔着紧闭的朱门在外响起，打断了他的回忆。他将手中的奏折放下，清了清喉咙道："让她进来。"

厚重的朱门被推开，只见兰嫔笑盈盈地托着银盘而来，一身雍容的金黄长衫裙，显得她格外妩媚高贵。八月初的太阳实在毒辣，才走了一小段路她已经热得满头大汗，汗水由背后渗出浸透了衣裳。她一手用丝袖擦拭额头上的汗珠，另一手小心翼翼地托着银盘，生怕碗里边的汤汁会洒出来。

待走到连城身边，将其放下，"皇上，这是臣妾亲手为您做的冰镇鸭梨燕窝粥，有降火散热的功效。夏日炎炎，您还这么辛苦地批阅着奏章，饮上一口定然能除去身心疲惫。"

连城本不愿接下，现在的他确实没什么胃口，但是一想到兰嫔的腹中怀有他的孩子，便体谅她的苦心，伸手接过，"兰儿真是有心了。"

当他将第一口送入口中时，冰凉爽朗的感觉在口中翻搅，最后滑入干燥的喉咙，直达火热的胃里。原本那燥热的感觉突然消失，取而代之的是清凉舒爽。

"怎么样？皇上……"兰嫔期待地望着连城，希望他能给一句赞赏，或者一句关怀。看着连城缓缓启口之时，却有另一个急促的声音传来，"连大人，您不能进去……"

连曦风尘仆仆地由夏国赶回来，急着要当面将事情禀报于大哥，却被白福这个狗奴才挡在外面。他也不理会白福的阻拦，径自朝御书房内走去，"大哥……"声音哑然止住，淡漠地看着兰嫔，也不说话。

"既然皇上与连大人有事商谈，那臣妾先行退下。"兰嫔勾起清雅之笑，将桌上的空碗收回盘内，莲步离去。在白福关上朱门那一刻，里边传来一句，"大哥，我已经与夏国结盟，亓国要对付我们怕是没那么容易……"

兰嫔的两靥之下依旧挂着淡笑，但是目光却闪烁不定，眉头紧锁，若有所思地离开了御书房。

而御书房内，连城的脸色很难看，"你没有将馥雅带回来？"

"大哥，我在和你说有关昱国生死存亡之事，你竟然还问那个女人？她不回来了，她带着你的孩子投入纳兰祈佑的怀抱了，你还相信她一定会回来。"连曦有些恼火地看着他自小就尊敬的大哥，他什么都好，唯一放不下的就是这段感情。他就不明白了，大哥身为帝王，要多少女人没有，为何苦苦执著于一个馥雅？就因为始终得不到她的心，所以他就更加想要征服吗？

"不，一定是祈佑不让她回来。"连城自若地笑了笑，他了解馥雅，既然她做过承诺，就不会违背。

连曦有些无奈地看着他的笑容，更肯定了当时将馥雅送到他身边是个错误的决定，大错特错的决定！她的到来，让大哥沉溺于爱情的风花雪月中；她的到来，化解了大哥一直欲对亓、夏二国的报复之心；她的到来，让大哥将所有的注意力全投放在她身上。曾经一直不知道红颜祸水的危害，如今他是真正地见识到了，美人计，确实够狠！

"大哥，我们现在要讨论的不是辰妃，而是亓国。此次我们与祈殒的计划被纳兰祈佑看破，那么他随时有可能攻打昱国，我们应该做好完全准备迎战。"

"为何不先发制人，杀他个措手不及？"连城平复了一下心境，由椅上起身，朝连曦走去。

连曦一惊，忙道："大哥，我们要以静制动啊。若亓国先行出兵，却无理由，在民心一点上就是一个重大的弱点，所以我们只能等。"

他的手轻轻拍打在连曦的肩膀之上，"这一战是不可避免的。祈佑扣押住馥雅，只为引我前去。"

"大哥你既然知道，为何还要……"

"馥雅是我的妻子，她怀有我的孩子……你要知道，她们二人对我多么重要。我说过，没人能将她从我身边夺走，即使赔上整个江山。"连城的声音如此坚定，连曦却木然了，傻傻地站在原地望着他，许久不能言语。

他真的要为了个女人将自己的江山拿出去拼？虽然有夏国的助阵，他们未必会输，但是……现在的他们只求自保，根本不能硬拼呀。若真硬拼，那将是两败俱伤，血流成河。与亓国的冲突来得太过突然，百姓、军队都未准备好，贸然出兵是将之大忌！

"如果……皇上真的已经决定了，那臣……遵旨便是。"连曦一字一句地道，狠狠咬着牙将话说完，拂袖离去。

连城颓然地撑上桌案，自嘲地笑了笑，连曦说的话他又怎会不懂呢？确实，他不配做皇帝，他没有与纳兰祈佑一样的无情与野心。他只适合做个丞相，这个位置本不该属于自己的……可自己却硬夺了过来。夺过来之后，却又无力守护这个位置，是多么可悲之事。

连曦，他有将之谋略，更具备了帝王应有的冷血，所以，他比自己更适合坐这个位置。

他提起笔，抽出一张雪白的纸，缓缓在上面写下了几行字，最后将笔置好，取出玉玺，很用力地在上面盖下了一个方形玺印。

亓国 皇陵

祈皓与苏姚再次踏入皇陵之中，跪在母后的坟前，祈皓的脸上出现了岁月流逝的斑驳痕迹，原本俊朗帅气的脸也因平凡无光而消磨得无一丝王者之气。他的手轻轻抚上墓碑，一寸一寸地感受着'杜芷希'这三个字。

"母后，儿臣昨晚梦到您了。您叫我原谅祈佑对您的伤害，您叫我以大哥的身份去陪伴他，您叫我用亲情去温暖他那早已冰冷的心……您真的不怪他吗？他可是陷害您致死的那个人。我就知道，您疼爱他始终超过疼爱我，不然您就不会到了天上还不放心祈佑，还挂念着他。"祈皓的声音有些嘶哑，眼眶红红的，每次他来到母后的墓前都会控制不住自己的情绪。

一年前，祈佑带着他们一家三口回到金陵，说是让他们前来拜见母后，所以他们跟着回来了。可是祈佑却硬要留下他们，他说，他在这个世界上已经没有亲人了，唯有他这个大哥，希望他能留下，能帮自己一起将这个江山打理好。他没有同意，绝对不能同这个陷害母后的人站在同一战线上。所以，这样一拖，便是整整一年。

"皓，我觉得母后对你们俩从未偏心过……"苏姚覆上他那因长年耕种而生出茧子的手，素雅的脸上有那种可以令人心旷神怡的笑，"从小，你虽然站在风口浪尖，但是你的母后却一直在保护着你，疼爱着你，给了你全部的爱。而祈佑呢？从小被母后冷落，不闻不问，虽然受到了保护，却失去了母爱。

"长大了，祈佑亲手将你从太子的位置上扯了下来，将母后逼入冷宫，他一直帮着那位'疼爱'他的父皇。到后来却发现，自己尊敬的父皇竟一直在利用他，而自己痛恨的母亲竟用她自己独特的方式爱着他，而他又怎么承受得了呢？

"他的一生几乎在孤独、仇恨、背叛中度过，现在他仅仅剩下你这个亲人了……他想弥补自己曾经做错的事，所以他找到了你，他希望你留下，因为你是他的大哥，即使他做错了再多的事，你依旧是他的大哥，血浓于水，你不会不懂的。"

祈皓听着苏姚那声声动情的话语，他的心也软了下来，矛盾却依旧充斥在他的心间。是啊，从小祈佑就过着孤单的日子，默默承受着没有母后疼爱的生活，他一直都能理解祈佑的孤单。多少次他想亲口告诉祈佑，其实母后是疼爱他的，她冷落他只是为了保护他，可是母后不许他说，她不想给祈佑压力，她不想祈佑掺合进这场随时可能丢去性命的皇室斗争。

昨夜的梦，母后还告诉自己，原谅祈佑，他是迫不得已才为之，她从来没有怪过祈佑对她所做的一切,只因为,他们是母子。既然母后都能原谅他,为何自己不能原谅他呢?

"我是他大哥,唯一的大哥。"他喃喃自语起来,"姚儿,你说得对,血浓于水。"多年来的心结仿佛突然打开,他用力将苏姚搂入怀中,"姚儿,谢谢你,谢谢你这么多年来的陪伴,谢谢你跟随着我过糟糠之日,谢谢你的理解……我纳兰祈皓何德何能竟娶你为妻,三生有幸。"

苏姚倚靠在他怀中,深深地呼吸着皇陵四周那芬芳之香,眉目间神采奕奕,"那我更要谢谢你,能将我放在心上,你知道,糟糠之日虽苦,但有你陪伴,我甘之如饴。"

"如今我决定在祈佑身边,弥补母后未给他的爱,你愿意伴我一同在此吗?"

"虽然我非常喜欢安静的生活,但是你是我的夫,嫁鸡随鸡嫁狗随狗咯。"

他们两人的笑语使原本阴森凄哀的皇陵笼罩了一层淡淡的暖色。

七日锁情劫

　　我在养心殿整整待了十日，莫兰与心婉遵照皇上的吩咐寸步不离地看着我，果然啊，她们俩真是听命于祈佑的。想到莫兰曾经偷偷地抚摸祈佑，眼底对他那深深的迷恋；想到我曾经手把手教心婉写诗，她悉心地为我泡着梅花酿。我想，每日一杯的梅花酿是心婉真心实意为我泡的，却因为韩冥的一个谎言让我对她戒备了起来，甚至为了逃跑而在她身上下毒。

　　如今莫兰与心婉站在我的面前，目光中对我隐隐有着戒备，只因我的容貌已经不是曾经那张平凡的脸，不再是她们所识的蒂皇妃了。

　　祈佑为何一定要硬留下我，我的腹中怀着连城的孩子啊，即使他能接受，我也不能接受。我知道，要一个帝王接受自己女人与他人怀的孩子是一件异常痛苦的事，即使他现在接受了，心中永远都会有一根刺。待到他某一日怒火大发，说不准这个孩子就要成为一个陪葬品，君心难测，况且眼前这个人是祈佑，为了权力能放弃一切的祈佑。

　　这几日来我害喜得越来越严重，饭菜食不下咽，看到油腻的东西都会不自觉地恶心、呕吐，非常严重。太医说是我的体质太差所以害喜的症状尤其严重。祈佑每日回养心殿都会要人为我准备一碗酸梅汤，尽管我很想喝，但是我却没有动一口，也没有同他说过一句话。

　　"喂，你这个女人怎么不识好歹呀，我这辈子都没见皇上对哪个女人这么上心过。"莫兰看着我再次推开那碗酸梅汤，再也忍不住怒火朝我吼了过来。

　　我不语，任她朝我怒吼，或许她忘记自己的身份只是个奴才了吧。

　　"莫兰……"心婉觉得她过于冲动，忙拦住冲动的她，"她是主子，不可以放肆。"

"什么主子,我的主子只有皇上。她肚子里的孩子还不知道是从哪儿来的呢,来历不明也妄想进宫做主子。"莫兰的声音一浪高过一浪,我依旧漠然以对。

"皇上!"心婉倏地一声低呼止住了莫兰的声音,莫兰也垂首呼了声,"皇上!"

祈佑迈入大殿,脸上虽是淡然之态,却蕴藏着隐隐的怒火,"不论她腹中之子是谁的,她仍旧是你们的主子。"

两人异口同声回道:"是。"但我却见莫兰起伏的胸口,明显在强压着怒火,那神色是妒忌。我一直都知道,莫兰是如此喜欢祈佑。

祈佑挥了挥手示意她们退下,然后走到我身边,望着一口未动的酸梅汤,"听说这几日你根本没吃什么东西。"他于我对面坐下,深邃的瞳紧紧地注视着我,"为了孩子,你也应该好好保重自己的身子。"

我不答话,依旧遥望窗外的大雁于穹天盘旋,那是自由。原来自由对我来说竟是如此可望而不可即……

"我知道,你在怪我囚了你。"祈佑的话语伴随着大雁的啼嘶而响起,"对不起,我是真的想留你在身边。"

"放我走……"这些天来我第一次开口同他说话,而这三个字也是我连日来最想说的话。但我知道,他不会放我走,否则就不会数日前将我打晕,囚于养心殿。

"七日。到时候,要走要留,我都尊重你的意愿。"

七日?

为何是七日,他这是想要做什么?难道又想到什么计划,利用我来对付连城还是巩固自己的皇权?

似乎看出了我的疑虑,他露出淡淡的苦涩,"我只是单纯地想要弥补你,仅此而已。"

襟袂飘然,渺茫紫云边。阑干云如霭,莺花娇如滴。我与祈佑相对而坐,乘着一叶小舟,他亲自执桨泛舟湖上,碧水滑出涟漪,深深浅浅地朝远方蔓延,水声潺潺。

昨日,我答应了他的"七日",只是七日而已,一转眼便过去。希望他能说话算话,到时候真的能放我离开。而今他领着我来到养心殿后的幽寂小湖,四处悲怆凄凉,荒无人迹。他却独自带我乘舟而去,我心中奇怪也未问明所以。

骄阳倾洒在我们身上,略感燥热,一直划桨的他额上渗有汗水,我很想为他拭去那滴滴汗珠。可是,我始终未有动作。今时不同往日了,我与他再也回不到从前了。

终于,我们到达了对岸,他一手牵着我,另一手指着前方,"馥雅,这七日我们就住那儿。"

顺着他所指而望，在密密麻麻的丛林间有一处小竹屋耸立，我有些诧异。这荒芜的地方怎会别有洞天藏着一处竹屋？

"我知道，你想过普通的日子，两年前我就吩咐奴才秘密在此修葺一处小居，打算给你一个惊喜。还未修建完成，你却离去。"他伴着我朝那条唯一能通往竹屋的花石小阶走去。我的目光不断逡巡着四周的一切，浅红深绿，暖香浓，杨柳参差，堪怜许。这里，是为了我而修建的？

"这七日，不问朝政，只有我与你。"

他的话音方罢，我的步伐一顿，心头涌现出一阵酸涩，眼眶中的水汽开始弥漫。"我与你"，曾经，我一直在期望，如有朝一日唯有我与他，那将会是我此生最快乐之事。而今，这份奢望，他要帮我实现了吗？如果真的可以，我便可以没有遗憾地回到连城身边了。

"你是皇帝，怎能在此七日不问朝政？"我哽咽地问，泪水已经模糊了我的视线。

"朝廷之事自有大哥代为处理。"

大哥？纳兰祈皓吗？他们两兄弟终于能够和好了，我真心为祈佑感到高兴，从此他将不是一个人孤军奋战了，他还有个亲人，他的大哥。

我们走进小屋，里边格外雅致，清新的芬芳伴随着野草的味道，让我心头畅快，这……就是自由的味道。

我紧紧回握着他的手，"长生殿，为何给她？"

他一愣，侧首睨着我，眸中竟闪烁着笑意。我才发觉问了不该问的问题，尴尬地回避着。

"初见她，闻她妙音之曲，我错将她当你，有些失态。后来，我觉得那日她的出现仿佛刻意安排，便秘密派人调查她，监视她的一举一动，原来她的身份都是假的，她是昱国派来的人。之所以对她那么好，只为减少她的戒心，看看她到底想要做些什么。"他说话时的神情异常愉悦，脸上保持着微笑。

听到他说这句话，我的心竟松下了一口气，压抑在心的闷气一扫而空。我又问："那日，为何携她同往夏国？"

"你怎会知道？"他一怔，蹙眉望我，最后恍然，"难道那一家三口……那个妇人是你！"

我被他的表情逗笑，点头承认了。

他一把将我拥入怀中，狠狠地搂着我，"我应该想到的……"他在我耳边喃喃一番，"那年突然想起，你父皇、母后的忌日快到，你流落在外，或许会去拜祭，于是我便去了……我怎么没想到，那个妇人会是你……如果当时我认出了你，一切是不是都不一样了？"

深深的呼吸着他衣襟间的龙涎薰香，整个脸埋进他的肩窝，泪水早已倾洒了他一衣，湿了他的龙袍。他真是去找我的……如果不是他将长生殿赐给苏思云，如果不是见他携苏思云去夏国，我又怎会误会他的变心，我又怎会胡乱信了曦的话，最后接受了连城的爱。

"如果没有韩冥的那句谎言，我绝对不会有那么坚定离开你的信念。你一次一次地利用了我，我都能找到理由说服自己原谅你，可唯独麝香这件事……你知道，我多想拥有一个属于我们的孩子，可是你却剥夺了我做母亲的权利。当我得知自己怀孕，得知体内根本没有麝香，我的所有计划都被打乱。"我颤抖着声音，任泪水宣泄在他的龙袍之上，"原来最傻的那个人是我……头一次，我如此痛恨自己。"

只觉祈佑的身子也在微微地颤抖着，但他的双手却在安抚着我，轻拍我的脊背，"对不起，是我不好，才不能让你对我有足够的信任。"

我们之间终于没再言语，只是静静地相拥着。那一刻我的心是矛盾复杂的，心中竟隐隐想与他永远在一起，但是理智与良心却告诉我，不可以……这样对连城不公平，对孩子也不公平。所以，我会好好享受这七日，带着在兀国最快乐的回忆离开。

终于，我平复了内心的暗潮涌动，轻轻地从他怀抱中挣脱，擦了擦眼角的泪痕，"这小屋这么久没人打扫，好多灰尘……如果我们这七日都要待在这儿，应该好好打理一番了。"

说动手便动手，我们俩一人打水，一人打扫。这看似不大的小屋，打扫起来却颇为费劲，直到碧水将落日吞没，我们才汗水淋漓地将这个小屋打扫完毕。

这两日我们相处得非常和谐，就像……举案齐眉。虽然这四个字很不适合形容现在的我们，但是我仍然想用这四个字。这两日我与他相处得异常平淡，却很轻松，不像曾经与他在一起时，看不透也猜不透他到底在想些什么。压抑也一扫而空，取而代之的是安逸，舒心。

这两日除了有奴才每日从对岸送膳食，其他时间根本无人敢来打扰，就连随身的侍卫也没有一个，仿佛真的只是我与他。

刚用完膳，我们便并肩坐在屋前的竹阶上，撑头仰望漆黑的夜空，竟没有明月，也无星烁，仿佛即将要有一场暴风雨，空气间有些窒闷。时不时还有蚊虫在耳边飞来飞去地嗡嗡直叫，祈佑的巴掌一晚上就没停歇过，一直在帮我打身边围着的蚊虫。

我笑望他的举动，取笑道："打蚊子。想必你一辈子都没做过这样的事吧，皇上？"

他仍然不停手中的动作，"原来这就是平民百姓的生活。"

见他颇有感慨，我不禁问："觉得苦吗？"

"苦。"他终于停下了手中的动作，很认真地回答着我，"但是，这份苦却让我明白了一件事，原来幸福竟是这样简单就能得到。"

"是呀，幸福有时只需要你一伸手便能抓住，一弯腰便能拾得。可是有些人偏偏不愿意伸一伸手，弯一弯腰。"我将视线由他身上收回，举头望向暗夜之空。

他却伸手将我仰着的头拨向他，正对上他那柔情似水的目光。我突然有种想要逃的冲动，很怕再次陷入他的柔情之中。正想要逃开之时，他那炽热的唇已经覆了上来，我连连将头后仰。他伸手固定着我的后脑勺，濡湿的唇吻辗转反复地深入缠绵。

在他霸道却不失温柔的吻下，我渐渐迷失了自己，不住地回应着他的吻。他温热的掌心隔着衣襟抚摸着我的酥胸，我双手渐渐攀上他的颈项，低低的呻吟声由唇齿间传出，似乎更引发了他的热情，吻不断地加深加重，仿佛要将我所有的呼吸抽走。

当他缓缓地解开我素衣上的盘扣，一股恶心的感觉冲上我的咽喉，我立刻推开了他，将脸转向另一边不住地干呕着。他立刻顺着我的背，欲抚慰我害喜带来的不适。背对着他，我仍旧能听见他未缓和下的喘息声，让我想到方才的一幕。若不是因害喜让我推开了他，我想……那将是一发不可收拾的局面。

待到我慢慢缓和了呕吐的症状，他才担忧地问："好些了吗？"

我不看他，立刻由竹阶上起身转入屋中，他却在我离开那一刻拉住了我的手，"馥雅，我会将这个孩子当做我们的孩子，你相信我。"

我缓缓闭上了眼帘，脑海中闪过无数张连城的脸，他说"我相信你，我会等你回来"。一想到这儿，我的内心不再挣扎，睁开双目，很平静地说，"但是，我却不能。"

没有看他此刻到底是什么表情，我将自己的手由他手中挣脱，转而进入了小屋，独留下祈佑一人坐在竹阶上。夏虫声声啼唤，似乎吟出了此刻的悲凉。

次日，天未破晓我便起床，因为闻到了阵阵茉莉花香飘来，我突然想到心婉曾经为我泡的梅花酿，或许我采集一些露水可以依葫芦画瓢地制成茉莉花酿。我想，为祈佑泡一杯茶，好像，我还从未为他泡过茶呢。

我拉开木门，一眼望去，竹阶前祈佑正双手抱膝，头深深地埋在膝盖间闭目而憩。难道他一晚上都没进屋？我立刻上前蹲下身子将他摇醒，"祈佑，醒醒。"

他缓缓抬头，睁开那惺忪的眼眸，目光迷茫毫无交集，像个……孩子。

 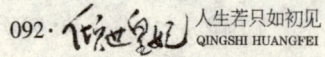

"怎么了？"他似乎还没意识到此刻到底发生了什么事,还沉浸在属于自己的思绪中。

看着他眼睛中隐隐有着血丝,我连忙道:"你在这儿睡了一夜?要不要进去再补个觉?"

"不用了。"他原本惺忪迷离的目光渐渐缓和,依旧是平常那犀利深邃的炯炯眼神。我有些失望,始终只有那一瞬间的单纯啊,醒来又是个令人畏惧的帝王。

"你怎么就在外面睡了?"

"想了些事,不知不觉就睡着了。"

"奴才给皇上请安。"徐公公不知何时已领着两名奴才来到我们面前,毕恭毕敬地朝祈佑行了个大礼,"奴才按皇上吩咐将这两株上好的梅种给您寻来了。"

"放那儿吧。你们可以退下了。"祈佑整了整衣襟由竹阶上起身,漠然地看着他们。

徐公公用眼神示意身后两个奴才将梅放下,又恭谦地说道:"皇上,您已经四日未上早朝了,朝廷大臣皆开始议论纷纷……"

"朕不认为四日不上早朝就会引起朝廷的大乱,况且朕已将朝中之事交给礼亲王代为处理。"祈佑的声音有些冷凛。我看着祈佑那线条分明的侧脸,礼亲王是祈皓吧,他已经愿意回到朝廷帮助祈佑了吗?那么,祈佑的身边就不会再孤单下去了,因为有了这个大哥……以我曾经认识的祈皓来看,他会成为一个好大哥的。兄弟并肩作战,这样,我也就能放心了。

"皇上,苏贵人这些日子一直吵闹着要见您……说是大皇子整日来大哭不止。"徐公公继续说道。

"请个御医为他看看就行了。好了,退下吧。"祈佑的目光中隐隐闪过不耐之色。

"是。"徐公公也看出了他的不耐之色,很识趣地见好就收,小步恭敬地退了下去。

看着他们远遁而去的身影,我紧紧捏着手中的瓷瓶问:"苏贵人为你产下了大皇子吗?那你为何不晋封她……"

"她身为昱国派来的奸细,朕给她一个贵人的身份已是破格。她就不该妄想再次攀登高位,让自己的孩子封王封太子。"话语中无不充斥着无情冷漠,原来他对苏思云也不过如此。难道在他眼中,女人没有利用价值后,就可以一脚踢开吗?

从云珠到温静若,由尹晶到苏思云,都是祈佑宠爱的女人,可是当她们不再有利用价值之时,下场都是一样的。而我,从来不认为自己在祈佑身边是特别的,因为他也曾利用我,也曾将我踢赶出局。

我感觉到他不想谈这些,便不打算将这个话题继续下去,于是指着安静地躺在地面上的两枝梅种，"你弄两株梅种来做什么？不会是要种吧？"

他的脸色因我的问话而缓和下来，"你猜对了。"他朝两株梅种走去，将其捧起，"去屋里拿铲子、锄头，跟着我来。"

听他的吩咐，我跑到屋里取出铲子、锄头，跟随着他朝那片茫茫草丛走去。我们选了一块土地肥沃、适合种植的地方，费了大半天的工夫才将梅种好。

这时的我已经累得直不起腰了，倦倦地埋坐在软软的草丛中，夏日晨风徐徐吹来，格外凉爽。现在我的身子根本不能运动过量，容易疲劳。或许是因我体内的毒还未完全清除，又或许是因我的腹中怀着一个孩子。

祈佑用铲子支撑着自己的身子，脸上、衣上、手上满是泥土，有些狼狈，却未将他与生俱来的王者气息掩盖。他俯视着我问："你说这两株梅什么时候才会长大，开出粉嫩的梅花？"

我歪着头想了一想，"四五六七年吧。"确实不知到底多少年才能长大，便一下说了好些数字。

他错愕中带着几分无奈，"那四五六七年后，你再陪我一起来看？"

我黯然垂首也不回话，四五六七年，不可能……我一定要回到连城身边。现在的我能看着这株梅成长也不过四五六七天罢了。

他将铲子丢弃，与我并肩埋身于漫漫绿丛之中，"馥雅，我只想弥补当年利用你给你造成的伤害。我会尽我所能给你我拥有的一切，你还是不能原谅我吗？"

"其实……我早就不怪你了。"这句话是真，就连我自己都不知何时已将他对我的伤害淡忘。是这几日的相处？又或是得知他根本没对我下麝香？还是选择彻底离开他那一刻？

"我希望你能留下。"

我抚上自己的小腹，"在这里，有一个小生命即将出生。他需要母亲，更需要父亲。"

他重重地叹了一口气，不再言语。我的手指拨弄着地上的泥土，"这些日子你确实对我非常好，我也找到了自己想要的生活，就是与你平凡地在一起，虽然只有短短的几天。但是我很怕，在你面前我就像个白痴，傻傻地被你算计在你的计划当中而不自知……请你告诉我，这次是不是你又一次的利用？"

他反问道："想用真心将你留下，这算不算利用？"

轻风徐徐袭襟，丛草漫漫稀疏，我们相对再无言。

第六日，一阵电闪雷鸣将我由睡梦中惊醒，连日来的沉闷之气是要散了，这场大雨熬了三日终于是要下了。我下床将敞开的窗闭好，免得大雨无情地催打进来。再躺回床上却怎么也无法入睡，闭目聆听窗外哗哗大雨侵袭之声，好快呀，今天已经是第六日了。还有明天最后一日了，就要这样结束了吗？

突然，我想起了几日前所种的梅，它们怎能承受这大雨的侵袭？一想到这儿，我便由床上蹿起身，拿起一把伞就准备冲出去。但是门才拉开我就停住了步伐，在飞溅的大雨声中我隐隐听见里边夹杂着对话声。我偷偷朝外望去，竹屋前的屋檐下站着两个人，一个是祈佑，另一个是……我仔细瞧了许久才认出，是苏景宏将军。

"皇上，现在昱、夏二国联手对付我国，而冥衣侯多日前已至前线与之交战，您此刻应该坐镇朝廷稳定上下一心，而不是待在此处与一名女子风花雪月！"苏景宏声声指责，丝毫不畏他为皇上。

"朕自有打算。"声音沉郁，看不出情绪所在，"如今战况如何？"

"两军实力相当，臣想现在去助冥衣侯一臂之力，这样咱们的胜算比较大。"苏景宏有些着急地想请旨速速增援。

"过两日吧，朕与你同去。"

"什么？皇上您也要学昱国皇帝一般御驾亲征吗？那可是一件很危险的事，臣不能让您冒这个险啊。"

"昱、夏二国就算联手，朕也不会怕。两国贸然联手，军队间根本毫无准备，而且两军将士第一次联手，很难有默契能无间配合。"祈佑细细地分析着。

"既然皇上决定了，那臣誓死追随便是。"

我轻轻地退回了屋，小心地关上了竹木门，回想着他们所说的话，这场战争终于要开始了吗？连城亲征……一个皇帝离宫亲征，万一有个三长两短那该如何是好？这几天已经在开战，祈佑竟没有一丝紧张之色，处变不惊地陪着我不问朝政。他真的那么有把握吗？这次可是昱、夏联手呀……

我这是在担心祈佑吗？祈佑的对手可是连城，我孩子的父亲呀，我竟然担心他……从什么时候我的心竟如此矛盾了？我的心怦怦一阵加速，就连手中的纸伞都险些拿不住。

只剩一天了，就一天而已，我就能回到连城身边，我会与他并肩作战，不论谁胜谁负。

我将纸伞放了回去，安静地躺回床上，有夹杂着泥土的草腥味由窗户的小缝中传至我的鼻间，我翻转着身子，一闭上眼睛我的脑海中就会闪过那种种血腥的场面。冷汗不断地由脊背、额头渗了出来，我一直劝说自己，这场战争是不可避免的……

"嘭嘭嘭！"一阵轻微的敲门声扰乱了我的思绪，"馥雅。"

是祈佑的声音！我翻身下床将门拉开，看着神色依旧的祈佑，我也保持着我一贯的表情问："都这么晚了，你怎么还不睡？"

"雨很大……我怕数日前的梅会被暴雨淹死，那我们的努力就白费了。"

我很诧异，他竟会这么细心，现在的他似乎与曾经的他真的很不一样，或许是没有了帝王身份的束缚吧，所以才能如此安静地陪着我，用他的真心来珍惜这份感情。可是七日的时间终究是要过去的，瞬间的消逝如昙花萎落，我的心会痛，但是它却给了我最美好的回忆。

"对哦，我都忘记了。"我装作刚睡醒睡眼蒙眬的样子，轻拍了拍自己的脑袋，冲进屋里拿起伞，"快走，我们去看看梅……我可是希望四五六七年后它们能长大成为梅树呢。"

夜阑风雨雷电照穹天，水光潋滟烟柳晚来急，当我们俩跑到那儿时，那细弱的梅有一株已经被风雨吹折，有一株已露出土外。我连忙上前将梅扶正，用手将其种植回去。雨水湿了我的裙摆，鞋早已被泥土覆盖，水洼中的水浸湿了我的鞋。

祈佑陪我一齐蹲在梅树旁，为我打着伞，防我淋湿。可他的整个身子却已露在外面，雨水将他淡黄的单衣打湿，雨珠如帘般由他的额头侵袭而下。

经过一番努力，我终于将这株梅重新种植好，指甲里已经塞满了深深的泥土。我拿着袖角擦了擦额上的汗与雨水，带着笑容松了口气，"幸好你叫醒我呀，否则我们的心血都白费了。"

祈佑深深地注视着我，也不说话，目光中有我看不懂的情绪。他伸出手接了几滴雨水，然后为我擦了擦右颊，"真脏。"

我干笑一声，将纸伞朝他推近一些，"我们真傻，干嘛只带一把伞。"

他也随着我而笑出了声，"这，就是幸福吧。"

"祈佑，我跟你说哦，以后每年都要来这儿看一次。"我指着这两株梅，很认真地说。

"我会的。"他很认真地点点头，又说，"其实我有好多问题想要问你，今天，你能为我解答吗？"

"记得我们初次见面吗？我要与你谈一笔交易，你毫不犹豫地点头应允，那时我以为你的心中存在无数的仇恨。可是到一年后你进宫，我才发现，你根本不想报仇，那你当初为何要答应我，为何要帮我？"

"如果……我说是为了你，你信吗？"现在说起来，连我自己都不相信，曾经怎么会傻傻地为了才见几面的男人放弃自己的复仇大计，而选择进宫帮他呢？"也许是因为第一次见着你,你那温暖的笑,似乎融入了我的心间。又或者是与你短暂的相处,你内心的孤独牵引着我想要陪在你身边,想让你觉得自己不再是孤独的。"

他疑惑的眸中闪耀着我从未见过的光芒,只见他微微启口道:"馥雅,或许我们都是同一类人,孤独且自私。"

他竟当着我的面承认自己自私?还把我牵扯进去了,我又一次被他逗笑了,"是呀,我们都是自私的,你为皇位,我为复国,在不自知的情况下伤了他人也伤了自己。"

大雨哗哗地将我们的声音冲散了一些,我们的声音,显得格外缥缈。我伸出手为他拭了拭额头上的残珠,"你与杜莞大婚那日……你竟跑到揽月楼告诉我,你要放弃计划,那时我还以为听到了天方夜谭,一向将皇位如此看重的你,是为了我要放弃。"待我为他擦拭完额上的水珠之后,收回手,指尖轻轻触碰着带着水滴的枝干。

"为何后来你要走,而不是陪着我与父皇对抗?如果你没有走的话,一切……都会不一样的。"声音中带着遗憾与责备。

"我一直认为,你若为帝,会是个非常好的皇帝,能给天下带来安定。但是让我万万没想到的是,先帝竟然计中有计,如果我早知道,或许……他就算要杀了我,我也不会离开的。"看他正锁眉深思着什么,我了然一笑,"一切都是往事了……我们已经不能回到从前了。曾经的就让它过去好吗?"

我的话说完,却又是一阵沉默,这阵子,我们似乎经常聊着聊着就突然沉默。密雨如散丝,哗哗地将我们半个身子打湿,两株梅种在我们之间被好好地护着,这是我与他亲手种植的,也是唯一属于我们两人的东西,以后我会一直挂念的。

七日就像一阵风,飘然便逝,我依依不舍地与他乘上了小舟,泛湖而归。碧波烟微,幻渺幽静,涓涓之水,红漾碧虚。这七日,是我人生中过得最开心的七日,即使最后会伤了自己,我也无憾。

记得在返回那短短一刻钟的时间,他只对我说了一句话:"馥雅,我知道你还是爱着我的,就像我一直都在爱着你。"

那时的我已经不知道该说些什么,只是凝眸望着湖面,看着我们水中的倒影出了会儿神,良久我才开口问:"你真的会放我离开?"昨天我想了一夜,总觉得祈佑不会那么简单放我走,因为如今的我是一个非常好的筹码,若用我与腹中之子来威胁连城……他会选择利用我吗?

我想,如果我是他,我也会选择利用的。因为,这是关系着自己江山安定的大事,若他真的要利用,也无可厚非……

"我会亲自将你送到他身边。"他的声音异常坚定,我也不再猜测他下一步想要做些什么，只是笑着将手伸进了水里，冰凉的感觉侵袭着我的手心，心头也渐渐舒畅了。

接近岸边之时，我看见了苏景宏与祈皓伫立在岸边，迎接着祈佑的归来。我知道，一切都结束了，从现在开始，他是亓国的皇帝，我是昱国的辰妃。只希望这次的他不要再让我失望，我很怕再次被他利用……

　　荒烟外,号角连天,城郭耸立,硝烟弥漫。当我随着祈佑的大军来到两军对垒的主力军帐时,我看见了韩冥,他似乎因连日的征战消瘦了好几圈,眼中覆满了血丝。听说这场战争已经持续了十日,两军实力相当,伤亡人数也差不多,如今好像是在打持久战,谁能坚持得更久一些,谁就是胜利一方。

　　"昱国怎会和夏国联手的？"祈佑箭步走到军帐主位而坐,拿起摆放着的兵力分布图观察良久,手指握拳,轻敲着桌面,似乎已经陷入了自己的沉思之中。

　　里边一片沉默,在场诸位将士都没人答话,我接收到苏景宏那戒备的眼神,原来他们都在防我！我悻悻地笑了笑,识趣地揭开帘帐出去了。

　　云锁断岩,阵云神州,海海腾沸,山山动摇。四周弥漫着血腥的味道,我徒步走到军帐外的山巅边缘,俯望那一片片山川之下的具具残骸,那都是一条条人命呀……风霆迅,动北陬,战争带来的是妻离子散,动乱带来的是百姓衣食无着。

　　亓军所在位置很占优势,他们处于山巅高峰,敌军的一举一动皆收眼底,居高临下从人的心理上来说是有利的,确实易守难攻。所以两军才会持久抗争着,任何一方都不敢轻易动手,倘若动手,两败俱伤。我想此次昱、夏二国的联合也是逼不得已,只为自保吧。我想若要自保,应该不成问题,主要是取决于祈佑灭昱的心到底有多么强烈。

　　突然之间我想起了自己曾经所做的一切,头一次对自己一直复国的信念有了怀疑。二皇叔夺我父位之时,已经血溅甘泉宫,丧了一条又一条的人命,而今我又想着复国,那将又是一场杀戮,又将是血流成河。就算真的复国了,该如何处置二皇叔呢？是杀是留？他的子女们是否又因我挑起这场战争而恨我呢？若他们如我,也时时刻刻地算计着如何为他们的父皇报仇,那这场斗争将会持续到什么时候? 恩怨何时又能了结呢?

是不是,我做错了? 我一直所坚持的仇恨,似乎已经蒙蔽了自己的心,为了一己私欲竟然想将百姓们推入万劫不复的境地! 曾经的那个馥雅公主到哪里去了? 她追求的只是一种平淡的生活,从什么时候开始,仇恨竟扼杀了她仅存的纯真呢?

连城,现在的你是否在因我没有遵从诺言而恼怒,我只希望这场战争能够快快结束,你能平安度过危机,希望我们再见之时,你能听我对你的解释。

"父皇、母后,原谅馥雅又一次放弃了复国。"伴随着滚滚风声,我对着苍穹呢喃一句,"我不要复国了,我不要生灵涂炭,我不要血腥杀戮。或许父皇、母后会觉得我懦弱,会觉得我太过仁慈,但是你们要知道,那一条一条都是人命,都是母亲十月怀胎而生,况且……至今为止我都没有听见有人传言二皇叔不是个好皇帝,更没有听到夏国百姓的怨声载道。足以见得,二皇叔一直在好好打理夏国,他的错,只是弑君夺位。如唐太宗,弑兄夺位,虽是为人所不齿,可是他的功却掩了他的过,他开创了前所未有的大唐盛世,贞观之治。"

"你终于能放下仇恨了吗?"韩冥钦佩的声音接下了我这句话。

我蓦然回首凝望着一身铁甲银盔的他朝我信步而来,怎么,这么快就商讨完军情了吗?

"我依稀记得你说过'谁说女儿就不能为国出力而报效朝廷? 并不是天下红颜皆如妲己媚主,喜好乱宫,我潘玉要做就做被唐太宗尊之为师的长孙皇后'! 那时候我觉得你是我见过的最有大气的女子,对你的关注不自觉多了几分。"待到与我面对面之时他才停住步伐,经过多日的征战他已经更显沧桑了,我却不知该用什么表情来面对他。

他继续娓娓而道:"这么多年来我一直在考虑何谓'大爱',刚才听你一席话,才真正懂得,大爱不是悲天悯人,大爱不是一统天下,大爱不是忠心侍主。大爱是屏去心之仇恨,大爱是心系天下百姓臣民,大爱是从苦中寻找诚命真理。如今的你,做到了。"

"不要把我夸得好像是个救世主,我真的做错了很多很多。"

"就怕你明知自己做错,却依然我行我素。"他沉默了许久,将目光投放至我的小腹,"里面有个孩子,是这个孩子让你懂得了一切吧?"

"是的,我一直都想拥有一个孩子,与祈佑的孩子……但是冥冥中却注定我不能与他有孩子。"我苦涩一笑,回首睥睨烟霭迷茫的一片,如此荒凉。

 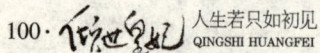

"看得出来,你还是放不下皇上,为何不留下呢?"

"你方才也说了,大爱。而大爱中也包括责任,我不能如此自私,不顾他人感受。"

云屯壁垒,丕振声灵,韩冥上前一步,与我同望穹天,有苍鹰飞过,一声嘶鸣。

"你可知,皇上之前将你打晕囚入宫,是为用你来牵制连城,用你让他弃械投降。而方才,他竟说要送你回去,我不知这几日发生了什么让皇上改变了他的初衷。"他的字眼被大风吞去许多,我必须竖耳聆听。只听他继续道:"能让皇上如此的,唯有你。现在我才发现,在麝香这件事上,我是真的做错了。"

听着韩冥的一字一句,我的心仿佛被人掏空,原来他是真的想过要利用我……可是为何要放弃呢,江山对他来说已经不再重要? 还是他有必胜的把握?

"你还如此介怀吗? 我都不怪你了。"我用平稳真诚的声音来证明我对他的原谅,"我现在只想快些回去,如今两军已交战得不可开交,我身为连城的辰妃,应该陪在他身边的。"

苍翠拂云,紫霄青霄,正待韩冥要开口说话之时,祈佑的声音随风而散进耳中,"你就那么想要回到他身边吗?"

我的身子一僵,平复了一下自己的心情,转身笑道:"你不是说要送我回到连城身边吗? 你不会说话不算数吧?"

他无奈地笑了笑,"我已经派探子送信去了,今夜子时,连云坡,我会将你亲自还给他。"

我疑惑地看着他,心中有些戒备,"为什么你要亲自去? 我自己可以回去的。"

"我想亲自见见连城,你毕竟曾经是我的女人。"他远远地伫立着,大风卷起尘土,风沙缥缈,"如果我真的要利用你,我直接拿你威胁他交出昱国便好,我相信,你与你腹中之子在他心中有这个分量。"

看着他瞳中毫无欺骗之色,我选择了相信,因为这七日,他让我看见了一个真正的祈佑。

暮色沉沉,山岳藏形,满目萧然。祈佑原本欲与我共乘一匹马前去,我却拒绝了,独自乘上一匹马,不想与他有过多亲密的动作,更不想让连城看到。这样的矛盾,是我从来没有过的。

此次祈佑只携了韩冥一同前去,身后带着一队精兵,我不禁会担心他这样前去,会不会有危险。万一连城事先在那儿埋伏好一大队人马将他包围怎么办? 又或者,祈佑埋伏了人? 我不安地在马背上连连回头,想看看身后有没有秘密随行的军队,祈佑见我连连回头，带了些无奈，"你看什么？"

我连忙收回视线，将目光投递在前方，望寥寥黑夜，明月照亮路途，"没什么。"

韩冥紧紧随在我的身旁，目不斜视，一语不发，这漫长的一条路格外宁静，唯有身后精兵整齐的脚步声与马蹄声，不再有人说话。离连云坡越来越近，我的心情就越来越沉重。骏马每踏出一步发出的踢踏声都让我的心沉入低谷。

轻抚着白马颈项间的那一缕缕柔滑的细毛，头有些昏昏沉沉。这条漫长的路很快便结束，前方火光点点，一大批与之相当的人马已经早早驻扎于此，我第一眼见到的便是连城，他手握马前缰绳，目光锁定于我的身上，但是我却没看到一直与连城寸步不离的曦。

对上他有些苍凉的眸我有些心虚，有些恐惧。

我们在离他们有一丈之远时，停下了步伐，"昱国主来得可真早，等了很久吧？"祈佑带着嘲讽之音朝他喊道。

连城始终盯着我，"你终于回来了。"

一句言浅意深的话不高不低还是传了过来，他见我的第一句话，竟是"你终于回来了"。他一直在等我吗？他不怪我的失约吗？

我沉重地"嗯"了一声，翻身下马，欲朝他奔去。祈佑立刻也随之翻身而下，一把上前紧紧扣住我的胳膊，不让我朝前走。

"连城，如果朕用她威胁你放弃这个江山，你愿意吗？"祈佑捏着我的胳膊很用力，疼痛几乎蔓延到骨子里去。我强忍着疼痛看着连城，我知道现在的祈佑正在装作无情，他不能露出他的弱点让对方看出。

"纳兰祈佑，你果然是个天生的帝王，是的，我比不上你，因为你早已经绝情弃爱，为了巩固权力你可以放弃一切。但是我做不到，我不会为了权力牺牲我的兄弟，亲人，女人，孩子。"连城的手松开了缰绳上前一步，"所以，为了我所重视的人，我甘愿放弃一切，哪怕是这个皇位。"

祈佑听罢先是不屑地冷笑，渐渐地变为狂傲之笑，"好一个重情重义的连城，难怪能掳获她的心。"阴庚之语让我打了个冷战，却闻他猛地收回笑声，严肃地说道，"你真当我那么没出息，要利用她来威胁你放弃皇位吗？我告诉你，我很期待与你在战场上一较高下。"

我感觉到他紧捏着我的手已经松开了许多，我的疼痛微微得到缓解，他又说："馥雅，是我纳兰祈佑唯一重视的女人，你连城……配得上她。"

连城终于将始终投放在我身上的目光转移到祈佑身上，他笑了笑，"原来你也是

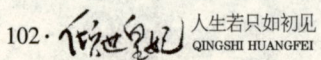

个性情中人。"

此时的祈佑已经将我的手完全松开,"你走吧。"

他没再看我一眼,背转过身不去看我,我侧首凝望着他的背影,深深吸了一口气,一咬牙便转身朝连城走去。我的脚步很沉重,每走一步犹如千斤重,我的头亦有些晕眩,是受刚才害喜的症状所影响吧。才走了几步我便突然顿住了步伐,连城那千年不变的柔光今日却有些黯淡,风吹动了他的发丝,挡去了他的眼眸。见我不再前行,他迈开了步伐朝我而来。看着他一步步地接近我,我在心中下了一个决定,从这刻起,我就是辰妃,心里只能有连城,我必须尽到一个妻子的责任,一个母亲的责任。

在对面火把的照射下,我眼睛被刺得有些疼痛,正欲迈开步伐朝前走时,几道银芒由正前方黑夜中射出。此刻的场景让我想到那日连胤对我的射杀,我的第一个反应是箭,第二个反应就是祈佑。

我倏地回身朝依旧背对着我的祈佑大喊,"躲开!"迈步便朝他冲了去。

祈佑听到我的声音,第一个反应是回首望我,目光中隐隐有悲痛,似乎还没反应过来此刻到底发生了什么。我在离他几步之遥外,停住了脚步,用全身挡住了他……一切,都要结束了吧。

同一时刻韩冥也由马上跳了下来,朝我奔来,"闪开!"他用尽全身的力气朝我嘶吼着,脸色苍白如纸。

当我以为会中箭之时,却没有感觉到疼痛,而韩冥的步伐竟停了下来,祈佑原本迷茫注视我的目光也转向另一处……他与韩冥看的都是一个地方,我的身后。

我呆住了,根本不敢再回头,我怕看到自己最不愿意看到的一幕。

"大哥!"是曦的声音,有些凄厉。

祈佑身后突然出现了一大批军队,带队之人是苏景宏,他怒气腾腾地领着兵由黑夜中冲了出来,口中还大喊着:"言而无信的小人,竟敢对皇上放冷箭!"

我被眼前的一幕怔回了神,猛然回首,看着离我几步之遥的连城,他挡在了我身后。我张了张口想说话,却发现一个字也无法说出。

连城却笑了起来,"馥雅,我一直都知道,你的心中唯有纳兰祈佑。"说罢,整个人狠狠地跌在了冰冷的草地之上。曦的手中执着金弓立在连城身后,难以置信地看着连城,再用仇恨的目光盯着我,最后扫向祈佑。

原来连曦与苏景宏都是躲在暗处保护皇帝的人,不一样的是,连曦竟会朝祈佑放冷箭。

两军的兵如潮水一样相互从黑暗中涌出,战鼓四起,烽烟百穿,苏景宏手持大刀朝连曦劈了过去。两军的士兵开始了一场生死厮杀,有身先士卒的士兵被杀,血溅上了连城那白如冰雪的衣裳。

我没有顾两旁厮杀的场面,而是朝连城奔了过去,用尽全身力气要将他扶起,却因他沉重不堪的身子而一同跌倒在地。我的手心有些黏湿,有血腥的味道传进我的鼻间。我颤抖地抽出手,愣愣地望着双手的血……连城的背后上下一排连中三箭,流出来,竟是刺目的黑血。

"连曦……你这个浑蛋,竟然在箭上抹毒!"我如疯了一般朝正在与苏景宏厮杀的连曦吼了过去,他一个分神朝我们这边望了一眼,却险些被苏景宏砍伤。

"不要激动。会伤了……孩子的。"连城虚弱地伸出手,为我抹去眼中泛滥而落的泪,可他越是为我擦,我的泪越是汹涌地往下滴落,"你知道,我在来之前便已做出了死的准备,所以我已经写好了遗诏,传位给曦……若有幸能活着带你回来,我将会领着你去过你想过的生活……平凡普通,不问俗事。"他带着笑,笑中有苍白,唇上带着青紫,明显地中毒了。

我用力张口,我想说话,非常想与他说话,想说对不起,想要他原谅我……但是仍旧不能发出任何声音。

他用力挪了挪身子,将整个脸贴上我的小腹,双手虚弱地搂着我的腰,"这是我们的孩子……"他的声音如游丝,仿佛即将殒去,我被恐惧填得满满的。

"连曦,你快来救救你的大哥……求你救救他……"我终于扯开了声音,伏跪着朝他哭喊着,连曦是神医啊……他的毒,只有他能解。或许,他能解……

连曦频频回首,一边应付着苏景宏的纠缠,一边担忧地看着我们,"你先让我去救大哥……一会儿我再与你打。"他夹杂的怒气,瞪着始终不放过他的苏景宏,他现在根本毫无心情与之打斗。

"自作孽,不可活。"苏景宏一声冷笑,步步紧逼,刀刀致命。

一见这个情景,我再望望似乎要不行了的连城,他的笑依旧挂在脸上,如此沐人,他低声道:"我听见孩子叫我'爹'了,孩子在叫我呢。"声音还夹杂着兴奋之感。

心头传来一阵绞痛,我的脑海中闪现了一个想法——吸毒。或许,吸毒能将他救活,他就可以活下来了。我狠狠地将插在他背后的一支箭拔了出来,只听得连城一声痛苦的声音传出口中。我俯下了身子,对着那道被箭射穿的伤口便吸去,才触碰到那血腥之感,却被韩冥狠狠拉开,"你做什么!"

"你别管我……"我挥开他的手,泪眼朦胧地看着他,"我不能让连城死,你知不知道,他不能死!"

 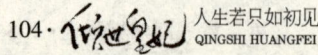

"他的毒已经侵入五脏六腑，你看看他的人中，早已被黑气弥漫，是死兆！"他指着连城的脸要让我看清楚，"你若要为他吸毒，等于白白牺牲你的性命！还有你的孩子！"

我怔怔地看着连城那渐渐变黑的脸，有些不敢相信……

只见连城的口中涌现出黑血，血由唇边蔓延滴落，最后洒在翠绿的草梢之上。他的目光由最初的迷离涣散转变为严肃认真，强撑着自己的意识对我说："馥雅……对不起，我欺骗了你！其实我从来……没有真正爱过你，我爱的只是你那张绝美的脸……我爱的只是你的公主身份……我爱的只是梅林中凤舞九天的你。"

我听着他的一字一语，笑容伴随着泪水而涌出，我点着头道："我知道，我知道你不爱我。"

"我这样一个男人……你根本无需为我伤心流泪。你不要觉得欠了我什么……去过你自己想过的……生……"他最后一个字没有说完，眼睛便已闭上，整个身子的重量压在我身上，格外沉重。

我伏在他的怀中，感受着他原本温热的身子渐渐变冷变僵。原本以为……我会为祈佑而死，却没想到，连城却因我而亡……哈哈……我不禁哈哈大笑了起来，其实最该死的人是我，一直都是我。

连城，你到底是怎样一个男人啊，在你临死之前都要给我一个可以安心度过余生的谎言。为了让我不难受，不愧疚，你竟说你不爱我？

若不爱我，你怎会在夏国为护我而身中几把匕首？若不爱我，你怎会在梅林中远远而望我的身影？若不爱我，你怎会不顾一切为我挡下那致命的三支毒箭？

你就是这样不爱我的吗？原来，你就是这样不爱我的。

"呀——"一声哀绝悲凉的吼声震撼了所有人，连曦手中之剑幻如流光，狠狠朝苏景宏刺下致命一剑。韩冥眼见不好，飞身上前的瞬间抽出了腰间佩带的剑，银芒闪耀着点点火光，将连曦的致命一剑隔开。

连曦收起剑势，眼眶中有泪水，却坚持着不肯流溢而出，"纳兰祈佑，这个天下终将统一，而你的凤愿是统一这乾坤破阵之天下对吧。"他的目光中流露着前所未有的冷酷、噬血、杀戮，比以往的他还要阴冷许多。

祈佑漠然地回视他，两人之间的诡异之气愈演愈烈，周遭的厮杀似乎更加衬托了他们之间的肃冷之色，连曦又开口了，"只要我连曦在一日，你纳兰祈佑就休想统一三国，一人独大。"

祈佑闻言而冷笑，"想与我争天下，先看看你今日到底能不能离开此处。"

"就凭这些虾兵蟹将也想拦我？"他环视四周一圈，又一名士兵倒在他脚边，血染红了他的紫靴，他一脚踢开那个士兵，朝我走来。

我怔怔地看着他一步一步走来，每行一步，阴冷之气与悲沉之痛就将四周尽情地渲染。直至他单膝跪在连城身边，沾满了血的手覆盖上连城的额头，"大哥，为了一个女人，值得？"

我眼睁睁地看着连曦将连城的尸首由我怀中夺过，起身之时，他看着我的眼神格外凛然与复杂，还有那深深的悔恨，"挡我者，死！"连曦长剑一挥，一手携着连城，另一手疯狂地残杀着两旁的士兵，鲜红的血溅了他们一身，仍不能停止连曦疯狂的杀戮。

他疯了，他疯了。

我呆呆地坐在地上，看着连曦的刀割在他们身上，一股恶心的血腥刺激着我的鼻，恶心之感冲上心头，还有那愈来愈重的额头，仿佛整个人飘忽在云端之上，最后重重地跌落到了地狱。

当我再次恢复意识的时候，已身处军帐之内，我呆呆地望着暗蓝的帐篷，里边空无一人，寂静到让我觉得不够真实。

——馥雅，我爱你。即使要拿这个江山做交换，我也不会放你离开，没有人能将你从我身边夺走。

——其实，能远远看着你，就好。

——馥雅，今生若有你陪伴，余愿足矣。

——我听见孩子叫我"爹"了，孩子在叫我呢。

须臾，我那僵硬的身子动了动，手轻轻抚上了小腹，孩子……你真的叫爹了吗？可是你还没出世，爹就离开了你，你会怪娘吗？是娘害死了你爹啊！

如果，那日我不是傻傻地想要为祈佑挡下那三箭，连城就不会为了救我而身亡；如果，那日我不是那么任性地想要回去找一个答案，就不会被祈佑扣留了下来；如果，那日我不被仇恨蒙蔽了心，就不会自私地去找连城。没错，我就是个祸害，走到哪都会有人丧命。父皇、母后死了，云珠死了，祈星死了，弈冰、温静若死了，现在连城也死了……

眼角的泪水再也控制不住，滴落在衾枕之上，在炎炎夏日我竟感觉到寒冷。我麻木地从床上爬了起来，恍惚地走向桌案，找到一支兔毛笔，捏着花梨木笔杆中端的手有些颤抖地在纸上写下一首悼亡词：

近来无限伤心事，谁与话长更？从教分付，绿窗红泪，早雁初莺。

 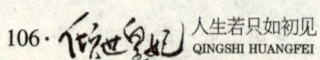

当时领略，而今断送，总负多情。忽疑君到，漆灯风□，痴数春星。

当词写罢，一股血腥之感传入喉间，我忍不住轻咳一声，殷红的血喷洒了出来，将我刚写好的词染红了好大一片。手中的笔无力摔落于桌，我猛地举起袖擦拭着纸上的血，越擦却越发蔓延开，我用力擦着，单薄的纸已经被我蹂躏得不堪入目。这血，像极了连城身上沾染的血，我要擦干净，干净了就不会再有缺憾。

祈佑刚进军帐内便看见这样一幕，疾步冲到我身边，将我狠狠拥入怀中，"馥雅！"

我在他怀中挣扎着，我不能再倚靠在祈佑身边了，他已经不是我的丈夫了，我的丈夫是连城，我是辰妃！我是辰妃！连城都为我送命了，我怎么能投入他人怀抱之中，我无法说服自己，我会讨厌这样的自己。

我用尽了全身力气从他怀抱中挣脱，"你不要碰我。"

祈佑厉色朝我吼道："你吐血了，你必须去休息！"他上前一步，我便后退一步，始终与他保持着三步之距。

"我不要……"我扬起衣袖擦了擦唇边的血迹，坚定地摇头。

"你不要你的孩子了吗？照你这样下去，迟早有一日孩子会因你的体虚而流产。连城已逝，你与他之间仅剩的就是这个孩子了，难道你不想要这个孩子了吗？正好，我看这个孩子也碍眼，走，我帮你找一个好方法将这个孩子打掉。"说着便上前扯着我的手腕，似乎真的要将我带出去打掉这个孩子。我立刻攀附着桌案，死死地抱着它，生怕他真的把我的孩子弄掉。

祈佑见我这个样子，重重地叹了一声，松开了我的手腕，"你如此在意这个孩子，就应该好好保重自己的身子，把它生下来，因为这是你与他的孩子。"

听他柔声相劝，我终于平复了激动的情绪，无力地蜷曲着趴在桌案上，泪水一滴一滴地落在桌案之上，将纸张打湿。

"我们回家好吗？"他伫立在我身边，也不再动我。

"家？"我还有家吗？

"亓国，昭凤宫。"

"不，我不去。"

"你的身子太虚弱，如果流落在外你的孩子非但保不住，怕是连你的性命都难保。"祈佑一字一字地说着，语气格外强势，带着不容抗拒的威严，"我不知道，你的身体为何会这么差，我给你下的毒，你已经服了解药不是吗？难道没有清除干净？"

我将头重重地靠在桌上，"我自己服的毒，不关你的事。"我静下心来思考了许久,他说得对,为了孩子我必须养好自己的身子。我不能再意气用事,不能再一味地沉浸于悲伤之中。我必须振作,我必须亲自将我与连城的孩子抚养长大,"你还在打仗……"

"不打了,我们回家。"祈佑见我平静了下来,这才上前将我由桌下扶了起来,小心翼翼地将我扶回了床上,"这场仗若真要打,必定两败俱伤,对我没好处。现在只能另想他法瓦解他们的势力。"

看他说起朝政之事时的神情让人格外折服,将全身上下的王者威严发挥得淋漓尽致。这就是他的魅力所在吧,也难怪云珠为了他甘愿以身试毒。这样优秀的男子,我配不上,更不敢配,如今的我更没资格配了。

凄然一声轻笑,我身心疲惫地将整个身子埋进了被枕间,思绪飘忽。我真的要回到祈佑的后宫吗?那个后宫我还能去吗?对,如果真的要回去,我必须隐忍,不像今天锋芒毕露。那样才能保护我的孩子,保护自己。

说到做到,当日祈佑便吩咐所有将士拔营而归,黄沙滚滚,抬望眼,朝天阙。这一来,我亲眼看着连城在我的眼前送命,为我而死。这一去,我将又回到祈佑那险恶深宫,我该如何自处呢?昱国又该怎么办?他们的皇帝驾崩,昱国定然大乱。

——我已经写好了遗诏,传位给曦。

连城的这句话回响在我的耳边,传位给曦……曦离开时那残酷的眼神太可怕了。我一直都知道,曦是一个无情的人,他说过,这个世界上只有三个最重要的人,第一个是他的母亲,第二个是他的父亲,第三个是连城。如今这三人皆去,这天下他已然无牵挂。那么他若登位那昱国又将会是何番景象?空前盛世抑或水深火热?

祈佑,以你的才智,以你的无情,能与连曦对抗吗?

突然间,我觉得连曦会变成第二个祈佑,因为他们同样孤单,他们……很像。

昭凤宫

我被祈佑再次带回了昭凤宫,这一次引起了宫中奴才们的窃窃私语,还有后宫妃嫔的纷纷不满,尤其是以苏思云为最。我与祈佑还没进入昭凤宫之时,苏思云便怒气冲冲地领着自己的奴才朝我们疾步而来。一身素青薄衫衬得她清丽脱尘,没有过多繁复的首饰,唯有那一张未多加朱施粉的玉颊,显得她单纯脱俗。这也是祈佑对她格外特殊的原因之一吧。

"皇上,昭凤宫可是雪姐姐曾经居住的,您怎可让一个来历不明的女人住进这儿?这对雪姐姐不公平。"她还没站稳脚步便朝我们扬声而来,甚至没给祈佑行礼,可见她在后宫中的地位。

我看着苏思云一直望着祈佑的美眸感觉有些好笑,她此次前来真的是为了所谓的"雪姐姐"还是自己的地位?而她自始至终都没有正眼看我一下,似乎很不屑看我呢。

祈佑对她的放肆没有发怒,只是淡淡地睃了她一眼,"不要闹了。"

"皇上说我闹?这昭凤宫皇上您一直封闭不许任何人住入,可见您对雪姐姐的情深。而如今您却为了这个女人将昭凤宫赐给她,我为雪姐姐抱不平。"苏思云的声音越扯越高,与鸟的啼鸣之声合奏着。

听她那为"雪姐姐"虚伪抱不平的声音,我竟没有产生厌恶,因为她的声音很甜腻,如百灵在空谷间鸣唱。如果我现在告诉眼前的她,她所谓的"雪姐姐"就站在她面前,她会有何反应呢?一想到这我便不自觉地笑了起来。

我的笑声终于引得苏思云的正眼,她蹙着柳眉上下打量我一番,带了几分警告之色，"很好笑吗？"

我的笑容并未因她的冷凛而停止，只是收起了笑声，"苏贵人和那位雪姐姐可真是姐妹情深。"

"当然啊，我一直将她当做亲姐姐般看待。"苏思云说罢，又将目光放回祈佑身上，"皇上，这女子来历不明，又没身份，住入昭凤宫不合适。"

祈佑却在此时握起了我的手，温热的感觉传入手心，他说："她是所有奴才的主子。"

"主子？皇上您封她了？"她有些错愕，带了一丝不信任。

我松下一口气，截下了祈佑欲往下说的话，"皇上说，以后我就是昭凤宫的辰主子。"

祈佑握着我的手突然松开了，手心的温度在那一刻如昙花般消逝，我有一些黯然，但是笑依旧未敛。

苏思云疑惑地望着我，有些好笑地重复了一遍，"辰主子？"

祈佑上前一步，转而握起苏思云的手，"是的，今后她就是昭凤宫的辰主子。"他的声音突然转柔，是的，初在长生殿时祈佑对她的目光就是这样，柔情似水，让我无法辨认真假。

苏思云一接收到祈佑的目光，脸色也渐渐浮现出了属于女子的娇羞之态，声音低了许多，"主子是几品妃位？"

祈佑笑了笑，轻弹一下她的额头，"昭凤宫最大的主子。"

她呼一声疼，揉了揉自己的额头，"只是昭凤宫吗？"

"嗯。"

我看着苏思云的怒火被祈佑的柔情渐渐熄灭，取而代之的是满足与甜蜜，这就是祈佑的手段吗？或许，曾经的那段时间，苏思云与祈佑就是这样过来的。

"好了，朕现在陪你去长生殿看看咱们的焕儿。"他将苏思云揽入怀中，随后朝莫兰与心婉道，"送辰主子回昭凤宫，好生伺候着。"

"是，皇上。"二人齐声道。

看着苏思云与祈佑远去的背影，我的笑容终于缓了下来，站在似火的明日之下，强烈的阳光让我觉得有些刺眼。我看到的，一直都是苏思云与祈佑那甜蜜的背影，真是……让人妒忌。

自嘲地笑了笑，我转身朝昭凤宫走去。

这个昭凤宫原本是我与祈佑共同拥有的一个地方，而现在，长生殿才是他与苏思云共有的一个地方吧。

偌大的殿宇依旧如当年那般金碧辉煌，只是常年未有人在此居住，疏于打扫，色

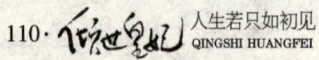

泽有些暗淡无光。我踏进了宫门槛,宫门两侧依旧是那香气怡人的花圃,可惜生了些许杂草无人整理,有些凄凉的味道。奴才还是以往伺候过我的奴才,那满庭的花草依旧栩栩生长,如此繁密茂盛。我走至花圃后的小苑站着,屏退了左右,置身于茫茫柳絮间,暖风揉青萼,淋漓尽日。回首笑春风,暗自思量。

我不敢踏入寝宫一步,或许是担心吧,如今的我还有资格住这昭凤宫吗?里面有太多太多与祈佑的回忆。可为了这个孩子,我必须住进来,我必须保护我的孩子,不能让任何人危害到我的孩子。

"辰主子,您不进去?"不知何时,浣薇恭谨地出现在我的身后轻声问起,声音中有些疏离冷漠,很硬板。

"浣薇,一别两年,又见面了。"没有回头,伸出双手接住飘落的几簇柳絮。

只听得身后一声冷冷的抽气声,她朝我走近了几步,"你……"

我用目光扫视四周一圈,见四下无人,便转身带着薄笑凝视着浣薇,"才两年而已,就不记得本宫了?"

她双唇微微地颤抖着,眼角有些湿润,双膝一弯,拜倒在地,带着一声哭腔,"蒂皇妃!"

我立刻做出一个噤声的手势警告她,"如今的我不再是蒂皇妃。"

她缓和了一下自己的激动之色,红着眼眶,强忍着泪,"您……您怎么回来了?"

扶起她,轻握着她微凉的双手,"浣薇,你曾经的相助我一刻不曾忘记,如今我再次归来,能相信的只有你一人。只希望你能一如既往地帮助我,不是夺权,不是争宠,只是保护我的孩子。"

"孩子?和皇上的?"浣薇将目光投放在我的小腹上,闪闪的水汽中有着异样的光彩。

我没有正面回答她的问题,只是淡淡地笑,"这个孩子我把他看得比命还重要,我不能没有他。如果要保护这个孩子必须牺牲我的良心,我想,我会选择牺牲我的良心的。"

浣薇有些不可思议地望着我,随后点头,很坚定地说道:"两年前我都选择牺牲自己的一切帮您逃跑,现在当然会不顾一切地帮助您保护这个孩子,而且……在这个后宫,主子要是还抱着良心,抱着善良,您的孩子一定不能安全出生。我希望看到一个与以往不一样的主子!"

"太后娘娘来了……"莫兰信步朝我们这儿走来,口里还用着不大不小的声音说道。在离我们有几步之遥的时候,她停住了,怪异地看着我与浣薇的神色,"辰主子,浣薇做错了什么?"

浣薇忙将自己眼角的泪擦了擦，"没事，只是辰主子太像……奴才的姐姐，所以有些失态罢了。"

莫兰不疑有他，掠过浣薇朝我说道："辰主子，太后娘娘朝昭凤宫这儿来了，您要不要准备一下去迎接？"

太后娘娘？

我上前一步，脚踏过满地纷铺的柳絮，发出细微的声音，"不用了，直接去正殿晋见太后娘娘。"

"可是……"莫兰上下打量了我的衣着一番，神色有些挑剔。

"怎么？嫌我穿得寒酸？"我挑眉而望。

"没有……辰主子穿什么都是最美的。"莫兰的笑容立刻变为讨好，毕恭毕敬地让出一条路，"辰主子请。"

约莫一炷香的时间，我姗姗而到正殿，金碧辉煌的大殿中回响着玉杯磕磕碰碰的声音，来回不断地蔓延着。正中央一鼎偌大的金炉有瑞脑香正冉冉而烧，将一殿绵延得恍如仙境。我昂首而入，越过金鼎正对上太后那风华不减当年的美眸。她起先的凌厉在看见我时立刻闪现出诧异，她放下手中一直把玩着的茶杯，倏地由椅上起身，用不可思议的目光来回打量着我。

对着她的审视，我丝毫未觉别扭，福了福身，"参见太后娘娘。"

"潘玉？"她脱口而唤，随后露出了然的笑容，不断点着头，重复着"原来如此，原来如此"。

"不知太后娘娘光临昭凤宫有何贵干？"我用平稳无波的声音问道。

"原本是有挺多话想对你说的，可是见到了你，突然间发觉很多事都可以不用说了。"她后退几步，重新优雅地坐回了椅子，单手再次把玩着案几上的杯子，"哀家知道你是个聪明人。"

我看着伫立在四周的奴才，突然觉得奴才多了也是个碍事的麻烦，"多谢太后娘娘夸奖。不知娘娘可否屏退左右，咱们也好单独说话。"

她了然地笑了笑，挥手示意所有的人都退下，而我却独独留下了浣薇，因为我信任她。

"太后原本是想来拉拢臣妾抑或是警告臣妾？"我猜测着唯一可能的两个理由，因为我再也找不到有什么好理由能让她移驾来见我。

"目的是什么都已经不重要了，因为这后宫，将是你的天下。"她的一番话让浣薇摸不着头脑，视线来回在我们之间打转。

 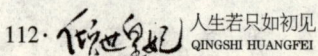

"太后谬赞了，我一直认为，掌控这个后宫的应该是太后娘娘您。"不是谦逊虚伪之言，我知道，她的势力早就不止蔓延着这个后宫，还有朝廷。光是手握金陵禁军的韩冥就已经是她很大的靠山了，除非祈佑有心诛杀他们，否则没人敢动他们分毫。

"不不，在见你之后哀家就知道，这个后宫已经不会再受哀家的掌管了。一个女人想在后宫翻云覆雨，只有得到皇上的心，只有皇上才是你最大的靠山。"

"太后，翻云覆雨我不想要，我想要的只是腹中之子能安全地在后宫诞生。太后，你一定有这个能力保住我的孩子吧？"

太后不可置信地盯着我，目光竟含着几分暗嘲，"谁的孩子？"

"谁的孩子不重要，我只要这个孩子活下来。你是了解我的，我说过不会和你争权就一定不会去争，但是如果谁要动我的孩子，我会与她斗到底。"我的声音格外坚定，坚定到我都不认识这样的自己。如今这个孩子已经是我活下来的唯一希望，我只想好好保护他，因为我是这样爱这个孩子，因为我欠了连城那样多。我能补偿的，只有将自己所有的爱放在这个孩子身上，给他我所能给的一切。

这次与太后谈得非常顺利，因为我们都毫无保留地说出了自己所要追求的，我要的是孩子，她要的是权力。这样，我们俩根本没有任何冲突，她没理由来加害我的孩子，我也没理由去分刮她苦心经营的权力。

浣薇同我出来之时已是满满一头大汗，她一直说着："吓死我了，吓死我了。"

"她很可怕吗？"

"也只有您敢这样和太后说话。记得一年前，苏贵人仗着自己怀有龙子，竟当面顶撞起太后，太后当场给了她几个嘴巴子，打到她趴在地上，险些流产。刚才您对太后娘娘的态度是放肆的，奴才真怕她会冲上来也赏您几个巴掌，那您的孩子……"浣薇说起当时的情景还是心有余悸，声音微微有些颤抖。

听到这儿我只是笑了笑，并不多做回答，只问："苏贵人一向都目空一切吗？"刹那间又想到了苏思云当面阻止祈佑领我住入昭凤宫时的刁蛮劲儿，还有他们两人之间相互的"情趣"。

"是的，皇上真的很宠她，宠到令人不可思议的地步。"浣薇有些感慨地神游着，似乎在回想着祈佑对苏思云的好。

我不动声色地听着她的一字一句，脸上的笑容依旧不变，低着头朝前安静地走了许久，又问："现在朝中有发生什么大事吗？"

"没什么大事……就是新科文武状元是皇上钦点的。听说，是个十六岁的少年。武功、学识都高人几等，相貌堂堂，很多官员都对他赞不绝口，说是将来定能有一番大作为。"

"十六岁的文武状元？叫什么名字？"

"听说，叫展慕天。"

我的步伐倏地一顿，跟在身后的浣薇差点儿撞了上来，"怎么了？"

"展慕天？"这个名字……似乎在哪儿听过，为何这么熟悉？我一定在哪儿听过……

夜里，一位自称是李太医的人来到昭凤宫为我诊脉，说是以后我的病情由他全权负责。他年约四十，小眼小鼻，胡须满腮覆了大半个脸。他每为我把脉多一刻，神色便忧虑一分。看着他的变脸，我的心跳漏了几拍，头一次我如此担心自己的病情，立刻着急地脱口问道："我的身子如何？能安全待产吗？"

李太医收回红线，将其缠绕，神色很是凝重，"辰主子，您的体内曾经中过毒，后来又经人诊治洗去大半毒素。"

我收回手腕，暗暗佩服起这个太医，祈佑亲自请来的太医确实有点能耐，"嗯，李太医说得不错。"

"只可惜了，并未完全清除完。敢问辰主子先前服的什么药，竟能如此神速地清除体内潜藏的毒？"他眉头松了些许，但是仍有着止不住的忧虑，难道我的病真的严重到这样的地步？

"每天喝一位郎中为我泡的冷香冰花茶，具体药方我倒不太清楚。"

"这茶倒是第一次听说……"他垂眼，无声地叹了一口气，"微臣会尽力诊治辰主子的病，您以后每日要服下臣给您开的方子。要保住孩子，每日切记不可动怒，不可跑跳，不可疲累。如心情压抑之时，去幽静的地方小走，吹吹夏日暖风，放松心情。"

我认真地将他的话一字一句地记在心里，"李太医，那我的病……以后烦劳您多费神了。希望能尽快清除体内的毒，也好安心待产。"

李太医将药箱收拾好，"微臣会尽力的。以后微臣每日早午晚会派人送一次药，辰主子若想保住孩子保住性命的话……务必服下。"

我再次点头，还亲自将李太医送出寝宫，看他投身隐入茫茫黑夜中，我始终未将目光收回。轻倚在宫门之侧，浣薇上前搀扶着我，"主子，睡去吧？"

"我想出去走走。"我擦了擦额头上的冷汗，顺着她的力道朝外走去。

夜幕流声碎，群壑鸟栖定，淡雾湿云鬓，深竹暗香浮。在昭凤宫游荡了许久，我有些疲累，正想吩咐浣薇回寝宫之时，突然想到了杜莞与尹晶，我好奇地问："杜莞与尹晶现在何处？"

 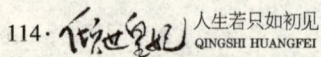

"在曾经关押先后的碧迟宫。"

我突然兴起，便要浣薇带我去，她稍有些犹豫，随即便领着我朝碧迟宫而去。这条路很漫长，多年后再踏入碧迟宫又想起祈佑母亲死前那幽怨的眼神，黑暗无底的深渊一样，让人不寒而栗。如今的碧迟宫比起当年破旧了许多，残破的屋檐下有即将掉落的瓦片，四周还有挥之不去的腐臭和潮湿的霉味。难道，杜莞和尹晶就住在这样邋遢的地方吗？祈佑，她们毕竟是你曾经的妻子，你宠爱的女子，为何你能这样无情地将她们丢在这儿不闻不问？说起来，尹晶才是最无辜的吧。当年陆昭仪的流产根本是祈佑一手策划，最后打击了皇后，再将罪名嫁祸给尹晶。她或许到现在还不明白，到底是谁害了她。

门微掩着，四处的蜘蛛网随风飘扬着，浣薇伸手将其拂净，再将门推开，"咯吱"一声响，一个黑影突然蹿了出来，凄厉中夹杂着兴奋，"皇上终于要接我回宫了！"

我不禁打了个冷战，浣薇被吓得连连后退，一下躲到我身后，伸出一只手指着那个身影，"主子……鬼呀。"

我凝眸望着那个黑影一步步地踏出门槛，衣衫褴褛，蓬头垢面，她的眼睛带着兴奋在我们身上来回打转。在月光的照耀下，将她的脸完全呈现出来——尹晶。

我不敢相信眼前这个人竟是当年那个高傲不可一世的尹晶，难道进入冷宫之人都会变成这个样子吗？我正想上前开口询问，又见一个身影蹿了出来挡在尹晶前面，是杜莞。

相较于尹晶衣着的狼狈，她算是正常一些的了，"皇上在哪儿？"她四处张望了许久，没有见到人影，便收回了目光，恨恨地瞪着尹晶，"做梦吧你，皇上怎么还会来……"

"皇上是爱我的，他不可能丢我一直在此的，他会来接我回去的……"尹晶喃喃地开口，依旧不能接受自己将永远被囚禁在冷宫的事实。

"哈哈，世间竟还有对纳兰祈佑那么真心的女人……"杜莞仰天哈哈大笑起来，"你们一个个都是蠢货，纳兰祈佑根本没有心，根本没有爱，你们还这么愚蠢地去爱他，去飞蛾扑火。他的眼里只有权力，只有他的皇位，在他眼里任何人都能利用……我真为你们这群女人感到可悲。还是我的皓哥哥好……还是皓哥哥好。"杜莞笑着笑着流下一抹清泪，似乎沉溺在自己的回忆之中。

原来杜莞一直都不曾忘记祈皓，或许那是最初的爱恋，那才是刻骨铭心的爱。

尹晶因杜莞的话后退几步，无力地靠在朱红大柱之上，杜莞将目光放到我身上，突然目露惊恐之色，"你你……你不是死了吗？"

"娘娘还记得我。"我平静地面对着她的激动之色，浣薇也渐渐平复了恐惧之色，由我身后站了出来。

"不知道是听谁说过的,你与袁夫人好像……不知道是听谁说过的,纳兰祈佑最爱的人是你……不知道是听谁说过的,你是这个世界上最可怜的女人……"杜莞朝我走近了一步,"看到你,我突然觉得自己并不可怜。"

听罢,我立刻问道:"这些都是听谁说的?"

"我也忘记了……忘记了。"她嘿嘿地笑了几声,"你想知道吗?想知道就帮我把皓哥哥请来这里,我要见他。"

我看着她格外认真的表情,笑了笑,"好,我会把祈皓请来见你。但是,你一定要告诉我,到底是谁和你说的这些话。"

杜莞带着诡异的笑盯着我的眼睛,几乎要看到最深处,"我会的,只要你让我见到皓哥哥。"

尹晶却突然朝我冲了上来,浣薇一见不好,连忙挡在我面前,"你干什么?"

看着尹晶一步步朝我冲过来,目光中带着愤恨,杜莞一个上前,狠狠地抓住尹晶的头发,"臭女人,你要对她做什么?她还对我有价值呢!"

"你说皇上最爱的人是她……你说是她!!"尹晶疯狂地尖叫着,声音凄厉,在这寂静的碧迟宫如此骇人。

浣薇真的是被尹晶吓到了,连忙搀扶着我,"主子,咱们快回宫吧。太医说您不能受惊啊。"

"杜莞你等着我,希望到时候你能把实情告诉我。"临走之时我又看了看杜莞,才同浣薇离去。步出碧迟宫,仍然可以听见尹晶的尖叫声。

"七郎是我的,是我的,你们都别想把他抢走!"

尹晶,真的如此爱祈佑吗?

如果她知道把她送进冷宫,将罪名嫁祸给她的人正是她一直牵挂的"七郎",她又会作何感想呢?

次日,一大早我便向莫兰打听了一下祈皓,她告诉我说他正在与祈佑于御花园召见那位新科文武状元。一听到此我就觉得这是个不可多得的机会,既可以见到那个让我觉得熟悉的"展慕天",又可以见到祈皓。我随手披上一件薄衫,发髻上轻别一枚翡翠薰玉簪,便随着莫兰而前往御花园。

碧玉妆,悒轻尘,露渐散。

徐公公远远见着我来,立刻跑到祈佑身边通报了一声,祈佑点了点头,再朝我看

 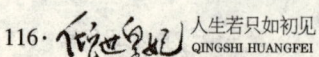

来。而我的目光看的却是与祈佑、祈皓并坐圆桌之前的那位少年……渐渐走近，那少年的模样也越来越清晰，我怎么看都觉得眼熟。

"馥雅，你怎么来了？"祈佑起身朝我迎了过来，亲昵地执着我的手，我有些不自在。祈佑真是个善变之人呀，昨日还当着我的面对苏思云如此柔情，今日却对我这样，到底哪个才是真正的他呢。突然有些怀念当初与他在小竹屋的七日，没有权力在身，一切都是透明如纸。

"我听说新科文武状元年仅十六岁，所以一时止不住好奇就过来瞧瞧。"我再次将目光投放到他身上，说不出来的熟悉之感，"听说状元名叫展慕天？"

这时，那名少年也由石凳上起身，朝我作了个揖，"回主子，正是。"

听到他的声音，记忆突然如泉水般涌出。

"榴枝婀娜榴实繁，榴膜轻明榴子鲜。有谁知道下一句？"

"姐姐我知道，这是唐朝李商隐的《石榴》，下一句为'可羡瑶池碧桃树，碧桃红颊一千年'。"

想到这儿，我不禁脱口而出："展慕天，你父亲为你取这个名字一定有他的用意吧？出仕朝廷，慕得天颜。"

他一愣，猛地抬头看着我，目光闪烁不定，仅仅望了我一眼便立刻将头低垂而下，似乎有些失望。原来他真的是那个孩子，当年真是没看错他，确实是个人才。十六岁而已啊，就能出仕为官，可见他的才学是真的高人许多。

"主子说笑了。"他恭谦地笑了笑，声音平稳无波。

"对了，有首诗的后两句我记不太清楚，不知能否请状元爷告诉我呢？"

"主子请说。"

"榴枝婀娜榴实繁，榴膜轻明榴子鲜。"

此话一出，他始终低垂着的头再次扬起，怔怔地打量了我许久都不说话。祈皓笑着开口了，"怎么，这样一首诗就难倒状元爷了？"

"下一句正是：可羡瑶池碧桃树，碧桃红颊一千年。我怎会忘记呢？"仿佛注意到自己的失态，展慕天立刻收回目光，低声回道。

祈佑似乎并没有注意到我们两人之间的异样，邀我坐下。当四人对面而坐之时，祈皓笑道："没想到，潘姑娘能死而复生，对于皇上来说是一件值得开心的事呀。"

我笑了笑，不语。如今对于祈佑，真的再也回不到从前了。

我们小坐了片刻，就有人来报，说是朝廷中有紧急的事需要祈佑亲自去处理，他匆匆交代一声便离去了。他的背影依旧是如此高傲令人难以亲近，但是却少了那份孤单……那份孤单早已经被祈皓的归来抚平许多了吧。

恍惚地收回自己的目光，拾起桌上金盘里摆放的龙眼，剥开晶莹剔透白如雪，"不知礼亲王可还记得一名叫杜莞的女子？"

祈皓怔了怔，"表妹她在冷宫吧。"

"她浑浑噩噩地待在冷宫，心中却依旧想着你，希望能再见你一面。你知道，她对你的爱，从始至终都不曾变过。"说罢，我将龙眼放入口中，才一嚼，满口沁凉甜腻蔓延至整个舌尖。

"我的心中只有姚儿，我从来只当她是表妹。"祈皓说起苏姚之时，声音突然转变得格外认真，目光中含着柔情。

"可是她一直认为你是喜欢她的，一直认为你娶苏姚只是迫于先后勉强。如果你想让她解脱，亲自与她说吧，这样她才能真正地活下来，好好地活着。"

祈皓低下头，双手相互摩擦着，似乎还在犹豫着什么，我继续道："杜莞毕竟是你的表妹，她那样爱着你。"

他霍然起身，金锦丝绸的衣裳摩擦着发出一声轻响，带起了一阵微风，"我会带着姚儿一起去见她的。"丢下这样一句话，便扬长而去，唯独留下一阵细若尘埃的泥土味。

此刻的御花园内独独剩下我与展慕天二人相对而坐，谁都没有说话，四周被冷凝的空气充斥着。我不开口，是因为我一直在等他先开口，我不知道，他到底有没有认出我。毕竟，见他之时，是毁容后平凡的我。如今，人面桃花，他还能认出？

终于，他开口问了句："你……是那个姐姐？第一次让我吃上桃子的姐姐？"

第一次吃上桃子？

我愣住了，难道当年的一个桃子，是他第一次吃？

我不知道，一个桃子，竟能让他如此记忆深刻。

清然莞之死

天街雷雨渐如珠,大风洋溢洒万物,皇都璃瓦弹簌簌。

夏日就是如此,一场倾盆大雨就这样毫无预警地侵袭而来,风中带着潮湿的泥土气味,有些腥人之感。我斜靠在窗上回想着昨日与展慕天的见面,他真的不如当年那般稚嫩了,浑身上下无不充斥着成熟之感。曾经他还矮我许多呢,三年不见竟出落得比我还高,仪表堂堂。难怪宫人都说,他将来定非池中之物。

后来,他与我说起家里的情况,只能用一个"苦"字来形容。父亲把积攒多年的钱全给他去上私塾,家里却衣食无着,好些次他都想要放弃念私塾,每次提起此话,父亲总会拿起木棍狠狠地抽打他,口中还喊着:"你这个孽子,老子为了你能上私塾,将来能出人头地,把家里仅有的饭钱都给了你。为了能让你进京赶考,将唯一一亩田都卖给了地主,你现在跟老子说不读?"

我才知道,原来展慕天的童年是这样过来的,也难怪他会因我一个桃子而铭记多年。更没想到,当年的那个孩子竟能一跃龙门,登上了新科文武状元之位。祈佑对他似乎也是欣赏有加,不然就不会邀他来到御花园了,他的前途,真的会是不可限量啊。

听说昨夜祈皓真的携苏姚去见杜莞了,这样我的任务完成了。待这场雨停歇后,我应该去瞧瞧杜莞了,希望她能说话算数,告诉我,到底是谁告诉了她那些话。为什么要告诉她?是我多疑吗?不过,再怎么猜测,今晚都是会有答案的。

忽闻风雨间有人喊道:"皇上驾到——"

一听祈佑到来,一宫的奴才们纷纷跪地相迎,我整了整被风吹得凌乱的发丝,将散落的流苏勾至耳后,出宫相迎。祈佑的龙靴湿了些许,他也未太在意,徐徐走到我身边,"喝了太医开的药,身子好些了吗?药有没有效果?"

我随口答道:"嗯,还行吧。"其实李太医的药与连曦给我的茶比起来根本就有着天壤之别,而且李太医开的药真的很苦,苦到难以下咽。每日喝三次那种苦药,根本就是一种折磨。

祈佑"嗯"了一声便独自坐到寝榻上,脸色有些冷凛,似乎遇见了不好的事。我也不去询问,等着他先对我说。他沉默了许久终于淡淡地朝我笑了笑,"怎么了?"

被他问得有些莫名其妙,我有些好笑地回道:"这句话似乎该我问你。"他今天确实有些奇怪,以往他遇到任何事似乎都能很好地隐藏情绪,而今却不能了,这是为何?

"昱国,连曦登位,封夏国的湘云公主为皇后。"他顿了一顿,沉思片刻又道,"夏国皇帝自降身份,对其称臣。"

原来是因为这件事,确实是件很棘手的事,其影响力不容小窥啊。我相信连曦肯定已经将我的身份告诉于二皇叔,而二皇叔当然是惧怕我会怂恿祈佑对付他,为了自保,情愿降低身份称臣来保全一个国家。如今我才真正开始看懂二皇叔,虽然他夺了我父皇之位,但是他却为了夏国臣民的安危,甘愿受此屈辱。他确实是一个好皇帝。

"我想,有一场恶战要展开了。"我脸色依旧不变,细声地回答。

"我必须尽快对付昱国,那个连曦比起连城要可怕许多。"

我的胸口闷闷的,有些黯然地看着祈佑,"两国交战,百姓何辜?"

"百姓何辜?这个天下如果继续四分五裂下去,百姓就真的要处于水深火热中了。一时牺牲,成就天下安定。"

"是,你说的我从没否认过,天下是该统一,可是你为何没有想到用一种更好的办法呢?宋太祖,陈桥兵变,黄袍加身,不费一兵一卒便得到那个皇位。"

"妇人之仁。"他怒气腾腾地丢下四个字,便起身欲离开。

心中那原本的期许也渐渐往下降,如果此刻说这番话的人是苏思云,他又会有何种态度呢?看着他欲迈出寝宫之门的步伐,我忍不住地提高了几分声音朝他道:"当然,我没有你的苏贵人懂得讨你欢心,我只是就事论事。好吧,既然你不爱听我说话,那你以后都不要来了。"

他的步伐突然停住了,缓缓转过身注视着我,"好好,是我的错。"他声音带了几分无奈,朝我走来,搂着我的肩轻声道,"以后我们都不要再吵架了,就像那七日一样相处好吗?"

"不可能的。祈佑,记得我答应同你回来之前你说过的话吗?只要我的孩子安全出生,你就让我带着孩子离开,你说过的话不能不算数的。"我从他怀中脱身而出,

 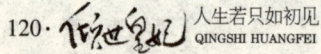

"我知道你的后宫,女人多,厉害的女人更多。如果我真的与你走得太近,得到你太多的宠爱,我的孩子……"

"有我在,没人敢动你的孩子。"

"有的。"

"谁?"

"苏贵人。"

空气中突然由最初的丝丝暧昧转变为寂静冷凝,祈佑低着头似在沉思,似乎在挣扎着什么。难道……苏思云在他心中真的已经到了如此重要的地步?

"她不会的,馥雅。"祈佑格外认真地看着我,用很坚定的语气对我说着这六个字。我完全被他这六个字怔住,真的如此……信任?

"你怎么知道她不会?"

"我保证。"

我保证。

这三个字竟是由他口中说出来的,他拿什么为她保证?他对苏思云如此信任?是呀,苏思云这两年一直陪在他的身边。祈佑已经不止因她是奸细而宠她,利用她了……如果他们的感情真的到了如此地步,那我便是第三者,那祈佑当初那所谓的"七日"根本就是一个大笑话。把我的孩子当做他的亲生,根本就是因为他不在乎。

"馥雅,你……"祈佑看着我的表情突然慌了慌神,才想开口,却被一个声音给打断。

"——不好了皇上,杜皇后上吊自尽了!"

听到这儿,我的心咯噔一跳,杜莞上吊自尽?她竟然会选择自尽?可是她……她明明答应我,要告诉我那些话到底是谁对她说的,她怎么能就这样死了?

我不能接受这个事实,也没顾得上祈佑,疾步冲出了寝宫,跑进茫茫大雨之中。浣薇立刻朝我喊道:"主子……太医说不能跑,孩子会有危险……主子……"

因为浣薇的这句话,我才停住了奔跑的脚步,不可动怒,不可跑跳,我暗暗告诫着自己。此时的浣薇撑着一把纸伞为我隔开了那哗哗侵袭的大雨,我的浑身已然湿透,残珠一滴一滴地沿着额角滑落至脸颊。我遥遥望着伫立在寝宫门外默默看着我始终未有动作的他,心中仿佛得到了前所未有的解脱……

既然,祈佑不能保护我与孩子,那我就只能自己保护了,我只能自己保护。

当我正欲朝碧迟宫前去看看杜莞之时,只见祈皓一脸哀痛地转进了昭凤宫。他手中紧紧捏着一条雪白的绣帕,走近我之时,他停住了,伸出手将那块绣帕递给我,"这是昨夜我离开碧迟宫前,表妹让我交给你的。"

我接过，放至手心展开，里边赫然有一颗夜明珠，价值不菲。再看看绣帕上，竟是用针线绣的几行赤红的字：潘玉，对不起，为了见皓哥哥我对你撒了个谎。其实，那些都是我四年前偷听来的。

　　这两句话，看似平凡无奇却又意义深远，怎么会这样？杜莞为什么要自杀？留给我这绣帕就好，为何还要给我一颗夜明珠？难不成她还担心我没钱用，这太不符合逻辑了。

　　"昨天夜里临走时，她还笑着祝福我与姚儿，她笑得很开心……她似乎真解脱了。可为什么要选择死呢？"祈皓的喃喃自语声被大雨洗刷了几点。

　　祈佑终于是朝我走了过来，神情有些复杂难解，低头凝望着我手中的绣帕与夜明珠，沉思了良久，再侧首而望祈皓，"杜莞真的是自尽？"

　　"仵作验过伤，确实是悬梁自尽。"祈皓悠然而叹，语气中无不藏着自责，"昨夜……我根本不该带着姚儿去见她，这才刺激了她，这才令她有了死的念头。"

　　"厚葬皇陵。"祈佑听罢，丢下一语便扬长而去，没有打伞，孤独地走在雨中，大雨侵袭了他满身。我很想带着伞追上去，很想陪他走完这条路，可是我却克制住了自己内心的冲动。

　　如今他的身边已经有苏思云的陪伴，我在不在他左右，都已经不重要了。

　　如今我的身上已经有了连城的骨肉，我更不能追上去，决不能那样自私。

　　那一夜直到戌时我还拿着杜莞留给我的绣帕与夜明珠凝望，始终不能解其惑。若说将这绣了字的帕子给我是说得过去，可是这夜明珠……她为何要给我夜明珠呢？真的很莫名其妙，杜莞绝对不会平白无故地送给我一颗夜明珠。

　　"绣帕，夜明珠……夜明珠，绣帕……"我喃喃着重复着，这到底有什么关系？又或许是我多疑了？

　　"主子，您怎么还不就寝？老拿着这两样东西左看右看，有什么问题吗？不就是一个帕子和珠子嘛。"浣薇端着一盆清水走了进来，奇怪地问着。

　　我置若罔闻，仍旧喃喃念叨着："绣帕……夜明珠，绣……明珠，绣珠？"我立刻由凳上弹起，"绣珠，难道杜莞要说的是珠儿？"我一回首，正对上浣薇疑惑的目光，我冲上前，一把将她搂住，"浣薇，还是你来得好。"

　　没等她反应过来，我已经小步离开了寝宫，我要去找太后，我相信太后一定知道这件事。杜莞说她偷听到这些，那就是云珠说的？想起那日太后将云珠召进太后殿内说了一番话，才出来她就晕倒了，没有人知道她们在里面谈了些什么，只是可见太后与云珠的关系也不一般。那杜莞很可能是偷听到云珠与太后说话。

四年前偷听到的。

四年前不正是祈佑初登位那会儿吗？云珠为什么要与太后说起我？

……

在去往太后殿的路上我浮想联翩，想了众多个可能性，却仍不能解释。若当初，不是她们急着将云珠置于死地，我想，可以从她口中知道更多的事吧。云珠，你到底还有什么秘密呢？

在太后殿外我的求见却得到奴才的一句：太后娘娘不在太后殿。

我奇怪地上下打量她，也不知她是否在说谎，而且……这么晚，太后能去哪儿呢？

带着疑惑，我准备步出太后殿，打算明儿个再来问清楚。可正当我穿插过一片幽暗的草丛之时，听见了几声低低的哭泣之声若有若无地传来。我不禁打了个寒战，这么幽静无人的地方竟会有人哭泣，难道是女鬼？突然为自己这样的想法感觉到好笑，这世上怎么可能会有女鬼呢？

我蹑手蹑脚地穿插过草丛，觅声而寻，今夜无月，唯有疏星几点，闪耀星空，勉强可以看见前方之路。我小心地朝声音处走去，哭泣声越来越大，我的好奇心越来越重……因为这个哭泣的声音我认识，是太后，太后怎会一个人躲在此处哭呢？

当我转入这片深深的草丛中，看到眼前的景象之时，彻底惊呆了！

太后正扑在韩冥的怀中哭泣着，韩冥不住地轻拍她的肩膀。

此时，韩冥也发现了我，由于四处太暗，根本无法看清楚他的表情。只见他下意识地将太后一把推开，速度之快……就像，两人做了什么亏心之事，被我抓了个正着！

原本，姐姐哭泣，弟弟安慰是件非常正常的事情。

但是，为何要躲在此偷偷摸摸地安慰？

但是，为何要在见到我那一刻用力推开了他的姐姐？

黑云翻墨，风潜入夜，秀秀相宜。

他们俩尴尬地看着我，相互间都没有再说话，唯剩夏虫吱吱的鸣叫声。这样的景象着实让我震惊了许久才回神，现在这一幕，真的好诡异，怎会如此？

韩冥？太后？我怎么都无法将他们两人拉扯到一起。

"潘姑娘，你找哀家有事？"最先恢复失态的是太后，她擦尽泪水，清了清嗓子朝我走来。

"没什么事。"我笑着摇了摇头，再看了看那一直隐在黑暗中的韩冥，他的身子有些僵硬，"我还是不打扰了。"说罢我便转身而去，我的脚踏过漫漫草丛，发出阵阵声响。

没有人拦我，但是我听见了有一阵脚步声跟在我身后，我不由自主地加快了步伐,却被一个声音低声叫住,"潘玉!"

他的声音让我停住了步伐,没有回首,呆立在原地等待他的下文。待他走到我身侧,有淡淡的叹息传来,"是的,她不是我亲姐姐。"

"你和我说这些做什么?"我立刻阻止他继续说下去,因为我不想知道他们两人之间的事,更不想将自己也牵扯进去。我有感觉,这将会是一个令所有人丧命的大秘密。

"十三年前我家遭遇变故,我侥幸逃了一条命,幸得她救下了我。这么多年来,她对我很好……"韩冥不答理我,继续说着,却被我打断了,"韩冥,你的家事我不想知道。"

"这件事,希望你不要告诉皇上。这是欺君之罪,连累我没关系,可我不想连累她……我欠她太多了。"韩冥第一次如此低声下气地恳求着我,可见他与太后之间那常人无法想象的"情"。

"对于你们的事,我没兴趣知道。只要你,不要伤害到祈佑。"我回视着他的眼神,里边的情绪很真,我相信他说的这些都是真的。我更明白了,曾经我为雪海,初入太后殿为宫女时她为何对我诸多刁难,为何总是提醒我少接近韩冥,为何要与韩冥甘冒欺君之罪骗我麝香之事……原来,这个太后一直这样爱着她的"弟弟",用这样独特的方式在保护着他。

原来,爱情也可以这样无私的。

我们俩突然之间僵持了下来,我们之间突然没有了话题,很安静……

当我以为我们两人之间再无话可说之时,韩冥却突然转移了话题,"你知道养心殿后的那个小竹屋吗?"

我一愣,"怎么了?"

"这几日,皇上天天夜里都会去。"

"去……做什么?"

"这几日,下了几场大雨……皇上说,那儿还有你们种的梅。"

那儿有你们种的梅。

他夜里去小竹屋是为了我们亲手种的两株梅?他一个皇帝,光国事都处理不过来,为何单单要为这两株梅那么上心呢?

我恍恍惚惚地来到养心殿外,突然之间好想见祈佑,却踌躇着不知该不该进去打扰。徘徊间,却碰上了我此时最不想碰上的人——苏思云。

她乘着玉辇,一身淡紫轻裳锦缎衣,在细风中飘逸着,鬓角间斜插着一支玲珑八宝簪,额间镶着淡紫花钿,秀气中带着淡淡的妩媚,手中捧着一个孩子,不时低头逗弄着他,孩子发出咯咯的轻笑。

当玉辇在养心殿外落下，苏思云高傲地步下玉辇，小心翼翼地捧着手中一岁左右的男娃。那孩子双颊白里透红粉嫩粉嫩，一双炯炯的大眼透着灵气。这就是他们的孩子——纳兰永焕。

"我当是谁呢，原来是你啊。"她带着娇媚的笑，不时轻轻拍着孩子的背，像极了一个母亲。看到这样的情景，我的手不禁抚上自己的小腹，还有七个多月我的孩子就要出生了，到时候，我也可以做一个母亲了。

一想到此，我便露出了笑容。可是，一巴掌就这样狠狠地朝我挥了下来，我立刻后退一步，紧紧握着她的手腕，"苏贵人……注意你自己的身份。"

"你刚才为什么要笑，你在笑我的孩子？"她使劲儿要抽出自己的手，我却狠狠地握着不让她挣脱。

"怎么，苏贵人很怕别人笑吗？还是自己做了亏心事？"我颇有所指地暗嘲一句，她片刻的走神，随即朝两旁的侍卫道，"快去请皇上出来。"

两名侍卫对望一眼，随即转身朝养心殿内冲了进去，而我却始终握着她的手腕不放。苏思云无奈，只得一手托着孩子，另一手任我捏着，表情有些得意，似乎……她料定了祈佑会帮着她。而我，却突然没把握了，因为祈佑对她是那样特别，如今我与苏思云闹矛盾，他真的会站在我这边？

我的心中开始犹豫彷徨，捏着她的手渐渐开始失去力气，当我想放开的时候，祈佑出来了。他的目光徘徊在我们两人之间，深不可测。

苏思云一见祈佑到来，立刻扯出一副楚楚可怜的模样，带着哭腔，泪水毫无预兆地滴落，"皇上……您终于来了。她欺负我与焕儿。"

刹那间，我回头对上祈佑深邃的目光，没有说话。终于是将紧捏着苏思云的手悄然松开，我不会哭，不会撒娇，所以我注定要输吧。

"你现在立刻带着焕儿回长生殿。"祈佑的语气很平淡，但是平淡中夹杂着丝丝警告。

"皇上？明明是她……"苏思云突然停止了哭泣之声，蓦然仰头看着祈佑，那原本清丽的淡妆被泪哭花，有些狼狈。

"朕，不想再重复一遍。"阴鸷之声又提高了几分，目带寒光直射于她，骇住了她。

苏思云双手紧紧揉搓着怀中的孩子，紧咬下唇，眼神无不流露着隐怒，来回飘荡在我们两人之间。

"那……臣妾告退。"一跺脚，转身踏上了玉辇，悠悠地离去。

我的视线始终追随着她远去的身影，我没有料到，祈佑什么都没问，就选择相信我，还将她怒斥而去。我不明白，真的很不明白，昨天他还信誓旦旦地对我说，他能为苏思云保证，而今日这样大的转变，真的让我不知所措。他的心究竟在想些什么，他的葫芦里到底卖的什么药？

"何必同她动怒呢？"祈佑的声音惊扰了我的思绪，他轻托着我的脊背，将我带进了养心殿。

"我刚才可是在欺负你的苏贵人与大皇子，你不生气？"

"她不先惹怒你，你是绝对不会先去挑衅他人的。"祈佑低声笑了出来，我的神色却僵硬了。他还是了解我的，如此了解我的祈佑，如今我该用什么表情去面对他呢？

独与他漫步在这养心殿的花石阶之上，暗尘被夏风卷起，吹散了我原本的燥热。殿宇巍峨，琉璃瓦闪闪，侧首看着祈佑面容上那蛰伏已久的东西，似乎正在蠢蠢欲动。他似乎有话要对我说。

果然，他无比郑重地执起了我的右手，十指紧扣，"馥雅，你说我从来都将事情默默地藏在心里，不肯与人分享。现在，我就将苏思云的事，告诉你。"

我静静地听着他格外低沉的声音，他真的要告诉我吗？似乎，想了很久，才打算告诉我……他能对我坦白，我是该高兴还是难过？

"我很早就同你说过，苏思云是昱国的奸细。可是，昱国的奸细远不止她一人，为了将所有的奸细抓出，我必须控制住她。"他将我的手按到自己的心窝之上，"这里，一直都只有你！"

起先我因祈佑那句"奸细远不止她一人"呼吸险些停滞，后因手心感觉着他心脏的跳动，我的心似乎也跟随而动，那份强烈的感觉让我手足无措。他原本紧蹙的眉毛慢慢舒展开来，笑意渐浓，"那日，望着你仓皇地奔出寝宫，进入那漫漫大雨。那一刻，只觉你又将离我而去。"

眼眶中慢慢凝聚着泪花，眼前的他一点一点地模糊着，我呢喃地问："我们的梅……可还好？"

他的指尖滑过我的脸颊，抬手捋起我肩上的碎发，轻轻说："一切安然……我还想在四五六七年后陪你一道去赏梅呢。"他那一双清目细细打量着我，仿佛怎么也看不厌，片刻又道，"真希望，你能永远陪在我身边。"

"我……"听此话，我欲开口拒绝，我怕给了他一个希望一个承诺，他会说话不算话，真的想要强留我在这个皇宫。我的声音才脱口而出，双唇便被他单手按住，出声打断，"七个月后，待你的孩子出生，再给我答复。"

长生殿惊变

在养心殿与祈佑聊到子时三刻才罢，原本祈佑要留我于养心殿就寝，但是我却婉拒了，只道："我来这儿，不是为了做你的妃，而是为了保我的孩子。"祈佑未做他言，只吩咐左右侍卫用他的龙辇护送我回宫。

寂寞正云雾，深夜风烟袭，幽香暗断魂。

这回去的路上我想了许多，皆是关于祈佑与我闲聊的话，让我最深刻的还是苏思云。我问他，既要宠她，却不封她，难道不怕她起疑?祈佑却是回了我一句不可思议的话，一年前，苏思云亲口对他坦承了自己的身份，那时的她已怀有身孕，她求祈佑能留下那个孩子。祈佑留下了她的孩子，而且，不计较她奸细的身份，给了她更多的宠爱。而苏思云也沉溺在这份宠爱之下，甘之如饴。

我想，苏思云是爱祈佑的，更爱那个孩子，所以她才坦承了自己的身份，恳求祈佑能留下那个孩子。

可祈佑说，苏思云的内心绝不如外表那么单纯，她的心中藏了许多不为人知的秘密，她不说，定是有所顾忌。所以他打算，用宠爱慢慢化解她的戒心，让她将隐藏于亓国的奸细全数抖搂出来。

听了这么多，我只给了祈佑一句话，"若真要化解她的戒心，皇后之位给她，太子之位给纳兰永焕。"

祈佑一口回绝，给了三个字，"不可能。"

我问："为什么，难道你不想一网打尽?"

他只答："皇后之位，我承诺过给你，除你之外，任何人休想。"

我都已经将当初那个承诺看淡，而他却始终执著吗？我很乱，真的很乱。从何时起，我面对爱竟会如此紊乱，拿不定主意。理智说，现在已经容不得我一错再错了。

　　回到寝宫，最先见到的是守夜的莫兰与心婉，她们见我回来先是行礼，后恭敬地迎我进去。

　　"主子，听闻您今夜与苏贵人发生了冲突。"莫兰永远是好奇心最重，也最爱言是非之人，"您以后可要当心她哦，别看她外表那么单纯，其实她可有城府了，她一定会想方设法地对您不利的。"

　　迈进寝宫门槛那一刻，我霍然顿住步伐，冷冷地扫她一眼，"莫兰你可听过，说是非者定是是非人。"

　　她听完，立刻默默垂首，噤声不语。我看不清她的表情，更不想看清，蓦然转入寝宫，将厚重的门关上，将她们两人隔离在外。

　　没走几步就看见浣薇独自倚靠在桌旁，单手支着摇摇欲坠的头，还有桌上一直摆放着的药……她一直在等我？我朝她缓步走去，浣薇或许是听见脚步声，立刻惊醒，"主子，您回来了。"她有些慌乱，目光急速投放在桌上的药上，伸手在碗边试了一下温度，"哎呀，都凉透了，奴才再去给您热一遍。"

　　看着微弱的烛光映照在她侧脸，那一刹那我仿佛再见到云珠。她总是在深夜中将那一碗汤热了一遍又一遍地等我回来。

　　我立刻想要接过她手中的药碗，"不用了，这么热的天，喝点凉药没有大碍。"

　　浣薇忙收回手，不依，"主子，您的身子不行，一定得喝热的，您等着我，很快！"她生怕我会抢了她手中的药，一溜烟端着药碗就没了人影。

　　我带着淡淡的笑容坐在圆凳之上，静静地等待着浣薇回来。无聊之际，将随身携带着的夜明珠取了出来，云珠……云珠和太后有什么关系？或许说，云珠和韩冥会不会有关系？如果没有关系，无缘无故为何要说起我？云珠与他们很熟？

　　——家父沈询乃声名显赫，功高盖主的大将军，却在六年前被皇上以谋逆之罪而满门抄斩。

　　——十三年前我家遭遇变故，我侥幸逃了一条命，幸得她救了我。

　　六年前，谋逆罪名，满门抄斩。

　　十三年前，遭遇变故，侥幸逃脱。

　　七年前云珠说，六年前满门抄斩；七年后，韩冥对我说，十三年前家遭遇变故。时间竟然出奇地吻合……这到底是巧合还是……

　　——那次之后，我就与哥哥失散了，为了找寻他，我游荡在外皆以偷为生。

 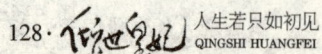

哥哥!

脑海中猛然闪现出一抹灵光,难道韩冥是云珠的哥哥?

门突然被推开,吓了我一大跳。定睛一看,是浣薇端着药进来了,她小心翼翼地端着刚热好的药生怕会洒出来,最后来到桌旁放下,"主子快喝吧。"

"辛苦你了,浣薇,我这个主子很难伺候吧。"拿起药勺,放在嘴边轻轻吹散热气,然后一口咽下。只有一个字形容——苦。这到底是什么药呀,苦到这种程度,真怀念连曦的茶,真怀念……昱国的一切。

"怎么会,主子你是奴才见过最和善的主子了。"

"和善?"我自嘲地笑了笑,"好了,你退下吧,我要安寝了。"淡淡地屏退了她,我拿着勺一口一口地饮着碗中那漆黑的药汁,苦涩的感觉蔓延了整个味觉。难道,如今的我给人的感觉还是和善吗?如果真的是和善的话,那我就很难待在这个后宫,更难保全我的孩子。更何况,现在的祈佑也不便保我,因为他要从苏思云那儿下手,如果真调转头来保护我,他的计划就要泡汤了。

我知道,这个后宫皆在猜测我腹中之子到底是谁的,祈佑没有解释,我更没有解释,流言飞语就这样铺天盖地地四处流传着。

苏思云这个人,我还是暂时不要再去招惹了,能避则避吧。

次日我听闻一个消息,展慕天被封为侍中,侍从皇帝左右,是个不错的官位。真没想到祈佑会如此看中展慕天,十六岁初为状元便一举封为侍中,相信朝廷中会有许多人不满吧,也不知展慕天能否承受住四面而来的压力。

今早我派浣薇带话去太后殿,希望能见韩冥一面,还给太后带去三个字"沈绣珠"。果然,不出一个时辰,韩冥就来到昭凤宫,我屏退左右隔着插屏与之会面,只为了防人说闲话。不过即使这样,也还是会有人说闲话的,可我不介意,难道我被宫人说的闲话还少吗?

"辰主子,你给太后那句'沈绣珠'不知是何意?"韩冥的声音冷冷地由插屏另一端传了进来,隔着插屏我只看得见他的身影,却看不清他的神情。

"我今天只想问你,十三年前的变故,可是沈家的变故?"

"不懂你在说什么。"

我骤然沉默,指尖抚过插屏,"记得多年前在雪地你背我走的那段路吗?我相信了你,我告诉了你我的真名,如今你能不能如当时我对你那般,告诉我实情?"

插屏另一端突然安静了下来,我静坐等待着他对我说实情,虽然我的心中隐隐有个底,但是我还是希望能亲口听他说。

"我想,你已经猜到了吧。是的,我是珠儿的哥哥——沈逸西。

"那日与珠儿失散之后,我倒在了韩府门外……那时正碰上姐姐,她得皇上命回家省亲,正好,救下了我。姐姐她本性很善良,根本不愿卷入那是非之中,为了帮我,她这么多年都在与杜皇后斗。

"还记得那日在碧迟宫我杀杜皇后的一幕吗? 其实,是我怂恿皇上这样做的,因为,我要亲手杀了那个害得我家破人亡的女人。凭什么她做了那么多坏事还能留下一条命? "

韩冥的声音颇有激动之色,我听着他那满腹仇恨的话语,再次沉默了。原来当年的杜皇后与韩昭仪的十年之争竟是因沈家灭门而挑起的,我一直都以为她是一个野心极大的女人,原来,却是事出有因。

"静夫人怀孕那夜,太后召云珠去太后殿说话,我记得你也在里面,你们说了什么导致云珠一出殿便晕倒? "我问起了一直藏在心中始终不能解释的一个问题。

"珠儿一直都不知道我就是她的哥哥,那夜那我将实情告诉了她,因为我知道,她即将要成为皇上下一个牺牲的人,我怕再不说,就没有机会了。她听到这个消息的时候,很平静,平静到……仿佛像一个木偶,神色黯淡无光。没想到,她一出殿便晕倒了。站在里边看着她那娇弱的身子,我好想上去扶她……但是我不能。头一次,我恨自己的无能,竟然连妹妹都保护不了。"说到动情处,他的声音逐渐哽咽,嗓音有些颤抖。

"你恨皇上吗? "听到这里,我想到一个最大的关键,杀妹之仇!

韩冥深深地吸了一口气,很坚定地吐出两个字,"不恨! "

"为何不恨? "

"因为他是皇帝,他有他的苦衷,若珠儿不死,将会是我们死。"他咬着牙,一字一句地说道,似乎在强忍着痛苦,"所以,你不能将我的身份告诉皇上。否则,会牵连出我怂恿他杀母之事,你能为我保密吗? "

"只要你不做伤害祈佑的事,任何事,我都会为你保密,会站在你这一边。"我缓缓由插屏后走出,正对上韩冥已经湿润的眼睛,我亲口对他下了一个保证!

万顷孤云风烟渺,云峰横起步晚归。

草木峥嵘渐枯萎,明灭晴霓迎润秋。

秋日是比较闷燥之季,怀着孩子的我心情也日渐压抑,看着已经隆起的小腹不免有些担忧。如今的我若没有重要的事绝对不会离开昭凤宫,就怕有个差池会令孩

 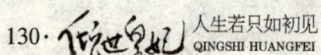

子不保。每日的膳食与补药都是浣薇亲自去准备,所有的东西只能经浣薇一个人的手。如若莫兰与心婉碰过,我是绝对不会碰它分毫的。虽然这样未免太过疑神疑鬼,但我一直都认为小心驶得万年船,所以至今我的孩子仍安然在我的腹中成长着。

李太医为我诊脉时说过,待产期是正月前后几日,算算日子,大概还有三个多月。只要我再坚持三个月,孩子就能安然出生了,该取个什么名好呢?

撑着头,我开始思考着孩子的名字。匍匐在窗槛之上遥望那火红的一片枫林,侧目沉思良久。若是个男孩就叫……连忆城,若是个女孩就叫……连承欢。

"忆城,承欢……"我喃喃着这两个名字,笑容渐浮,心情甚好。

"主子,长生殿又派人来请您过去了。"浣薇带着微微的喘息迈入寝宫,"已经第五回了,要不,您过去一趟?"

我挺着疲累无力的身子朝浣薇而去,苏思云已经派人请我五回了,也不知她葫芦里卖的什么药。我不能去,很有可能是个计谋,想危害我的孩子。

"不知道主子你在担心什么?"浣薇的喘息声渐渐平复,颇为不解地朝我走来,小心地搀扶着我的胳膊,"主子,奴才知道您一直把这个孩子当做您的命在疼,所以担心苏贵人会加害你的孩子也在情理之中。但是依奴才来看,苏贵人应该不会蠢到在她的地方谋害您的孩子吧。"

"可她突然请我过去,不免让人产生怀疑。我仍是有些担心,我可不敢拿我的孩子去赌。"

"常听人说,有了孩子的姑娘呀……每日总是疑神疑鬼的,今儿个奴才总算是见识到了。"浣薇打趣而取笑着我,她这个丫头在我面前还真是越来越放肆了。

但她说的确实在理,苏思云怎会傻到当众对我下毒手,说不准她有什么事要对我说呢?

"好吧,苏贵人都请了这么多次,我就去一趟吧。"

长生殿

双阙笼烟,淡淡凝素。小院闲庭,上苑将煦。

蠢蠢火烧云,暖日渐飞绵。

我来到长生殿时,唯有几名奴才在外候着,当我问起苏贵人之时,她们便请我去寝宫等候苏思云。等了许久却不见她来,忽闻幕帘帐后传来几声啼哭之声,我觅声而去,一个金铸小巧的摇篮中,那未满周岁的纳兰永焕正哇哇啼哭着,好不可怜。

我不禁上前将孩子由摇篮中搂出,有些笨拙地拍着他的脊背,细声安慰:"焕儿乖,不哭……你的母妃怎么丢你一人在此不管?"

浣薇在一旁抿嘴轻笑,"主子瞧您心疼的,若您为母亲,肯定是世界上最好的母亲。"

不答理她的取笑,心疼地抚慰着怀中那娇弱的孩子,他的哭声也渐渐止住,带着泪痕的眼睛一眨不眨地看着我。此时,我打心眼儿里喜欢上这个孩子,尽管他是苏思云所出。

"浣薇你看,永焕将来定是个美男子,长得多水灵呀……"我继续逗弄着这个孩子。

浣薇凑上前,伸出一个手指轻轻滑过孩子的脸颊,再点了点他的唇,笑道:"奴才倒是觉得,主子您的孩子出生,一定比他还好看。"

孩子突然咯咯地笑了起来,我们也被他逗得开心起来,笑声回荡在四周。

"放下焕儿!"一声尖锐的怒语夹杂着担忧扼断了我们的笑声,怀中的孩子许是被这一声惊到,又哇哇大哭了起来。

回首看着苏思云一个箭步冲上前来,一把夺过襁褓中的孩子,上下打量孩子一番,确定无恙之后才戒备地盯着我,"架子可真大,连请五回才肯移驾前来。"

"不知苏贵人召我前来有何赐教?"瞥了她一眼,今日她穿得格外妖娆,艳丽冶容,头顶灵蛇髻,珠翠环绕,显然是经过一番精心打扮,难道她是刻意如此?

"我感觉你对我有诸多戒备。"她轻轻晃动着身子,打算让孩子止住哭声,可是孩子仍啼哭不止。

"苏贵人是多心了。"我悻悻一笑,随意回了句。

苏思云立刻抬头想说些什么,突然间,孩子的哭声遏止,苏贵人身后的奶娘大叫一声:"大皇子!"

这一声吸引着我们的目光急速凝聚在苏思云怀中那个孩子脸上,只见一团黑气正悄然蔓延在孩子的脸上,顷刻间已弥漫一脸,而孩子那双水汪汪的眼睛也渐渐合起。

"快……快传太医。"苏思云的脸色惨白一片,刹那间变成死灰般,顿时,长生殿陷入一片混乱。这一切的一切像极了当年我亲手拿掉静夫人孩子的那一幕。

太医与祈佑几乎同一时间赶到寝宫,而太医只是稍看了一眼孩子,便沉痛地摇头,"皇上,贵人,臣已无力回天。"

"你说什么?!"苏思云厉声尖叫,凄惨的声音骇到所有人的心。

"是剧毒,蔓延得实在太快。"太医哀叹一声,紧接着苏思云便放声大哭,泪涕不断外泄,而她的手却是紧紧搂着孩子那渐渐僵硬的身子,沉溺于哀恸当中。

看着此情此景,我终于明白了,原来她召我来就是为了演一场戏。可我万万没有想到的是,苏思云竟连自己亲生的孩子都能牺牲。如今,一切矛头都指向了我,我当然是百口莫辩,跳进黄河也洗不清了。可我并不在乎他们信不信,我只在乎祈佑信不信。

"是她……是她害了我的焕儿……是她。"苏思云一个回神,勃然变色,怒目切齿地将所有矛头对准我。

在场所有奴才皆冷抽一口气,数百双置疑的眼睛开始扫视着我,包括……祈佑。

浣薇见此情形咚的一声跪倒在地,朝祈佑大喊:"不是的,主子虽然抱过大皇子,但是她绝对不会对大皇子下毒手!……皇上明鉴……"

祈佑紧紧握拳,一步步地朝我走来,冷漠之气充斥全身,与我对视许久,却始终不发一语。

"皇上……你快来看看焕儿……最后一面。"苏思云低声哭泣着,不断唤着祈佑过去。

祈佑闻声立刻转身,我却伸手用尽全力握住了他的胳膊,"我想解释这件事的来龙去脉。"

祈佑用力气将胳膊抽回,"够了!"说罢,头也不回地朝苏思云走去。

根本没有想到他会突然将手抽回,而且用了那么大的力气,我脚底一个重心不稳便狠狠地向后仰,直接摔在地上。看着他一步步地离我远去,似乎急着想看纳兰永焕最后一眼。而我的下身开始疼痛、麻木,一阵冰凉之感由下身滑出。我的冷汗一滴滴地掉落,痛到我连叫喊的声音都没有。

直到浣薇一声:"主子……血……血……"她冲上前将我搂在怀中,泪水汹涌如洪倾泻。

才走出几步的祈佑闻声霍然回首,怔怔地呆立在原地看着跌在地上的我,呆住了,许久都不曾说一句话。

只见血沿着我的下身开始弥漫,殷红的一片将我的裙角染红,所有人都被这出人意料的一幕惊呆了,瞠目结舌地看着。

"孩子……救……我的孩子……"看着所有不动声色的人,我近乎绝望地用尽自己的全身力气喊道,"纳兰祈佑……求你……救救我的……孩子。"

他猛然回神,朝太医嘶吼道:"你干杵在那儿做什么,快救人,快救孩子……"

太医被祈佑那疯狂之色骇了一下,手中的药箱一个没拿稳摔在了地上,巨大的回响声惊了所有人,他们冲上前七手八脚地将我由地上抬起,往苏思云的寝榻而去。祈佑大步跟在其后,我仰头对上他那双愧疚、心疼、自责的目光,泪水沿着眼角滴落。

这个男人……就是我馥雅爱了七年的男人,这个男人……就是我馥雅甘愿为他牺牲一切的男人,这个男人……就是如此一次又一次伤害我的男人。

"皇上！"苏思云在原地朝祈佑大喊一声，"您……不要臣妾了？焕儿……也是您的孩子啊！"

祈佑的步伐僵了一下，回首睨了一眼面如死灰的孩子，毅然转身，随我而去。

躺在苏思云的寝榻之上，听着太医当着我与祈佑的面前说，这个孩子，已无力挽回。我依旧如此平静……怔然盯着祈佑的侧脸，我的心很疼……我防着所有后宫的宫嫔却始终没有防过祈佑，原来这就是天意，天竟然连我与连城最后一丝骨血都不留给我。

当祈佑黯然回首望着床上的我时，我哭了，"祈佑……你知道吗，一个时辰前……我还在为这个孩子取名呢。我想，是女孩的话，就叫纳兰承欢，男孩的话就叫纳兰忆城。"

"纳兰？"他的眼眶有些微红，在听到我这句话时有那一刻的不敢置信。

"是的，你不是说……会将这个孩子当你的孩子疼吗？所以我要带着孩子留在你身边……"泪水如断了线的珍珠，不断地滑落，我强忍着全身的疼痛继续道，"本想等孩子出生后再告诉你我的决定……但是没想到……这个孩子，竟如此薄命……"

祈佑冲到寝榻边，紧紧将我拥入怀中，"对不起……对不起，我不是故意的……"

靠在他的怀中，我依旧没止住自己的哭泣之声，只是伸手回拥着他，"我不怪你……不怪你……"

"留下来好吗？我们会有我们自己的孩子……以后我们的孩子就叫纳兰承欢……纳兰忆城……好吗？"他的声音也开始哽咽，声音中有微微的颤抖。

我郑重地说了一个字："好。"

我一定会留下来的，一定会。

直到深夜，待我的身子稍稍有些好转便由长生殿转移回昭凤宫，祈佑本是要陪我回宫的，我却要他留在长生殿陪苏思云。他犹豫再三也抵不过我的坚持，留在了长生殿陪她。但是我知道，即使他留在苏思云身边，心中仍会牵挂着我。由刚才祈佑随我而去就能看出，苏思云在祈佑心中的真正地位，如果祈佑真爱苏思云，一定会留下陪这样一个丧失孩子的母亲，而不是随我而去，担心一个怀着他人孩子的女人。愧疚也好，心疼也罢，这个孩子终是经他之手才会黯然殒去的。我要他一辈子都记住，这是他欠了我的。

所以，他对我说，关于大皇子的死，他不会向任何人追究。他终究是在怀疑我吗？还是又一次的布局阴谋？

 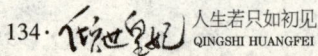

那夜我躺在榻上再一次吐血,嫣红倾洒了满床的被褥,触目惊心。才端了满满一盆热水进来的浣薇一见此景,双手一抖,连盆都无法端住,哐当一声摔在地上,水洒满了一地。

"主子……你咳血了……"她猛地冲上前来,跪伏在床榻之下。

我看着她焦急的样子,手紧掐住她那只用雪白的帕子正为我拭唇角血迹的手,"是不是你……浣薇……是不是你? 只有你碰了那个孩子……"

浣薇的眼眶红肿,似乎经过一番大哭,而经我一番质问,泪水再次滴落,"对不起……主子……奴才没有想害您,更没想到您的孩子……奴才真的没有想害您……"

握着她的手开始颤抖,泪水弥漫了眼眶,我没想到,真的是浣薇。我是如此信任她……而她却出卖了我,我冷冷地笑道:"是我错了……这个世上怎会有第二个……云珠。"是我傻,竟傻到将她当做第二个云珠,但浣薇终究是浣薇,怎么可能变成云珠呢?

浣薇听到此,脸色惨白一片,"浣薇一直将您当做自己的主子,从来不想去伤害您。但是……奴才这次真的是身不由己……"她手中沾染血迹的帕子飘落在床,我松开了她的手腕,将那方帕子拾起紧攥手心。

"大皇子死的时候……那满脸黑气,我一辈子都忘不了……因为连城死前,与他一模一样。浣薇,那毒是连曦给你的吧……真狠,真狠。"我的脑海中匆匆闪过大皇子与连城死前那一刻,脸上所有的症状,何其相似?

"他们说……主子你知道的太多,绝对不能再留你于皇上身边,否则会坏了他们的大事。所以我们利用大皇子嫁祸给你,让皇上赶您离开。奴才真没想到会害了您的孩子……他竟将您推开……"浣薇匍匐在地,不断地磕着响头,咚咚之声不断回响,格外刺耳,额头上也被磕破,血沿着额角滑到脸颊。

看着她如此,我笑了起来,泪水随之滴落,胸口压抑,"知道吗? 十五岁,我经历了丧父之痛,丧母之痛。二十二岁,我经历了丧夫之痛,丧子之痛。到如今,我还有什么理由继续活下去呢? 永远没有什么能比那四痛还要痛的。"拿着带血的帕子将自己脸上的泪痕抹了去,继续道,"纳兰永焕虽不是我的孩子,可他却是无辜的小生命,他还在襁褓之中,他什么都不懂。你们怎么能忍心残害这样一个孩子? 人说虎毒不食子,苏思云作为母亲,真的忍心如此对自己的孩子? "

浣薇蜷曲身子,泪水滴滴溅落在地,成了一块又一块的水迹,"苏思云根本不知道我们会害她的孩子。上头吩咐给她的任务只是请你去长生殿,我们有个计谋能将你驱逐出宫。"

一听到这儿我便笑得更开心了,开心到能支撑着自己的身子下床了,浣薇怔怔地看着我,泪水依旧滴落。我看得到她眼中的真诚,那是难以作假的担忧,我跪下身子与之平视,"好呀,苏思云想要害我,现在把她自己的孩子给害了。"我不禁笑出了声,眼泪也滚滚而落,"为什么?我知道你们要对付祈佑……我没有插手,我只想把这个孩子安全生下来。只要生了下来,我就会离开,会走得远远的。为什么你们就是不放过我?为什么?"我的声音如斯凄厉,我的手紧掐着浣薇的双肩不断地摇晃着,哭喊着。

"对不起……对不起……"浣薇不断对我说着对不起,不断地道歉。

"只有三个月啊……三个月你们都等不了吗?"我双手无力地由她肩上滑落,"你不能体会,亲眼看到一个已经成形的死婴由我腹中引产而出的感觉……那是我的孩子!"

心婉和莫兰许是听到我的哭喊之声匆匆闯了进来,"主子怎么了?主子!"

她们两人将瘫坐在地的我扶起,重新搀扶回床,将我安置好。我木然地凝望着锦帐,头深埋衾枕,泪水无声地滑落。我太懦弱了,总是顾忌左右,有所保留。

"主子,孩子没了可以再生的。"心婉将被褥为我披好,关怀地安慰了一句。

"都说苏贵人很有城府了,您太不小心了。"莫兰的声音中有些责怪,甚至藏了一些看好戏之态。

我的眼神依旧呆滞,但是却开口说话了,"害人谁不会呢?我也会。可我始终相信人之初,性本善。他们做任何错事都有他们的原因,他们可恨必定有可怜之处。所以我每做一件事都不会做得太绝,我会给他们留一条生路。可我的仁慈最终换来的是什么?"

"主子说得不错,人之初,性本善。可是您也要知道,坏人终究是坏人,他们必须要为自己做的错事负责。"心婉将一直跪坐在地痛苦不止的浣薇扶起,"人都要学会坚强,心慈手软您就注定不能成为强者。"

"你们都退下吧。"现在的我,只想一个人静一静,我好累……真的好累。

本想保留着与祈佑那七日的美好回忆,顺利产出孩子离开这个是非之地,可是上天不允。上天要这个我爱了七年的男人亲手毁了我唯一生存在世上的希望,为什么不能听我解释?为什么要那么用力地推开我?难道他连听我说几句话的时间都没有吗?

祈佑,既然你不想听我的解释,不想知道一切,那就误会下去吧。

我的孩子换你的孩子,这算是公平了吧?

拂拂深帏，清歌掌露。

新寒袭襟冷香浮，腊月九重闲虚过。

自流产之后，如白驹过隙，忽然已过两个月。上回长生殿之事，祈佑真的没再追究，只字不提。而我也一语不发，闭口不解释，晃晃在昭凤宫静养了两个月，每日祈佑都会命人送许多补品到这儿，我照单全收。我一定要养好身子，只有身子好了才能真正站起来。而这两个月，我为自己找到一个活下来的理由——报仇。为了我那死于腹中的孩子，我要向所有对我施加过伤害的人十倍地讨要回来。而这个罪魁祸首就是主导长生殿悲剧发生的幕后黑手。

经过这几个月的静心思考，长生殿那日发生的一切的确令人匪夷所思。曦是何等聪明的人，怎会将摆明了的嫁祸在长生殿上演，他当祈佑没一点脑子？而且祈佑当时的反应也太过，如此明显的嫁祸他会看不出来？我怎会当着这么多人的面谋害他的孩子？可他为什么又要装作不信任我，甚至激动地推开了我？难道他是在做戏吗？可为什么要下如此重的手，故意还是无意？我宁愿相信是无意的，这样才能少恨一点。

曦主导这场戏的目的又在哪儿，真的只是为了驱逐我出宫？一向聪明的他不会做这么傻的事。我猜测只有两个原因，其一，为了谋杀苏思云的孩子，用我做引，混淆众人的视线；其二，正如浣薇所言，我会坏了他们的事，为了给我一个警告。

这两个原因我都不懂，苏思云如此爱这个孩子，他将其谋害，不怕苏思云倒戈对祈佑抖出全部？又或者是一种惩罚，因为她爱上了祈佑？为什么又要给我警告？我怎会对他们的计划有影响，我根本是什么都不知道。

金兽喷香瑞霭氛，宫寂微凉寒如许。我身着单衣推开窗，一股沁凉透骨之气传遍了全身，凉飕飕的。难怪今日如此寒冷，原来下雪了。今年第一场瑞雪降临了，呼吸弥漫，将眼前的视线模糊，伸出双手去接几簇如鹅毛般的雪花，才飘落手心便融化。

——突然想起，今天，是你的生辰。忍不住，我就想来看看，你过得可好……

"腊月梅花盛开下第一场雪时就是我的生辰……如今再也没有人记得我的生辰了。"我轻喃一声，看雪花覆盖枯枝，檐瓦，雪白一片，沁人心脾。我仿佛又见远处的雪中立着一名男子，他深深地望着我，始终带着沐人之笑。连城，我连你的血脉都保护不了，你一定很怪我吧。

"主子。"浣薇满身霜雪地进入了寝宫，"兵部侍郎展大人奉皇上之命在御花园为各位娘娘描绘丹青呢。画得可神了，仿佛活脱一个真人。"

"展大人？"我将伸在窗外有些冰凉的手收回袖中，回首看着浣薇，如今的我依旧留她在身边，或许是因为她眼中那诚恳的表情，我又给了她一个机会。

"就是那位十六岁文武状元展慕天。"

"短短数月就升为兵部侍郎？"祈佑这是何意？将兵权转交给展慕天？那韩太后那边会同意？

"浣薇，我们去御花园。我倒挺好奇，这位展大人的笔真有你说的那么神？"

说罢就唤浣薇为我梳妆，似乎好久都未细心装扮过一次了，再抚上螺子黛却是如此生疏。任浣薇为我做着飞天髻，而我则是淡淡地描着芙蓉远山眉。拿起胭脂香粉轻扑于脸，淡淡雅妆将我衬得格外清艳。

是时候了。

"浣薇，我的孩子流产，你也有份的。"我云淡风轻地笑道，目光时不时由镜中观望身后浣薇的表情。

她执着玉梳的手在髻上僵住，神色有些慌乱。我又继续道："我的身边全是奸细，我的一举一动都被你们监视着，连一个信任的人都没有，是不是很可悲？"

"奴才懂主子的意思。"她的手缓缓松弛，继续为我梳髻，"奴才知道，这条命是主子饶的，否则早在您流产之后就将此事告知皇上了，奴才是个知恩图报的人。您的事，奴才绝不向上头透露半分。"

"好，浣薇你要记得你现在说的每一句话。我的孩子在天上看着你呢。"

金楼冰蕊疏疏，翦翦沐雪垂垂。浣薇撑着伞为我挡雪，我身披银狐裘衣遮去风寒，兔毛靴一步一个脚印踩在厚厚的积雪之上，吱吱作响。老远就听见御花园内传来

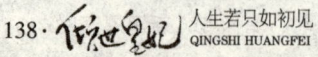

妃嫔们的欢笑声,我放眼望去,御花园的小亭之内围了五六名妃嫔立在展慕天身侧细细观望他置于画架上的画,时不时发出几声轻笑。

当我走进亭中,始终坐于小凳之上的展慕天立刻起身一揖,"辰主子。"

"听说展大人在此为众妃嫔描绘丹青,所以前来向大人讨要一幅丹青。"我的语出,几位妃嫔皆用目光扫视着我,我含笑而回视。

"原来一向孤高自诩的辰主子也有些雅兴,竟凑这份热闹。"说话的是邓夫人,她怀中搂着一个一岁左右的孩子。我猜想,这就是祈佑的第一个女儿,纳兰绛雪。而邓夫人此时的容貌也比当年逊色许多,身材微肥,是生过孩子的原因吧。

"邓夫人说笑了,我从不孤高自许,只是不爱与俗人打交道罢了。"我略为恭谨地向她微微颔首,不顾她的一张臭脸转而笑望展慕天,"展大人自然不是俗人,文武双全,少年才俊,我慕名已久。"

展慕天听罢,恭谨的表情渐渐扯开,泛起如沐春风的笑,"辰主子谬赞,臣愧不敢当。数月前听闻您流产,不知……可安好?"

看他原本带笑的神色渐渐冷凝,最后僵着,眉头深锁,瞳中无不充斥着担忧。我立刻用怡人的笑来表示如今的安好,"蒙展大人记挂,很好。"

他的眉头这才松弛而下,"辰主子请坐,微臣现在就为您画一幅丹青。"

解开银狐裘衣交到浣薇手中,我端坐而下,勾起淡淡的笑容正对着展慕天。他拿着手中的墨笔看着我良久,叹了口气,才动笔。

亭内很安静,所有人都静立望着展慕天正勾勒的画。我一直保持着这个姿势,腰杆有些僵硬,双肩也很酸累。但我不敢动分毫,只期盼着这画快些完成。

终于,一个时辰后,展慕天在画上落下最后一笔,周围一片歆歙的惊叹之声。见大功告成,我才松下双肩。

"展大人,您真偏心,瞧你把辰主子画得惟妙惟肖,栩栩如生,宛若从画中走出来一般,瞧瞧这神韵!"妍贵人嘟着樱桃小嘴,再将自己手中的画轴摊开与之对比,"而这张虽美,与这幅画比起来,简直有着天壤之别。"

我饶富意味地望着她,这后宫的女子都是如此有着攀比争高之心,不论何事都不甘输人一等。待浣薇为我披上裘衣,我便上前观望展慕天为我作的画,画中之人确实宛然如生。可为何……总觉得有另一个人的影子。我仔细地观察着,在脑海中搜寻着记忆。

"辰主子可满意?"他将画由花梨木架上取下,亲自摆放于我的面前。

这画中人竟隐藏了我之前那张平凡的脸,对,就是雪海那张脸,他竟然还记得。

"展大人费心了。"接过画,将其卷好,"能否借一步说话?"

他讶异地看了我一眼，后点点头，与我朝御花园深处走去。

韵韵清弦，雪落无声。

我与展慕天踏入一处荒芜之处，命浣薇于一旁守着，若有人接近速速上前提醒。

"辰主子，不知您邀臣来此有何事？"他一直与我保持着一步之遥，毕恭毕敬地问道。他真的很懂分寸，即使在四下无人时依旧守着君臣的礼仪，也难怪祈佑会如此信任他。

"以后，四下无人之时你还是如三年前那般喊我姐姐吧。"我们俩都没有打伞，纷纷扬扬的雪花一片片覆盖在我们的身上，堆积成薄薄的一层霜。

展慕天步伐依旧如常，平稳有序，沉默了一会儿才道："姐姐，如今再见，你变美了，变成熟了。"

"而你，变得更有出息了。"我顺势接下他这句话。

"记得那日你被强征入宫为宫女，那时我就恨透了朝廷这个肮脏的地方，甚至连科举都不想再考。可是，我想将姐姐救出去，所以我一直努力希望能出仕朝廷。可没想到，如今的姐姐容貌非昨昔，身份竟成了我的主子。"他忍不住地一声轻笑，却显得格外僵硬，语气中充斥着淡淡的失望，"我看姐姐过得不错，原本想要辞官归乡，但是数月前我听闻姐姐在长生殿谋杀大皇子，而且身怀六甲的孩子被皇上亲手弄掉了。连日来，朝廷中不断有人上奏要将您驱逐出宫，为了保护姐姐，我毅然接受了皇上授予的兵部侍郎一职。我想，我应该掌握权力，这样才能保护姐姐，对吗？"

闻他此言，我步伐一僵，蓦地回首看着他，"你说什么？"

他见我步伐一僵，也停住了步伐，躬身而道："我不认为姐姐会做谋害大皇子的事，在长生殿下手，除非姐姐傻。"

"权力这东西，可沾不得。"我暗暗提醒了一句，也担心他会卷入这朝廷的旋涡中。

"有了权力，才能守护自己想要守护的人不是吗？"展慕天没有看我的眼睛，视线始终徘徊在雪地之上，"我的父亲在一次暴乱中去了，如今我已是孤身一人，无牵无挂，救姐姐离开是我唯一的希望。既然姐姐要留在后宫，那我这个做弟弟的必须在朝廷掌权。"

怔怔地看着他坚定的眼神，我似乎在谁的身上看过……是韩冥，当他说要守护我的时候，与他的眼神一般无二。我侧身而望那冰凉的湖面，雪一片片地掉落，最后化在水中。

展慕天却倏地回首，望向一片枯木丛中，"偷听够了吧！"阴冷凌厉的声音才落，他纵身飞跃枯木丛中，一把揪出了一个躲藏在里面偷听我们说话的人——浣薇。

浣薇的脸色很僵硬，被我们抓住了却没有料想中的恐惧，只是平静地看着我们。

"浣薇，你真让我失望。我今日给过你机会，没想到，你还是选择了背叛。"我立在原地丝毫不动,脸上的笑也依旧悬挂两靥,"记得我说过,我的孩子在天上看着你呢。"

浣薇紧咬下唇不说话,曾经对我那满目的诚恳也不复见,只有着那傲然的冷漠。原来,之前的忠诚都是装出来的,这个后宫,真的没有任何一个人可以相信。谁都有可能在你背后插上一刀,就如此刻的浣薇,曾经冠冕堂皇说的真心当是我主子,说知恩图报,根本就是假话。只为放松我的戒心,来对我一而再再而三地欺骗。这就是宫廷呀。

"如何处置她?"展慕天用眼神询问着我,用一只手狠狠地扣着浣薇的颈项。

我悄然转身,看着那茫茫的湖面,随性地吐出两个字:"溺死。"

展慕天一听我的话,毫不犹豫地揪着浣薇,将她的上半身狠狠按入湖水之中。只见浣薇双腿不住地蹬着,双手疯狂地在水中挣扎,水花溅了展慕天一身,可仍旧抵不过展慕天的力气。

我看着这一幕,脑海中闪现的是浣薇曾为我做的一切。

她助我逃走,并不是真当我是主子,而是因她为曦的人。

她夜夜等待我的归来,并不是真关心我的身子,而是因为要博取我的信任。

她所做的一切,都是有目的的。

终于,浣薇的双手渐渐停止了挣扎,双腿无力地瘫软。展慕天一个用力,将浣薇丢进了湖中,由怀中取出一条帕子,擦了擦自己被水花溅湿的手,"一个丫鬟的死,不会对姐姐你有影响吧?"

我淡淡地笑了笑,将视线由漂浮在水面上随波而荡的浣薇身上收回,"不小心掉落湖中,溺水身亡,展大人你亲眼目睹的。"

展慕天笑了,"姐姐,弟弟会一直在你身后帮你的。"

接着我又与展慕天聊了许多朝廷之事,他说朝廷中现在由韩家一手遮天,像极了当年的杜家。不同的是,韩家要比杜家聪明许多,他们懂得敛锋避芒。而展慕天自己也懂,皇上对他的扶持是为了牵制韩家,不让其一人独大。也难怪了,展慕天会节节高升,想必朝中很多人都在此时巴结逢迎这个孩子吧,如果他真能与韩家分庭抗争,也未尝不是一件好事。

临走时展慕天说起我身边奸细满布时有些担忧,再三考虑之下决定送一个奴才给我,他说那个奴才不仅武功高,而且聪慧又忠心。一听到这儿我当然是很乐意接受那个丫头了。我还要他帮我将这幅画呈交给皇上,请他在画卷之上为我题上一句诗:"滴不尽相思血泪抛红豆,开不完春柳春花满画楼。"

当夜祈佑就来了，再见他似乎很陌生，他的龙袍外披了貂裘，发梢间有残留的雪花。他见我只着了一件单薄的衣襟便出宫相迎立刻解开裘衣为我披上，"这么冷的天，你也不多穿点。"

被他那略显厚重的貂裘包裹着，我原本发冷的身子开始变暖，我紧握着他温暖的手，与他并肩走进了寝宫，"那你说，这么寒的天，你还冒雪来这儿做什么？"

"怎么，不想我来？那我回去了……"

"祈佑……"我见他似乎真要调转头往回走，立刻扯住他的胳膊，"你还真走呀？"

他见我的表情，不由露出淡淡的笑容，食指轻刮我的鼻尖，"傻瓜！"他宠溺地低斥一声，揽着我的肩迈进了寝宫门槛，"见你能从丧子的伤痛中走出，我很开心。"

一闻他说起丧子，我的笑容猛然僵住，随后瞬间转换为淡笑，不再提及他口中的"丧子"，而是随意地问："你看到我让展大人给你送去的画了吗？展大人还真是妙笔生花，才学让人惊叹呀。"

"展慕天确实是个人才。"祈佑说起展慕天笑容渐渐敛去，取而代之的是那睿智沉思，似乎在筹谋着什么。

"不过你这么快就升他为兵部侍郎，似乎有些快。朝中大臣会有争议不满的吧，你能承受他们的压力？"我将祈佑为我披在肩上的貂裘取下，置放好，再捧起一个手炉递给祈佑暖暖手。他接过，顺便将我搂在怀中，双手紧紧圈着我的纤腰，"若是怕朝廷的非议，我就不会升他为兵部侍郎了。"

"你这么看重他？好像这个朝廷也不乏像展大人那么聪明的人吧，你为何独独用他？"我安静地倚靠在他怀中，不时仰头看着他的侧脸。

"因为他够狠，是个能办大事的人。"祈佑勾起我的下颚，俯身在我的唇上轻啄一口，见我没有拒绝转而更深地与我唇齿交缠，舌间嬉戏。

我任他在我唇上不断地索取，而我却在回味着祈佑那句"因为他够狠"。确实，展慕天的狠我已经在他杀浣薇之时见过了。仿佛他手中的根本不是一条人命……就像祈佑，对，他的狠像极了祈佑。也难怪祈佑会如此看重他，交给他这么大的权力。而祈佑这样急着扶植展慕天，只有一个原因，打压韩家。

"你在想什么？"祈佑的声音有些恼怒，惩罚性地在我唇上轻咬一口，我才回过神，低低一声呼痛。

"和我在一起的时候不准想别的事，我会吃醋。"他意犹未尽地从我唇上移开。

我单指轻抚自己被他咬得疼痛交加的唇，嗔怒道："你可是九五之尊，用得着吃醋？"

"九五之尊也是凡人，他也向往天伦之乐。"他的手轻轻移上我的小腹，"我最大的愿望，就是能有一个属于我们俩的孩子，一家三口……"

我的目光暗沉，一家三口，共度天伦？"我不要。"

Θ 他一听我的话，脸色立刻僵硬下来。我不急不徐娓娓而道："后宫众妃人心险恶，只怕我的孩子未出生便胎死腹中，我已经不能再次承受丧子之痛了。"

闻我之言，他的神色渐渐缓和，也随之沉浸在哀伤之中，"朕以一个皇帝的身份向你保证，不会让任何人伤害你的孩子，朕一定会让他平安出生。若为皇子，他就是太子；若为公主，我将会给她无尽的宠爱。"

我笑着伸出自己的小拇指，他有些奇怪地望着我的举动，不解。

"口说无凭，我们拉钩。"

他听我的童言立刻笑了，"都二十多岁了，你还是像个孩子。"虽口中这样说，却也伸出了小拇指，二指交缠，验证了一个承诺。

他将我横抱而起，转入寝宫帏帐深处，那飘飘鹅黄的纱帐耀了我的眼眶。他的身上散发着淡淡的龙涎香，醉了我的思绪，只感觉他将我放至软榻间，手指一寸寸抚摸着我的脸颊，"可以吗？"

我不说话，只是攀上了他的颈项，主动奉上了自己的吻。他一声轻吟由喉间传出，猛地将我揽在怀中，被动化为主动。四周蔓延着浓浓的情欲，如骤雨般侵袭了我的思绪，来得既汹涌又猛烈。

经过昨夜一宿的缠绵，直到午时我才醒来，寝榻另一端早已是冰凉一片，祈佑早就没了踪影。他早该去上早朝了吧，他是个明君，绝对不会因美色而荒废了自己的江山。我用被褥将赤裸的身子包裹得紧紧的，总觉得很冷，很冷。昨夜他似乎在我耳边呢喃着，三国统一后才能封我为后，现在的时局紧张，苏思云丧子，很可能一个漏嘴就将幕后的黑手吐露出来，他要在她的身上多下工夫。

　　那时我才知道，祈佑早就明了事情的原委，他明白大皇子的死都是连曦在幕后操控着。那长生殿，他推开我也是一场戏了，在所有人面前做的一场戏。可是这场戏太真了，真到要用我孩子的命来演。

　　此时心婉与莫兰推开了寝宫之门，端着热水走到浴桶旁，"主子，沐浴更衣吧，该用午膳了。"

　　我看了眼说话的莫兰，她的神情谨然，昭凤宫我最注意的就是莫兰了，因为她爱祈佑。最可怕的就是在身边有条毒蛇，为爱发狂，若有一日扑上来咬你一口，怕是菩萨都难救。我得想办法将她调离昭凤宫……不，必须除掉她。这条毒蛇放在什么地方都是个大患，不可以继续让她肆意蔓延了。

　　应了一声，起身走向浴桶，自己都能看见身上那斑斑的吻痕，还有莫兰眼中那刻意压抑下的浓浓的妒意。佯装看不见她的神色，我的脸上浮出火辣辣的潮红。后将整个身子沉进了浴桶之中，温热的水洗去了我全身的疲劳。闭上眼睛嗅着浴桶之中那淡淡的花香，我的思绪渐渐飘远。

　　"刚才来了个自称花夕的宫女，说是主子你指名让她来伺候您的？"心婉为我擦拭着身子，声音也传进了我的耳中。

　　"花夕？"我重复了一遍，脑海中闪现出展慕天的话，说是要为我找个可信的宫女来保护我，就是她吗？"她现在人呢？"

　　"在外面候着。"

　　"叫她进来。"我倏地睁开了眼睛，凝视着一位娇小玲珑的女子毕恭毕敬地走了进来，最后跪在中央，"奴婢花夕，拜见辰主子。"

　　听她细腻的声音，观其稳重的步伐，很难想象她就是展慕天口中的高手，似乎比我还弱不禁风，真的能保护我？

　　"花夕，以后你就接替浣薇的工作吧。"我动了动身子，双手舀了满满的水，任其慢慢流去，"浣薇的不幸我真为她感到伤心，从此缺了一条左右手。现在你来了，希望你能比她做得更好，我不会亏待你的。"

　　"是，奴才一定会做得比浣薇好。"

 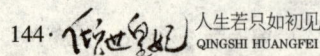

今夜我收到太后身边的宫女传来的一句话，晚膳邀我去太后殿共用。花夕帮我好好打扮了一番，髻上珍珠翠玉，华丽夺目，内着单薄缟绢丝素衣，外披雪白的天狼狐锦裘。

当我顶着细细小雪赶到之时，才发现太后殿有几人在场，邓夫人搂着她的女儿正与太后细声凝重地说些什么，灵月公主与韩冥并肩而坐，两人脸上皆冷若冰霜，根本不像夫妻。太后一见我来，忙堆起满满一脸的笑意，"辰主子来了，哀家素闻你高傲，不兴与人打交道，还真怕你不赏脸呢。"

"太后娘娘盛情邀约，奴才岂有不来之理？"我将身上的貂裘脱了去，花夕不紧不慢地接着抱入怀中，一直与我保持着一步之遥。

"既然人都已到齐，那就坐吧。"太后率先坐于首座之上，周围的人才敢坐下。邓夫人与我坐在第二席，韩冥与灵月坐在第三席。待坐罢，谁都没有动筷开口，气氛顿时有些冷。

我打量着桌上琳琅满目的珍肴，牡丹乳鸽脯、白玉珧柱脯、锦绣红鸾、彩云龙凤羹、百花酿双菇、锦绣玉荷包……才五个人而已，上这么多菜式，吃不完最后终究是要浪费的。

太后见我们都不动筷，便率先动筷，不时用意味深长的目光扫视着我，"辰主子，听闻昨夜承欢恩泽，怎未听闻皇上对你有所加封？这个辰主子算个什么品级？"

我听出她一语双关，赔着笑脸，动勺盛了一碗龙凤羹，"品级这东西奴才从来都不屑一顾，只要有了皇上的恩宠，就算是没有封位又如何？"

灵月公主听罢一声冷笑，"辰主子看得真开，如果这后宫众妃都有你这般品性，这后宫也就不会如此乌烟瘴气了。"

我暗暗低笑，转眸而望着她神情有些冷硬的笑容，脸上斑驳的痕迹显得苍老了许多，再无当年的窈窕温娴之态。还未从当年明太妃与祈星的死中看开？一想到祈星，我心中的愧疚便肆意蔓延着。

太后一听灵月的话，立刻沉下了脸。当然，后宫无皇后，太后便是后宫之主，若这后宫真如灵月所说的乌烟瘴气，那必是太后的责任。灵月这样说摆明了是在与太后叫板，她对韩家似乎有很深的成见。

"灵月，怕是你多年待在韩府未再涉足皇宫，连说话都有欠妥当了。"太后的玉筷一放，与桌子间相击出重重的声响。

灵月勾起莞尔一笑，"既知灵月素未踏入皇宫，为何又让韩冥勉强我进入这皇宫呢？你们韩家软禁我三年，为何现在突然又释放我了呢？只因这位辰主子吗？即使我多年未经世事，也不至于老眼昏花，这根本就是潘玉。"

一席话使得太后脸色一变，气愤得正想呵责灵月，韩冥却已起身，扬手就给了灵月狠狠一个巴掌。我看着眼前的一切，听着灵月所说的话，有些不敢相信。韩冥软禁灵月三年，而且如今还动手打她？他们之间落到了如此地步？

想当年韩冥对灵月还是尊重有加，灵月对韩冥更是一味地付出，怎么今日一见，却突然来了这么大的转变呢？那今日太后勉强灵月来的原因何在？难道是为了让她来勾起我对祈星死的愧疚？

韩家……原来韩家有着这么多不为人知的秘密。灵月公主……对，我必须与灵月公主单独见上一面，她一定知道许多事。可是怎么样才能见到灵月呢，她现在可是被韩冥软禁着。

灵月在韩冥一巴掌下显得格外狼狈，她的鬓发凌乱地散落在耳边，鲜红的五指印挂在脸上。她一语不发地望着韩冥，一动不动。韩冥拽着灵月的手将她往外拖去，"你现在就给我回府待着。"后吩咐殿外的侍卫将她押回府中。看到这里我不禁为灵月的处境、命运感到悲凉担忧，她在韩冥身边过的是这样的日子吗？

而此时邓夫人怀中的女娃被吓得哇哇大哭，悲怆的哭声萦绕满殿。太后揉了揉自己的额头低喝一句："够了，要哭回你的寝宫哭去，省得看在哀家眼里心烦。"

邓夫人的神情有些慌张，急急地搂着孩子离开了太后殿，只剩下我与太后、韩冥僵坐在汉白碧玉桌前。我双手置于腿上，静静地等待他们的下文。

韩冥举杯将酒一饮而尽，再重重地置回桌上，心情似乎很不好。我时不时用眼角的余光打量他，心中疑惑顿生，他与我多年前认识的韩冥有很大不同，难道是置身于权力中的关系？权力真能让人变化如此之大？

太后将一脸的倦态扫去，直起腰杆问："你是打算继续留在皇宫？"

"是的。"

"你说过不与哀家争权。"她的声音愈发地冷硬。

淡淡地回视她的凌然之态，"前提是孩子顺利出生，但太后没有做到。"

"这不能怪哀家，是皇上亲手将你的孩子杀死，你若要恨，恨他便是。"

我眨了眨眼，疑惑地看着太后，不解地问："我怎会恨皇上呢？他可是我的夫君呀。"

"你在说假话，你脸上的表情告诉我，你恨他。"她的目光似乎能看透一切般，深深地注视着我。

"臣妾不知太后娘娘还会看相。"我笑了笑，悠然起身，"恕臣妾先行告退。"不顾太后有没有应允，我便朝寝宫外走去，才走几步便回首凝望韩冥，"能不能麻烦冥衣

 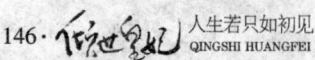

侯送送我？"

韩冥身子一僵，复杂地睇了我一眼，再看看太后，即起身相送。

微暗暮寒，细雪纷飞，冻寒三尺。

花夕在我身后撑着伞，片片雪花如飞絮倾洒在伞上，韩冥与我同步而前，两排深深浅浅的脚印沿着这条蜿蜒的路径蔓延了好长一排。韩冥一路上都没有说一句话，一直都是我在说，他只是静静地听着。

"突然间发觉我认识的韩冥竟不是以前的韩冥了，那个曾说守护我而忠于皇上的韩冥似乎已经不见了，你现在守护的是权力，忠心的是太后。"我这句话脱口而出的时候，他的步伐停住了，我也随之而停下。

他的话题却突转到我的身上："你离开皇上吧，他绝对不会是你的归宿。"

"他是不是我的归宿你怎么知道，你是他吗?你是我吗?"我莞尔一笑，"你似乎一直都想我离开祈佑，是私心，还是别有用心？"

"不论你如何猜测都好，这句话我只说最后一遍，离开纳兰祈佑。"他很沉重地将话说完，后退一步，向我淡淡地行礼，"曾经我说过，不管路再难走我都会陪你走完，如今我只能送到这儿了。"

从他严肃认真的表情中，已经知道他的意思了，他会保护他的姐姐，永远不可能再与我站在同一战线上了。以后……各为其主。看他缓缓地转身，我深呼吸一口气笑道："韩冥，我还欠着你一条命，我会还的。"

他的步伐没有停，沉稳地朝前走着。我看着雪花飘洒在他的发间，有些怅惘，迷茫。我与韩冥终究是要走到这一步的……

"主子，回宫吧。"花夕眼神格外冷静，似乎根本不受我与韩冥那番对话的影响，我暗暗欣赏起这个花夕。展慕天选的奴才，果然非同一般。

"不，我们去长生殿。"似乎该去安慰安慰那个丧失爱子的苏思云了，都好些日子了，听说她还没从哀伤中舒缓过来。

嗤鼻一笑，迈着悠然的步伐朝长生殿而去。

死鳝除莫兰

长生殿

灯火微暗,大鼎里焚着瑞脑香,幽幽散入暖阁深处。扬眉而望,苏思云蜷曲着身子倚靠在寝榻间,手中紧紧地搂着一个衾枕,目光有些涣散。

我将在场的奴才皆屏了去,独留下我与苏思云同在一处。她一见到我立刻冲我大喊:"谁让你进来的,你给我滚出去!"

我不怒反笑,移步朝前而去,"苏贵人为何如此激动,怕我再害一次你的大皇子吗?"

一听我提到"大皇子"她的神色显露凄惨之色,泪水急欲滴落。我走到榻边,执起丝帕为其拭去眼角那点点欲落的清泪,"哦,我差点忘了,你已经再没有孩子让我害了。"

听到这儿,她狠狠地瞪着我,突然丢弃怀中衾枕,起身就朝我扑了过来,双手似乎想要掐我的脖子。我一个闪身躲过,她重重地跌下了床,狠狠地摔在地上。

我冷眼看着她跌落在地,无力地瘫软着,沙哑地呢喃着:"为什么?为什么要害我的孩子……"

"为什么?你怎么不问问自己?"我蹲下身子,单手紧捏着她的下颚,让她抬起头来看我,"若你不心怀鬼胎地想要害我,你的孩子会死?"

她的眼神与我触碰之时产生了极度的不自然,"你……都知道……"

我捏着她的下颚的手又用了几分力道,她一声呼痛。"啧啧,真是可怜,如今的你就像一只老虎被人去了爪子。与其每日沉溺在丧子的伤痛中,为何不振作起来,为自己的孩子报仇呢?"

"报仇?"她低低地重复了一遍,慌乱地将与我对视的目光移开,"不行……我斗不过……"声音越发地弱小,最后隐遁于唇中。

"告诉我,一直操控着你的人是谁,在这皇宫中还有谁是你的同党?"我轻附在她的耳边小声地问。她的身子颤抖着,却始终不肯吐露一个字,我又继续道:"说出来,皇上一定会为你做主的,他会保护你的……"

她的目光开始朦胧迷离,目光呆滞,轻轻启口:"同党是……"

"妹妹!"

一声担忧的声音从殿外传来,苏思云的目光一怔,蓦然恢复,声音也打住。我有些恼火地看着匆匆朝我们而来的杨容溪,早不来晚不来,偏偏选在这个时候来。只要她再晚来一步,苏思云就会松口了!

"不知道辰主子这是何意?乘妹妹思绪混乱之时想对她下毒手?你害了大皇子还不够,还想害妹妹?"杨容溪冲上前将苏思云由地上扶起,搂在怀中轻轻抚慰着。

"若真要害她,你进来见到的已经是一个死尸了。"我的唇边划出一个弧度,悠然起身,整了整自己的衣襟,"苏贵人,我还会来的,希望你铭记我刚才说过的话。"

"等等!"她脱口叫住正欲离开的我,"我可以告诉你全部,但是,有个条件——我要做皇后。"

离开长生殿我的心情有些矛盾,一路上不停地回想着苏思云的那句"我要做皇后"。她还真是狮子大开口呀,要做皇后?就怕她有命坐上那个位置,没命从那个位置上下来。

做皇后? 她做梦!

我的步伐渐渐沉重,花夕不解地问:"主子,您这不是回宫的路啊。"

"我知道。"沉郁地吐出一句,轻吸了一口凉气,满腹的燥热也随之而散去,"我们去御书房。"

此时的雪已经停了,借着四周悬挂着的微暗的烛光,整个皇宫都成了白茫茫一片。我呼吸着清甜冷冽之味,心情逐渐开朗,压抑之态一扫而空。女子最期盼的就是"愿得一心人,白头不相离",可我却从未盼过,因为身处宫廷,就不要妄想着"一心人"。民间寻常百姓都有三妻四妾者更何况帝王将相?后宫佳丽如云,我却日渐老去,祈佑的心又是否能一直在我身上?曾经我要求的并不多,只要他心中有我,我在他身边是特殊的就好。可这样的执念,却害苦了我呵。

不知不觉已经到了御书房,正碰上刚由里边出来的展慕天,他轻向我拜了一个礼。

我低低地应了一声。

"皇上心情不佳,主子谨言慎行。"展慕天若有若无地提醒着,言罢便移步而去。我立刻让花夕去送送展慕天,也好让她将我这儿的消息告诉他。

徐公公得我之命进去禀报祈佑,一会儿便出来邀我进去,口中喃喃道:"初有蒂皇妃,后有苏贵人,现有辰主子……"

听他未完之言我顿了顿步伐,侧首而望他,"如何?"

徐公公一本正经地哈着腰,"现有辰主子宠冠后宫。"

我了然,后提起衣袂掩唇一笑,"公公说话中听,待我出来重重有赏。"我回首跨进了那一阑朱红门槛,金砖墁地,光平如镜。

满面的笑容刹那间沉了下来,后有苏贵人? 嗤鼻一笑,望那一殿的黄龙纱帷帐,最后停留在一幅被裱好的画之上,此画不正是那日展慕天在御花园为我画的那幅画吗……竟被祈佑装裱起来了。

烛火皆是通明如炬,我一步步地朝其迈近,画清晰地呈现在我的眼眸内,右下角被人题上了一行字:曾经沧海难为水,除却巫山不是云。

这笔迹是祈佑的无疑。

当我渐渐沉入思绪之时,只觉得一个影子朝我笼罩了下来,身子被人由背后搂住,"你怎么来了?"他的气息洒在我的发颈间,拂在肌肤上激起粟粒。

"想你了。"我的脸上再次泛起笑容,慵慵地靠在他怀中,"来的时候我看见展大人从这儿离开了。"

"与他商议了一些朝政之事。"他的声音很低沉,听不出喜怒。若真如展慕天所说,他心情不佳,那我似乎该顺水推舟,让他怒上加怒吧。

"你似乎想借展大人来打击韩家的势力? 你不信任韩冥了?"我试探性地一问。

"我一直都很信任他,只不过韩家的势力对朝廷已经构成了威胁,我不得不弄个人出来与他们分庭对抗。"

我了然地点了点头,在他怀中转过身子,轻轻环上他的腰,"祈佑,我刚去看过苏贵人了,她的情绪似乎不好。"

"几个月来她一见到我就哭,问她什么也不说。如今我看到她哭的样子就烦,若不是为知道她口中的秘密,我才懒得踏进长生殿。"头一次听他口中说起苏思云时充满着厌恶之情,原来如此,苏思云与尹晶一样,只是枚棋子。她的地位也仅此而已呀。

"我本想安慰她,由她口中套问出幕后之人……可她却说……"我的声音适时地顿住,祈佑忙问:"她说什么?"

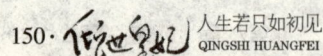

"她说，要她说出幕后之人可以，但是她要做皇后。"我娓娓而道，时不时地观察他的表情。果然，他在听到这句话之后，原本淡然的面容突然转为阴霾，目露寒光。

"她是这样说的？"祈佑一字一句地道。

在他怀中我点点头，"是呀，其实我觉得，若她登上皇后之位，兴许她真能……"我的话还未落音，只觉得他的手臂一紧，僵硬地吐出几个字："她做梦。"

闻他之言我笑了起来，"你不想知道幕后之人了？"

"不，我宁愿多花些时间亲自找出幕后的黑手。"他语罢，我不着痕迹地由他怀中挣脱出来，回道："你是皇上，该如何决定你自己很清楚，我不会干扰你的决定。"

后淡淡地转移了话题，将视线投放在那幅画之上，手指抚上那幅画，一寸寸地下移，"'曾经沧海难为水，除却巫山不是云'。这是你写的吗？"

他也伸出手，抚摸着上面那一行：滴不尽相思血泪抛红豆，开不完春柳春花满画楼。

突然间的沉默，我感觉到他的犹豫，此时的他一定在思考到底要不要苏思云坐皇后之位。不论他的答案是什么，我都不会介意，因为，自始至终我都没有期待过自己登上皇后之位。所以，祈佑的任何决定都影响不到我，我只想找出那个替连曦操控一切的幕后之人。

"不，皇后之位是你的，只能是你的。"

他一语既出，我的手僵在画上，仰首而望他认真的表情。心中的苦涩仿佛在那一瞬间便蔓延开了，皇后之位我真的从来没有稀罕过，此时你明明可以利用她的，却放弃了。若你真是为了我，那为何当初又要选择利用，将我们两人的关系逼到如此田地。该利用的时候你却放弃了机会，不该利用的时候你却选择了利用我，这算什么？我在你心中到底算什么？

我伸手抚上他的手背，"祈佑，好些日子都没再见到灵月公主了，你能不能宣她进宫，我想见见她。"

"怎么突然想到灵月了？"他反手回握着我的手心，云淡风轻地问。

"因为我想到祈星……他的死终究是有我的责任。我想见见她，对她道歉……"

"想来，我也好久没见到她了。"他沉思片刻，才道，"好，找个时间我叫韩冥携灵月进宫见见你。"

宫中日渐透出喜庆的气氛，再过数日便是除夕之日，又将是个丰足的新年。近日来的大雪不断降落，寒意越发浓，正应了那句"瑞雪兆丰年"了。而庭院内早已是白茫茫一片，树上更是光秃秃略显凄凉。换了在昱国，冬日里还可以望望梅，而今只能面对这鹅毛大雪簌簌飘落,将秃枝装扮得如银装素裹。

长生殿应该是万梅齐放吧,至今为止我还没真正见过长生殿的梅盛之景呢。想必此时苏思云定然站在梅树之下观赏那撼动人心之景吧。

说起苏思云,自上回我"安慰"过她之后,她出奇地恢复了以往的神采,时不时打扮得貌美脱尘朝养心殿跑,而祈佑对她的宠爱依旧如常。宫人都窃窃私语地讨论着昭凤宫与长生殿的主子,谁更得皇上的宠爱,也好借此讨好奉承。当然,最后讨论的结果是苏贵人比较得宠。第一,祈佑去得最多的地方仍旧是长生殿;第二,我只是个"辰主子",根本没有品级。

而上次苏思云和我提过的封后之事,谁也没再提起过。或许苏思云当时也就只是为了敷衍我,让我不再继续追问奸细之事而随口胡诌的一句玩笑话罢了。苏思云是个聪明人,深知自己奸细的身份不可能居于高位,对这名分之事也从不向祈佑争执讨要。

而韩家与展慕天在朝廷中已经形成了两股势力,记得半月前亓国边境突然涌现出一股能对朝廷产生威胁的军队,祈佑当下就派展慕天领兵而征。展慕天不负众望,仅仅用了不到十日的时间就将其剿灭,捧着那名首领的首级归师。皇上龙心大悦,赏了他一座府邸,专门设宴养心殿为他庆功。可见祈佑对他的信任与宠爱之程度,早已经超越了一般的君臣关系。

这展慕天一立功,朝廷内私下对他年幼便位居高官的质疑言论顷刻间消失得无影无踪,取而代之的是百官的巴结讨好。这后宫对他年少英杰之事也夸得神乎其神,就连心婉与莫兰也时不时地对我提起。

见到展慕天在朝廷中的势力日渐扩张,开心之余也心存忧虑,韩家的势力早已经根深蒂固,要与之分庭抗争是一大难事,展慕天要万事小心才好。相信韩家已经知道祈佑重用展慕天的原因是为了牵制他们,定有所顾忌,不敢明目张胆地对付其势力,希望展慕天能在此刻争取到有利的时间,培植好自己的势力,这样才能稳坐朝纲。

"主子,灵月公主在外求见。"花夕高声唱宣道。

一听灵月公主来了,我的思绪一定,立刻道:"快请。"这盼了半个来月,她总算是安全来了。想必韩冥是一直在找着借口推托祈佑,而今再也找不到好理由来推托,故而才勉强准许她前来。

灵月跨过门槛向我走来,神情如大病初愈般显得格外苍白,步伐虚浮摇摇欲坠。我担忧地上前想扶她,却被她避开,"不敢劳烦你。"

"怎么,公主为何对我心存敌意?"我收回手,慵自坐下,为自己倒了杯刚沏好的

 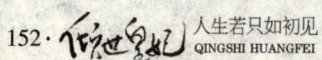

大红袍。

"潘玉,你多年前就害我母妃伤心欲绝,其后又夺我夫君之爱,后嫁祸我哥晋南王入狱自刎,最后连累我母妃枉死。你要我对你慈眉善目?"她仰头哈哈一笑,笑中带着清泪,缓缓滑落。

正端起茶欲饮的我手一个颤抖,滚烫的茶水洒在我的手背,却没有察觉到疼痛。不对,害她母妃伤心欲绝时我是以此刻的容颜与之相识的,可嫁祸祈星之事却是以雪海的面容示她,她如何能断定雪海与潘玉同为一人?

"你怎么知道的?"我将手中的茶放下,冷冷地问。

"我怎么知道的?不然你以为我为何被韩冥软禁了三年?"她的笑便有些讪讪的,一步步朝我而来,"就是无意中知道了雪海便是潘玉,韩冥才软禁我三年啊。"

我诧异地起身,与她相对而立,但见她继续启口而道:"韩冥让我来昭凤宫时千叮咛万嘱咐,不许将此事泄露半句给你知道。否则,他会杀了我。"

"那你为何还要说出来?"

"因为我不怕死。"

我缓缓抱上了桌上的手炉重新坐回了凳上,手炉里焚烧而出的沉香屑,萦萦绕绕,若有似无地飘散而出,清逸的香萦绕四周。灵月似乎也恢复了曾经那属于公主的骄傲,昂首高贵地与我相对坐下,用犀利的目光打量着我。我的手紧紧捂着手炉,惴惴不安地回想着灵月说的话,也就是说,太后也知道了我的身份了。灵月被软禁三年只因知道潘玉就是雪海?只是因为这样吗?

我缓缓问道:"除了这个,你还知道什么秘密?"

她隔着微开的窗遥望那一院的银白,笑笑,"我的答案,你不满意?"

我拿起长长的细签拨着手炉里的小木炭,随性而道:"只是很讶异,韩冥会因为这样一点小事而软禁你三年。"

她神色从容,"不然你以为呢?"

"我以为你还知道了别的什么事……"我正想套灵月的话,却闻有人唱道:"苏贵人驾到。"

我与灵月齐目而望,身材修长,头戴珠翠的苏思云盈盈而来,满脸骄矜与高傲,与不久前我在养心殿所见的苏贵人完全是两个人。或许那夜我的到来是她振作的理由,我也很庆幸她能振作,我也不想对付一只没有爪子的老虎,那样便没有多大的挑战性了。

"哟,这位是……"苏思云风风火火地迈了进来,睇着灵月问了句。

我很有礼地向苏思云慢声介绍着："冥衣侯的夫人，灵月公主。"

"哦，原来是灵月公主呀，难怪有如此高贵典雅的气质，眸光熠熠带着飞扬的神采。"苏思云的嘴巴喋喋不休地称赞着，我也就冷眼旁观着。

睁着眼睛说瞎话怕是苏思云最拿手的绝活儿了，瞧瞧灵月那一张惨白如纸的脸以及那黯淡无光的眸，怎么都难以和神采飞扬、高贵典雅联系在一起。不过她来得确实也巧，正好就选灵月公主在的一刻前来，似乎有什么别的目的。

眼角一飞，灵月似乎很不给面子，轻蔑地道："这又是哪位庸脂俗粉在本公主面前唾沫横飞，一点礼仪都不懂。"

苏思云臭着一张脸却不好发作，只得浅浅地勾起笑容，"臣妾当然是比不上灵月公主高贵了。"

我笑望这两人之间的暗潮汹涌，灵月果然还是老脾气，正如当年朝我脸上狠狠泼下那杯茶时。不过灵月是真性情，把对一个人的喜恶全表现在脸上，比起一向善于伪装的苏思云倒是真了许多。兴许这灵月的真性情就会害惨了她自己。

"太后娘娘有指示，今年的除夕之夜，我与你在百官宴席之上共舞一曲。我现在来找你商量。"苏思云见灵月不再说话便侧首说明了来意。

"共舞？"我蹙了蹙娥眉，太后这是何意，竟要我与苏思云共舞？

灵月哈哈一笑，用不屑的目光上下打量了苏思云一番，"人家潘玉的凤舞九天可是让当年的静夫人之狐旋舞都黯淡无光，你凭什么与她共舞呢？"

苏思云的表情一僵，带着惊恐之态望着灵月，"你说什么？"

"我得离开了，韩冥还在等着我呢。"灵月不再说话，带着优雅却苍白的笑离开了此处。此刻唯独剩下了我与苏思云，她突然的沉默使得气氛怪怪的。

灵月的这番话似乎有意无意地在揭露我是雪海的身份，而她对苏思云异常的敌意也很奇怪，难道这些都是韩冥让她说的？那韩冥的目的是什么？

"你是……蒂皇妃？"她的声音微微地颤抖着，突然又激动地尖叫一句，"难道你就是那个馥雅？"

"怎么？"我奇怪于她的激动，就算连曦没有告诉她我的身份，她也不该这么激动的。

"原来你就是那个馥雅……"她轻轻闭上了眼睛，"还记得那日我唱了一首《疏影》……皇上他飞奔而来将我紧紧拥在怀中，他说……'馥雅，你终于回来了'。"她的眼角缓缓流下了一行清泪，随后将紧闭着的眼帘睁开，"我以为皇上对你只不过是一时新鲜，他的心会一直在我身上的，却没想到……所谓的辰主子，就是馥雅。"

我看着她悲伤的神色以及那绝望的语气，心中突然闪现了一个可怕的事实。灵

 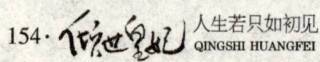

月在苏思云面前那看似随性却别有用心的话，太后突然吩咐我与苏思云的共舞，而苏思云如此巧合地与灵月撞在一起……

"皇上爱的人是你，可为何宠我要比宠你多？"她喃喃自问一句，随即又哈哈大笑一声，"原来皇上他为了从我口中得知幕后之人，竟用感情来套住我，想从我口中得知更多的消息……原来他从来没有爱过我！都是骗人的……都是骗子！"她疯狂地怒吼一声，指着我狠狠地道，"我永远不会告诉你们，到底谁是幕后之人，永远不会。"

看着她说完便疯狂地朝宫外奔去，我站在原地没有动。现在所发生的一切都给了我一个很明确的答案——太后。太后这么做的目的，只为让苏思云对祈佑死心，让她知道祈佑自始至终都在骗她，那么……苏思云定然因为仇恨而不可能将幕后之人吐露出来。可是太后这样做，不正是告诉我，她就是那个幕后之人吗？

难道这件事韩冥也有份？不对……韩冥不可能，他如此效忠于祈佑，不可能会背叛朝廷的。那只有一个理由，韩冥早就知道太后是连曦的人，所以他要保护这个对他有恩的女人……所以，他毅然与我画清了界线，选择守护他的权力，守护他的姐姐。我该不该……将这件事告诉祈佑？该不该……

我的双拳紧紧握着，脑海中闪现出长生殿那一幕幕，还有那引产而出的死婴……我要告诉祈佑，我要让祈佑惩治韩太后，我要她为我的孩子偿命！

——韩冥，我还欠着你一条命，我会还的。

我还欠着韩冥……还欠着他，不能伤害他最重要的姐姐。

不，我欠的是韩冥，不是韩太后。

带着复杂的心情我一步步朝养心殿走去，那一路上我走得很慢很慢，走走停停。或许此时的我是复杂的，为什么会是太后呢？太后为什么要这么做，帮着连曦对付祈佑……当初祈佑的皇位也有她的功劳啊。

可在此时我的步伐却突然僵住了，远远望去，韩冥与灵月笔直地伫立在前方，视线始终停留在我身上。我的心头暗自一紧，告诉自己不能心软，我的孩子可是韩太后间接害死的。

待我走近，步伐还未站定，韩冥却屈膝在我面前跪了下来，我连连后退，"你做什么？"

"请你放过我姐姐。"他的声音无比诚恳，还带着隐忍乞求之态。

"我不懂你在说什么。"我别过目光不去看他，用冷硬的声音回复着他。

"我知道姐姐那一点伎俩是瞒不过你的，你现在要为你的孩子报仇是人之常情，可姐姐她的初衷只是杀了大皇子让苏思云不再沉溺于爱中，而目的只为赶你出宫。"

他的解释与那日浣薇的解释一模一样，有几分真假我真的看不透也摸不清。

我将目光投放至韩冥的脸上，"你什么都知道？"

灵月也咚的一声跪在我面前，"虽然我与韩冥之间早已没有了爱，但他永远是我的夫。他做的一切都是为了他的姐姐，我只希望你能放过他。"

带着笑，我的目光徘徊在两人之间，"你真以为我会为孩子而去揭发太后吗？她犯的是大错，胆敢勾结昱国危害亓国的江山，光这一点就罪不容恕。"

韩冥忽然间的沉默以及那紧握成拳的手隐隐在颤抖着，我掠过这一幕，径自越过他们，丝毫没有放弃继续朝养心殿而去的步伐。才走几步，韩冥猛然朝我嘶喊着："潘玉，记得你还欠我一条命吗？我现在要你还给我。"

我的脚步猛然一顿，已经无力再次前行，带着苦涩的笑蓦然回首而望他，"所有事我都能答应你，唯独这件事不行。你的恩情我只还给你。"

"你放过姐姐，就等于是还我的恩情。而现在，我就要你还这份恩情。"他的声音异常严肃冷冽，口气有着坚定不容抗拒的气势。突然间他的语气又软了下来，"我保证姐姐不会再犯，求你给她一个机会。"说罢狠狠在地上磕下一个响头，血在粗糙的地面上印了小小一块，却是如此令人骇目。

韩冥这是在逼我，他果然是了解我的，正有了他的了解，也就有了现在这一幕求情的戏码。这样骤然知晓了一切，心下也有淡淡的心疼和了然。我深深吸了一口冷气，后点点头，"我终于明白了，永远不能接受他人的恩惠，因为那是要还的。"

他的身子微微一震，倏然间想开口说些什么，却只字未吐露。我心里霎时涌起一股酸涩之意，仰起头望那云淡苍然的穹天定定道："如今你我两不相欠，太后若再做一件错事，我决不会如今天一般心软。今后你走你的阳关道，我走我的独木桥，形同陌路。"

那夜又下了好大一场雪，展慕天偷偷潜伏了进来。天色昏暗让人伸手不见五指，寝宫内没有点灯，我们俩静静地相对坐在汉白碧玉桌前聊了许多朝廷内的事。

"你帮我去注意韩冥。"我总觉得韩太后这件事有很大的蹊跷存在着，韩太后似乎故意在告诉我，她就是幕后之人。聪明如她，为什么要做出这么明显的事来让我揭发？

他疑惑地望了我好一会儿，欲言又止地想说什么，我奇怪地问："怎么了？"

他挣扎许久才道："数月前皇上也要我监视韩冥的一举一动。"

我蓦地一怔，"皇上也要你监视韩冥？还说什么了没有？"

"没有。"展慕天摇了摇头，后叹了口气，"这数月来我一直派人监视着韩府，却没

 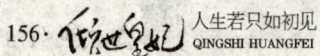

有发现任何的蛛丝马迹。但是这样的宁静却更加地可疑，家仆可疑，丫鬟可疑，韩冥更可疑。但就是说不上来什么地方可疑。"

手掌轻轻拍着桌面，发出细微的声响，我的心也扑扑地跳着。难道祈佑也早就怀疑韩冥了？那他如果有把握的话还留着苏思云做什么？难道他真的喜欢苏思云？不不，祈佑眼里那明显的厌恶是骗不了人的。

我必须去找祈佑问个明白……不，如果韩冥没有问题的话，我这样贸然去询问祈佑，或许会把韩冥推入万劫不复的地步。还是先查个清楚明白再去询问祈佑，我不能鲁莽。

"慕天，你一定要好好调查韩冥。但是有任何消息千万先来禀报我，皇上那边你暂时敷衍着。"

展慕天虽有疑惑，却还是点头应允了，"皇上说，只要我办好了这件事，就晋封我为兵部尚书。"

"虽然晋封后对你我都有很大的好处，但是你晋封得这样地快，只会让自己摔得更重。你在朝廷中万事都要小心啊，千万不可轻易相信任何人。那都是一群见风使舵的官员！"我担忧地提醒着，"你尤其要注意的是祈佑，他是个非常可怕的人，所有的事都在他的掌握之中，你万万不可做出背逆他的事。否则就是有十个展慕天都会死在他手中。"

"这我都知道，若要调查韩冥根本无需让我前去调查，其实皇上这次只是为了试探我的忠心。不知姐姐有没听说过皇上秘密训练的一个情报组织？"他见我摇头，自己也微微叹了一声，"皇上他确实是个很厉害的皇上，做任何事情都雷厉风行的。而那情报组织我也是听朝廷中四处传言的，也不知是否真有其事。"

听到这儿我也陷入了沉思，情报组织？总不会空穴来风吧？"慕天，你上回说起你的父亲在暴乱中死了，你告诉我到底是怎么一回事。"我不想再继续谈祈佑的事，淡淡地转移了话题，也想对展慕天了解得更多一些。

展慕天一听到我提起他的父亲，整个人都紧绷了起来。由于屋内黯淡无光，我看不清楚他的表情，但是我能清楚地感受到他浑身上下散发的悲伤之气。我轻轻拍了拍他的手背，"慕天，到底怎么回事，说来听听。"

"都是朝廷中的那群狗官！"他愤怒地捶了一下桌子，发出一声闷响，"俗话说得好，官官相护！

"那一年的旱灾，粮食颗粒无收。朝廷拨了三十条大船的粮食用于赈灾，可是到了那群贪官的手中，他们竟私扣不放。若要粮食，掏钱来买。而那些粮食的价格比以往翻了十倍!

"当时民声载道,义愤难填,我们组织了一场暴动,将狗官打得鼻青脸肿,好不狼狈。而那些粮食我们也抢到了手中,解了一时的温饱。

"可是那群狗官竟上报朝廷,说我们不守规矩,竟在赈灾派米之时发动暴乱,将粮食全数抢夺一空。朝廷没有查实竟派兵下来镇压,那次暴乱……死伤无数,而我的父亲也在那场暴乱中死去。而他临死之前还将那辛辛苦苦积攒的一百两银子交给我,嘱咐我一定要考上科举,要为所有枉死的百姓讨回一个公道。

"那时候我恨透了朝廷,我一度想放弃科举之路,但是我想到姐姐你还身处水深火热之中,又想到父亲临死前的话,更想到那群狗官的贪赃枉法,我就坚持了下来。

"让我庆幸的是,来到朝廷我很快得到了皇上的赏识。曾经我以为那次暴乱的责任完全归咎于皇上,可是当我了解到皇上他根本不知道暴乱这件事时我很惊讶。多日的相处,我发现皇上真的是一个好皇帝,他虽然狠毒,但是心却兼济天下,他的夙愿是一统三国,他想让四分五裂的国家能够不再有动乱。"

寥寥一番动情之语让我陷入了沉默之中,这官官相护狼狈为奸的事朝廷中一直都存在着,但是,如今亲耳听见仍是感触良多。原来展慕天会变得如此冷酷无情,是因为这样一场暴乱啊,父亲的枉死……

而祈佑,他是个好皇帝……我一直都知道,并且从来没有怀疑过。但是他的手段太过于强硬狠毒,为了统一三国,到时候必然血流成河啊。

也不知是否我们的谈话声过大,外边传来莫兰轻轻的敲门之声,"主子,您还没睡吗?"

一听见莫兰的声音我与展慕天立刻噤声,一定是刚才展慕天说到动情之处,声音渐渐放大所致,我们俩都屏住了呼吸,在黑暗中视线四处徘徊不定。又听闻外边传来花夕的声音,"你疑神疑鬼呢吧,这么晚主子当然已经就寝。"

"不行,我得进去瞧瞧。"莫兰有些生疑。

花夕压低了声音斥道:"你小声点,别瞎嚷嚷吵醒了主子,吵醒了她可有你受的。"

渐渐地,外边的声音也渐渐隐遁而去,我才与展慕天移步到后窗,外边的雪花依旧纷飞如鹅毛。他一个翻身而出,雪顺势打落他全身,"姐姐保重,弟弟过些日子再来看你。"

我很郑重地点头,"朝廷风起云涌,你万事小心。"说罢,立刻附在他耳边轻声道,"明日你派个人去趟御膳房为我办件事……"

我轻声将事情简单明了地说完,而展慕天只是点头,并未多问。

 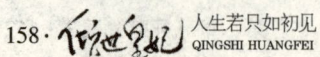

看着他渐渐走远,那凄然的背影渐渐淹没在雪花之中,我才轻手轻脚地关上了窗,走到卧帷软榻之上,将整个身子埋了进去。思绪飘飘忽忽地移到莫兰身上,心婉与莫兰都在监视着我的一举一动,尤其以莫兰为最。每天夜里都要为我守夜,其目的不正是想寸步不离地监视着我吗?夜里都这样,那白天还不被她盯得死死的。我一定要想个办法除掉她,一定要。

思绪渐渐开始神游,眼皮也开始打架,最后安静地合上了双眼,沉入了梦乡。

次日,花夕早早地便进来为我梳洗,我身着裹衣端坐在妆台前,任花夕用象牙翡翠梳在我的发丝上一缕一缕地拂过理顺。莫兰打了一盆适温的热水进来,"主子昨夜睡得可好?"

凝望着镜中的自己笑了笑,"睡得很好。"

"那就是奴才多疑了。昨夜恍惚间听到主子屋里有男人的声音,定然是听错了吧。"莫兰不动声色地笑道,轻柔地将水盆搁置下。

我平静地抚上自己那乌黑的发丝,"莫兰丫头还真爱说笑,深宫大院哪能有男人呀。"

而花夕很平静,理顺我的发丝后,将象牙翡翠梳放回妆盒内,然后走到金橱边取出一件蔷薇淡红千瓣裳,百鸟争鸣兰月裙,"主子快换上衣裳用早膳吧。"

我点了点头,"莫兰,去帮心婉张罗下早膳吧,我这儿有花夕就够了。"

"花夕还真是讨主子欢心,啥事都离不开她了,莫兰也该学学花夕是如何侍奉主子的了。"她愈发笑得放肆,随后迈着轻微的步伐而离开。

花夕一声冷哼传出,"在主子面前都如此张狂。"

"没办法,谁叫我这个主子没有品级呢。"我浅浅一笑,在腰间打上了一个蝴蝶同心结。

"让奴才去教训教训她。"她的唇边划起一个弧度,看似笑却非笑。

"我自有办法收拾她。我的身边绝对不容许有这么多奸细,必须培植出我自己的势力。"将身上的衣裳穿好,转身朝寝宫外走去,"对了,花夕你去为我寻一本书来,宋朝提刑官宋慈所著之书《洗冤录集》。"

晌午之时,大雪依旧如常纷纷洒落,将小径四处覆盖。奴才们皆拿着铁铲与扫帚,积雪被宫人们清扫干净,那条直通的小径才勉强能见,寥寥望去路面冻得似乎有些滑。簇簇白雪,暗香浮动,茫茫一片更显得昭凤宫的冰清玉洁。

祈佑上过早朝便来到我的宫里,看着他时常冒着大雪来到昭凤宫不由得心中黯然,我屏退了四周的奴才,快快地陪他静坐在窗前赏雪品茶。

"馥雅,你怎么了,今天似乎总在神游之中?"他呷了一口龙井,再揉了揉额头,昨夜似乎未睡好的样子。

我指着窗台之上一盆叶色苍翠有光泽的君子兰道:"这花像你,含蓄深沉,高雅肃穆,坚强刚毅。"

他淡淡一声笑,随口接道:"也象征着富贵吉祥、繁荣昌盛和幸福美满。"

看他眼底缓缓浮现出绵绵柔情,我心中巍巍一动。"富贵吉祥"暗指我与他的高贵身份,"繁荣昌盛"意指亓国的强盛,"幸福美满"是在指此时的我们吗?现在这个样子真是所谓的幸福美满?原来在他眼中,这样就是幸福美满了。

我顺手折下开得盛泽的君子兰,拈起放在指间轻轻旋转了几圈,"可是这花迟早是要凋零的。"

他沉默了片刻,后由我手中接过那朵君子兰,"馥雅,我知道委屈你了,连个名分都不能给你。很快……很快……"他的声音萦绕在"很快"之上却没有说下去。

我在顾盼间微笑道:"祈佑,一直想问你一个问题,苏思云在你心中到底是个什么位置?"

他闻我之言有片刻的怔神,似乎在思考着我这句话的含义。我见他不语,又道:"在我面前你表现得似乎很厌烦她,但是你包容了她许多。奸细的身份、刁蛮的性格。而且你信任她,甚至没有伤害过她,而你似乎从来没有这样对过我。"我顿了一顿,又道,"而且,你将一个敌国派来的奸细留在枕边,她随时可能对你痛下杀手。"

一长串的话竟然引来他的轻笑,我蹙眉嗔道:"你还笑?你今天不解释清楚你对她的感情,你就别想用膳。"

听到我这句话,他的笑声放得更大,朗朗之声萦绕在屋内。他拉过我的手,用了几分力,将我拖进他的怀中,我顺势而倚了进去。

他在我脸颊边落下一吻,"你是在担心我吧。但是我要告诉你,我绝对没事。"

我知道他下面还会有话对我说,于是便安静地倚靠在他怀中,听他静静说话,心如明镜。

"大概在三年前,长生殿出现了两名刺客,若不是苏思云与韩冥,我怕是早就死在刺客的剑下。那时我才发现,培养一批保护自己的暗卫有多重要。这两年我训练了一批死士,分别为三大组织。"听他娓娓道起长生殿的刺客,我心一怔,莫不是说那次我与曦一同前往长生殿盗画?

"那批死士中,暗组,主要负责为我收集情报与三国的消息;卫组,主要负责埋伏

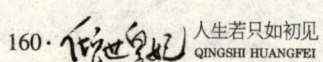

160· 人生若只如初见
QINGSHI HUANGFEI

在我四周保护我的安全;夜组,主要负责接收我的命令暗杀追击。所以我的安全一直都有卫组在守护着,任何人想动我,除非先杀了那批死士,所以,区区一个苏思云丝毫威胁不到我。"他用只有我们两人听得到的声音在我耳边低语着,似乎怕被人听见。我也知道,这是一件极为保密的事,这也是皇上最后的底线,他告诉了我,这是对我的绝对信任吗?

我回搂着他的腰,轻轻笑了出声,"那你对她那么好?如果她的利用价值没了,你会杀她吗?"

"你希望我杀她吗?"他不答反问,似乎……在犹豫呢。

"如果我要你杀她,你会杀吗?"

"只要你说杀,我便杀。"

说得倒是坚定,但是我辨不出真假,于是乎淡淡地勾起一抹薄笑,"我哪有那么狠的心会要她死,她毕竟是那样爱你,从来都没想过要伤害你。你不是魔,你也有人性,我相信你不会杀她的。"

他的身子有些僵硬,才欲开口就听见一声:"皇上,主子,午膳来了。"

我立刻由祈佑怀中起身,站在窗前眺望着由心婉、莫兰领队,后面跟随着五名奴才手捧御膳小心翼翼地由路上走过,他们的步伐很慢,生怕一个不留神会在冰上打滑。这次我吩咐了他们只做家常小菜便好,只有我与祈佑二人同吃,根本无需铺张浪费。

"祈佑,你处理了一天的朝政,饿了吧?"我拉着他的手朝小花梨木桌旁而坐,祈佑神情有些不够自在,许是刚才想对我说些什么却被心婉的突然到来而打乱了。

心婉与莫兰拿着碗筷试吃着桌上的膳食,祈佑握着我的手接下了话,"不要再多疑了,对她我仅剩利用。"

莫兰动筷的手僵了一下,似乎在想他这句话中的"她"到底在说谁。我用余光扫了她一眼,她才发觉自己的失态,赶忙夹了一块鳝鱼放入嘴中嚼着。我一直悬挂着的心缓缓放下,目望着祈佑,"我知道,都知道。"

祈佑闻我之言似乎松了口气,"吃吧。"他亲自为我拿起玉筷,递交到我手上。

我的筷子首先停留在人参炖鳝鱼上,"这是鳝鱼?如此腥的东西也拿上来?"

"奴才刚尝过,御厨已经去了腥味,肉质细滑可口,主子可以服下。"莫兰谦和地回道。

祈佑却是一声冷喝,"你不知道她身体不好,太医禁她吃过于油腥的东西吗?你们怎么做奴才的?现在就给朕撤了。"

"皇上息怒,奴才该死。"莫兰立刻跪下,心婉则是战战兢兢地将那盘鳝鱼撤下,

"这都是御厨所做,奴才也毫不知情。"

"算了。"我摆了摆手,息事宁人。

用过午膳我送祈佑离开,就听闻一个消息,莫兰猝死。

仵作草草检验了一下尸体,说是误服有毒之物而死,祈佑闻言大怒,命人清查。

最后证实烹煮的那盘鳝鱼用的是死鳝鱼,所以当时的莫兰腹痛难止,片刻后即死。祈佑将御膳房的主厨撤下,还赐死了负责烹煮鳝鱼的那位御厨,这事就这样了结了。

我安静地在桌案前拿起那本花夕为我寻来的《洗冤录集》,翻开一页,笑望那一节:鳝鱼死后血凝固,食之易中毒,不可服用。

指尖轻轻划过那段字,方才我还在担心鳝鱼会被心婉给试吃了,但是……就算心婉吃了,那也只能算是她命不好,替莫兰受罪。谁叫她们俩同为奸细呢?

这只是御膳房的一次失误,误将死鳝鱼烹煮,送到主子这儿。他们该庆幸的只能是幸好我未服下,而不是怀疑这是一次预谋许久的谋杀。况且,莫兰只是一个宫女,又有谁会为了区区一个奴才而大肆调查呢?

莫兰死后,查出鳝鱼有问题,祈佑立刻放下手中的朝政来到昭凤宫。还未等我开口,他就已经将我紧紧拥在怀中,"幸好你没事,幸好你没吃鳝鱼。"声音是那样地真诚以及担忧,我也不禁动容,清泪滑落。

傻祈佑,你堂堂一国之君,竟害怕我会出事,那当初你又怎么狠得下心对我用毒呢?

情叹暮颜花

除夕之夜,那漫天的大雪已下了三日,终于停歇了下来。今日宫中来了许多诵经祈福的僧人围绕这养心殿日夜诵经,直到夜里才散了去。祈佑在殿上宴请了数位重臣。参加了此次除夕之宴的有苏景宏大将军,礼亲王祈皓与王妃苏姚,冥衣侯韩冥,六部尚书、侍郎、侍中。后宫来了韩太后,三夫人,陆昭仪,妍贵人,苏贵人。来的都是大名鼎鼎的朝廷重臣与后宫宠妃,我坐在苏思云下席,总觉得自己的身份与这个场合不匹配,我可是个没有品级的女子。

殿内一片歌舞升平,朝廷重臣相互饮酒,不时跪拜而下向祈佑敬酒祝贺。邓夫人突然兴起,含笑望着对面而坐的苏姚,轻声开口道:"听闻王妃是有名的才女,正好这儿同坐了一名今科状元,你们俩可得相互比比文采了。"邓夫人才言罢,周围的人都纷纷颔首附和,一直催促着他们二人作首诗。

苏姚侧目望着祈皓询问他的意见,而他则用温柔的眼神示意她来一首诗。苏姚两靥泛起绝美的笑,眼波一转,脱口而道:"采莲人在绿杨津,在绿杨津一阕新,一阕新歌声嗽玉,歌声嗽玉采莲人。"

她的一首诗才落音,周围人就都为她这首诗而发出一片嗟叹声。我也暗暗轻叹她的才学,这叠字诗可谓对得既工整又高雅,诗中没有华丽的修饰辞藻却披露了寻常百姓女子的平凡之日,有着出世脱尘之感。

"展大人,该你了。"周围顿时有官员嚷嚷着。我也将目光投放至展慕天身上,这应该难不倒聪明过人的他吧。果然,他立刻脱口接道:"赏花归去马如飞,去马如飞酒力微,酒力微醒时已暮,醒时已暮赏花归。"

好对,对得太好了。苏姚作女子采莲吟歌,展慕天对男子骑马赏花,都是寻常百姓家的生活写照。这便是寻常百姓家的生活啊,也是我梦寐以求的生活。

周围一片喝彩之声,就连祈佑都露出赞赏之色,"展大人与王妃之才学确实不相上下。"祈佑沉思了片刻又道,"展大人可有家室?"

展慕天倏地一怔,似乎已经猜到祈佑下面要说些什么,沉郁地回道:"暂未娶妻。"

"那朕给你指桩婚事可好?"

"回皇上,臣不……"他立刻离席而道,似有拒绝的意思,但是途中察觉到我的眼神,将未完的话咽了回去,"谨遵圣命。"

祈佑将犀利的目光投放至苏景宏身上,"苏将军,朕听闻你府上还尚有一女,似乎刚过及笄之龄,朕将你的女儿指婚给展大人如何?"

苏景宏也立刻离席,"皇上,展大人年少才俊,配小女实在委屈了。"

"苏将军,既然是皇上赐婚,你还要推托?"太后的目光凛然地扫向苏景宏。

他垂首犹豫良久,"臣……遵旨。"

这一次的赐婚来得突然却又让我感觉是蓄谋已久,如今展慕天正是培植势力之时,祈佑突然将这手握重兵的苏景宏之女赐婚给他,其意思再明显不过了,不正是在助其一臂之力吗。而今展、苏两家一联姻,展慕天就等于又往上爬了几分。我之所以用眼神示意展慕天让他不要拒绝,正是猜到祈佑的用心,若展慕天拒绝了就明显地在与祈佑作对,那祈佑今后还会信任他吗?如果一位大臣连皇上的信任都无法得到,他就永远只能做个默默无闻的小官。我不希望展慕天一时意气,到时候万劫不复。

除夕之宴就在一场赐婚下结束了。花夕在身后为我掌灯,寒风萧瑟侵袭在我们身上。路上的雪依旧未融尽,湿了我的靴子,脚底冰凉。我特别希望能快些回到宫里,这样就能快些脱掉那被冰雪浸透的靴袜,用暖炉烘烤双脚,躺进被窝。

"辰主子,走得累了吧?"苏思云乘着玉辇由我身旁而过,慵懒地躺靠着睨着我,"哎,谁叫你没品级呢,只好委屈你步行而归了。"

我莞尔一笑,"是呀,苏贵人贵宠六宫,乘玉辇是身份的象征。"说到此处她得意地笑了起来,"知道就好。"

"但是男人的心你知道吗?'妻不如妾,妾不如偷',男人通常都是喜新厌旧的,更何况皇上?他身边美女如云,三年一次选妃,来来回回徘徊在他身边的女人不计其数。你又怎能保证他对你十年如一?况且你的身份……"我蓦地将声音顿住,注视着她渐渐变色的脸。

"下面的,就不用我继续说了吧?苏贵人是聪明人。"

 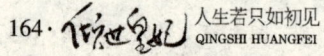

"只要我一天不吐露心中的秘密,皇上他就不会动我。"她的手缓缓拂上额间的珍珠花钿,笑得格外清丽妩媚。

"你跟了皇上这么多年,竟还是一点不了解他吗?两年多了,你若是再拖下去,皇上的耐性可是要被你磨光的。"我的步伐未停,同她的玉辇并肩而行。

"皇上不会动我的。"她放声一笑,魅惑之声回荡在空寂的夜里,格外惊悚。此刻见到的她与往日见到的她根本就是两个人,她终于在我面前露出了真面目了,这就是苏思云呀。她又凭什么肯定祈佑不会动她?她只不过知道幕后人的秘密而已,用得着如此张狂吗?

"馥雅公主,我劝你还是好自为之吧。你想单凭一人之力来报仇,简直是异想天开,识时务就快些离开亓国。"

"很抱歉,让你失望了。我还打算留下为皇上生个孩子。"

她的脸色因我这话而变色,冷声冷语道:"那也要你生得下来。"

"拭目以待吧,苏贵人。"我的孩子已经被你们害过一次了,我还会那么傻让你们再害一次?

雪压白絮飞,浓郁冷香扑。

最后我与苏思云分道扬镳。这一路上我同她的言语间充满了火药味,这是我们第一次正面叫板吧,或许我与她的战争才刚刚开始。我也期待着与她的这一场争斗,我想,会非常有趣。

我与花夕转入回廊的拐角之处,正见韩冥迎风而立,梁上摇曳的烛火映得他半边脸忽明忽暗,影子也拉了好长好长。我迎上他,与他并肩立在风中,如刀的冷凛之风将我的脸蛋划得有些疼痛。花夕很识趣地后退至拐角边缘,避开了我们。

"冥衣侯是在等我?"我率先开口,淡淡之声随着冷风飘散。

"是。"

"有事吗?"

"谢谢你没有将姐姐的事抖搂出来,那日,对不起,我必须保护我的姐姐。"

"我能问一句吗?"见他点头应允,我才开口道,"你与太后,你们之间到底是什么关系?姐弟?情人?"

韩冥的身子一怔,终于将仰望黑夜穹天的视线收回,转投放在我身上,"恩人。"得到答案我颔首了然,"还有个问题,能问吗?"

见他再次点头,我深深地吸了一口气,对上他那对殇淡的瞳,一字一句地问道:"五年前,我被灵水依毁容而跌下山崖,你是如何发现我并救到我的?"

他的神色不变，但是却没有说话。我浅浅一笑，目光几乎能看到他的心底。曾经我没有询问他如何救到我，那是因为不想提那段伤心不堪的往事，而如今我之所以问起，是因为发现这个问题已经不得不问了。但是我想，他是不会告诉我的，于是我又问道，"听说天下第一神医医术高超，却从不轻易救人。当日你居然能找到他为我整容，你真是挺厉害的。"

但见他微微启口，只说了一句，"潘玉，不要管这些事了。"

"你让我不要管？你要让我的孩子白白死去吗？"我略微有些激动地提高了声音，想到孩子，眼眶有些湿润。我强忍着泪水扯出笑容，放低声音道，"你不懂一个母亲对孩子的爱，正如你当初欺骗我，祈佑对我下了麝香。"

"那件事，对不起。"他的声音并无多大的起伏。我讽刺地一笑，"不要再对我说对不起了，我们早就两不相欠了。"我将即将滑落的泪水逼了回去，侧首道，"花夕，回宫。"

"是。"一闻我言，花夕迈着小步朝我奔跑而来。我没有再看韩冥一眼，迈着沉重的步伐朝回廊深处走去。花夕凝视着我的侧脸，有些担心地问："主子，您哭了？"

"没有。"我矢口否认道，看着皑皑积雪堆积在树杈之上，听积雪点点滴滴融化的声音，清脆悦耳，"帮我给展大人带个话，查查苏思云的身份。"顿了一顿，又想到韩冥，随即道，"还有韩冥的身份。"

苏思云如此肯定祈佑不会动她，为什么？

韩冥，众多谜团似乎都纠结在他的身上，和他有关系吗？我不信，韩冥……是个好人，至少我一直都是这样认为的。

元宵节那天，宫人都忙碌了起来，纷纷拿起细竹与红纸做着灯笼，然后吊挂在树干之上，等待夜幕来临时燃起烛火许愿；还有人折起纸船，中间摆放一支红烛，任其随波逐浪。宫人每到元宵佳节都会做这样一件事，他们都希望愿望成真，这也算是一种心灵的慰藉吧。

夜幕低垂，这个昭凤宫被幻若流霞的璀璨之光笼罩着，艳红的烛光将秃树映得烁烁明艳。寒风侵袭，烛火摇曳，粘在灯笼上的愿望被风吹得飘扬而起。我站在树下沐浴着风中之光，望悬挂于树的灯笼，一片祥和的红耀花了眼。

我被那一个个愿望吸引住了，不禁凝神念起：

佑父母身体健康，女儿非常挂念你们。

早日脱离这阴暗的深宫，恢复平凡的生活。

……

念了许多愿望才发觉几乎是千篇一律挂念父母、脱离皇宫，其中也不免有几个期望自己飞上枝头的愿望。其实人各有志，有人期望平凡安逸，就会有人期望荣华富

 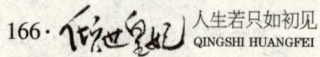

贵,二者是永远存在的。你平凡安逸注定要承受生活给你带来的种种苦痛,你荣华富贵注定迷失本性而一人独立孤独之巅。

"主子你看,这是展大人费了好一番精力为您找到的暮颜花。"花夕捧着一盆蓝色的花走至我面前,"您瞧,多美。说是祝您元宵快乐,早日为皇上怀上龙子。"

我悻悻一笑,嗅着花散发出的强烈的香气。曾经在书上看过所谓的暮颜花却没亲眼看见过,曾经在他面前随性感叹过暮颜花的花意很像我同祈佑的爱情,却没想到这么难见的暮颜花却被他找来了。据说它只有一夜的生命,那今夜就是它最后一夜的生命了? 与昙花倒是很相像呢。

伸手将花接过,指尖轻轻抚摸着那紫色的花瓣,"展大人有心了。"最近的他应该筹备着与苏景宏的小女儿苏月的婚事吧,听说婚期是在二月初七,好巧不巧地与我的生辰撞在同一日。听说祈佑还会亲自为他们主婚,如果可以,我真想随祈佑一同前去看看慕天的妻子。但是,若我主动提及定然会使祈佑怀疑我与他的关系。最好……他能主动对我提起,如何能让他主动提起呢?

带着满腹心思来到碧波青澡的湖岸边,将暮颜花搁置脚边,伸手探进冰凉的湖水之中,冻寒之感传遍整个手臂,稍后才适应了水温,将停靠在四周的小纸船纷纷朝湖心荡漾而去。

看那一帆帆的小船,我想起了现在朝廷正商讨的大事,以韩家为首上书请求祈佑立后,首选邓夫人,其次陆昭仪。详细的消息我倒不是很清楚,有些日子没见到慕天了,兴许是为筹备婚事太忙了吧。

"多少暗愁蜜意,唯有天知。"我满腹悲凉,犹自吟起,仿佛又看见多年前与连城共放孔明灯之景,他的愿望是我能够幸福。幸福好像却离我越来越远了,本以为有了我们的孩子,可以将对他所有的愧疚补偿在孩子身上,对他的亏欠也能少一些。

忽见湖中倒影,祈佑不知何时已立于我的身后,我错愕地回首仰头望他。他的目光深沉幽暗,"你在想什么,来到你身边这么久都没有觉察到。"

我立刻起身,双腿间的麻木让我险些没站稳,他立刻扶住我,"小心。"

我的眼前突然一片黑暗一下子没了思考,无力地瘫靠在他的怀中,晃了晃自己险些失去知觉的额头。他担忧地为我揉着额头,"头晕了吧,看你蹲在岸边那么久。"

含着七分的笑,三分的娇嗔,朝他怀中钻了钻,"我在想,若能同你一起许愿就好了。"

"我这不是来了吗?"他见我的状态稍有好转,便将手移放至我的额头鬓发之上,"你想许什么愿望?"

我稍作沉思,才道:"为你生个孩子,但我希望是个女孩……承欢。承欢膝下,我们一家三口共度天伦。"

他将怀中的我收紧了几分,"不行,要生个皇子。将来你可是要做皇后的,做了皇后若没有皇子会被朝廷大臣们议论的。"他的声音有些强硬,我的笑容却有些黯淡,苦笑一声,"朝廷的大臣不正在给你找皇后嘛。"

他的脸色立刻沉了下来,有些难看,有着蓄势待发的怒火。我刚就在奇怪他来到我身边之时似乎有些快快不快,原来是因为封后这件事。我立刻问道:"怎么了?"

"韩家真是越来越大胆了,联合众多官员逼我立后,满口的仁义大理说得头头是道。邓夫人?说来说去还不是为了他们自己的利益才推举她。"他冷哼一声,"这后宫之事想来由太后打理太久了,我是该好好整顿一下了。"

我由他怀中挣脱而出,朝他露出甜甜的笑颜,"祈佑,别想那些不开心的事了,你是个好皇帝,你能将这个天下治理好,同时也能将这个后宫整顿好。"见他脸色稍有缓和,我便蹲下身子将暮颜花捧起,"你看,暮颜花。"

他陪我一起蹲下,轻轻抚摸上花瓣,"很美,但是人比花更娇艳。"

"贫嘴。"我巧然一笑,略有所指地笑道,"你可知道暮颜花的花意?"见他瞳中的茫然,我便徐徐而述道,"暮颜花的花意是为了爱能灿烂一瞬,随之逝去。它的精神,就像昙花一现,美丽过,却仅仅是那短短的一瞬间。"

他的眉头因我的话而渐渐开始深锁,似乎欲将我看透,"馥雅,我们之间的爱绝对不会是那一瞬间的灿烂。"

我亦默默,良久只道:"希望如此吧。"

他见我有些黯然,便不再与我继续谈及这个伤感的话题,只道:"你知道二月初七就是展慕天的大婚吗?"

"略有耳闻。"

"知道为何要选在二月初七吗?"他又问,这一问可将我问得惊愕,他的意思难道是……

他握着我的双手,温和地笑道:"二月初七是你的生辰,我可没有忘记。到时候我将亲自为其主婚,顺便携你出宫。你不是一向喜欢宫外那自由的生活吗?"

我欣喜地扑到他怀中,急急地脱口道:"君无戏言。"

方才我还在愁如何才能让祈佑主动提起带我出宫之事,却没想到,他早就准备好了二月初七携我出宫。真是,用心良苦啊。

脚旁搁置的那盆紫色鲜艳的暮颜花在此时竟开始慢慢枯萎而落,我蓦然将眼帘缓缓而闭,不去看它凋零的样子。暮颜花,沧海一粟,唯有一夜,璀璨过后,随风而散。

 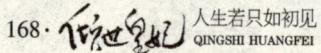

展府

处处红帏喜缎,熙来攘往的官员几乎能将门槛踩破,个个衣着光鲜,捧着手中的贺礼几欲将展府的院落堆满,可见如今的展慕天在朝廷中的地位。更重要的是此刻有皇上亲临,上至王侯将相下至芝麻小官皆来展府凑上一脚。但众多没有接到帖子的官员还是被随祈佑而来的禁卫军拦在府外。

此时正值初春,下起了绵绵细雨,给许多人造成了不便,也正是伴随着这场霏霏细雨,一对新人踏着红地毯朝正坐主位的我和祈佑渐步而来。两侧随行的花童由手中抛出那血红的玫瑰,那一片片花瓣撒在他们的发颈间,有些残留其上,有些滚落而下。

展慕天与苏月皆是一袭红妆嫁衣,但是木然的表情却印证了二人对这桩婚事的不愿。我细细打量着苏月,头顶厚重繁复的凤冠,额前零落的珠翠随着她的步伐相互交鸣,铿锵作响。她的身材甚为娇小玲珑,脸上却散发着脱俗的灵动之气,其气质与苏姚一般无二。

他们二人跪在我们面前奉上了茶。展慕天在我面前自始至终都很平稳,平静的目光恭谨地扫过我与祈佑;而苏月则是垂首奉茶,没看我们一眼。

一连串琐碎的婚礼仪式终于在一声"送入洞房"下结束。我有些疲累地靠在椅子上,祈佑则同苏景宏说起了话。在他身边,我总觉得苏景宏对我颇有敌意,于是盈盈一拜借口烦闷便离堂而去。

绵绵小雨依旧,飘洒在我的发丝之上,沁凉的微雨拍打在我的颊上凝结成细微的水珠。我走入幽静的小院竟嗅到了一股淡淡的熟悉之香,是残留着的梅香。我觅香而寻,曲径通幽,刹那间,数百株梅闯入眼帘。褪粉梅稍,归来旧处。

"姐姐。"展慕天一脸黯然地伫立在我身后,竟不知何时出现的,那样无声无息。

"你的府上竟种植了这么多梅。"看得出来,他今天的心情非常不好,对这桩婚事极度地不满意,我也不便与他继续提成亲之事,转而谈起了这满园的梅树。

他点了点头,又想起什么似的冲我勉强扯出一笑,"姐姐生辰快乐。"

我一愣,奇怪他为何会知道,转念又想起元宵那日祈佑提起我的生辰,想必随行的花夕也听见了吧,于是了然一笑,"谢谢。"

他沉默片刻,"既然今日是姐姐生辰,弟弟就送你个消息。"他扫望了一眼四下无人的梅林,才道,"韩冥,是天下第一神医的徒弟。"

我一怔,天下第一神医的徒弟?难怪能请到神医为我整容呢,原来他们竟有此等关系……不对!若他是天下第一神医的徒弟……

展慕天此时又开口低语道:"据闻天下第一神医又称神秘老人,他一生只收过两名徒弟,一个精修医术一个精练武学。相信姐姐已经猜到,其中一个便是韩冥;而另一个,正是昱国的皇帝——连曦。"

婚礼完毕,祈佑本想带我去好好观赏这繁华的金陵城,我却借口不舒服推托了。祈佑不疑有他,赶忙将我带回宫,寻来太医为我诊脉。李太医为我煎了一服药,祈佑亲自将那黑汁一口一口地喂进我的口中,直到碗见底他才放过我,让我好生休息,明日再来看我。

祈佑前脚刚走我便吩咐花夕去太后殿请韩冥于锦承殿相见。我将一身的绫罗绸缎,珍珠翡翠全数取了下来,丢至妆台之上,换上一件单薄的莲荷素衣,脸上的脂粉也全数由清水洗尽。约莫过了半个时辰天色渐暗,树影浮动,我才动身前往锦承殿。

那一路上,我走得很慢很慢,蒙蒙残飞絮,深处杜鹃啼,如此悲伤的鸣叫似乎狠狠地敲击在我心中。

直到锦承殿,在月光黯淡灯火微明的殿中,我看见了韩冥的背影,木然地朝他走去。他闻我脚步声蓦然回首。我的眼光在这已经黯淡无光的殿中扫视了一番,随即轻笑,"你知道我为何邀你来此吗?"

他不说话,我继续朝前走,声声脚步在空荡的殿中来回不断地萦绕,"这,就是祈星背叛我与他之间的友情之地。他将我灌醉,套出了我的话,最后逼得祈佑不得不将你的妹妹——云珠推出做替罪羔羊。"

他的目光随着我的步伐而动,当我说起云珠之时,他的脸色突然闪过一抹令人难以察觉的阴狠之气。我注意到了,同时也笑了,"韩冥,你不让我对祈佑说,云珠是你的妹妹,只因怕祈佑会因你与云珠之间的关系而开始对你戒备。其实你一直在恨祈佑,你恨祈佑将你妹妹当做替罪羔羊而推了出去,所以你选择了与你的师兄连曦一同联手对付祈佑!"

"我不懂你在说什么。"他面无表情,神色并无起伏。

"你不懂?连城死之前,我清楚地记得你对我说'他的毒已侵入五脏六腑,你看看他的人中,早已被黑气弥漫,是死兆'。试问一个不懂医术的人怎会说出这样一番看似普通却大有深意的话来?

"还有第一次,客栈中我对心婉下毒,而你给了心婉一颗解毒丸,便稳定下她的病情。我还记得你说过'幸好此毒的分量下得不多,否则华佗再世也救不了她',一介武夫竟如此熟悉药理。而那次巧遇连曦,并不是巧合,而是早有预谋吧。"

他突然笑了起来,"你似乎知道得很多。"

"韩冥,你口口声声要我去追寻我自己的幸福,口口声声是为了我好,其实你和连曦早就预谋好要将我送到昱国,你根本就知道孩子对一个女人的重要性,因为你的姐姐也被人谋害导致不孕。你要借用我的仇恨来帮助连城,你要我用仇恨去对付祈佑,对不对?"我的声音渐渐提高了许多,在空荡幽深的大殿显得如此凄厉。

终于,我的步伐在他面前停住,他的笑意愈发大了,却不说话。

我有些自嘲地笑道:"当年我被灵水依毁容,你为何能救到我?我记得早在数日前你已经离开了昱国,为何你会出现在昱国?只有一个解释,你还有未办完的事,所以你逗留在昱国迟迟未归。为何要在昱国逗留?是因为有熟识之人吧?"

"既然你都知道了,我就不隐瞒了。"他深深地吐出一口气,似乎将所有的烦闷之气全数吐出。

"曾经,我是真心帮助纳兰祈佑夺得皇位,更觉得他是个好皇帝,所以我选择了帮助他,忠心他。可是,他竟利用了珠儿,我唯一的亲人。

"其实早在三王大婚那日我便与珠儿相认了,我一度想放弃仇恨与珠儿远走,过一些平凡的日子。但是珠儿说她不走,她想一辈子陪在你与纳兰祈佑身边,因为,一个是她爱的男人,一个是她爱的姐姐。她对你们俩的情是我始料未及的,所以我选择留下,继续复仇。

"记得那日在太后殿外,珠儿突然晕倒吗?其实我与太后对她说的是'与纳兰祈星合作,将祈佑的所作所为全数抖搂',但是她不肯,她誓死都要保护纳兰祈佑的地位,只因她是如此地爱他。后来珠儿因一封匿名信而死在乱棍之下,我以为是祈星做的,于是我怂恿纳兰祈佑杀其母后嫁祸祈星,来个一箭双雕,一为我沈家报仇,二为珠儿报仇。

"我以为一切都会就此结束,却没想到那日由你口中得知,送匿名信的人是纳兰祈佑身边的公公!自那一刻起,仇恨就在我体内生根发芽,珠儿做的一切都是为了纳兰祈佑,而纳兰祈佑却对珠儿做出这样不耻之事。我便找到了我的师兄,连曦。

"是的,我承认我是刻意要将你送到连城身边,是想用你的仇恨来帮助连城。可是,你竟然怀孕了,我的谎言不攻自破。我百般要连曦劝阻连城,绝对不能让你到亓国,但是连城却因为爱你,放你回来了。我们的计划正因为连城的一时心软,完全被打乱。

"你知道我们的计划是什么吗?两国交战之时,利用你来要挟祈佑,让祈佑心神大乱,这样,他自然就打不好仗了。可连城偏偏要放你回来,真是……一个'情'字弄人呵。"

他缓缓叙述着一切,时不时发出几声冷笑,几声自嘲。我呆呆地听着他口中的一切。其实我早就心知肚明了,可是当我亲耳听到韩冥说出真相之时我竟还是如此伤心。连曦、连城、韩冥竟一起欺骗了我,这次的阴谋可真是煞费苦心啊,自六年前就开始筹谋了,如今被我揭发了,那我是要死在他的手中了吧。

突然我感觉到身后传来一阵飞快的脚步声,我才回首便见到苏思云手握匕首,朝我狠狠刺了过来。一只手臂将我搂过,一只脚踢开了苏思云的手腕,匕首飞了出去,哐当一声掉落在地。苏思云抚着自己疼痛的手腕怒视韩冥,"早就叫你杀了这个女人,你却偏偏要护着她!现在好了,她全知道了,你还要护着她!"

"没人可以动她。"韩冥冷硬地吐出这句话。我讶异地侧首而望他坚定的表情,欲从他的眼中找出此话是真诚还是别有用心。

苏思云听后哈哈大笑了起来,单手指着韩冥道:"你还责怪我沉溺于纳兰祈佑那虚假的爱中不可自拔,那你自己呢?不同样为了一个女人,打乱了我们多年的计划吗?你比我可怜,至少我得到了纳兰祈佑的宠爱,我和他甜蜜地相处了三年。而你呢,从来都没有得到过她,甚至……连一丝丝的甜蜜都没有。"

看着苏思云近乎疯狂的脸,以及那悲伤的神色,我挣脱出韩冥的怀抱,低低地唤了一声,"连思。"

她蓦地怔住,狂笑之声戛然而止,惊诧地凝视着我久久不能说话。我继续道:"或许我该称你为连思吧。连曦曾经对我说过一个故事,那个故事中却没有提及他还有个妹妹……"

她渐渐后退几步，最后跌坐在地，轻笑了出声，"好久……都没有人再叫我连思了，好像是连城大哥在阴山大败那一次吧。六年了……我离乡背井来到亓国整整六年，曦哥哥为我伪造身份，让我接近纳兰祈佑，更想让我蒙得他的宠爱。到时候，我就能从他那儿刺探到更多的情报。

"我苦心与你结拜为姐妹，只为学你的仪态，喜好，举止，神情，因为纳兰祈佑爱你，若我能学到你几分，得到纳兰祈佑的宠爱是轻而易举的事。终于，你的逃跑给了我一个机会，那夜我故意在纳兰祈佑会途经的地方用酷似你的声音唱了一首《疏影》，他果真误认我是你，当夜就宠幸了我。

"往后，他待我真的很好，又赐长生殿，又日夜专宠，我不禁陷入了他的柔情之中，甚至几度忘记了我来此的意图是做奸细啊。我是来做奸细的，怎么能胡乱动情呢？直到我怀上了纳兰祈佑的孩子，我选择了放弃自己奸细的身份，我想与他长相厮守，我想有一个与他的孩子。几度我想对他说出我是昱国的奸细，但是我不能，因为这是曦哥哥筹谋多年的计划，我不能毁了它。

"直到你出现，纳兰祈佑对我的宠爱再不如前了，却也还是对我百依百顺。直到曦哥哥用浣薇的手杀了我的孩子来警告我，可我仍旧一心一意地向着祈佑，因为孩子没有了可以再生。当我知道你就是馥雅的时候，才彻底明白，纳兰祈佑他从来都没真正爱过我，他对我做的一切都是假象……或许，他早就知道我是连思，他留下我只为来牵制曦哥哥。

"多可笑啊，我的爱竟是如此卑微不堪。"

她最后一句自嘲之声让我的心一痛，我相信，祈佑早就知道连思的真实身份了，否则绝对不会如此包容她。是呵，我的到来确实坏了他们的计划。

连思猛地瞪着韩冥，"早在她发现你与云珠的关系时我就叫你杀了她，你就是不杀，偏偏要用我孩子的死来驱逐她出宫……可没想到，她的孩子会被纳兰祈佑给弄没了，哈哈！她的孩子可是曦哥哥一直想要的孩子，却被你们那愚蠢的计划给弄没了！"她笑得格外诡异，神情似乎还有些癫狂。

我蓦地凝望着韩冥，"一直操控着所有事的幕后之人是你。"我早已经知道他的一切，却还是想亲耳听见，听见这个我从来不曾怀疑过的韩冥亲口承认。

"是。"回答得既干脆又利落。

"当初灵月公主说的一切，也是你安排的？故意要我将视线转移到太后身上？"

"是姐姐她要灵月说的，因为她知道你已经开始怀疑我们了，不查出幕后之人是绝对不会罢休的。所以她背着我叫灵月对你说那些话，因为她想一个人承担下所有的罪名，她只为保我。她真傻，真傻。

"为了帮我复仇，她卷入了后宫的权力之争，与先后斗得你死我活也不罢休；为了帮我妹妹报仇，竟甘愿背负奸细的罪名……她做的一切都是为了我，她从来都没计较过任何的回报。她真傻……"

他不禁露以苦涩一笑，却是比哭还难看的表情。他说的话更让我惊讶，原来那天的一切都是太后自作主张。我该庆幸的是，这一切并不是韩冥所为，他并不是无情的人。但是仇恨真的会让人变……变得如此可怕，我不正是如此吗？正因为仇恨，我溺死了浣薇，毒死了莫兰……甚至想要利用祈佑的爱，来报复他故意将我推倒，害我的孩子死去。

"韩冥，杀了她。她已经知道我们的一切了，她不能留下。"连思突然平复了自己的情绪，将掉落在地的匕首捡起，递给韩冥，"她根本不爱你，从来没有爱过你，这样也就没有什么舍不得的。"

韩冥接过了匕首，凝望那闪着寒光的匕首良久，再将目光投放至我的脸上。犹豫、矛盾在他脸上挣扎徘徊。片刻后，他拉过我的右手，将匕首递至我手心，"我甘愿死在你的刀下，你可以为那枉死的孩子报仇。"

握着匕首的我只觉得双手冰凉，微微有些颤抖，松了松手却又用力握紧。他是真的让我杀，还是又一次的苦肉计？当我还在犹豫着到底该怎么办时，只听一声声双掌相击之声荡入大殿传进耳中。我们三人齐目望向锦承殿那被漆黑的夜笼罩着的外面，那黑暗中闪出一个黑影，渐渐朝我们而来。

"好一场精妙绝伦的计谋，真是精彩、精彩。"终于，那个身影走出黑暗，凄寂的月光倾洒在他身上。是祈佑，他的全身上下都散发着冷凛阴鸷之气，还有那始终无法掩盖的杀气。不止我惊讶他的到来，就连韩冥与连思都有些惊讶。

他怎么会来，难道他早就知道我会来见韩冥？难道他已经知道我与慕天的秘密联系吗？

祈佑在离我们十步之遥停下了脚步，"怎么不继续说下去？"

他声音方落，数十位黑衣铁面之人由四面八方涌现，将我们团团包围着。难道，这就是祈佑口中所说的死士？什么时候竟无声无息地埋伏在了大殿四周？由他们的身形步伐来看，都是顶尖的高手。

"真没想到，朕一向信任的韩冥竟会是昱国的奸细。"他双手置放在身后，睥睨着韩冥，瞳光深莫能测。

 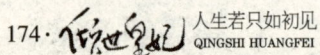

"你以为我来亓国只是为了当奸细？你错了，我故意透露出奸细之事，让你分神去清理他们，这样你才会渐渐忽略此时的昱国，好让他们有时间储备粮食整顿军队，只是没有想到，我会暴露得这么快。"韩冥上前走了一步，越过了我，遥遥与祈佑对峙着。

"朕没想到，你会是云珠的哥哥。"他清然一笑，却没有理会韩冥此刻说的话有多重要，目光悄然掠过我，给我使了个眼色，让我尽快脱离那危险之地。我一接收到他的目光，正欲迈步朝右离开，却被连思一把扣住，单手夺过我手中的匕首，"纳兰祈佑！"她冲着祈佑大吼了一声，刀锋狠狠抵着我的颈项。

祈佑一见此刻的情景又朝前迈了一步，"放开她。"声音中带着浓烈的警告意味。

"我会放开她，但是我只想问你一句话。"连思挟制我的手又用了几分力，"告诉我，你是不是很早就知道我是连曦的妹妹？"

"是。"

听了这个答案，连思沉默了一会儿，才轻笑一声，我感觉到她的身子有些颤抖，"你从头到尾都是在利用我？从来没有真正爱过我？"

"是，当朕知道你是连思之时，就打算将你终身留在此处作为人质，将来若两军对垒你是一个很有利的筹码。但是朕发觉，在你的背后还有着更大的势力，所以打消了将你囚禁的念头。"祈佑的目光渐渐由我身上转向连思，"相处了近三年，说对你没有感情是假的，但那只是一种习惯，习惯就成了自然。"

果然是知道的，我终于明白那日我说起连思会谋害我的孩子时，祈佑为何能保证她不会。是呀，这个孩子按理来说，也是连思的外甥，她怎会残忍地去伤害大哥的孩子呢？再听着祈佑当着我的面承认了他对连思毕竟是有感情的，我竟有些庆幸，庆幸的是，祈佑毕竟还是个有情人。若他说对连思没感情我还真会看不起他，与一个为他放弃、付出如此之多的女人相处三年，竟只是残忍的利用，一丝的感情都不给，那就太可悲了。对祈佑是可悲，对连思是可悲，对我更是可悲。

"习惯？"她的声音有些哽咽，呼吸略微有些沉重，"早就知道你给我的是杯毒酒，可是我偏偏要奋不顾身地饮下它，是啊，我中毒了。"

有冰凉的泪水滑落在我的颈项之上，冰凉刺骨，她哭了？为祈佑而哭吗？事到如今，她依旧因为他而流泪。原来她对祈佑的爱一直都如此深，深到放弃了自己的责任，深到自伤都心甘情愿。

韩冥缓缓后退几步，将我与连思一同挡住，出声询问道："纳兰祈佑，如果今日我要利用潘玉的命来要挟你放我们安全回到昱国的话，你会答应吗？"

"你们逃不了的。"祈佑冷硬的声音毫无起伏。

"你只要回答会不会放我们离去。"他毫无考虑地又问了一遍。只听得四周陷入一片安静,我虽然看不见祈佑的表情,但是我能想象到他的犹豫之色。是的,他是个天生的王者,但是,却不会是一个好丈夫。

韩冥倏然转身,直勾勾地盯着依旧被连思用匕首抵着的我,"你看见了吗,他在犹豫。如果今日换了我是他,一定不会犹豫,甚至毫无考虑地放他们走。因为……奸细放走了可以再抓,但是心爱之人若因此死去,就再也不会有第二个了。"他缓缓伸出手轻易地将连思抵着我的匕首移开,"利用心爱之人的命去完成自己的野心,我韩冥做不到。"

此刻我最想看到的是祈佑的表情,但是看不到,因为一直被韩冥挡着。看到了又如何,他对我的利用还少吗?"他是皇帝,必须权衡此事的轻重,我能理解。"淡淡的一句话连我自己都听不出真假。

韩冥盯着我瞅了片刻,将我推了出去,"韩冥不会利用一个女人来保命。"

他的力气很大,一把将我推出数步,我一个踉跄险些摔倒,幸好我稳住了身子。卫组数十名高手一见我安全脱离,立刻将他们二人围得更加严实,我终于看见了祈佑,看见他那隐忍的表情。我步步朝他走去,眸光徘徊在他那张俊颜之上,从何时起我的记忆中对他如此模糊呢?是的,当祈佑说起他对连思有一种所谓"习惯"的感情时,我并不心痛,因为我对连城也有着如他那般异样的情愫,或许就是他口中的"习惯"。两年与之日夜相处,突然之间他的离开仿佛少了些什么,心中空荡荡的。

恍惚听见身后传来一阵阵厮杀之声,我的步伐停住,不敢往后看。我想,那会是一段非常血腥的画面。韩冥,他的武功再高,要面对祈佑精心训练的这批死士还是会难以逃脱吧。

我是在心软吗?他可是主导长生殿悲剧的幕后之人,我的孩子也是因他的计划而死的。他该死,伤害我孩子的人都该死。

——忘不了,雪地中曾背我走过那条艰难路途的人;忘不了,在我最凄凉那一刻说要守护我的人;忘不了,在我大婚那日背我上花轿的人;更加忘不了,那个为了让我寻找自己幸福而撒下善意谎言的人。

——陷害祈星是我这辈子最后悔的事,所以我不会恨你,更不想祈星的悲剧发生在你身上。

不。不能死。

我蓦地回神,怔怔地望着祈佑,他坚定的眼神以及身上的杀气使我没有开口求他。我知道,韩冥在朝廷中不论党羽、兵权都是祈佑的一大威胁,今夜韩冥若不死,明

 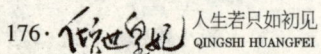

日韩冥将会利用自己掌握的权力来对抗祈佑。唯有韩冥死,皇权才得以保证,所以祈佑对其必杀之。也正因考虑到了这点,祈佑才会对韩冥用我威胁离开时有所犹豫吧,皇权与爱情,他选择的是皇权,所以成就了这样一个成功的帝王;而连城选择的是爱情,所以他注定失败了。可连城的失败却又成就了连曦的崛起,将来……祈佑与连曦会是天下二雄,如当年刘邦、项羽相互争个你死我活,谁是刘邦谁又会是项羽,日后总会有个答案的。

我与祈佑就如此沉默相对而立,他的目光中有对我的亏欠。我尽量当做没看见,我再也不能说服自己相信他了,期望他要美人不要江山? 不,他不是商纣王,我更不是苏妲己,他不是淫乱暴君,我更不会惑乱天下。我要的,只是为我的孩子报仇,弥补对连城的亏欠。

突然间,厮杀之声停止了,我的思绪再也无法转动,僵硬地转过头凝望身后。韩冥身中数刀,全身上下有着狰狞的伤口,让我想到父皇,那时他也是身中无数刀,最后血流尽而死。我一步步地朝已经瘫倒在地的韩冥走去,每走一步,心就漏跳一拍。连思站在韩冥身边,韩冥的血已经溅了她满满一身,脸上也残留着点点血迹。

我在韩冥面前跪了下来,一股热泪涌出眼眶,最后滴在光平的金砖之上,将那残余的灰尘冲尽。他颤抖地抬起那满是鲜血的手为我抹去脸上的泪痕,丝丝情意无疑展露在眸中。他用那气若游丝的声音笑道:"潘玉,我还是……喜欢那张平凡的脸……平凡干净的脸。"

我没有躲开他的手,只是点头,用力点头。

"记得在桃源那一月一见……记得那日你为我吟唱《念奴娇》……记得我背你上花轿……那时,真希望我便是你的新郎……迎着我心爱的妻子……回家……"他为我抹擦泪痕的手渐渐没了力气,却硬撑着想继续为我将泪抹干净,"一直唤你为潘玉,只因……我爱的人始终是潘玉。"

我猛地抽紧心,哽涩地望着韩冥的表情。其实我一直都知道他为何始终唤我为"潘玉",虽然这只是个假名,假到连我自己都忘记我还做过潘玉。可每当他唤起潘玉之时,便提醒着我,我还做过潘玉,我还为了祈佑曾经不惜一切来到宫廷。潘玉……却是早已经不复在,可韩冥却仍旧要这样提醒着我。

"韩冥——!"身后传来歇斯底里的凄厉之声。韩冥将即将紧闭的目光渐渐转移到我身后,只唤了一声,"姐姐……"脸上挂着安逸的笑,永远地合上了双眼。

我似乎从来没见过韩冥笑得如此轻松,或许是因为已经彻底摆脱了仇恨给他带来的压抑,所以他才能这样笑。是吗,你终于能解脱了。可是我却依旧被那无底的深渊牢牢锁住，这个枷锁我是怎么都甩不开了。

太后想来到韩冥身边见其最后一面，却被卫组死死扣留在原地，不许接近。

"将苏贵人与太后拿下，押进天牢。"祈佑踩着缓慢的步伐朝我们这边走来，连思木然不动，任卫组之人用铁铐将自己的双手钳制住。她盯着祈佑，"你真的要将我关进天牢吗？如今我已经是你的习惯，突然没了我，你还能习惯吗？"

"任何习惯都能戒掉的。"平淡一句话却如此无情地将连思硬生生打入地狱，"在朕眼里，除了馥雅，其他女人一文不值。"

连思的目光瞅了一眼跪在地上的我，眸中竟然有着羡慕！我无声地冷笑，垂首望着脸渐渐苍白冷却的韩冥。"除了馥雅，其他女人一文不值。"我是该为这句话感到荣幸吗？不，一点也不荣幸，反而觉得很悲凉，很好笑。

"朕不会杀你，你毕竟是连曦的亲妹妹。"祈佑在我身边停下了步伐，弯下身子将我托起，"馥雅助朕顺利将亓国潜藏的奸细全数捕获，晋封为一品雅夫人。"

我顺着他的力道而起，双脚的麻木令我不得不倚靠着他，却感觉他的浑身如此冰凉，我的全身泛起簇簇寒栗。他今日能如此对待连思，难保他日不会如此待我……真会有这么一日吗？

笙箫冷华知

我看着祈佑将今夜所发生的一切处理好,随后便拖着疲累的身子与沉重的心情与祈佑回到了昭凤宫,翠微宛然风,绛幕掩香风。我环着自己微凉的双臂跟在祈佑身后踏入高高的寝宫朱槛。寝宫之内寒气甚重,但是看着他的背影我更觉得冷,仿佛那一刹那,我与他形同陌路,我不禁想问,这是我认识了八年的祈佑吗?

"你现在一定在怪我借你的口套出了韩冥所有的话,再次利用了你。"他背对着我站在寝宫中央,仰头而望顶上那琉璃珠。

离他有三步之遥的我无声地笑了笑,怪?如今的我还有资格怪吗?他从来都不相信任何人,即使是我,仍旧是有所保留。"告诉我,你怎么知道我会与韩冥在锦承殿见面?"

"你应该早就知道,心婉是我的人。"他一语道破,随后又道,"不要怪我事先没通知你,我知道你与韩冥的交情,若这事告知于你,你定然会心慈手软。"

多么冠冕堂皇的一句话啊,将利用我的责任推得一干二净。我朝前迈了好几步,与他面对面而立,"你说的这一切,倒像是在为我好?"我嗤鼻一笑,对上他那深邃的眸子,"利用我对付我的朋友,这是为我好?"

"他有当你是朋友吗?你的孩子可是他……"他的话还没落音,我便激动地打断,"是你,纳兰祈佑!害我孩子的那个人是你!"咄咄逼人的语气令他有些失神,片刻不语。而我便继续道:"韩冥从来没有想过要害我的孩子,他只是想利用这件事让你怀疑我,让你能将我送出宫。可他没你聪明,更没你绝情,当你发现长生殿发生的事有蹊跷,当下便知道了事情的轻重,你故意推开了我,对不对?"

我一口气说出了自己憋在心中多日而不能宣泄的愤怒,而他则是静静地盯着我，复杂的情绪充斥着全身。祈佑又一次地沉默，屋内静谧得让我觉得格外诡异，片刻后他带着自责愧疚道，"我承认，我是故意推开你，只是没想到孩子会掉。"

酸涩的热气顷刻间蒙上了我的眸，泪水在眼眶中打转，他上前一步，我立刻后退一步。

"馥雅，对不起。"他手足无措地站在原地，"我们会有自己的孩子。"

"你难道不知道，我亏欠了连城多少情？你难道不知道，这个孩子对我有多重要？你难道不知道，我多想将对连城的亏欠投放在这个孩子身上？你难道不知道……这个孩子是唯一支撑我活下来的理由？"泪水终于忍不住溢了出来，滴滴落在自己的手心，冷如寒冰。

他伸出略微有些颤抖的手为我抹去脸上的泪痕，这次我没有躲。平复了一下自己激动的情绪，我勉强地扯出一笑，"祈佑，每当我想起你对我的所作所为，我想恨你。但是你是我爱了八年的男人！如今我舍不得的，只有我们之间的那一份情而已。"

"你也是我爱了八年的女人。"他非常认真地说出这样一句话，随后将我狠狠拥入了怀中，"我会补偿你的。"

又是这样一句话，记得什么时候，他也对我说，会补偿我，到如今，就是杀了我的孩子作为对我的补偿吗？我的手轻环上他的腰际，听着他的心跳声，"你要真想补偿我，就给我一个孩子吧，我真的很想要个孩子。男孩对吗？这样我才能做你的皇后，做你唯一的妻子。"

"你原谅我了？"他有些不敢相信地问，手又收拢了几分，身子有些颤抖，"馥雅，你会是我的皇后。只要韩家的事稳定下来，我就会让你做我唯一的妻子，我的皇后。"

"你知道吗？我和展大人很早就认识了。"我试探性地将我一直不敢公之而出的事说出来。如果我没猜错的话，祈佑他一直都知道我与展慕天多次秘密见面，否则，以展慕天一人之力根本无法查出韩冥与连思的真实身份。只有一个原因，祈佑的人在暗中帮助他。当展慕天告诉我这些事的时候，他猜测我肯定会去找韩冥，所以暗组之人才会事先埋伏在那儿。

他的身子一僵，随后缓缓松弛，"我知道。"

果然是知道的，所以我现在对他坦承，正好可以去了他对我的疑心。我佯装惊讶地说："你知道？"

"嗯。"

"我与慕天算是旧相识了吧，记得那年我被灵水依毁容之后……"

就像是闲话家常那般，我娓娓地对祈佑叙述起当年如何被人毁容，如何易容，再

 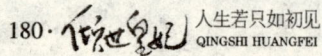

如何与展慕天有过一面之缘。还说起在昱国，连城对我那种种的好。是的，我说这些，一为坦白，因为我与展慕天的事没能瞒得过祈佑的耳目；二为让他愧疚，更为让他觉得，比起连城，他待我有多么地可恶，多么狠。只有让他觉得对我有太多太多亏欠，我才能真正地生存在这个后宫，也只有这样，我才能为所欲为。

　　昨夜韩冥死，韩太后、苏贵人被囚，举朝震惊。翌日展慕天被提升为兵部尚书，韩冥所属的一半兵权归他所有，另一半兵权祈佑自己收回掌控。速度之快让朝野都无法接受，直到他们真正反应过来之时，大事已经成定局，无可挽回。韩家的残余势力刹那间群龙无首，成为一盘散沙，相信祈佑会乘此机会逐个击破吧。这就是祈佑的做事手法，雷厉风行，一刀见血。直到所有事情都解决之后，众人才恍然大悟，这便是祈佑的手段。

　　而昭凤宫也接到了两道圣旨，一是册封我为正一品雅夫人的圣旨，而另一道则是放心婉离宫归家的圣旨。

　　放心婉回家这道圣旨倒是令我有些惊讶，如今她才二十有四，提早六年离开皇宫是不可能的。除非，这是祈佑承诺给她的，只要她监视着我，将我的一举一动都禀报给他知道，心婉就能提早离开这个皇宫。祈佑也说起昨日是她通风报信的，也就是说，心婉利用我得到了这个摆脱皇宫的机会。

　　我冷笑一声，想离开皇宫？她在做梦。

　　妄想利用我得到离宫的机会，你以为我会放过你吗？

　　当下我便吩咐了花夕为我办一件事，乘此刻的心婉才离开昭凤宫不久，去一处幽静无人的地方劫杀她。不论她亲自动手也好，还是命令隐藏在四处唯慕天命是从的人动手也好，我只要心婉走不出这皇宫。

　　我的手紧紧攀附着窗槛，瞭望淡香几缕，玉宵云海露，香林森森。大概等了一个时辰，花夕踏着平缓的步伐回来了，附在我耳边轻声道："主子，已经处理好了。"

　　我将手由窗槛上移开，转身步至桌前，端起花夕为我准备好的龙井茶轻呷一口才问："尸体呢？"

　　"抛尸枯井。"花夕冷淡地抛出这四个字，我便放心了。

　　"主子……"她有些迟疑地唤了声，随后将手摊开摆在我面前，"这是她临死前，挣扎着递交于我的帕子。"

　　我疑惑地凝望着花夕手中那素净的绿帕，一手托茶，另一手取过帕子，那上面绣着几行密密麻麻的字。

辽阔苍穹，千林白如霜。

卧看碧天，云烟掩蔼间。

细叶舒眉，轻花吐絮，绿荫垂暖，只恐远归来。

临水夭桃，倚墙且酬春。

千里暮云，瑶草碧何处。

隐隐青冢，画戟朱翠，香凝今宵，遥知隔晚晴。

这诗……好熟悉。

我的记忆开始一点一滴地转动回想，对了，这是心婉为我作的诗呀。她为何要将这首诗绣在帕子上？她是祈佑派来监视我的人不是吗？她对我的好，皆是为了能够早点离开这血腥的皇宫啊。可她为何要将这些字绣在帕子上？

"她临死前说过什么没有？"我倏地回神，急急地问道。

花夕沉思片刻，才道："隐隐约约听见她说着……'皇妃'二字。"

听到这儿，我的手一松，始终端在我手中的那杯茶狠狠摔在了地上，另一手的帕子也随风飘走，在空中打了几个旋才掉落在地，与那碎了的杯与蔓延的茶水掉落在一起。

皇妃？

难道她早就知道，此刻的辰主子，便是那日的蒂皇妃？

心绪暗凄迷

半年后

长亭蝉韵请弦鸣,翩翩风雨落翠山。

我登上东宫深处幽静的遥揽山望浮云飘飘,风烟迷茫,感受这夏末暖风袭襟,萧索风漫眯眼。如今的我已经贵为正一品雅夫人,宠冠后宫半余年,无人敢与我当面争锋。在后宫我有皇上撑腰,在朝廷我有权倾朝野的展慕天维护,此时的我早已经贵不可言了。这半年间后宫发生了两件大事:陆昭仪神秘失踪,下落不明,宫中盛传女鬼作祟;邓夫人精神失常,时而狂性大发虐打绛雪公主,皇上愤怒之下将她遣送碧迟宫。这一切的一切都印证着,那个皇后之位非我莫属,只等今日展慕天的凯旋了。

三个月前,慕天受皇命与昱国大将在两国的边境开始了一场空前盛大的战事。听说,数日前传来捷报,慕天胜利归师。皇上对我说,只要慕天此次完胜而归,那就封他为丞相。如今,他真的胜利了,那皇上说的话可是要兑现的。

算算日子,今日也该到了。我听花夕说,登上东宫的遥揽山便能一览金陵之景,正好可以观望到慕天的军队由金陵城进入。我希望第一眼就能见到他,看见他安然无恙我才能放下悬吊着的心。

这次他是自请出征,我自是不同意。他才十七岁,根本没有打过如此大的烽火之战,如何能与那身经百战的昱国大将匹敌呢?而他却说国家兴亡,匹夫有责,既为保国也为一博,因为他需要更大的权力拥护我登上皇后之位。朝廷中,以苏景宏为首的大臣,一直反对立我为后,口口声声说我是红颜祸水,更何况我至今仍无所出,不能母仪天下。

半年来，苏家与展家由原本的亲家变仇家，在朝廷分为两大派，一方拥护我，一方打压我。但是他们的目光皆死死地盯着我的肚子，可半年来我的肚子根本没有动静。其实早在半年前我已经由太医的口中得知，我身子异常虚弱，再加上有那一次的流产，我早已是不孕之身。这个消息我没有准许他传出去，我也不能让他传出去。

"叩叩叩……"

一声声虚无的声音蔓延了空寂的山谷，我不禁收回思绪，凝神倾听，一会儿才辨认出这个声音是敲击木鱼之声，心中疑惑顿生，这荒寂之处怎会有木鱼之声呢？

"花夕，你听见了吗？"怕自己会听错，我问起一直伫立在我身侧的花夕。

"听见了。"花夕点点头，也看出了我的疑惑，出声为我解释道，"那是空明堂传来的佛音，里边居住的是颇有盛名的静慧师傅。三年前，皇上命人将其请进宫，赐空明堂予她。"

"静慧师傅？为何请她进宫？"这件事我还是第一次听人提起，十分好奇。

"奴才也不知，只知皇上每月都会去一次，一待就是一日一夜。"

"领本宫去瞧瞧。"

带着三分好奇七分疑惑，我与花夕漫步下山，荒烟四起，青山暮暮。我们一路觅着清脆的木鱼声，花了好大一番精力才找到空明堂的所在。堂外野草漫身无人打理，略显荒凉。花夕领路，我们走进了小院，院内有一簇簇含苞待放的白兰花正享受着暖日的拂照，浓郁无比的香萦绕鼻间。中间一片空旷小地上围了一片菜园，里面青绿的菜长得盛泽。栏外撒了许多米粒，许多麻雀黄莺于此啄米而食，这一切的景象与寻常百姓家一般无二。我突感自己仿佛身在一处世外桃源，而非残酷血腥的后宫。

"施主来此处有何赐教？"一个苍老妇人的声音将正处于欣然之中的我唤醒，我朝声音源处望去，一名年近六旬的尼姑正手执念珠，用慈祥的目光望着我。

"您是静慧师傅？"我亦上前，恭谨地躬身行了个礼，似乎很久都没有对谁如此恭敬了，在后宫一向都是他人与我行礼。我也不知怎的，一见到她便有一种崇敬的感觉。

"正是贫尼，不知施主何许人？怎会出现在此？"她始终保持着那温和的笑，我似乎很久很久都没有见到如此真诚的笑容了。在后宫，众妃嫔奴才无不对我阿谀奉承，带着讨好的微笑，久而久之我便认为那就是所谓的笑，可今日见到她，却发现，世上的笑唯有她这般表情才能称之为笑，真的很干净。

"她是雅夫人。"花夕上前一步，将我的身份托出。

原本波澜不惊的脸上浮现出一抹惊讶之色，从头至脚地将我打量了一番，随后

 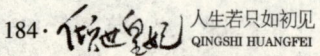

含笑点头,"原来是雅夫人。"

"师傅知道我?"

她不言不语,只是邀请我进入空明堂。堂内摆放了偌大一个用金铸成的弥勒佛,佛前供奉着香油,四周皆弥漫着一股淡淡的烛香。

静慧师傅与我面对面盘腿坐在弥勒佛前的两个鹅黄色蒲团之上,花夕则立在堂外守候着。堂内安静得出奇,但这份静却不会让我觉得恐慌。这半年间,我独处寝宫之时,总会觉得身旁有人在死死地盯着我,所以不管何时何地我都要花夕陪着我,要多和我说话,否则,四周一安静下来,我就会胡思乱想。

"夫人自踏进空明堂那一刻眉头便深锁,可见心中有千般事。而夫人的双手始终紧握成拳,可见您内心的不安与恐惧。"

一听她这样说起,我才发觉自己的双手真的是紧紧握成拳的,慌忙松开了。不自在地笑了笑,却又瞧见原本带笑的弥勒佛突然怒目而视,凶煞地瞪着我。我打了一个冷战,心跳怦怦而加速,"它……为何如此凶煞地看着我?"我有些后怕地问道。

"施主,您请闭上眼睛。"她也不急着解释,只是唤我闭上眼睛。我犹如着了魔般闭上了双目,接着便听见一声声木鱼声传入耳中。

"告诉贫尼,您第一个见到的是谁?"

"陆昭仪。"我喃喃脱口而出。脑海中闪现出的是那夜我用三尺白绫亲手将其勒死后丢入曾埋葬心婉的那口枯井。

"现在,您又见到了谁?"

"邓夫人。"画面一转,突然闪现出碧迟宫内邓夫人大喊冤枉的凄厉之景。是我买通了邓夫人身边的宫女,在她饮的茶中投入幻灵散,只要饮下,脑海中便会产生幻觉,故而多次动手虐打两岁的绛雪公主。

"为何单单想到她们?"

"是我加害于她们。"

"为何加害?"

"为妹妹报仇。当年皇后、静夫人、邓夫人、陆昭仪四人将我的妹妹杖死于乱棍之下,我要为她报仇。"多年前翩舞阁内,那一幕幕血腥的场面再次闯入我的脑海。我跪着恳求她们饶过她,还有她们冷声的讥嘲,还有始终保留着的血帕。

"夫人请想想快乐的事。"

"没有。"

"夫人现在的愿望。"

"没有。"

"您可以睁开眼睛了。"

我倏然睁开眼帘，拿起衣袖拭了拭额头，才发现汗水早已将衣袖浸湿，湿了好大一片。我不住地喘息，平复内心的恐慌，刚才所发生的一切我竟想不起来了，"静慧师傅，我刚才说什么了？"

她但笑不语，扬手一指那尊弥勒佛，"您瞧。"

顺她所指而望去，方才见到的凶煞弥勒佛已经不复在，依旧是那慈眉善目，喜盈盈朝我笑的弥勒佛。

"为何会这样？"我渐渐平复了心中的惊恐，出声问道。

"心魔所致。"她的手不停地抚弄着念珠，神情格外安详，"记得三年前，皇上第一回踏入此处，与您说了同样一句话，'它为何如此凶煞'，与您一样，同为心魔所致。"

"何为心魔？"

"恨念、贪念、妄念、执念使您迷失了做人的本性，您有欲望，野心，但是您的内心深处却在挣扎矛盾。您害怕，迷惑，惊慌。二者相斥，所以导致了您现在的心魔。"她一针见血地将我内心的想法说了出来，我的拳握得更紧了，冷汗渐渐由额头上渗出。

"如何才能解开心魔呢？"

"摒弃心中的杂念，放下仇恨，不要再迷惑惊慌，这样才能做回真正的自己。"

"放下仇恨？"我冷笑一声，说得何其容易，怎能说放就放？"不可能，绝对不可能。"

她悠然叹了一声，沉默半晌，"施主可有做过令自己后悔至今的事？"

她提起"后悔"二字，我的脑海中顷刻间闪现出祈星陪我一起捕捉萤火虫的一幕幕，带着伤感之声点点头，"有，我将他当做最好的朋友，因为他总能逗我开心，逗我笑，更能理解我。我无条件地给予了他相信，但是他回报我的却是背叛，他害了我的妹妹。所以我恨他，我选择了嫁祸他。最后他死了，就在我的面前死了，那一瞬间的恨烟消云散，取而代之的却是悔恨。事到如今我仍不能释怀，从此再也没有人唤我'丫头'了。"

"如今您还有恨的人？"

"有。"我黯然垂首，紧握成拳的手缓缓松弛而下，"他是我最爱的人，却伤我最深。我不能理解，既然他爱我，为何要利用我达到他的目的。他明知道我身子不好，还要将我推开，令我的孩子流产，他这样配说爱我？以爱为名在伤害我，利用我，这算爱？"

"那您想如何报仇？"

"他说过，只要我喜欢，就割下半壁江山予我玩乐。这是他说的话，就得兑现，不是吗？现在我喜欢这个江山，我想玩这半壁江山了。"我带着轻讽的笑容说着这句话。

"就算您将这半壁江山玩没了，之后呢？就为孩子报仇了吗？您就能开心吗？"她的手突然握紧了我的双手，很暖，几乎将我那冰冷的心暖热了。"夫人知道吗？您在说起这一番话之时，目光迷离，复杂，矛盾，贫尼知道您的内心也同样在挣扎。贫尼只想说，有了先前的后悔，应该吸取教训，不该再犯同样的错误。人世间最大的痛苦莫过于两个相爱之人竟相互仇恨利用，这条曲折复杂的道路您真的想用血腥去解决？将那份曾经沧海桑田的爱扼杀？扼杀之后呢，您会如当年那般，后悔、自责，这就是您想要的？伤了他人，同时也伤自己？"

呆呆地望着她的唇一张一合，我的双手再次握拳，"不，他不能原谅。原本我可以做母亲的，正因为他，所以我终身不孕，永远失去了做母亲的机会。"

她听到此处，目光中含着悲悯，握着我的手又用了几分力气，"何苦将仇恨时刻埋在心里，为何不试着宽恕？这样才能做回原来的自己，这样才能解脱。"

"我找不到借口去宽恕。"我淡淡地笑了一声，那声音连我自己都觉得迷惘，这就是笑吗？

"夫人可知，如今烽火四起，亓、昱二国的形势严峻，势如水火，战争一触即发。而夫人却不顾亓国此时的危机，依旧为皇上制造混乱，欲将其半壁江山毁了。您知道这样会造成多大的威胁？亓国百姓何辜，夫人应该知道何谓大爱。"

蓦地一怔，我由蒲团上弹坐而起，"静慧师傅言重了，馥雅何德何能竟会将亓国颠覆。当今皇上是个英明之主，他不仅聪明而且很有能耐，不是吗？凡是对他有价值的东西，他都会不顾一切去利用，难道还愁赢不了昱国吗？"

"夫人似乎对皇上有很深的成见。"

淡淡地望了她一眼，终于产生了一些戒备，"静慧师傅是出家之人，相信并非多言之徒，今日我与你谈的这些您不会四处乱传的，对吗？"我挥了挥沾了些许灰尘的衣袂，再整了整衣襟，看着她真诚的目光，一颗悬吊的心也渐渐放了下来，转身朝空明堂外而去。

"贫尼期待夫人有空再来空明堂小坐，贫尼想与您说说皇上，再为您消除心魔。"

听见身后传来她的声音，我的步伐没有停顿，依旧几步朝前而去，裙角带起了一阵阵暗尘之味，有些刺鼻。我自己也不明白，为何会对一个初次见面的人说了这么多隐藏于心的话，是因为她那份真诚的笑在牵引着我对她说的吧……但是说出来，我的心里确实好过了许多,不再如曾经那般迷惘,恐慌。

　　花飞柳絮残,潇湘昔日风定露。
　　斜阳映风散,赤红染穹觅行云。
　　萧瑟添尽未,恨与宵长绝纤尘。

　　带着沉重的心情离开了空明堂,我在东宫内的游廊之上慢慢而行,缓缓游荡。也不知绕了多少个弯,却依旧逗留在东宫的游廊之上不知道该何去何从,似乎在那一瞬间已经忘记了回昭凤宫的路。我的步伐突然停顿住,脑海一片空白,定定地盯着游廊旁的朱红石柱。方才静慧师傅一席话似乎深深种植进我的脑海之中,敲打在我的心上。

　　我不禁自问:若真的将祈佑的半壁江山玩没了,我就能开心吗?

　　我不知道,我只知道我恨他,恨他曾经对我欺骗,恨他对我利用,恨他亲手害了我的孩子,所以我要报复他。我知道,这个江山是他心中最重要的东西,所以我要毁了他最重要的东西,正如他毁了我最重要的东西一般。

　　这半年来,我一直在培养自己的势力,让自己有足够的能力登上皇后之位,这样才有更多的资本与祈佑对抗。可是静慧师傅却说我这是为了一己私利而置亓国百姓不顾。是的,如今昱国与亓国的战事迫在眉睫,当时我想的就是乘此时形势之乱,更好培植自己的势力,乘机清除朝中对我不利的大臣们。但是我却没想到,这样却是在惑乱亓国,将亓国的百姓推向水深火热之地。

　　难道我真的被仇恨蒙蔽了双眼?何时起我已经变成了史书中那祸国殃民的"祸水"了?

　　头一回,我质问起自己这半年的所作所为,真的错了吗?我,真的做错了吗?不,我没有错,我的孩子难道就该死吗?

　　"夫人……"花夕望着呆站原地的我,细声轻语地唤了我一声,我黯然回神,发觉现在的自己真的很失态,忙整理好紊乱的心绪,拢了拢披在肩上的白锦天蚕丝质披风,准备收拾心情回昭凤宫。才欲迈出步伐,便听见游廊的拐角另一处传来窃窃私语之声。

　　"这次展慕天打了个大胜仗,皇上似乎很开心,听徐公公说,皇上似乎有意将丞相之位给他。"低沉细腻的女子之声若有若无地传来。

　　"若他真坐上了丞相之位,那展家可就是权倾朝野了,这雅夫人必然势头更大,坐上皇后之位是迟早了。"另一个平稳的女子之声也飘荡而来。

　　听出其中一个声音正是杨容溪,我的唇边勾勒出浅浅的弧度,放慢脚步朝拐角处走去,耳朵也细细聆听她们接下去说的话。

 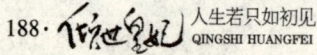

"皇后？哼。"一声冷笑，"也要她能怀上龙子，若怀上龙子也不一定生个皇子，她离皇后之位还远得很。"

"依皇上对她的宠爱程度来看，似乎并不打算等她产下龙子，便欲封她为后。"杨容溪有些焦虑地放宽了一些嗓子，"如今雅夫人在后宫一人独大，在朝廷更有展慕天为其撑腰，如若再做了皇后，怕是咱们都没好日子过了。一定要想个办法阻止她做皇后……"

"这你不用担心，她与展慕天的关系缜密，经常私下有来往。我们可以用这件事来大做文章……比如说，雅夫人与展大人之间的奸情……"

我饶富兴味地听着她们颇有兴趣地谈着我与慕天，她们还在为想到一个妙计而沾沾自喜时，我已经转入拐角之处。映入眼帘的是香鬓云坠、娇眸水玉的妍贵人，迎风含笑、质雅高贵的杨美人。

我踩着悠然的步伐，带着无起伏的声音道："预谋算计他人之时，最好先看清楚四周有没有人。"

两人脸上的笑容一僵，侧目望着我盈盈朝她们走去，脸色惨白一片，半晌才回神，咚的一声跪在地上，颤抖道："臣妾参见雅夫人。"

"这么大的礼本宫怎敢受呢？"我走到她们面前，声音依旧如常，垂眸扫视着地上已是冷汗连连的两个人，"方才本宫听见什么来着？说谁与展大人有奸情？"

"臣妾随口胡诌乱编的……"妍贵人的全身都开始颤抖着，似乎将眼前的我当做比豺狼猛虎更可怕的东西。

我的脸色一凛，"胡诌乱编？你有几分资格在这后宫胡诌乱编？"音量在刹那间提高，来回萦绕在这凄寂无人的回廊之中，"花夕，给本宫掌嘴。"

"是，夫人。"

花夕领命，立刻提步上前，狠狠就给了妍贵人一个嘴巴子。伴随着一声清脆的巴掌之声，妍贵人身子一偏，狠狠向右倾斜，撞上了那朱红的石柱，闷响传遍了四周。紧接着，杨容溪一声尖叫在四处不断萦绕回响。我蹙了蹙眉，看着妍贵人的额头撞在石柱上，血液倾洒在其上，缓缓滑落而下，将雪白的地面染了红红的一大片，我心骇然。

妍贵人被奴才七手八脚抬回了寝宫，我没有跟随而去，更不担心她的伤势如何，因为这是她自作自受，妄想污蔑我与慕天有奸情。是的，我的心早已经变得如此冷硬，再没有任何事值得我去牵挂担忧。也许有吧，我的弟弟慕天。方才听到妍贵人预谋着想散播我与慕天有奸情的消息之时，我的心立刻漏跳了好几拍，我不敢想象，若这个消息真被散播出去，于我，于他，会有什么影响。

尽管清者自清，但是谁又能堵住这悠悠众口？传多了，自然就会有人信。这宫闹的黑暗与争权我早就领教过了，要在这个地方长久生存下来，只能让他人不能生存下来。慕天刚立战功回来，若是在此刻引起了什么乱子，我很担心祈佑会做出什么事来。

深夜，花夕带来一个消息，说是妍贵人的伤势已无大碍，皇上亲自前去探望。

亲自去探望妍贵人？那妍贵人定会在他面前添油加醋地诋毁我了，若我没有料错，他马上就会驾临昭凤宫。

果然，一声"皇上驾到"证实了我的猜测。我起身相迎，还未站稳看清眼前之人就听见他的一声质问，"妍贵人做了什么事使得你如此动怒，竟拽着她往石柱上撞？"隐隐压下的声调却仍旧无法掩饰他此时的怒气，我知道，他一直都在容忍我。我在期待，什么时候，是他的极限。我在等待，什么时候，他再包容不了我。

拽着她朝石柱上撞？我轻笑一声，她还真能将死的都说成活的，论嘴上功夫我还真是比不上她了。挂着淡淡的笑，我沉思着该如何回答他的话。是否认妍贵人的欲加之罪，还是直接将妍贵人欲散播我与慕天有奸情的消息告知？应该是选择后者吧，这样，就没有人再胆敢用这件事来大做文章。

当我正欲开口时，他的脸上已经覆上了一层寒冰之霜，淡漠地凝视着我，复杂地开口道："馥雅，不要将朕对你的容忍，当做你欺凌后宫妃嫔的资本。"

我微启的唇因他这句话渐渐合上，手脚有些冰冷。这句话，是在警告我吗？

他的目光锁定在我的脸上，流连了片刻，默然转身欲离开。我淡淡地出声喊住了他，"祈佑，这就是你对我最后的容忍限度吗？"

他的步伐僵在原地，没有回头，我细细打量着他的背影，等待着他说话。而他沉默了很久，才叹了一声，"不是容忍。我一直在用心去疼爱你，把你当做我生命中最重要的人在疼爱。"语罢，他未作停留，迈槛而出。

我立刻追了几步，却又停在了门槛前，无力地倚靠在宫门之上，遥望他那毅然孤傲的身影渐渐离我远去。篆香消，风淅淅，天惨黑云高。我的心底五味杂陈，异常凄凉。

祈佑，你说的话依旧是如此动听。

如今我们的爱情还剩下了什么？我想，仅仅是那最后的亏欠与最后的仇恨。

第十三章

铅华尽鸾凤

十日后，兵部尚书展慕天受封为当朝丞相，权倾朝野。

经过多日的争论与皇上的坚持，今日对我的册封圣旨与金印紫绶已经送到了昭凤宫。宫中的奴才们一见圣旨到来，皆眉开眼笑地冲进了寝宫请我出去接旨。我闻讯并没有想象中的开心，也不理睬身后已经跪了满满一大片请我接旨的奴才们，只是独倚铜镜妆台前慵自梳头。

凤冠霞帔，玲珑翡翠，金凤钿簪。望着镜中致雅雍容，邪柔腻美的那张脸，我猛然将手中紧握的玉梳摔在地上。身后的奴才们皆战战兢兢地伏在地上，花夕开口道："夫人，徐公公在外等候您出去接旨。"

我用锐利的眼神扫了眼已碎成两半的玉梳，再望望伏了一地的奴才们，不禁冷笑起来。自上回祈佑带着愤怒离开了昭凤宫至今已经整整十日，他未再踏入过此处，而我也未再去见他。

如今的封后圣旨与金印紫绶送到这算什么？一个责任？一个承诺？一份愧疚？我该出去接下那道圣旨的，这半年来我一直都在盼望这一天的到来，而今已经到来，我却怯懦了。甚至觉得自己很卑鄙，觉得自己的做法竟是如此不堪，现在的我似乎与祈佑曾经对我的利用一般无二。

从什么时候开始变的呢？是由空明堂回来之后便开始后退了。

每日每夜我都在回忆着静慧师傅对我说的每一句话，每夜都无法安然入睡，只要一闭上眼睛，脑海中浮现的都是因我而受害的人。

浣薇、莫兰、心婉、邓夫人、陆昭仪，没日没夜地纠缠在我的脑海之中，回想往事，我竟亲手害了这么多人。这还是馥雅吗？心狠手辣，冷血无情，被仇恨蒙蔽了自己的心，双手沾满了鲜血，更背负了一条条血债。曾经的那个馥雅公主呢？天真无邪，向往自由，心系天下，如今在我的身上似乎再也找不到了，有的只是那个追逐权力，立誓报仇的邪恶女子了。

这就是我想要的？在仇恨中迷失人的本性，甚至放弃了做人该有的原则。

——就算您将这半壁江山玩没了，之后呢？就为孩子报仇了吗？您就能开心吗？

——何苦将仇恨时刻埋在心里，为何不试着宽恕？这样才能做回原来的自己，这样才能解脱。

——夫人却不顾亓国此时的危机，依旧为皇上制造混乱，欲将其半壁江山毁了。您知道这样会造成多大的威胁？亓国百姓何辜，夫人知道何谓大爱吗？

"夫人！"花夕又唤了一声。

我一凛，猛将垂挂在耳上的玲珑耳坠卸下。由于拉扯得太快，我的耳朵上一片疼痛之感蔓延着。我却未理会，又将紫金凤冠取下，顿时青丝如云散落在颈边垂至腰间。最后一把将身上那累赘的千褶凤帔皇后衣脱下，抛落于脚边，唯着薄凉的轻纱白衣于身。

见此情景，花夕惊呼一声，"夫人，您做什么？"

我不答，越过众奴才，走至盛满清水的盆边，舀起一掌沁凉入骨的清水泼至脸上。清水将脸上那浓厚的脂粉洗了去，刹那间我觉得整个人都轻松了下来。对着清水中的倒影，我露出一抹笑容，很久很久，都没有这样轻松地笑过了。

——贫尼期待夫人有空再来空明堂小坐，贫尼想为您消除心魔。

我想，我该去见见静慧师傅了，我需要她为我消除心魔。我已经无力再承受因每夜被梦魇纠缠而一日日地消瘦，我的精神已经大不如前，很怕，若继续这样下去，我真的会精神崩溃的。

我一身鹅黄素衣，未经敷粉施朱描绘秀容，任青丝披肩飞泻，没有让奴才跟着我，独自来到空明堂，堂内没多大的变化，依旧是那烛香弥漫满堂，白雾萦绕四周将我团团包裹，仿佛走进了仙境一般。放眼望了望空荡的内堂，静慧师傅不在里边，于是我便于堂中等待着。

目光游移在这空明的殿堂，最后停留在那尊弥勒佛身上，它似乎比曾经更加和蔼可亲了。上前几步，我提起裙摆跪在了蒲团之上，双掌轻合，闭上眼帘恭谨地拜着眼前的弥勒佛。三叩之后，我听见脚步声平稳地传来，我缓缓睁开眼睛望着静慧师傅。她揭开里堂的锦皇帘幕踏出,右手依旧执着那串念珠,眸中带着让我安心的笑。

"夫人来了。"她礼貌性地朝我行了个微礼,那表情似乎料定我会来。

"静慧师傅,我想,我需要你为我消除心魔。"我依旧跪在蒲团之上,目光深深地凝聚在她的身上,诚恳地请求。

她与我同跪蒲团之上,仰头望弥勒佛,先恭谨地磕了三个头,才稳住身子,娓娓而述,"既然要消除心魔,必须先解开心结,能告诉贫尼,此刻您正在想些什么吗?"

"今日,册封皇后的圣旨来了,那是我期待已久的圣旨,但是我却不开心。那一瞬间,我想到的是静慧师傅您的话,更有那莫名的哀伤。"

"哀伤什么?"

"我不知。似乎在心痛,曾经我愿为之付出一切的爱情到如今似乎仅剩下了淡漠。他对我再也没有爱,仅有的是最后一分亏欠、内疚。我一直暗暗告诫自己必须坚定自己的步伐,应该朝前走永远不要回头。可是今日我却发现自己退却了,竟迟迟不敢朝前走。在矛盾之中,我想到了静慧师傅,我希望您能为我解开心结。"声音中无不带着迷惘,就连我自己也不知道,为何会这样。或许当初我就不该踏入这空明堂,不该与她畅聊那么多不为外人道的心事。

"贫尼可以为夫人解开心结,但是,结果如何,夫人必须勇敢地去承受。"她的语气由最初的淡然转变为认真而严肃。

听她话里有话,我略微有些迟疑,最终还是颔首而应,"我会承受的。"

良久,她深深吸了一口气,才娓娓道来。

"记得您初来时自称雅夫人,贫尼有些讶异,您问贫尼为何会知道你。其实,每月皇上都会来空明堂一次,除了他的江山朝政,他谈的最多的还是一名女子,叫馥雅。所以贫尼对您早已经是久仰大名了。

"三年前,他第一次见到贫尼就说起了夫人,他说,为了江山社稷,为了天下百姓的安定,他必须牺牲自己心爱的女人来完成大爱。而这个大爱就是天下苍生百姓。要统一天下,首先要做的便是稳定朝纲,但是朝纲上杜丞相只手遮天。那时的皇上初登大宝很被动,手中的兵权并没有完全巩固,他根本没有实力将杜丞相一家铲除,所以他必须安心谋划,他需要的是时间。没有办法,他只能逐个击破,他首先要对付的便是杜皇后,于是他狠下了心利用了夫人你。

"说完了这些,他为此流下了几行热泪,并在佛祖面前跪了七日七夜,一直在忏悔他对你所做的一切。第一次见到高高在上的帝王如此脆弱,贫尼感动了,所以会选择进宫住入空明堂,皆因为想将他的心魔除去。他置身于权力之中,故而迷失了本性,做出了许多残忍更令人发指的事。但是,这便是帝王呀,那分无奈与挣扎是常人所不能体会的。"

我的心很震撼,为那在佛祖面前跪七日七夜而震撼,没有人对我说起过这件事,我更加不知道。原本无力的全身渐渐紧绷起来,怔怔地想着那场面,长跪七日七夜忏悔吗?

静慧师傅平静地瞥了我一眼,给了我许久缓神的时间,才继续接道:"这三年间,每月贫尼都会为他讲佛经,让他摈去那残忍的本性,学会宽恕。因为一个皇帝若是连那仅有的包容之心都没有的话,就不配登上帝王之位。他悟性很高,很快就懂了,所以他去找回了自己的亲哥哥,这是他懂得的包容之心。

"约一年前,他在贫尼面前方寸大乱,皆因他亲手将夫人的孩子害死了。那夜,他的眼底满布血丝,不断地对贫尼说,他不是故意的,他是真心实意想要将您腹中之子当做自己的亲生孩子,他没想到您拽着他胳膊的手会那样用力,更没想到他一时未控制自己的力道将您推倒在地。

"我想,能让这位帝王如此失去方寸的人,只有夫人您一个。"

我的手不断地握紧了又松开,松开了又握紧,脑海中不断重复着她的话。我知道他对我的愧疚,也正因为知道他对我的愧疚,所以我才利用了这份愧疚在后宫中我行我素,才得到了祈佑对我如此地包容,不是吗? 如今的我与当年的祈佑有什么区别呢?

我悠然地笑了一声,"一句不是故意的就能够将所有的责任推卸吗?原本我可以做母亲的,我会有个孩子承欢膝下。正因为他,所以我终身不孕,永远失去了做母亲的机会。"

她一怔,泰然的目光渐渐转为悲悯,"夫人是不孕之身? "

我自嘲地笑了笑,"很可悲吧? "

她悠悠长叹一声,目光若有所思地盯着帘幕,似在沉思着什么,片刻才点头,"一个女人,若是没有孩子,没有爱人,没有亲人,更没有信任的人,真的是一件很悲哀的事情。贫尼终于能理解,为何夫人会有如此深的仇恨。"

我黯然垂首,十指紧扣,用了很大的力气。只听得静慧师傅念叨一声,"阿弥陀佛!"随后由蒲团之上起身,于我身边绕了一圈,"即便是如此,贫尼也希望夫人能兼顾天下苍生,莫为一己之私而毁了天下,到时只会陷入无边自责的深渊。夫人在仇恨中,迷失了自己,贫尼相信夫人本性淳朴善良,否则,也不会得皇上如此怜惜。"

我闭目,闪入脑海中的又是那一幕幕惊扰得我深夜无法入睡的画面。

父皇,母后,皇兄,云珠,祈星,弈冰,温静若,连城,心婉,浣薇,莫兰,韩冥,陆昭仪,邓夫人,韩太后,连思……每个人的脸孔一遍遍地闪现,飞速转动。

我倏然睁开双目,只觉额头上的冷汗已经沿着脸颊滑落,"静慧师傅,告诉我,我该怎么做。"

她沉默了许久,似乎在犹豫,却还是开口说道:"了却尘缘,淡看世俗。"

"静慧师傅在说什么?"我一怔,十指蓦地一颤,又问了一遍。

"唯有如此,夫人才能解脱。"她恭谨地朝我深深行了一个大礼,"有些事,夫人必须承受,不为自己,为天下。"

我直了直僵硬的身子,缓缓起身,含着悲然可笑的目光望着她,"为何定天下要牺牲女人?"说罢,我转身而去,没有再回头。

疾步而行,渐渐远离空明堂。徘徊过羊肠小径,望柳绿青烟,水波荡漾,残絮散落在我的发间,我伸手去接那点点柳絮。突然间我止住了步伐,静慧师傅怎会有如此大的胆子同我说下"了却尘缘,淡看世俗"这句话?是祈佑,一定是他授意静慧师太这样对我说,美其名曰是"为天下",实际上还是为了他自己的私心,借他人之口让我放弃一切。如今他竟也要这样对付我了吗?如果这真的是祈佑的目的,那我就更不能放手了。

狠狠丢下手中的柳絮,我转身朝空明堂而去,若我没有猜错,此时的祈佑定然在空明堂,他就躲在那帘幕之后听到了一切。既然他已经听到了一切,我已经再没什么可顾虑的了。有些事情,是要自己亲自去解决的。

我蹑手蹑脚地再次进入空明堂的小院。不出我所料,里边传来隐约的谈话声,我悄悄躲在空明堂外的石柱后,侧耳倾听里面的声音。我的心渐渐沉入了谷底,果然是祈佑与静慧师傅的声音。我没有想到,这又是一次预谋,纳兰祈佑,你又一次欺骗了我。

我无力地瘫靠在冰凉的石柱上,唇边再次勾勒出自嘲的笑容,其实,世上最傻的女人就是我馥雅。我还如此自负,自认为能与祈佑斗。我果然是比不上他呵。

"'了却尘缘,淡看世俗',为何要对她说这些?"祈佑的声音夹杂着浓烈的愤怒之声。

"贫尼也是再三考虑才说出这番话。皇上,贫尼看见了雅夫人的心,早已经被人伤得伤痕累累,这是她唯一的退路。若非如此,她永远无法放弃心中的仇恨,将来……她必为心魔所折磨,痛不欲生。"静慧师傅的声音格外诚恳,"况且,皇上听见了她对您的恨,您还放心将她留在枕边?"

"静慧师傅,你错了,其实我一直心如明镜。"他长长地叹了一口气,"我早就知道如今馥雅对我的恨,自那日她狠心地用死鳝毒杀了莫兰,我就知道,她的恨一直存在着。"

听到此处，我不禁打了个寒战，他知道莫兰是我害的？他知道？我的思绪突然闪现出那日祈佑紧紧拥抱着我，焦急地说"幸好你没事，幸好你没吃鳝鱼"。

"心婉，陆昭仪，邓夫人，她做的一切，我都没有去追究，只因那是我欠她的。终身不孕，是我给她最大的伤害，一辈子都还不完。但是，我依旧要册封她为皇后，这不仅仅是对她的亏欠，更是一个男人对一个女人的承诺。想用爱与包容来淡化她的仇恨之心，更想将所有最好的都给她，但是，我担心，再也不能进入她的心底。"祈佑的声音有些哽咽。

"皇上，如今正是烽烟四起之时，您不能将心思再放在儿女私情之上了。为了天下，贫尼请您放手。"静慧师傅语气中夹杂着焦虑，"您是明君，您应该兼济天下，您的责任是统一天下。百姓再也不能承受连年来的战争，天下再也不能四分五裂了。"

"我很后悔。"

"后悔什么？"

"篡位夺嫡。曾经以为那个皇位是我永远无法放下的一个梦，可事到如今，我累了。为了坐这个皇位，我弑父，弑母，杀兄，利用我最想保护的女人，只为了巩固这个皇位，为了这个皇位真的牺牲了太多太多……就连我心爱之人也对我怀着仇恨之心。"祈佑的声音如狂风骤雨来得那般猛烈，激动地嘶吼着，"这一切只为了这个皇位！只为了这个皇位！多少次我想丢弃这个皇位，带着馥雅远走天涯，过着神仙眷侣的日子……但是我不能，因为我是皇帝，我对亓国有责任。"

"贫尼一直都知道，您是个好皇帝。"

我更是不可置信地捂着嘴，他原来，一直都知道。

——不要将朕对你的容忍，变成你欺凌后宫妃嫔的资本。

原来他一直都知道，所以他才会对我说这样的话，原来他一直都知道我在后宫的所作所为，而且一直都在包容。

泪水终于无法克制地由眼眶中滴落，灼烫了我的脸颊，最后滴在手背。既然他都知道，还要留我在身边，既然他知道我想危害他的江山，还是要留下我，甚至要封我为后。封后……只因，一个男人对一个女人的承诺。

——我一定会给你一个名分，我要你做我纳兰祈佑名正言顺的妻子。

——九五之尊也是凡人，他也向往天伦之乐。

捂着嘴的手悄然垂下，我迈步由石柱后走了出来，带着泪水与哽咽，我问："这些话，为什么不早些告诉我？"

二人蓦然侧首朝我望来，眼中皆有着惊讶。我一步一步地朝祈佑走了过去，泪水

 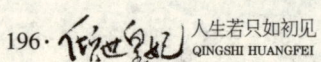

滴滴滚落，蒙胧的目光怔怔地盯着眼眶中带着泪水的祈佑，"如果，这些话你能亲口对我说，或许现在的我就能少恨一些。可是，你从来没有对我说过，从来没有。"

"馥雅……"他动情地轻喃一句，溢满眼眶的泪水悄然滑落。

"阿弥陀佛。"静慧师傅紧紧握着手中的念珠，"皇上与夫人之间似乎存在着很多难以解释的误会，贫尼只想说，若一对相爱之人不能敞开心房，午夜促膝长谈，那是一件很悲哀的事。"她叹息连连，"希望此刻，你们能放下一切，将心中所想道出。"

她深深鞠了个躬，转身离堂，揭开帘幕走了进去。

空荡荡的大堂之中唯剩下我与祈佑，我们就这样静静地对视着，千言万语，却不知从何说起。

水波透明碧如镜，残阳铺水玉尘塘。

我与他再次泛舟湖上，黄昏日暮斜晖如火，铺在我们身上，将半个身子染红。他说，一直都想再次带我来到这儿，想与我并肩去看那两株由我们亲手种植的梅树。我的心情有些怅惘，悲凉，脑海中闪过的是那七日的平淡生活，若要说真正的快乐，唯有那短短的七日而已。

在湖面之上，祈佑并没有动手划桨，而是静坐不动，任风将水面卷起阵阵涟漪，蔓延至远方。我们俩都垂首睇望着水中的倒影，沉默了有大半个时辰，依旧相对无言。夏末的暖风徐徐而吹，我们的小舟始终徘徊在湖中，始终到不了岸边。

"静慧师傅说得对，若一对相爱之人不能敞开心房，午夜促膝长谈，那是一件很悲哀的事。仔细想来，我们真的从来没有真正交过心，曾经觉得自己很失败，从来都没有真正走进你的心底，但是后来，我了解了，你的身上永远都留着那道防线，那道防线没有任何人能够逾越介入，包括我。"最先开口说话的是我，永远都是我。他从来都不会主动对我交心，除非我对他质问，否则，他永远都是那个被动的人。

"我以为，你都知道的。"他由水中的倒影瞧向我，直视我的眸，声音中有淡淡的苦涩。

"是的，我都知道。"我好笑地点点头，他这话说得对，我一直都知道的，"但我等待的是你亲口对我说。"

我用力挥手，打破了平静的湖面，更将我们二人的倒影打碎。水花溅起，湿了我的袖，也湿了我的发，"那次我因为你的利用而逃去昱国，可没想到又被你抓了回来，你用七日的平凡生活想将我留下，可是我没有留下。不只是因我有连城的孩子，不止是因我对连城有深深的愧疚，还有一个更重要的原因。"我顿了顿，才道，"那七日，你确实对我很好很好，但是你对我的好只会将我推得更远。七日，我一直在等，等你亲口对我解释皇陵下毒之事，但你始终没有开口对我说起只字片语，说明你还是不相信我。"

他的身上也溅到许多水渍，点点落在他的脸上，他未伸手去抹擦，而是很认真地在听我说这些，然后深沉地给了我一句，"我以为，不用我解释，你能理解的。"

"是，我都知道。"我的心一窒，一股恼火之气涌上心头，我狠狠地拍打了一下湖面之上的水波，湖面刚恢复的宁静再次被打破，我的全身已经溅满了残珠，我激动地朝他吼着，"每次你利用完我之后，就说'对不起，我会补偿你的'，你不知道，在我眼里，这句话是对我莫大的侮辱。你以为我要的是补偿吗？不是，我想要你的解释，我想听你对我说出你的苦衷……虽然那苦衷我知道，但是我想听你亲口说！"

"为什么不问？"他的脸色渐渐浮现出迷茫，殇然，不解。

"问？你要我拿什么颜面去质问那个我最爱的男人？"原本蜷曲而坐的我倏地由舟上起身，低头俯视着依旧静坐的他，"问你，为什么当初你们狠心地对我下毒？问你，为什么口口声声说爱的男人要利用我去巩固皇权？你告诉我，情何以堪？我是个公主，请你让我给自己留下那最后一丝骄傲好吗？"酸涩的泪水袭上眼眶，一层层雾气迷蒙，我再看不清他的表情，真的好模糊。

他似乎动了动口，我黯然地打断而接下，"就像那日在长生殿发生的一场变故，我一直都知道，你是故意推开我的。而你也明白，我早已经知道。但是你没有解释，你只是再次对我说'对不起，我会补偿你'，对，你的补偿就是让我做皇后。那时，又一次让我感受到自己被你侮辱。我的孩子，换来的竟只是皇后之位，你知道的，皇后之位我从来不稀罕。"

泪水无声无息地滑下，泪痕蔓延，我的声音愈发地颤抖着，"而刚才，我在空明堂所听到的话正是我一直想要你亲口告诉我的话。如果，那一番话在半年前你能亲口对我说，或许……我对的你恨就不会来得如此汹涌猛烈，更不会折磨得我痛不欲生，让我踏上了那条不归之路。"

祈佑缓缓站起身，与我面对面相望，他的表情是痛苦，自责的，眼眶也是红红的，他在那一瞬间似乎老了，更沧桑了。

他问："如果现在，我再对你说，还来得及吗？"

他恳切的表情让我一怔，这个表情是信任、不悔，与当年的汉成王一般无二。他由窗口攀爬而入，他对我说"所有计划，停止"，是的，那是久违了的表情。自他登上皇位之后，再没对我露出过此等表情，如今再见，我的内心汹涌澎湃无法止住。

我用力咬着下唇，沾了水渍未干的手紧紧握拳，盯着眼前的他，许久都不说话，直到舌尖感受到那浓浓的血腥味，我才松开了紧咬着的唇，仰望苍穹，大雁飞过。我

 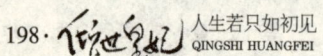

悠悠开口吟道：

　　"而今才道当时错，心绪凄迷。

　　红泪偷垂，满眼春风百事非。

　　情知此后来无计，强说欢期。

　　一别如斯，落尽梨花月又西。"

　　娓娓念罢，四周只剩下微波荡漾，潺潺水声。天色渐晚，风势更大，这才将我们的小舟吹至岸边。他率先上岸，后朝我伸出厚实纤长的手欲拉我上岸。我盯着他的手半晌，终于选择将手交到他手心之中。我们的手都很凉，交握在一起却更显冰寒透骨。

　　踩着浓浓的野草，清晰的泥草味闯入我的鼻间，我的心情由最初的紧绷而逐渐放开，僵硬的步伐渐渐放开，随他一步一步地朝那曾经有着属于我们七日回忆的小竹屋走去。夜风拍打在我们身上，将衣袂卷起，衣角飞扬，他伴着我的步伐，缓缓而行。他遥遥望着初露头角的明月被乌云遮盖着，散落在颈项的乌黑发丝随风微微摆动，他握着我的手紧了紧，"而今才道当时错，会晚吗？"

　　他见我没说话，便苦涩一笑，看在我眼里竟有那丝丝的疼痛，以及莫名的伤感。我动了动嘴角沙哑地说道："不晚。"

　　闻我此言，他淡淡地勾起了一笑，终于将沉着的脸松弛而下，不疾不徐地对我娓娓道来，"就从那日云珠死后说起吧……"

　　"将云珠推出去顶罪我也于心不忍，但是没有办法，祈星知道得太多。直到那日我查到，祈星一直在民间四处寻访那位帮你易容的神医，想用这件事与包藏沈家之女的罪名来对付我。你知道，祈星已经不得不除，所以我利用你到天牢，将他逼死。

　　"其后杜家在朝廷为祸，后宫由杜莞把持，朝廷由杜文林掌控，这是一件非常危险的事。我知道，要打压杜家必须从杜莞身上下手，逐个击破。原本我打算利用静夫人来对付杜莞，可是我发现她与弈冰竟私下有染，还怀了一个孽子，我所有的计划都被打乱。事到如今，我根本没有多余的时间再去找寻一个对皇后如此仇视，又有足够的智慧与杜莞斗的女子，不得已，我选择了你。因为云珠的死，你早对杜莞有恨，所以我顺水推舟，用皇陵下毒之事将你的仇恨点燃。更为了名正言顺地给你宠爱，我选择由你来揭发静夫人与弈冰的奸情。可是我没有想到，你对他们手下留情了，那一刻我就知道馥雅始终是馥雅，你的心不够狠。正好，那日你为我推荐了一个叫尹晶的女子，她的气质高傲脱俗，头脑聪慧，更重要的是，她有一颗阴狠无比的心，所以我选择了她。而我更不想再利用你，所以我将你冷落，再也不见你。

　　"在长生殿，我看见大皇子的惨死，又见苏贵人一口咬定是你害死了孩子，我就知道，这又是一个圈套。当你要对我解释事情的来龙去脉之时，我必须阻止你说，否则我在连思身上下的工夫就全毁了。所以我佯装愤怒将你推开，但是没有想到，你会因此而流产。那一刻我就知道，与你之间好像再也无法挽回了。

"从莫兰之死开始，我就知道你对我的恨，你对这后宫的恨。我每日每夜地自责愧疚，回想多年来我对你所做的一切，竟是如此卑鄙，一次又一次利用了我最想保护的女人，将她伤得体无完肤。你恨我是理所应当，为了补偿你，我对你的所作所为置若罔闻，因为这些都是我欠你的。你就算真的想要毁掉我的江山，我也不会怪你。

"这半年来，每每午夜从噩梦中惊醒，我都会不禁回首多少年来我所做的一切，似乎都是为了保住这个皇位，稳定朝纲。这个皇位就是一个恶源，它让我做了太多太多无法挽回的错事，我想就此丢弃，但是理智告诉我，不能。我既然用这么多人的血稳固了这个皇位，若就此丢弃，那便是一个昏君，天下百姓将如何看待我？我对亓国有责任，所以我不能自私。"

听他对那几件事清楚明了地叙述，我的心结也已经慢慢打开，这些话我等了太久太久，今日能听见他亲口对我的解释，所有的怨恨似乎消散了不少，"这些解释正是我想听的，但是你从来都不与我提及。所以我恨你，带着那份恨，我也走上了一条不归之路。"

"你还恨我吗？"

"我不知道。但是静慧师傅说得对，如今亓国与昱国的交战迫在眉睫，我不能执意欲毁你江山。百姓何辜？"

感觉到他握着我的手有些颤抖，我不禁用了几分力气回握着他。遍踏过漫漫草丛，将萤火虫惊飞，漫天萦绕。那一瞬间的怦然心动，仿佛回到了八年前的那一幕，我松开了他的手，伸出手，几只萤火虫停留在我的手心。我含笑望着对面的祈佑，有几只萤火虫停留在他的发梢之上，他的眼中映着满满的荧光，眼底深处藏着我。

"人生若只如初见，何事秋风悲画扇？"喃喃吟出，我双手用力一挥，停留在我手心的萤火虫翩然而去。我在原地轻旋一个圈，发丝舞动，"祈佑，我为你再舞一曲凤舞九天，谢谢你这半年来对我的包容。"

他的目光中含着缕缕柔情，颔首而应。我后退数步，惊起了更多的萤火虫，绿光包围着我们两人，犹如身在仙境。

翩翩若飞鸿地张开双臂悠然而转动手臂，右脚足尖为轴，身轻舞旋转，鹅黄轻纱裙如花蕊迸放吐灿，飞扬如丝。我没有着华丽的舞衣，未佩戴繁复的首饰，一切都是如此简单清平。

此舞，我一生只舞过三次，第一次在馥香宫，第二次为了仇恨而在养心殿，这是第三次,也会是最后一次。

翩舞而起,带着轻巧的步伐,一连三个飞跃,宛然天成,连贯如一。几次对上他那柔情深锁的目光,我盈盈而回视,蓦然回想起多年前的一切,恍若初见那般,他对我说:"馥雅公主是吗?我们谈笔交易如何?"

人生若只如初见。

这句话不该用在我们身上,我与他的初见就是一场交易,一次利用。

带着微微的喘息声,一舞终罢。未站稳,我已经被一双手臂牢牢地锁在怀中,他用了很大的力气将我箍在胸前,喑哑之声由头顶传来,"馥雅,以后我什么都和你说,不要再恨我了,好吗?"

听他稳健有力的心跳声,我点头,"好,以后我们都不要再相互折磨了。"

"你说真的?"他压抑不住激动地脱口而出,倏地松开了我,用锐利的眼光直视我的眼底,打算从我的眼中看出真假。我用唇边的笑容,和毫无起伏的眸告诉他,我说的一切都是真的。

我放弃仇恨不止是因为祈佑对我的坦诚以及那包容,更是为了天下的百姓。亓国与昱国迟早是要开战的,不论谁是最后的霸主,对天下百姓都是件好事。我不该再为一人之私而惑乱朝纲,有些事我是该放下了。

那夜,他带我去看了我们种植的梅树,经过一年来阳光的拂照,雨水的洗涤,它们长得很健壮。祈佑对我说,以后每年都要与我一同来此,亲眼看着梅树成长。

深夜蝉声呜呜嘶啼,我们相拥而睡在竹屋之中。枕在他的臂弯中,我一夜未眠,脑海中千回百转地回想了好多好多。

初见,他温柔地抱我上马,我已经被他那深深柔情的眼神吸引。

他大婚那日,不顾一切冲进我屋内,告诉我,如果这个皇位要用我来交换,他宁可不要。

毁容后的再次相识,他说,生死契阔,情定三生亦不悔。

大婚那夜,他说,我爱你。

后来,我们的爱情便在大婚后惨变,他对我无情地下毒,甚至于利用我们之间仅剩的爱情。这是对爱情的背叛!我虽然可以原谅,但是这份曾经纯真的爱情早已被岁月斑驳的痕迹所毁,变得伤痕累累,我早已无力再承受这份爱了。

多少次倚靠在祈佑的怀中,我扪心自问,我与他真的能回到从前吗?

答案是"不能"。

是的，爱情一旦失去了原本的纯真，就算我与他再怎么相爱，始终都会有一道屏障挡在我们之间。那道屏障正是"欺骗"。这半年来，每当与他在一起，我想到更多的不是爱，而是欺骗。总会问，他这次又会有何目的？难道又是一个阴谋的开始？每日这样的猜忌，我早已经累了。

还有一道致命的屏障，正是我那逝去的孩子与连城，我无法说服自己安心地与一个残害我孩子的男人在一起。孩子不会允许，连城更加不会允许。

静慧师傅说得对，唯有摈弃心中的杂念，放下仇恨，不要再迷惑惊慌，这样才能做回真正的自己。

既然这份爱情早已经渐渐离我远去，我与祈佑又何苦将爱强留在身边，这样的情只会拖累了两人的身心，从此更加陷入矛盾挣扎。

一阵晨露凉风由窗口滑入，我打了个寒战，迷茫地望着蒙蒙亮灰沉的天色，我再次侧首望着祈佑脸上那分明的线条。他睡得很安静，脸上还挂着淡淡沐人的微笑，与他同床共枕这么久，从来没有见过他睡觉时挂着如此安静的微笑。

我不禁伸出自己的指尖，轻轻抚摸他的脸，他动了动。我立刻抽回，生怕惊醒了他。很快他又安逸地沉入梦乡。看着他的样子，我的脸上露出甜蜜的笑。我真期望每日都能见到他这样安详不戴面具的笑容，但是我知道不可能，我们之间的阻碍太多太多。

即使心中会有遗憾，但那却会是永远的牵挂，于我于他也未尝不是件好事。

想到这儿，我悄悄地下床穿好鞋子，轻手轻脚地走至竹门边将其拉开。尽管我用了很小的力气，依旧发出了一声细响。我回首而望，祈佑依旧安静地躺在床上，睡得很酣甜，我深深地凝望着他，低声道："祈佑，一定要做个好皇帝。"

说罢，我毫不犹豫地转身离开了屋子。外头下着蒙蒙细雨，天空格外灰暗。我的脸上发上皆弥漫着雨珠，但我始终没有停住步伐，踏过满是晨露的草丛，有漫身的叶草划过脸颊，带有丝丝的疼痛。

抵达岸边，我执起桨便乘舟而去。泛着透寒的湖面，雾气皑皑升起，迷花了我的眼眸。乘着小舟渐渐泛入湖心，伴随着微风我回首望岸边那属于我与祈佑两人的竹屋。

以后，那两株梅，只有烦你每年去看看了，馥雅再也不能陪你了。你是个好皇帝，不论最后你能不能统一天下，你依旧是我眼里的好皇帝，一定要兼济天下，不要再被心魔控制。即使我与你一别两方，请你也一定要珍重，珍重。

了却尘缘，淡看世俗。

是的，要除去我心中的仇恨与迷惑，我必须了却尘缘，淡看世俗。

"馥雅！你不要走。"

一个随风飘荡而来的声音将我的思绪拉回,我惊诧地看着在湖岸边焦急地呼喊着的我的祈佑,心中隐隐作痛。他何必追出来,他有他自己的责任,不能再枉顾儿女私情了。我更不想牵绊他的脚步,他应该去走他自己的路。曾经你能对我如此狠心,那么这次,请你再狠心一次吧。

我朝他挥了挥手,向他告别,始终保持脸上的笑容,并不想表露悲伤。随着小舟越漂越远,在岸边的他渐渐模糊在我的视线之中,我缓缓回身,更加用力地划着小舟朝对岸而去。

而身后那一声声的"馥雅"伴随着凉风冷雨打湿在我的脸上,我已分不清脸上的是泪水还是雨水,滴滴滑落,透心凉。

纳兰祈佑

与馥雅紧紧地拥卧在竹床上,我虽闭着眼睛却一夜未眠,而馥雅也一夜未眠。我想了许多关于这八年来发生的事。亲手将身后送入冷宫,将身为太子的哥哥逐出皇宫,将父皇用慢性毒药一点一点地毒死,最后为了巩固皇位将对我情深义重的云珠推了出去。再派韩冥杀我母后嫁祸祈星,派人溺死明太妃,利用馥雅欲除去杜莞……我做了那么多残忍的事,这真的是我想要的吗?

馥雅,你真的能原谅我曾经对你做的错事吗?你真的能够释怀那个孩子被我亲手杀了吗?

突然感觉到有一双冰凉略带颤抖的手抚摸上我的眉心,我的呼吸一窒,但是很快便平静了下来。突然感觉她立刻抽回了手,周围安静得让我恐慌,第一次这样的安静竟让我觉得……我仿佛要失去她一般。

良久,只闻馥雅轻声一叹,细到让我觉得她是否曾经有过叹息。

她悄悄地爬下了床,拉开了竹门,我却始终没有睁开眼睛,我不知道是否该留住她,如果离开我是她的选择,这样她能开心……那我便放她走。可是,为何心却如此疼痛。

"祈佑,一定要做个好皇帝。"

她低低地说了一句话,我蓦然睁开双眼,由床上弹坐而起,望着那敞开着的竹门,我的脑海中一片空白。她是要走了吗?她真的要走了?

她要我做个好皇帝……可是她不知道,我也想做个好丈夫,想对曾经加诸在她身上的痛苦进行补偿。如果可以,我宁愿不要这个皇位。若早知道抢夺到这个皇位要失去这么多,我断然不会选择要这个皇位。

她一直想要自由,从第一眼见她开始我就知道,她不属于皇宫,她属于这个干净的荒原山涧。是我硬将她拉入这个血腥的权力之争,将原本纯真无邪的她变得如此世俗。

我该放她走的,我该让她解脱的,可是……我舍不得,真的舍不得。不可以走!

一想到这里,我连鞋都未穿便急急地追了出去。脑海中只有一个念头,若此次放开了她,我会后悔一辈子。

当我追到岸边时,只见馥雅已经乘舟渐渐离我远去,凉风习习拍打在我身上。我知道馥雅要去空明堂,静慧师傅对我说过,如今唯一让她解脱的办法,只有了却尘缘。我不想放手,更放不开。

"馥雅,不要走!"我放声朝湖中央喊去,她朝我望了过来,没有说话,只是朝我挥了挥手。我看不清她的表情,似乎……在对我笑。

良久,她转过身,留给我一个凄楚的背影,渐渐朝岸边移去。我一声声地喊着她的名字,但是她没有回头,毅然踏上了对岸。

不能走,不能走。

我纵身一跃跳入湖中,奋力朝湖对岸游去,沁凉的湖水与点点细雨将我的眼眸浸湿。二十七年来,我从来没有如此恐慌过,到此刻我才知道,原来馥雅在我的心中竟如此重要,甚至超越了我苦心经营的皇位。

片刻我才游到对岸,带着疲累与湿淋淋的身子一刻也未停,朝空明堂奔去。此时的雨却越下越大,我赤足踩过坎坷泥泞的小径直奔而去。

可是,当我抵达的时候,空明堂的门却是紧紧闭着的,我用力拍打着厚重的朱门,带着喘气声大喊道:"馥雅,你出来,我有话对你说。"

我也不知道拍了多久,里面却没有任何人回应,我无力地将额头靠在朱门之上,双手紧紧握拳,深深平息着内心的激动,"馥雅,朕求你,我求你……求你出来与我见一面。我有话对你说……"

大雨不断地拍在我身上,雨珠一滴滴地由我额头上流淌而下,我不知道自己是否哭了,只觉得眼眶酸酸的,很疼。

"咯吱!"

门缓缓被打开,我欣喜地抬起头,见到的却不是馥雅,是静慧师傅。她双手捧着一把乌黑的长发朝我鞠了一个礼,我愤怒地盯着她,"馥雅是朕的雅夫人,你没有资格落她的发,你有什么资格落她的发!"我第一次对她如此不敬。

"皇上,贫尼并未落夫人的发。这半截青丝是夫人亲手剪下要我交给您的,她说,断青丝,断情丝。"

我颤抖地接过她手中那半截青丝,目光流连而上,再次掠过静慧师傅,朝她身后的内堂望去。馥雅背对着我双手合掌跪在弥勒佛前，原本美丽乌黑的发丝已经被剪了半截，她的心意竟如此决绝？

"馥雅……"我沙哑地唤了一句，她没有回头，平稳地朝弥勒佛磕下一个重重的响头，"皇上请回，贫尼已经落发，与皇上之缘就此斩断，请不要再纠缠。"她的声音很是平稳，毫无起伏，似乎真的决心要遁入空门。

我深深地凝望她的背影，"你真的能放下八年的感情？"

"能。"没有犹豫，很肯定的一句话让我的心一窒，呼吸仿佛都无法平稳。

"我知道你想要过平凡的日子。"我顿了顿，心中下了一个很大的决定，"只要你现在对我说，我一定放下一切与你远走。"

不止馥雅的身子猛然一僵，就连静慧师傅都用不敢相信的目光望着我，顷刻间跪下，"皇上！您不能冲动。"

馥雅的身子松弛下来，开口笑道："皇上，您明知道馥雅绝对不会开口让您放下一切的，您现在这样说，不是在为难我吗？"

"我说的是认真的。"

"不，你是冲动的。你不可能放下皇位，因为你是个兼济天下的帝王，为一个女人放弃江山不是你会做的事。你现在这样说，只是想将我留下，尽一切所能将我留下。如果我真的点头同意了你会后悔的，你不属于平凡，你属于天下。所以，皇上请离开吧，拿得起放得下才是一个帝王真正该做的事。今日我的断发就已了却一切，仇恨，情爱，以后皆与我无关。"

我愣愣地听着她的一字一句，心里有着无法说出的苦涩，或许……她说的是真的。在皇位与爱情中，我不可能放弃皇位。如果此刻，我只是一个平凡的王爷，我绝对会毫不犹豫地放弃王位，但是此刻的我是皇帝，我的无奈与苦涩只有我自己知道。我对这个天下有责任，我对百姓有责任。

"皇上可听过'当时只道是寻常'这句话？如今请你放下，多年之后再次想起此事，却只会是一件很平常的事。"馥雅依旧背对着我，用那清淡如水的声音道。

我无力地后退几步，脚踩入冰凉的泥水之中，冷笑出声，"好，好，朕放你，朕放你……"我重复着这句话，猛然转身，投身在茫茫大雨之中，离开了空明堂。

始终面对弥勒佛闭目漠对的馥雅依旧如常跪在佛前，合起的双掌有微微的颤抖，一滴泪水由眼角滴落。

执念，怨念，妄念，恨念，爱念……今日，她终于能将它们全部放下了。

元祐五年,七月初,昱国主动挑衅亓国,在其边境摇旗击鼓呐喊示威。亓宣帝盛怒之下命苏景宏大将军挥师而下。

元祐五年,十月中,昱、亓二国交战多日,两军兵力相当,烽火硝烟下双方死伤无数,血流成河。

元祐五年,腊月初,亓、昱二国战事连连,风烟四起,百姓民不聊生,街头巷尾落叶分撒异常凄凉。

元祐六年,正月初,亓宣帝废除历来三年一次的选秀大典,兢兢业业处理政事,远女色,近贤臣。

元祐六年,四月下旬,战事迫在眉睫,亓宣帝领数十万精兵亲征,众将士气大增,捷报飞来,完胜归朝。

元祐六年,八月中,连年征战,死伤无数,白幡飘飘,举国同殇,哀乐遍野。

我在空明堂待了一年又三个月,我为静慧师傅的俗家弟子,所以她替我取了个名号"静心",如今的我正如这个名字一般,心中那份梦魇早已经在这一年间被静慧师傅所消除,对于这红尘我早已经不再有过多的眷恋。

祈佑那次离开后便再也没有进入空明堂,也没有来找过静慧师傅,我知道每天朝中都有纷乱的战事,他早已经应接不暇了。还有对我的失望吧,看来他这回是真的要放我了。在心中我是欣慰的,因为他能看开,所以我的内疚也没有那么深刻了。倒是花夕与慕天经常会来空明堂看我,我却是闭门不见,若真要了却红尘世俗,就不应再与尘世间的人有任何瓜葛。否则,我如何静下心来消除心中的心魔?

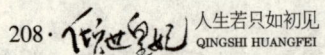

我对静慧师傅承诺过,待到祈佑统一了天下,我便会将剩下半截青丝彻底剪去。抚上自己颈边的发,冰凉柔软的感觉萦绕在我的手心,半年前已经被我挥剪而断的青丝,经过这么长的时间,发梢上又新长出了许多新的发丝。

朝政之事静慧师傅在一年之后才向我提起,因为那时的我心情已经平复了许多,尘世间的事她再对我提及,我已经没有当初那份冲动与记挂,或许这就是佛家的真正境界——目空一切。

虽然自问不能目空一切,但是对于曾经的伤痛我却是早已淡漠,每每想起再不会是痛彻心扉,只是莞尔一笑,当做世间之戏来看。

孤雁划过淡淡浮云的苍穹,袅袅青烟笼罩半山腰,深不见底,恍若悬空。天边的激滟云彩映红了半边天,那幻火流光的晚霞将这个秋日映照得更加凄凉。

今日是国殇日,我与静慧师傅一同登上了那座遥揽山,□望金陵城内一片凄凉之景,静慧师傅潸然落泪,"天下之争,百姓何辜呀。"

"师傅还是没有真正做到佛家所谓的看破红尘,你的心还是牵挂着这个天下。"手中拨弄着念珠,我脸上挂着浅浅的笑容感叹着。

那道泪痕依旧挂在她那略显沧桑的面容之上,她没有伸手去抹那道泪痕,任其蔓延着而下,"静心,你会怪为师吗?"

"师傅何出此言?"我深为不解,用疑惑的目光瞅着她。

"当年在你踏入空明堂,自称雅夫人之时,贫尼就打算点化你出家。是贫尼自私,希望你能离开皇上,甚至……贫尼第一眼就认定你是祸国殃民的红颜祸水。"她满目的愧疚之色,垂首盯着手中那串念珠,继续道,"如今与你相处了这么长的一段时间,为师才发现,当初为师为了天下大义怂恿你遁入空门确实是一个错误。你本有很深的慧根,本性又是如此善良,只要为师稍稍为你点化,解开心结,你就能成为一个好皇后,母仪天下辅助皇上的好皇后。"

听到此处,我嫣然一笑,"师傅认为,静心若真放弃了仇恨,还会愿意坐上皇后的位置吗?不,皇后的位置我从来都没有真正地想要过,我想要的只是一段平凡的生活与一段干净的爱情。皇上给不了我平凡的生活,皇上更给不了我干净的爱情,所以我与他终究是要一处相隔,两地相思。这是一段遗憾的爱情,但是遗憾也是一种美,对吗?"

"你是真的看开了。"她抬起始终低垂着的头,眼眶中有闪闪的泪光,盯着我异常冷静的眸,"静心,国破家亡已经在千钧一发之际,不是亓国亡,便是昱国灭。"

"师傅,你一定是希望亓国胜,对吗?"

"你不希望吗?"

"身为亓国子民，固然希望自己的国家能称霸天下，祈佑若一统天下，百姓定然不会再处于水深火热之中。但是师傅能说昱国的皇帝便不是个好皇帝？记得九年前的昱国，领土稀少，只是在兵力上稍胜一筹。而今的昱国，自连曦登位，短短两年的时间已经吞并夏国，兵力更是能与亓国匹敌。您说，若昱国的皇帝不是个好皇帝，怎会将那个国家领向空前盛世呢？您又敢说，连曦若统一天下一定就会比祈佑做得差？"

静慧师傅的目光深深锁定着我，似乎想将我看透，目光变化莫测让人费解。良久，她才收回视线，"你比为师看得透啊。"她长叹一声，迈步朝前走了几脚，深深凝视那凄凉的街道，街道上早已经没有了游玩的孩子，叫卖的小贩，这就是战争给天下子民带来的伤痛啊。

"兴许是为师根本不了解昱国的皇帝吧，如静心你所言，或许他会做得比亓国的皇帝更好，但是……贫尼的心中却早已认定，统一天下，能为百姓带来安乐的，只有纳兰祈佑。"她口中的肯定与目光中的坚定深深地打动了我，我知道，静慧师傅一直都很心疼祈佑，甚至将他当做自己的孩子在疼爱。

祈佑是可恨的，但是也是孤单的，他的半生几乎没有快乐，他的夙愿只是统一天下，弥补自己曾经篡位弑父杀母的悔恨。他必须用自己的行动来告诉地下的父皇母后，他做这个皇帝做得很好，就算是百年之后离开人世，也有脸面去见九泉之下的父母。

而连曦，他有帝王之才，却是因仇恨而生。

他要统一天下是为了帮连城报仇，为了踏平亓国，杀了我与祈佑。光这一点，他的胸怀就没有祈佑宽广，他只为恨，而祈佑为天下。

秋雨如丝，淅淅沥沥，连绵不绝。

漫天的雨将原本干燥的地面洗涤，浓浓的尘土味充斥在我的鼻间，我伸手接了几滴雨珠，沁凉的感觉萦绕着我的手心。

在风雨缥缈间，远处竟有人影缓缓而来，我凝目而望，认出了雨中之人，是苏姚。她的怀中搂着一个男孩，约莫七岁左右，长得眉清目秀，充满灵性的眼珠四处流转着。我很诧异，难道是专程来找我的？如今我已是一个不问俗世之人，她若找我又会有什么目的呢？

一想到，我的脑海中闪现出一个不好的预感，我与苏姚素来没有过多的来往，仅仅是九年前太子选妃那刻彼此有些熟稔而已，今日她的到来让我心念一动，难道发生了什么事？

当苏姚将怀中的孩子放下时，目光带着属于大家闺秀应有的浅笑，但是眸的最深处却隐藏着一丝丝担忧与矛盾。

我恭谨地鞠了个礼，"不知王妃到访，有何事赐教？"

"我想与你谈谈现今天下的纷争。"苏姚的手轻抚着孩子的额头，眼中满是慈爱，却不直视我的目光，似乎在躲闪着什么。

"如今静心已皈依佛家，天下之事与我再无干系。"我低头轻笑，对于苏姚突如其来的话并不多加询问。

"天下之事岂是我们说不过问便能不过问的？"苏姚迈进了佛堂之内，目光巡视四周，"这世间的情爱尘缘不是你说放就能放下的。"

听她话里有话，我也不再与她拐弯抹角地绕来绕去，"王妃有话请直说。"

她轻弯下身子替孩子擦了擦脸上残留的雨珠，"亦凡，你去堂内找静慧师傅说话，母亲有话与这位婶婶说。"

"嗯。"他很听话地点点头，踮起脚在她的脸颊之上落下一个吻，然后迈着小腿跑进了空明堂内堂。看着他们母子情深，我的笑容渐渐浮现，世间最纯真无私的情莫过于母子之情。从始至终，我一直都在羡慕着苏姚，因为她有一个那么疼爱她的丈夫，一个如此可爱的儿子，人生得此，死而无憾。

苏姚渐渐将目光由飞奔跑进堂内的纳兰亦凡身上收回，"雅夫人……"

她这一声"雅夫人"突然敲击了我的心，多年的往事突然历历在目挥之不去，更是让我心惊。苏姚一定有很大的事想要对我说，而且……只能对我说。

"'雅夫人'这三个字早已不存在，还望王妃莫再喊了。"

苏姚怔怔地盯着我许久，似乎在犹豫着该不该开口，那眼底的矛盾挣扎清晰可见，"苏姚来此是想求你两件事。"

我的步伐环绕着内堂走了几步，最后双膝跪在蒲团之上，静待她的下文。

"希望你能劝说展丞相，莫再与我父亲争斗于朝堂了。此时两国正处于对垒之中，若朝中重臣还是相互敌对，对亓国来说是一件很大的弊事。"她也上前，缓缓跪在另一个蒲团之上，双手合掌叩首而拜弥勒佛。

"静心何德何能劝阻得了展丞相？"我淡淡一声轻笑，见她张口欲言，忙打断道，"王妃请说第二件事。"

她的美眸流转，轻轻飘向我的全身，"不知你是否知道，曾经韩太后做私下的生意，积攒了一大笔钱偷偷运往昱国。如今的昱国对战事胸有成竹，而亓国的兵士却因连年征战而身心疲惫，国库也日渐空虚。"

"王妃的意思是？"

"如今在前线作战的是纳兰祈殒,只希望你能前去争取一些时间,只要亓国能喘一口气便有把握打赢这场仗。"

"是皇上的意思?"

"不,皇上根本不知此事,是家父的意思……"

苏姚的声音渐渐变小变弱,而我的笑容却拉扯得更大,原来我的遁入空门与看破红尘竟然还是换不来自己想要的安宁。在这场天下争夺中,还是要将我扯进去吗?那我一年多的沉寂又该算什么呢?悲哀?可笑?

"家父?当年你的父亲在朝堂之上当着百官的面说我是红颜祸水,说我会祸国殃民。而今日你的父亲却要你来求我?笑话,凭什么?"

"家父从来不轻易低头求人的,但如今是为了天下大义,所以请求你帮这个忙。亓国百姓的安危皆攥在你的手心里了,我们都知道,你与祈殒的母亲七分神似,你曾是昱国先皇的妃子。如果你能出面,我相信……"

"天下大义就要牺牲一个女人的尊严吗?"紧握念珠的手心一个用力,线断珠落,一颗颗地摔落在地发出刺耳的声音,噼噼啪啪……滚落一地。

苏姚的面容之上有些动容,眼眶上迷蒙了一层雾气,"我知道,在皓那里我听了你许多的事,我知道,你是个可怜人。踏入空明堂之时我也有过犹豫,我也不想打扰你此刻宁静的生活……但是没有办法,这个天下,一定要统一。"

"天下统一,与我何干?"我奋力由蒲团上弹起,脸色有些惨白,手脚渐渐冰冷。

"我一直以为你会是一个深明大义的女子,却未曾想到,你的心如此冷如冰。"

这一句话让我疯狂地笑了起来,泪水飘然滑过脸颊,"深明大义?我从来都不知道,稳定江山要靠一名女子。"

"雅夫人……"

"让你父亲来求我。"我顿时停止了自己的笑声,凌厉地瞅着苏姚,"他堂堂一个大将军,竟要女儿来开这个口,岂不好笑?"

一直有些神离的她撑起了自己的身子,脸色甚为惨白,更多的是愧疚。她,也是逼不得已才来此求我。

"你走吧,让你父亲来见我。"蓦地转身,揭开帘幕朝内堂而去,一抬眸,静慧师傅正用复杂的目光凝视着我。

一双小手扯了扯我的裙摆,"婶婶不要和我母亲吵架……"

我垂首俯视纳兰亦凡,胸口一热,泪水就滚落而下,"没有吵架……你快出去看看你娘吧。"

纳兰亦凡那双灵动的眼瞥了我许久,丢下一句,"婶婶不哭。"便跑出了内堂。

却因这一句"婶婶不哭",我的泪水更加肆意,冲到静慧师傅怀中便大哭了起来,"世人为何都如此自私……"

静慧师傅什么都不说,只是轻轻拍着我的脊背安抚着我,似乎也在沉思着什么。

与静慧师傅打坐于堂内,相互间沉默良久,直到夜幕低垂,外边的大雨仍旧纷纷洒洒地扑打在地。

"您与王妃的谈话我全听见了,您作何打算?"静慧师傅终于忍不住开口了。

"您想要静心作何打算?"我弯下身子将佛珠一颗一颗地捡起,声音毫无起伏地问道。

"我们确实没有权利为你选择道路,但是为师想为这天下说一句话,希望你明白大义。"

我冷声笑了笑,早就料到她会说这样的话,现实毕竟是现实,我终究还是摆脱不了命运的作弄啊。

手中的动作依旧没有停下,我一颗一颗将珠子收拢于手心,"我说过,连曦若能做皇帝,不一定比祈佑差。"

她的声音突然感觉有些苍老无力,叹息声源源而出,"您是祈佑的妃子,您的心应该向着他。"

"师傅说错了,如今的我只是一名了却红尘的佛家弟子。"

"发未落,您依旧还是雅夫人。"

紧握于手心的佛珠滚落一地,我蓦然对上静慧师傅的眼睛,"静慧师傅,曾经你认为我是红颜祸水,刻意想将我拉入佛家我并不怪你,因为那时的我确实做错了很多事。可如今为了这个天下,你竟然如此矛盾地想将我推出去,甚至不承认我是佛家弟子,这让我非常恨你。"

我猛然由蒲团上弹身而起,蓦然冲出了空明堂,才迈出几步,那遥遥大雨中站着一位两鬓斑白的老人家,不是苏景宏还能是谁?他真的来见我了,是来求我的吗?

"雅夫人,臣为当初一直与您敌对之事特地向您赔罪。"雨水侵袭了他一身,眸中更是迷离不清,我看不出他的真实意图。

"赔罪?我怎么看不出你赔罪的诚意。"我扬眉一笑,隔着纷落的雨帘望他,但是藏于袖中的手却握拳颤抖着。

他听罢,毫无犹豫地弯下双膝,跪在泥泞的水洼之上,"臣向雅夫人赔罪。"

我站得笔直,迎接着他这重重的一跪。这是他们欠我的,既然欠了就该补偿,这一跪，我受之无愧。

"好，这赔罪我接受了。"

"这么说雅夫人您答应了？"他满怀期待地看着我。

我笑容非但未敛，反而笑得更加放肆，"我可没说答应，这赔罪是你自愿的。"

"你！"他脸色一变正要发怒，却将那熊熊的怒火按了下来，"雅夫人，您是善良之人……"

"我可记得苏将军当年义正词严地说我是个祸水，若将来继续留在皇上身边会覆灭亓国，而今我却变成了善良之人，苏将军您变得可真快呵。"

"当年是臣对夫人有偏见，臣知罪了。只求夫人能忘记当年的一切恩怨，为天下百姓做一件实事，这样的话，亓国的百姓都会牢记您的恩惠的。"他激动地朝我喊着，最后伏身朝我叩了一个响头，"求夫人看在亓国百姓的面上帮一个小忙吧。"

小忙？原来在他们眼中，让一个女子出卖尊严去请求敌国宽容期限竟是一个小忙？是呀，自战国时期开始女子在男人们眼中不是一无是处便是红颜祸水，女人的地位更是卑微不堪，而他们男人因天下而牺牲一名女子却也认为那是理所应当。这就是女子的悲哀吗？女人真的不如男人吗？

"很抱歉，我的意向不是受万民的爱戴。"最看不惯他们口口声声说是为了天下，牺牲的却是他人的性命与尊严。

"夫人——"他见我要走，立刻扯开嗓门冲我大喊，"皇上是您挚爱的夫君，他最大的心愿便是一统天下……而您从来没有为他付出过什么……"

"我没有为他付出过什么？"我步伐一顿，倏然而望苏景宏，似在喃喃自语，又似在质问他。我真的没有为他付出过什么？哈哈，原来我从来没有为他付出过什么……

"夫人……"

"好了，你们说怎么办就怎么办。我听你们的便是了。"我的声音渐渐变弱，变无力。就当做这是我为祈佑做的最后一件事吧，反正待在空明堂内是浑浑噩噩度此残生，如今有这么好的机会让我受百姓敬仰，我又有什么放不下的呢？虽然知道连曦此时对我的恨，虽然知道自己去了很可能万劫不复，虽然知道自己很可能因此而送命……

"还有，馥雅会答应此事并不是为了天下百姓，所以百姓不必敬仰我；更不是为了祈佑，所以祈佑更不必愧疚。馥雅是为了自己，希望自己……能够解脱。"

黯然回首，转入空明堂，没有再落泪。

于我，于天下，于百姓，于祈佑，我再不欠谁的了。

 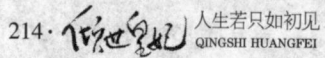

此次的决定就当做……曾经惑乱后宫半年的补偿吧。

缓缓取出祈殒曾交给我的凤血玉,终于能派上用场了。原来馥雅是个败者,竟然要用一个人母亲的信物来达到自己的目的,确实可悲。

芳上翠微,松竹撼秋风,时雨润秋草。

在空明堂的后院有一片竹林,林间的草棚檐下滴着残雨。

大雨方罢,空气中无不弥漫着令人舒畅的清凉之香甜气味,我与展慕天相对而坐于草棚间,那一阵风烟离散将我们的衣襟卷起,发丝凌乱。花夕守在棚外,眼神不断地飘忽四周以防有人偷听。

我熟稔地为慕天倒了一杯雨前茶递与他,他却是将杯紧捏在指尖不饮。

"慕天,很久没见了,近来可好?"看他眉头深锁,欲言又止的样子,我倒是先开口说话了。

"好。"他冷硬地吐出一个字,又觉对我太过冷淡,便又道,"苏月已有六个月身孕,我快当父亲了。"

"恭喜呀。"我真心地为他感到开心,"你现在还会与苏景宏将军争斗于朝野?"

"那苏老头子确实可气,迂腐又庸俗,满口仁义道理喋喋不休,只会纸上谈兵……"他一说起苏景宏脸色一变,数不尽的怨言便由口中吐出,可见这些日子苏家与展家的斗争是何其汹涌。

我不禁含笑望他,认真地问,"苏将军真有那么差吗?"

他沉思了一下便摇头,"其实他在战场上还是英明的将领,思路清晰,用兵果断。就是顽固不化,思想过于迂腐罢了。"

"慕天,你有没有想过与苏将军和好?为天下百姓,为你的妻子,也为将来出生的孩子……毕竟你们两家是亲家。"终于,我开始缓缓切入正题。

"姐姐此次见慕天就是为了说这件事?弟弟不懂,你既已经决定要遁入空门,为何还要管朝廷之事?"他的眉头皱得更紧了,口气中含有质问与不解。

"弟弟你先与我谈谈如今亓国与昱国的形势。"

一听我提起二国的形势,他幽幽地叹了一声,神色有些悲凉,"两国的战争形势异常严峻,更是搅得天下百姓民不聊生。这场仗已经打了快两个年头,弟弟只希望这战争能快些结束。"

"那你认为亓国与昱国,谁更有获胜的把握?"我试探性地一问,想知道苏姚所言是否属实。

"如今……亓国占了下风。姐姐知道常年征战必须要有粮草,而今战事不断,根本没有喘息的时间,国库也日渐空虚。原本昱国该是与亓国一般,粮草无法调配,可是韩太后当年在昱国所积攒的钱财一笔一笔运送至昱国,他们的国库得以充足。若要继续打持久战,亓国一定会输的……"他忧虑的目光不停地巡视四周,随后飘回我的身上,用淡淡的笑安慰道,"不怕,咱们亓国有一位战无不胜的好皇帝,亓国一定能克服此次的困难。"

原来苏姚说的是真话,亓国的国库真的渐渐空虚了,俗话说得好,三军未动,粮草先行。一个国家若连买粮草的钱都没有,那这场仗是无论如何都无法打赢的,祈佑就算再聪明,那也是注定要输的。

"弟弟既然知道亓国的形势危在旦夕,你为何不能抛开私人恩怨与苏大将军联手保卫亓国?苏将军有领兵作战的能力,而你有聪慧的头脑以及统军能力,若你们二人联手就如铜墙铁壁,没有人能战胜得了你们。"

他有些无奈地苦笑,"我也有考虑过这件事,可是我与苏老头子一对上眼意见就会相左,他顽固不化的思想我接受不了。"

"身为将士,即使抛头颅洒热血也在所不惜,更何况你现在只是退让一步。只有朝廷上下一心,才能更无间地放手去作战。你与苏家的恩怨就此搁一搁,待到将来天下统一后,你与他再算账也不迟呀。"为自己倒下一杯茶,置唇边轻轻吹了吹,再一口饮尽,"弟弟你是明事理之人,你知道私人恩怨与天下大义孰轻孰重。"

展慕天的神色突然黯然而下,盯着杯中之水良久,似乎在考虑我的话。

我与他一起沉默,"慕天,你真的认为祈佑比连曦更适合统一天下吗?"

"姐姐问的话很奇怪。"他古怪地瞅了我一眼,"当然是当今皇上啊。"

我自嘲地一笑,"也对。"都身为亓国子民,谁不希望自己的君主能统一天下啊,我问的话,真的非常奇怪。

"慕天,希望你能在此事上慎重决定,毕竟是为了……天下大义。"如今的我也说起了天下大义,竟是如此可笑,原来用嘴巴说"天下大义"这四个字真的很容易。

慕天与花夕离开之后,我便一人独跪于空明堂,闭目念佛。或许,这会是最后一次于此地礼佛了,我欠亓国的也该还清了。

这几日发生的事让我明白了一个道理,永远不要欠人情,因为将来是要你加倍还的,更不能犯错,因为要为自己曾经的罪孽做出加倍的弥补。

祈佑与我同为一处,却两地相思。

 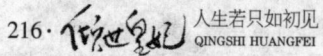

父母与我骨肉至亲,却天人两隔。

孩子与我同为一体,却惨死腹中。

连城与我举案齐眉,却黯然殒逝。

如今的我已是孤身一人,为这个天下做一些事又如何。连曦虽是个可怕之人,却也是有血性之人,如他对连城的兄弟之情,我甚为感动。而连城是我害死的,如今我若去了昱国他要对我加以报复,我也没有任何怨言。

如果我一人的牺牲真的能换来天下的安定,那也死而无悔不是吗? 怕只怕我的牺牲换不来连曦的通融……我想,以连曦的个性还有对我们的仇恨,要放弃这大好时机是很困难的。我的筹码也就只有那枚凤血玉吧,我只能从祈殒身上下手……只能这样。

"夫人,军服已为您准备好了,乘天色已晚守卫很难将您认出之下,速速离开吧。"静慧师傅双手捧着一套银色盔甲立于我面前。

停下了正在敲打木鱼的手,再将手中的念珠摆放而下,起身将盔甲接过。静慧师傅没敢看我的眼睛,淡淡地回避了,"凤阙门边有苏将军的人接应,到时候你有令牌便可随着苏将军的手下安然离开皇宫。一出皇宫有三大高手护卫你进入昱国,而贫尼能为你瞒皇上多久便瞒多久……但是夫人的离开迟早是会被发现的,倒是难为了苏将军,将来要承受欺君大罪……"

静慧师傅喋喋不休地念叨着,我面无表情,心里却在冷笑。

"倒是难为了苏将军,将来要承受欺君大罪……"

这句话是在为苏景宏担忧,却没有人担心眼前的我到了昱国会不会有危险。世人都是如此吗……如果可以选择,来生我愿为男不为女,便不用背负上红颜祸水之名,更不用为了男子口中所谓的江山而出卖了一个女子应有的尊严。

凤血忆手足

一个月后

展慕天在空明堂外踌躇良久，姐姐依旧是不见他，每次都被静慧师傅拦在门外，说是姐姐不想见任何人，更不愿再过问这世俗之事，也请他不要再来空明堂了。

他很奇怪，上回姐姐主动召他前来空明堂，劝慰他应与苏景宏摈去嫌隙稳定朝纲，甚至询问两国交战的情形。他清楚地看见她眼中的忧虑，若她真的不再过问世俗之事，怎会如此？

越想越觉得那日的姐姐很奇怪，目光中含有决绝、挣扎，所以这一个月内他想方设法地想要见到姐姐，问问她是否有苦衷，可她就是不出来相见。

难道出了什么事？

一想到此他便以轻功跃上屋檐，无声无息地闪入空明堂的后院。后院很安静，秋日凉爽的风将地上的尘土卷起，有些刺鼻。

他挥手将面前的灰尘拂去，再偷溜进了后堂，举目望去，后堂竟无一人！

看着空空如也的后堂他的心中闪过一抹阴霾，难道……姐姐这一个月来根本不在空明堂？如果不在的话，她会去哪里了？静慧师傅为何要如此欺瞒他？

千百个疑问顿时闯入心头，他双手紧握成拳，愤怒地揭帘闯进空明堂正堂。

静慧师傅跪在弥勒佛前喃喃念着佛经，却被一阵脚步声而惊醒，她望着眼前那位怒气凛然的展慕天，先是一阵讶异，随后便平静下来。

"老尼姑，我姐姐呢？"展慕天的声音中夹杂着无限的愤怒，声音一圈一圈地环绕、弥漫在空寂的正堂内。

"这一日,终于是来了。"她长叹一声,目光中有些许的迷离之色。

"老尼姑,我姐姐到底在哪儿,你把她弄哪儿去了?"展慕天见她平静的表情,怒火更是冲涌上脑门,箭步上前便掐住她的脖子。

力气很大,手上的青筋突起,眼光投射出一道道欲致她于死地的寒光。

静慧师傅对他的举动根本没有作出挣扎,早在一月前送走馥雅之时她已经做好了死的准备,而今若死在他手上,自己也能减少些罪恶感了。记得当初送走馥雅后,她每夜都睡不安稳,无限的愧疚之情一股脑地涌上心头。

身为一个女人,她很清楚那份耻辱,更何况是像馥雅那样骄傲的女子,让她选择踏上那条不归路会是多么地令她难堪。她与苏将军是自私的,明知道将她送往昱国非但解决不了这场斗争,而且很可能她还会因此而送命,但是如今也别无他法了,哪怕只有一丝的希望,他们都不能放弃。

渐渐地,展慕天松开了手,一把将奄奄一息浑身无力的静慧师傅揪起,"老尼姑,本相这就带你去见皇上,看你在皇上面前如何做出解释。"

御书房内,苏景宏单膝跪地,目光镇定,静慧师傅则被展慕天一把丢在地上,她双手无力地撑地才得以支撑整个身子。展慕天的神色异常冰冷,目不转睛地盯着面前的两个人,如果可以,他会毫不犹豫宰了他们两个人。

祈佑无力地靠坐在案前龙椅之上,眼中布满血丝,似乎几个日夜没有睡,下颚生出了些许胡楂,异常颓败沧桑。他仰着头,眼睛一眨不眨地盯着澄透如镜闪闪发亮的琉璃板,耳边不断回响着苏景宏与静慧师傅所说的话。

"皇上,是贫尼怂恿夫人去昱国的。"

"皇上,是臣逼雅夫人走的,您要杀要剐,臣都不会吭一声的。"

魅音魔语一遍又一遍地在脑海中重复着,折磨得他身心俱裂。静慧师傅,他一直将她当做母亲一般尊敬,苏景宏则是他最信任的一位臣子。今日他们二人竟合伙将馥雅逼去昱国,妄想用她来缓和这场战争。是他的错,当初他之所以不派人监视空明堂,只因想给馥雅一个安宁的日子,给她想要的生活,更不想让这些俗人去打扰她……可是换来的竟然是这样的结果,他应该派人去监视空明堂的。

馥雅,我又狠狠地在你身上划了一刀。

"啊——"祈佑突然疯狂地嘶吼了一声,由龙椅上弹起,一把将桌案掀翻。奏折、书籍、墨砚几乎全数倾打在苏景宏与静慧师傅的身上,二人都没有躲,如木偶般在原地丝毫不动。

"你们以为一个女人能阻止连曦的进攻？连曦他不止恨朕更恨馥雅！"他的目光含着悲愤，声音近乎癫狂却带着颤抖，"馥雅她到底做错了什么，你们竟要将她往绝路上推。她也是个女人，一个再平凡不过的女人，她想要的只是安定的生活，这一点奢求你们都不能满足她？"

苏景宏直勾勾盯着面前这个皇上，这再也不是他以往所识的冷静睿智的皇帝，头一回见他如此激动。他一直以为像祈佑这样的皇帝绝对不会因为一个女人而丢了冷静，他很平静地说："皇上，如果臣有个女儿酷似袁夫人，又是昱国皇帝亲哥哥的妃子，臣也会毫不犹豫地将其送往昱国。不论她是否成功，即使有一丝希望臣都会试。因为这是为了大义，天下大义，黎民百姓。"

"好一个苏景宏！"祈佑含着杀意的目光瞪着他，"这个天下的大义难道就是要牺牲一个女人去完成？"仰天大笑几声，让人觉得浑身战栗，那声音不断充斥在御书房，就连守在门外的侍卫们都有些惊惧，战战兢兢地望了一眼紧闭着的御书房大门，奇怪到底是什么事能引得皇上如此激动。

只听御书房传出锵一声长剑出鞘之声。

祈佑手中紧握着一柄透着寒光的剑，光芒泛冷，直逼众人。

"你要将朕的馥雅朝死路上推，朕也要杀了你！"祈佑气红了双眼，提剑便冲向苏景宏。

展慕天一见形势不好，也没多想便跪挡在苏景宏身前，双手死死握住祈佑那柄剑的剑锋，血缓缓滴落蔓延，洒在地上好大一片。"皇上您不能杀苏将军，他做的一切……是为您，为亓国，为天下。他纵有千般不是，您也不能杀他啊，如今亓、昱二国的形势紧张，若您再杀了苏将军，必然会引起朝野大乱，昱国便更能肆无忌惮地长驱直入，到时候其形势一发不可收拾。"他从来没想过自己会有一日跪在皇上面前为苏景宏求情，在心中，他是恨不得将他千刀万剐方罢休。但是他不能如此自私，他必须考虑到亓国的安危。

也许是被那刺目的鲜血所震撼，原本近乎疯狂的祈佑逐渐冷静了下来，手中的剑也缓缓松开，最后掉至地面。他的瞳中渐渐浮现出水气，一连后退数步，"滚……都给朕滚出去。"

听着皇上略带哽咽的声音，三人默默地叩首，一齐从御书房内退出。

三人并肩立于御书房外，苍穹惨白飘浮云，风簌簌吹在他们身上，皆各怀心思。

"没想到，展相会为本将军求情。"苏景宏瞥了一眼展慕天的手心，血似乎没有停下的意思，依旧源源不断地朝外涌。

展慕天冷哼一声，"你以为本相是为你求情……不是看你现在对亓国还有莫大的用处，本相第一个提刀宰了你。"

苏景宏并未因展慕天此言动怒，反倒哈哈大笑了起来，"一直以为展相是个公私不分，独揽大权欲颠覆朝廷的人，今日才发现，原来展相也一直心系朝廷。"

静慧师傅由宽大的袖子上撕扯出一条长长的布，欲为展慕天包扎，他却回绝了，"老尼姑，少假惺惺了，如果我姐姐在昱国真出了什么事，你一定要陪葬。"

静慧师傅很肯定地笑道："贫尼倒觉得，夫人她不会出事。因为在昱国，有祈殒！"

这一言倒是点醒了展慕天，让他的心中没有了忧虑，如果现在的祈殒铁了心要保姐姐的话，姐姐定然能够安然度过危机。不为其他原因，只因如今的祈殒手握重兵，是攻打亓国必不可少的一名良将，只有他才最熟悉亓国的一切路线以及布阵，昱国之所以能如此放肆地攻打亓国全因他们军中有祈殒。

希望姐姐在昱国真的能安然无恙，希望祈殒真的能保住姐姐。

雨后晓轻寒，花落今朝又吹去，波上清风，画船明月。

一路上为了避免让人认出身份我们绕了好大一个弯朝昱国而去，一路颠簸，时间白驹过隙一晃便去了大半个月，如今的我们已经离开了亓国边境而进驻昱国。苏景宏的侍卫一路紧盯着我，生怕我会乘他们不注意而逃跑了，为此我只能无奈地在心中苦笑。若我要逃，当初就不会答应他们来昱国了。

车轮碾过的地方皆有刀枪划过那斑驳的痕迹，有些血迹虽被雨水冲刷却仍旧保留着那淡淡的猩红之色，这里曾经也是烽火硝烟的战场，也有日连旗影的杀戮，更是战鼓宣扬的坟场。这一处处踏过的地方皆是用那鲜血与尸首堆砌的，战争是残酷的，它破坏了多少幸福美满的家庭，剥夺了多少老少的生命。

虽然这样的杀戮让很多人妻离子散，但是唯有如今的残酷才能有将来的安定。祈佑是对的，这个天下一定要统一，不能如我一般妇人之仁，有些事只有用鲜血去解决。

当我还是馥雅公主的时候，养在深宫不识人间愁苦，我从小的愿望就是做一个无忧无虑的公主，陪伴在父皇母后身边一辈子。

对，那时候的我是很天真，从来没有想过要为夏国做些什么，当初父皇未经我应允便将我赐婚给连城时，我大发脾气，甚至几度恨父皇。其实那个时候我还年幼，并不能理解父皇害怕这个国家被亓国吞并的恐惧，我一味地任性没有考虑到父皇的忧虑。

这近十年的风雨飘摇,我在昱国与亓国之间来回徘徊,一来二往,那些苦难早已经不算什么了,我能如此坚强地活下来不正是因为有了这些苦难吗?如果没有经历这些,或许我还是个天真的小公主,永远活在他人的羽翼之下,甚至在前进的路途中迷失了自己。

　　如今我已不再抱怨父皇母后的惨死,也不抱怨祈佑的爱情利用,更不抱怨自己无力生子。毕竟我曾经得到过父皇母后那无尽的宠爱,我也曾经得到过祈佑那无悔的付出,而孩子……也许是我在这个世间唯一的遗憾了。

　　当年岳飞以"宗社为重,而不知有死生;恢复为急,而不知有利害,知有华夷之限,君父之仇,而不知有身家之祸"精忠报国的高风亮节让世人对其赞誉有佳,我虽是女子比不上岳飞能够精忠报国,至少现在的我还能为亓国做些什么,即使是死在昱国那又何妨,毕竟我自己努力过了,为天下做了一件本不该是女子所为的事。

　　"夫人,前边就是昱国军队驻扎的军营了。"一直赶着马车的侍卫的声音由外边隐隐传来,我放眼望去,那烽火硝烟的战场之上烟雾弥漫,秋风塞水。

　　驻守在边防的士兵手持长枪挡住了我们马车的去路,"站住,你们是谁?"

　　我揭帘而下,黄沙漠漠,大风侵袂。我将手中的凤血玉交给士兵,"军爷,我们请求见你们元帅纳兰祈殒,有要事禀报,您只要将这枚玉交给他,他便知道了。"

　　士兵接过这枚玉观察了许久,犹豫地望了望我,随后戒备地问,"你们由南而来,是亓国人?"

　　我见他目光中闪露疑惑的光芒,厉声呵斥道:"不管我们是什么哪国人,重要的是现在我有很重要的军情要禀报你们元帅。你若再耽搁分毫,延误军情,怕是脑袋都难保。"

　　被我眼中的厉色骇住,他动了动神色俯身在另一位驻守的士兵耳旁低语了几句,便匆匆朝军帐内飞奔而去。

　　约莫过了一刻,那名士兵匆匆跑了出来,"姑娘,元帅请您进军帐,不过你身后这几名侍卫不能进去。"

　　我点点头,回首望着这大半月一路与我同行的他们,含着淡淡的笑容道:"你们已经将我送到昱国军营,算是不辱使命可以回亓国了。告诉苏景宏将军,馥雅这条命算是钉在昱国了,他所求之事我会尽我之所能。"

　　他们双手抱拳,单膝跪下,很诚恳地吐出三个字,"谢夫人。"

　　他们乘着马车绝尘离去,在滚滚黄沙之中,马车渐远,最后消失不见。我转身走进了军营,是时候该面对一些事了。

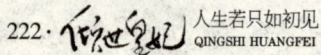

元帅主帐内昏昏暗暗的,有些阴凉之气袭来,我站在中央凝望着闭目静坐的祈殒,他自我进来开始就没说话,始终紧闭双目,似乎不愿见我。也许,他已经猜到我来此的目的了吧。

既然他不说话,我便也不说话,毕竟我是来求人的,低人一等。

就这样干站着有一个时辰,他终于深深吸了一口气,倏地睁开双目,眸子中再也不是当初的忧郁哀伤,取而代之的倒是那经过常年征战磨炼出的沧桑坚毅的痕迹。战争,真的会使一个人改变呢。

"我知道你来的目的。"他将一直紧紧握在手心的凤血玉摊放在桌案上,"若不是这枚凤血玉,我断然不会见你的。"

听他低沉的声音闯入耳中,我没有说话,等待着下文。

"你这样可值得?为纳兰祈佑做那么多,到最后他还是将你推入昱国,妄想用你一个女人来求情?"祈殒讥讽地笑了笑,"如若现在你的身边站着连城的孩子,或许连曦能够网开一面,但是很可惜,你与连城的孩子被祈佑亲手杀了。"

我一怔,脸色有些苍白,"孩子的死是上天的惩罚,不能怪任何人。"

"事到如今你竟还在执迷不悟地帮祈佑说话?"他的神情有些激动,"若不是祈佑,敏敏也不会死!"

"敏姐姐……死了?"我犹如头上炸开一个晴天霹雳,脑海中瞬间闪过在昱国纳兰敏曾经对我的关怀与开导,那一颦一笑深深地铭刻在我的心中。

"早在两年前,病死在夏国。"提起纳兰敏,祈殒的目光中闪烁着伤痛,"都是纳兰祈佑,若不是他谋害父皇,我怎会想要与他争夺那个皇位,敏敏也不会因独在异乡饱受思乡之苦,忧郁成心病……"

脑海中那瞬间的空白渐渐敛去,我平复了心中的难过,"为何要一味地责怪祈佑?你的父皇他对祈佑又做过什么呢?自幼就唆使他对付自己的母后与哥哥,甚至承诺将太子之位给他。后来祈佑做到了,纳兰宪云给他的又是什么呢?是欺骗与背叛,他要立的太子是你纳兰祈殒啊。从小就被母亲冷落,之后又被自己所尊敬的父亲欺骗的感觉,你能体会吗?"

"我从来没有想过要那个皇位,我甚至一度对父皇说,我不要那个皇位。我不会和祈佑争的,可是为什么呢,父皇也是他的父亲,他怎么能如此狠心地将他毒害!"

"你的父皇最疼爱的就是你这个儿子,其他的儿子在他眼中根本一文不值,为了你,他利用了祈佑,做了这么多就是为了将皇位给你,已经由不得你说不要。既然他要扶你做太子,那挡路的人都得死,而祈佑正是第一个威胁……祈佑若不先下手为强,他就会死在纳兰宪云的手中,你难道没有想过吗?你只会一味地将责任推卸给祈佑,你却没想过你的父皇对祈佑又做了什么!"

祈殒一声讥刺的轻笑传入耳中,看着他眼眶红红,瞳中带着迷蒙的水汽,我才惊觉自己的话说得太重,"祈殒,对不起,我知道你从小也在孤单中成长。"

终于他忍不住落下了泪,他就像一个孩子一样脆弱地看着我,将眼前的我当做他的母亲般凝望,泪水一滴一滴地滴在桌上,"母妃……"

听他对着我喊出"母妃"二字,我心头一酸,更觉得自己刚才对他说的话太重。毕竟我是顶着一张与袁夫人极为相似的面容在指责他,"祈殒,对不起……"我又一次道歉。

"从小我就看着弟弟们依偎在母亲的怀中,那幸福甜蜜的笑容让我好妒忌,总会问嬷嬷为什么我没有母亲,嬷嬷总是黯然低下头不再说话。直到那日,父皇对我说,母妃是被皇后害死的,要我记住杀母之仇。还对我说,为了让我安全地成长,他不能将太多的宠爱给我,他要我坚强,要我等他为母妃报仇。"他的手指轻轻地抚摸过凤血玉,目光中无不带着深深的情愫,"一直陪伴我走过这么多年的除了这枚凤血玉便是母妃的画像,虽然我从未见过母妃,但是我却深深地感觉到母妃就在我身边,一直陪伴着我。

"这么多年来,我一直在等待父皇为母妃报仇,只要母妃大仇得报我便能安心地度过余生了。直到你的出现……那张面容不是我的母妃又会是谁呢?你一定很奇怪当初父皇为什么逼你走却不杀你吧,其实这是他给我的承诺,只要铲除了东宫与一切障碍后,他就会要人将你带回来,做我的王妃。这是弥补,对母妃的弥补,对我的弥补。

"或许父皇对他的其他女人与儿子是冷酷无情的,但是他对母妃对我都是有情的,在我心中,父皇不论做了多少错事,他都是我的好父亲,是一个挚爱我母妃的好父亲。在这个世上,唯一疼爱我的人就只有父皇了,可是纳兰祈佑为何要杀父皇呢?父皇也是他的父亲……虽然,父皇一直都在利用他……"

说到这里,纳兰祈殒的声音已经哽咽,紧捏凤血玉的手已经泛白,毫无血色。

原来生在帝王家的皇子都会有一段属于自己的悲伤,我不该去妄议谁对谁错,更不该只站在祈佑的角度去看待纳兰宪云的所作所为。站在纳兰宪云的角度上看,他为自己心爱之人报仇没有错,他要将自己的皇位传给纳兰祈殒也没有错。

错的只是他们用错了方式,伤害了自己至亲的人。

最是无情帝王家,原来这句话的含义在此。

 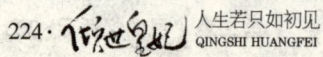

我上前几步,拿出帕子为祈殒擦拭脸上的泪痕,指尖抚过他的额头、发丝,就像一个母亲在抚慰自己的孩子。

祈殒的身子有些颤抖,却很安静地靠在我的怀中,像一个受伤后寻找到自己港湾的孩子,"母妃……"他动情地唤了一声。

拍着他的脊背,我的声音也开始哽咽,"母妃在这儿,你有什么伤心难过尽管说出来、哭出来,一切都会过去的。"

"母妃,殒儿好想你,二十九年了,您怎么舍得抛下孩儿一人在世上……您与父皇在天上已经相聚了吧,孩儿也想与你们团聚,只是……父皇的大仇未报,孩儿不能去,不能去……"

一声声的呢喃敲打着我的心,我也想到了自己的父皇与母后。

母后,当年若不是你让我为夏国报仇,我也随你们去了,也不会偷生了近十年之久。母后,如果当初你能带馥雅一起走,或许我还能保留当初那种天真无邪的心性呢。

躺在军帐中,眼睛一眨不眨地盯着帐顶,还有大风呼呼自耳边咆哮吹过。外边隐隐约约传来厮杀与哀号的声音,我一刻也不敢闭眼,我知道那是杀戮的声音。还有连天号角以及战鼓宣扬,声震云天。

记得晌午之时将士来报,亓军正飞速朝昱军境地来犯,听闻他们兵分四路循序渐进地欲将昱军包围,而昱军只要一个不留神便会处于四面楚歌的境地。

祈殒听闻消息,当即便披上盔甲,执起长枪出帐整顿军队迎战。我默默站在军帐中遥望他远去的背影,刚毅挺拔,带了几分决绝之态。

头一次觉得自己竟是如此卑鄙,带着亓国所谓的责任来到昱国军帐恳求祈殒能够退兵劝慰连曦……虽然,明知道那是不可能的,大好机会就在眼前,连曦没有理由放手。如今只是在比谁在这场战役中能坚持下来,这只是一场持久战。

但是亓国坚持不了,没有钱粮,他们必败。

不知又躺了多久,忍不住,终于下榻,想出去看看外边的情况到底如何。在揭帘的一刹那,我看见漫天滚滚的黄沙席卷着整个军队,在月光的照耀下,帅旗飘飘红幡飞扬,那是属于胜利的旗帜,他们凯旋。

昱军胜了?

祈殒下马,表情却没有胜利的喜悦。我迎了上去,接过他手中的银色头盔,问他,"胜了吗?"

"嗯。"他淡淡地应了一声，揭帘进帐。

我赶紧跟了上去，"为何不开心？"

他呆呆地站在原地，背对着我的身影有些苍凉，"我屠杀的……是我的子民。"

我怔住了。

"每次战争结束后，看着满地的横尸，我都会对自己说，那是我的子民，亓国的子民，而我竟帮着昱国在对付自己的……家人。"

我的手紧紧将头盔捧在怀中，听他将亓军的战士称做"家人"，心中似乎也被什么东西扯动着，"既然不想对付自己的家人，为何不停止？"

"停不下来了，更何况，我要为父皇报仇。"他由怀中掏出了那枚凤血玉，转身递至我面前，"你收回去吧，我不可能放过亓国的。不是他死，便是我亡。"

我没有伸手接过，只是喃喃吟道，"本是同根生，相煎何太急？"

"这句话说得好笑，祈佑何曾当我是同根生？"

"祈佑给过你机会的，就像当初给过祈星机会。"我将头盔放至桌案，娓娓而道，"当年祈佑知道祈星对他萌生反意，他非但没有着手对付祈星，反而将灵月公主赐婚于韩冥，为的只是想让祈星懂得，他并不想对付自己的哥哥。但是祈星没有退让，反而一步一步地紧逼，甚至害死了云珠，祈佑没有办法，只能将祈星陷害致死。

"而对于你祈殒，他早就知道你手中有遗诏，为何先对付的人不是你而是祈星呢？难道祈星的威胁比你的威胁更大吗？不是，是因为你常年都很安分，并没有表露出反意，所以祈佑没有对付你。祈佑做的这些难道不是顾念兄弟之情吗？如果不是你们逼他，他怎会如此对你们？"

他黯然垂首，"其实……这些我都知道。我也曾犹豫过，挣扎过……但是祈佑他对父皇的所作所为……"

"我真的不想再为祈佑说好话，这倒会让你觉得我有私心。但是我只是想请你也站在祈佑的立场上想想，纳兰宪云对祈佑的所作所为。"

那夜祈殒一夜未眠，手持长枪伫立在帐外吹那秋末的寒风，帐内烛火通明，耀花了我的眼眸。我侧着身子盯着帘帐被大风时不时地吹起，祈殒的身影隐隐约约地闯入视线。

难道生在帝王家的孩子注定要终身孤独，永远在矛盾隐忍中挣扎徘徊吗？祈殒如是，祈星如是，祈佑亦如是。

世人都羡慕身为帝王之家的子孙，因为在宫廷能享受锦衣玉食，更有无比的尊荣与权力。可是他们可曾想过这宫闱权争的可怕，只要一个不小心便陷入他人精心

 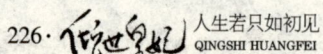

设下的局,万劫不复。为皇位,兄弟相残之例比比皆是,这其中的苦也唯有处在局中之人才能体会。

曾经看史册中的皇位争夺之残酷,我一直都不大敢相信。但是十年间所发生的一切却让我真正看见了这血腥的争夺,就连自己都陷入这阴谋旋涡而不得出。

其实每个人都有一段悲伤的过往,而我们也在这悲伤中学会成长。直到现在我仍旧相信"人之初,性本善"这六个字,没有人一出生就会害人,都是因环境所迫啊。正如我当初为雅夫人之时,在朝廷人的眼中我与扰乱朝纲的祸水并无两样,但是那也是为形势所迫,所以现在的我早已经摈去了诸多怨恨,放开了自己的心去接受这一切。

祈佑,如今的你是否已知馥雅离开了亓国,你又会报以何种态度看待这件事呢?

直到清晨第一道曙光破空而出,光芒照耀至我的眼眸之中时,祈殒揭帘而至,瞳中满是血丝。

"我们……回昱国。"他沙哑地吐出这几个字,使我有些诧异,由床上弹坐而起,"回昱国?"

他勉强扯出一笑,"去见连曦,你亲自将自己的想法告诉他……我能做的只有这些了。"他缓步移至榻边,将一直紧握在手心中的凤血玉交到我手上,"这枚玉你收好,就当做纪念。"

凤血玉摊放在我的手心,温热的感觉传遍整个手臂。昨夜……他一直都在挣扎吧。

"你知道,连曦不仅恨祈佑更恨你,此行你怕是凶多吉少……但是我会尽自己所能保你一日便是一日,其他的还要靠你自己了。"他揉了揉自己的额头,转身便出帐整顿军队。

而我却只能坐在榻上,一个字也说不出来,只是哑然地望着他的背影消失在帘帐之外。我是该庆幸自己生得一张与袁夫人极为相似的脸蛋吧……否则此行,根本毫无机会可言。

祈殒此次派了手下一名可信的副将坐镇军中,他则领了一小股军队携我随行,可是我却怯懦了,真的要去求连曦吗?

连曦打这一场仗花了多大的心血与财力,甚至将自己的妹妹都赔送了进去……难道连曦有错吗?他为大哥报仇,他要一统天下这有什么错呢?为何我却要他放过此时这个大好的机会,如若我是连曦,断然不会因为一个女人的求情而放弃。

我要如何开这个口去为祈佑求情,而连曦又凭什么答应我这个害他大哥的女人去放过害他大哥的男人呢?

昱国 凤阙殿

楼外屏山秀,夜阑画栋壁垒,薄雾微凉陇寒月。

回廊百灯通明,风曳烛火,影踱回廊。

再踏入这重重宫殿,曾经与连城的记忆一拥而上。

曾经我与他牵手并肩走过这重重游廊,他对我悉心的关怀与天下无双的体贴仿佛历历在目,似乎连城根本没有离我而去,我与他只是暂时分别了一段时间而已。

我从来没有否认过我对连城的情与意,只是他对我的爱远远要比我对他的情更多更浓,所以我与他之间注定平衡不了,注定有一方会亏欠另一方。

原本我打算用那个孩子与我的一生陪伴来还连城对我的情,因为这个世上再也找不到如他这般对我这样好的男人了。我与他在一起永远不用担心他会利用我,永远不用担心他会半路放开我的手独自离去,更不用担心他会对我怒目而视最后留给我一个捕捉不到的背影。

但是连城却为了我而死,上天却是这样注定我与他之间要永远亏欠着……永远也还不清,纠缠不清。

"元帅,您现在最好不要进去,皇上与皇后……"在凤阙殿外候着的公公很是为难地挡住了我们的去路。

祈殒带着异样的目光瞅了瞅紧闭着的朱门,"又在闹?"

"是。"公公有些无奈地笑了笑,"今日皇上纳了一位妃,所以皇后便前来质问……"

祈殒听罢,了然一笑,似乎已经习以为常,"那本帅在外候着便是。"

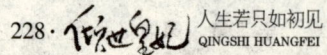

音方落，朱门便被人用力拉开，一阵风将我们的衣角带起，微微的尘土气息闯入鼻间。出来的是一名妙龄女子，面容上有淡淡的愤怒，还夹杂着丝丝的委屈，眼角有泪珠悬挂，眉宇间尽是楚楚动人。一袭瑰色凤袍铺落了一地，全身被珠光宝气围绕着，我猜她便是连曦的皇后，我的堂妹湘云公主。

她注意到我们的存在，水眸掠过祈殒扫向他身后的我，神色蓦地一凛，"元帅从何时起也喜欢送美人儿到皇上这儿来了，本宫看她早过双十，年纪不小了。皇上的口味可重，你将这上了年纪的女子送给皇上，也不怕恼了圣颜？"

祈殒并不解释，只是恭敬地朝她拘了个礼，"若皇后没其他事，恕本帅先行觐见皇上。"丝毫不顾她此刻的恼怒之色，携我踏入了凤阙殿。

在踏入凤阙殿时，总觉得背后一道凉飕飕的视线，定是湘云吧。真没想到，连曦娶了个妒妇为后。

殿内烛火填满了每个角落，幻火流光。我们的脚步声声回响传遍四周，每走近一步我的心便漏跳几拍，总觉得自己如做了亏心事一般，对连曦竟产生了莫名的亏欠。

"臣纳兰祈殒参见皇上。"祈殒抱拳单膝跪下，我头也不敢抬，随着祈殒一同跪下。

"纳兰祈殒，你可知擅离职守之罪。"连曦一开口便是质问，更因方才与皇后的一番纠缠，声音中隐夹怒火。

"臣只是为皇上带来一名旧识，她很想见皇上一面，更有事相求。"

"旧识？"

只觉空荡的步子一声声接近，我的心剧烈地跳动着，一股无形的压力油然压上心头。

祈殒迟疑了片刻才道："她是夏国的馥雅公主。"

步伐一僵，殿内的空气顿时凝结，四处弥漫着一股诡异的气息。我的目光有些凌乱地盯着赤金的地面。

半晌，连曦的声音才传来，"好了，你可以先下去了。"

"遵旨。"祈殒临走时很不安心地瞥了我一眼，仿佛此刻的我处在水深火热之中，而我也嗅到了一丝嗜血的气息。

待祈殒走后，殿内更加沉寂，就连呼吸都沉重了起来。郁郁的冷寂让我的心由最初的焦虑转为压抑，他也不说话，就怔怔地站在我跟前。他不说话我便也不说话，头垂得老低，一时也忘记了自己此行的目的。

"你随我来。"良久他才吐出这样一句话，未等我有反应便率先离去。

我强忍着膝盖上的疼痛，一路尾随他朝凤阙殿内走去，鹅黄色翼锦纱在殿中四处覆盖舞动，朦胧如淡淡的烟徐徐而飘，连曦那宽松的龙袍拂在地上擦出淡淡的声音。麒麟大鼎中的青烟袅袅散出，有那淡淡的沉香之味。

这是寝宫，连城曾经住过这里……这里面有许多许多的回忆，顷刻间一拥。

连曦走至花梨木雕制的龙床旁，弯下身子用力拍了龙床三下，顿时那赤金流黄的墙面上敞开一道石门。

是密室。

连曦头也没回，徒步走了进去，我不言不语地随他一同走了进去。

密室内很阴暗又很寒凉，我双手互环摩擦了许久，眼波四处流转巡视四周的一切，直到我看见那个牌位之时，步伐猛地顿住。

上边清清楚楚地写着"昱世宗连城之灵位"，连曦竟如此有心，竟为连城在此设灵位。

连曦移步至灵位之前抽出三支香点燃，虔诚地拜了三下，随后插入灵前那满是香灰的鼎炉中，轻烟袅袅升起，"你难道不想拜祭一下大哥吗？"

正在愣神的我听到他这话立刻回神，拿起三支香便点燃而后跪下，含着丝丝水汽凝望上边的几个字，"连城，对不起，馥雅对不起你。"

"你当然对不起，当天若不是你要为祈佑挡那三支毒箭，我大哥怎会为了你而挡下三支毒箭致死！"他蓦地蹲下身子，单手狠狠地掐着我的颈项，目光中含着骇人的杀气。

我的手紧紧握着那三支香，呼吸很是困难。连曦的话勾起了我一直不愿回想起的那一幕，泪水再也控制不住由眼角滑落。连城死前那一刻的记忆我封闭在内心最深处，不敢回忆。连曦……若要杀我，我也没有任何怨言，因为这条命是连城的，连曦若要讨要回来理所应当。

在我快要窒息之时，连曦才松开了手，我得到解脱立刻呼吸着周遭的凉气。

"为什么你执意要去找韩冥要真相，为什么得到真相你不回来，你若回来了……大哥怎会死……怎会为了你而亲征亓国……"他神色悲痛，双拳紧握，青筋浮现。

"我答应过连城，我一定会回去。不是我不愿回去……而是被祈佑扣留下来……"

连曦侧目望了我一眼，冷笑出声，平复了自己的情绪，"你在如此危难的时刻前来昱国为了什么？"

"为了……为了……"我犹豫着要怎么说出口，他却笑了起来，笑声却是如此令人难以琢磨，顺势轻巧地将我的话接下，"为了要我停止战争，给亓国喘口气的机会，对吗？"

"是。我希望你公平一点，若按实力你根本不是祈佑的对手，你靠的只是倒戈的祈殇，还有韩太后秘密运来昱国的一笔一笔钱财。你作为一个帝王，你用的手段……"

他凌厉一声打断，"你别与我提那所谓的手段，祈佑所用的手段比我少吗？我至少不会用自己的女人去巩固这个皇位……而你，馥雅公主，一辈子都在被祈佑利用，你却不能迷途知返，甚至牺牲自己的尊严来昱国求我。"

听他的声音凌厉，我心中的怒气也涌上了心头，出声质问道："对，你是没有利用自己的女人，但是你却将自己的妹妹推给了亓国，甚至派人杀了自己妹妹的亲生儿子。你比起祈佑，又能好到什么地方去呢。"

"所以你就不要用作为一个帝王该有的德行来要求我，作为帝王就该利用自己身边所能利用的一切。"

利用自己身边所能利用的一切。

我在心中重复着这一句话，连曦他作为帝王果然够狠，比起祈佑甚至有过之而无不及。如今祈佑的狠远远比不上连曦的狠，因为祈佑知道自己的母后是爱着他的，更得到了亲哥哥的谅解，这一切已经教会了祈佑，这个世间上还存在着亲情，他也在静慧师傅那儿除去了多年的心魔，也学会了宽恕包容。

而连曦从小就生活在众人的歧视与白眼之下，承受着无尽的委屈，而母亲还被大娘亲手推入井中致死，这样的环境早就造就了连曦的冷心。为了连城，所以他没有报复大娘，只因他真的当连城是大哥，更感恩于连城的相救。可是后来，这个世上唯一的亲人也离他而去了，而且还是死在自己的箭下，这样的痛苦成就了现在的连曦。

祈佑是在这黑暗的角落中慢慢寻找到了光明，而连曦却是在光明中渐渐迷失了本性。

突然之间我们俩陷入了沉默，我的全身力气仿佛被人抽空，无力地瘫坐在冰凉的地面，只有双手用力才能支撑自己的身子。

良久，连曦淡淡地问道，"你会心疼吗？"

突如其来的一句问话让我一时间没有反应过来，侧目凝望着蹲在身旁的他，"什么？"

他阴鸷地笑了笑，"原本只是想用思儿的孩子之死来逼你出宫，却没有算计到，大哥的孩子也因那一场变故而丧失。孩子的死你会伤心吗？我想你会庆幸，孩子没有了，你就不再有负担，可以名正言顺地待在纳兰祈佑身边，对吗？"

我对于他的自我理解感到好笑，"你是这样看我的？"

他不理会我，只是自顾自地继续说，"记得我对你说过什么吗，倘若你伤害了大哥,我定不会放过你的。"

"我记得,所以此次来,我是抱必死之心而来的。"

"为了祈佑,你抱必死之心?"

我却是含着薄笑而否认道:"你错了,我不是为了祈佑,我是为了天下。"

"天下?好一个冠冕堂皇的借口。"他的声音中带着丝丝笑意,渲染在空气中异常扭曲凛然。

我对他的嘲讽置若罔闻,"连曦,你争天下为的是什么?"

"为大哥报仇,将纳兰祈佑踩在脚底下。"他说这句话的时候无不带着阴狠与戾气。

"你是为了仇恨争天下,若这个天下真的到你手中,你要做的第一件事是什么呢?诛杀祈佑对吗?"我轻笑一声,直直地望进他的眸中继续说,"当天下常年处在战乱之中,百姓苦不堪言,你统一天下第一件事要做的却是报复仇人而不是安定天下,你真认为自己有资格做皇帝吗?"

他听完我的话,良久才问:"祈佑,就有资格吗?"

"是,他那个皇位得来得不光彩,曾经的他也是为了仇恨而想得天下。现在他却不再是那个为了仇恨而一心想要得到皇位的人了,他说,这个天下四分五裂太久了,必须统一。而这一场大战是在所难免的,唯有用鲜血才能解决一切。不管这途中流了多少血,死了多少人,那是必然的,与其半年一小仗两年一大仗地来打去,不如一次性将血流尽。"

"说来说去,你还是向着纳兰祈佑。在你心中除了纳兰祈佑你就看不到其他人了吗?"他猛然捏住我的双肩,我蹙了蹙眉头闷哼了一声。

"我是就事论事。"我强忍着锥心的疼痛一字一句地说,"如果你也能兼济天下,我绝对不会为祈佑说话。因为我相信……你并不比祈佑差。"

他紧捏着我双肩的手依旧没有松开,而是冷冷地笑了起来,最后转为狂放的大笑。那笑声如暗夜鬼魅一般充斥着整个密室,回音阵阵。

良久他才平复了一下情绪,犀利地盯着我,"馥雅,你永远是辰妃,永远是昱国的人。昱国若统一天下,你便与昱国同生;昱国若被亓国毁灭,你便与昱国同葬。"

我被连曦一路拖拽着出了凤阙殿,样子有些狼狈。一直守在外面的祈殒一见我们出来立刻退居一旁,"参见皇上。"

"祈殒,你现在立刻回边防驻守,你擅离职守的罪过往后再与你算。"连曦一把将我拖了过来,推至两名侍卫身边,就像是丢一件物品一样,淡漠地对他们说,"带辰妃去昭阳宫好好看守着。"

祈殒有些不能理解此刻连曦的举动,疑惑地想开口说些什么,"皇上……"

连曦一言打断了他说的话,"祈殒,你现在就连夜回营,若是让亓军知道此刻的主帅竟擅离军营,那我军必定处于异常危险的境地。"

对上祈殒的眼神,我默默地朝他摇了摇头,示意他不要再说下去,连曦的心意是没人能左右的。

"是。"祈殒恭敬地拜别之后,毅然投身于漫漫黑夜之中,临走时我看见他眼中的犹豫、挣扎。想必他也很想求连曦给亓国一段喘息的机会吧,可是他始终没有开口,我们都知道,连曦此刻的决绝,要他放过这大好时机是绝对不可能的。

"辰妃,请。"两名侍卫口气恭谨却很强硬。

没有再看连曦的表情,我随着他们一同转身步出那重重游廊。

苍茫霭雾将楼台宫殿重重笼罩,孤风吹落枝上残叶,片片卷入萎草之内。浮云遮月,星疏几点,我再一次踏入了昭阳宫。

犹记得最后一次与连城的分别便是在昭阳宫内,那日下了好大一场雨,连城依旧来到昭阳宫,他说只为品我一杯雨前茶。我曾答应过,待我由亓国回来后天天为他泡雨前茶,却没想到那日是最后一杯。

如果当时连城能当场揭穿我已经怀孕的事实,或许一切都会不一样吧。

可是他不会,他从来不会厉色而对,更不会对我说一句重话。在这个世上再也找不到比连城对我还好的人,曾多次问自己,为什么不爱连城,却终究找不到答案。

对于连城永远只是感动多过心动。

当我踏入昭阳宫的时候,出来相迎的是兰兰与幽草,她们俩再见我已经没有当初的激动,而是平静地向我福身唤:"辰妃。"

我与她们之间的距离似乎一下子疏远了好多,记得曾经我与兰兰、幽草很默契,总是能有很多话说。看她们眼底的冷漠,那一瞬间我便知道她们在恨我、怪我,是我害死了连城。

接着她们为我打来了温水梳洗,最后吹灭烛火便去外边守候着我。

漆黑的屋子让我感觉到冰凉与孤独,曾经我与连城在这床榻同榻而寝,衾枕之上似乎还残留着他的气味,那样熟悉。

我紧紧搂着覆盖在身的被褥,泪水一滴一滴地滑落,心中一遍又一遍地默念着"对不起"。

夜渐渐深了,有扇窗半掩着,凉风吹了进来,将雪白的帷帐卷起。只听见一声细微的开门声,一个人影飘了进来,寝宫内顿时陷入一片诡异的气氛。

见那身影蹑手蹑脚地轻步朝寝榻走来，会是谁，难道是刺客？不会呀，昭阳宫里里外外早就被连曦派来的侍卫围得严严实实，又有哪个刺客有这么大的本领能正大光明地推开寝宫之门前来行刺？我双手紧紧拽着被褥，屏住呼吸，想看清楚到底是谁，但是周围实在太暗，就连月光都被乌云笼罩着。那一瞬间我看见有一道微弱的闪光滑过我的眼眸，是刀光。

我立刻由寝榻之上弹起，将厚重的被褥整个朝榻边的人丢了去。她闪身挡过，匕首狠狠朝我颈项刺来，我在床上一个翻滚才躲过，有一缕发丝却被锋利的匕首削去，我忙抓起衾枕再次挡住她的又一刀。

不等她有反应，我立刻冲外面大喊着，"来人，有刺客。"这夜静得可怕，我的冷汗由脊背渗出，浸湿了我的寝衣。

"幽草，快住手。"兰兰是第一个冲进寝宫的，她放大声音冲面前欲置我于死地的人喊着。

幽草？我被兰兰喊的名字怔住，呆呆地望着面前那个黑影，怎么会是幽草？她……要杀我？

当我怔住的时候，她没有顾忌其他，拿起匕首冲我心脏刺去。这一刀我的反应慢了许多，虽然闪过，但是手臂却被狠狠地割开，血与疼无尽蔓延在我的右臂。血腥味充斥着四周，我有一股反胃的恶心。也顾不了其他，我赤足跳下床，她死命地抓着我的胳膊不让我逃，另一手紧捏着匕首一寸寸朝我逼近。我立刻扣住她执匕首的手腕，相互间的缠斗将寝宫内的桌凳翻倒，瓷器也乒乒乓乓地摔了一地。

兰兰在一旁帮不上忙，只能冲着外面大喊，"来人呀，来人呀。"

终于，那群侍卫举着火把姗姗来迟地将疯狂的幽草制住，寝宫内点上了红烛，灯火通明。

闪耀的光芒将幽草那张扭曲的脸完全呈现出来，她的眸子中不再是干净无邪，而是愤恨阴狠，她自始至终都用仇恨的目光盯着我。

我捂着自己流血不止的手臂，鲜血将我雪白的寝衣染红了一大片，额头上的汗也不断地淌出，"幽草，为什么要刺杀我？"

"因为你该死，是你害死了皇上，是你！"她的双臂被侍卫压着，却还是挣扎不休。

听着她疯狂怒吼，看着她悲痛欲绝的目光，我再也无法说出一个字，原来幽草是为了连城才来刺杀我，原来是为了连城。早就知道幽草对连城那默默且隐忍的爱，今日由她对我的仇恨可以看出，她对连城的爱竟到了这样的程度。

"曾经我认为你与皇上是天作之合，你们俩站在一起就像一对璧人，如此般配。

 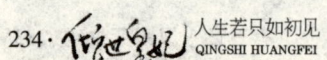

记得那日你被张副将鞭打得遍体鳞伤,大夫都说已无力回天之时,皇上眼中那伤痛难过的泪……我便知道皇上对你的情有多深,从那时起我便断了对皇上的念想,更知道我只是个奴才,没有资格和主子争什么。

"后来你的又一次逃跑,皇上嘴上虽然没有说什么,但是可以看出他的难过……直到你做了辰妃,我便忠心地伺候你,真正当你是我的主子,因为你是皇上的挚爱。可是你最后还是要离他而去,导致皇上的亲征……最后为你而死。

"你一直都在伤害皇上,让皇上伤心难过,为什么……皇上那么优秀的人你为什么不懂得珍惜,为什么要一次又一次地伤害他。你知道,皇上伤心,我的心就像被人拿刀子狠狠地划过……"幽草激动的话语说完,已经泣不成声,泪涕淌了一脸。

我无力地跌坐在凳上,听她一字一句的指责,语气间尽斥着对连城的绵绵情意,我一个字都无法说出口。

直到连曦到来,阴冷的目光扫视着受伤的我与幽草,随后冲呆站原地的侍卫说:"辰妃都伤成这样,你们还傻站原地做什么,请太医。"

傻傻看着眼前一切的侍卫们这才恍然回神,匆匆出了寝宫去请太医。

连曦将目光投放至幽草身上,冷冷地吐出几个字,"刺杀辰妃,杖死。"

"幽草是为连城报仇,没有罪。"我的一句话引来幽草与连曦的注视,我迎视着连曦略带诧异的目光,"不是吗,皇上?"

寝宫内沉寂半晌,连曦的嘴角勾勒出一抹似笑非笑的表情,"将幽草押入死牢。"

幽草在众侍卫的簇拥之下被押了出去,太医也姗姗来迟地为我清洗伤口再上药,最后用雪白的纱布将伤口包扎好,还开了几副药,嘱咐我必喝。

御医与在场的奴才们被连曦遣退后,寝宫唯独剩下我们两人。又是与他独处,每每与他独处的时候我便有着无形的压力,沉重地压在胸口之上喘不过气来。

他突然朝我伸出手来倒是吓了我一大跳,身子立刻向凳子后挪了挪,戒备地望着他。他见我的反应却笑了,"我只是想为你把脉。"说罢便扯过我的手腕,稍停了片刻眉头却紧皱着,"你不能怀孕了?"

对他的问话我没有做出任何反应,倒是他拉过小凳与我相对而坐,"我可以让你再次有生育之能……"

我带着一声笑将他后面的话打断,"又需要我为你做什么呢?你认为现在的我还会在乎自己是否能够做母亲吗?你不是恨我想杀我吗,我不能生育你应该很开心的。"

他的目光闪过,似乎在挣扎什么,良久他才自嘲地一笑,由怀里掏出一条金黄的锦布,"若不是因为这个,我早就杀了你。"

盯着他紧攥在手的锦布，上面似乎写了什么东西，想仔细看却看不清楚。连曦见我费力地看着却看不清楚，也就顺手将它朝我丢来，我立刻用双手接住，急忙打开看着里面写的东西，是连城的字：此次亲征，凶多吉少。若为兄不能归来，务必代兄照顾辰妃，照顾孩子。

"没错，我恨你更想杀你，但是我却肩负了照顾你的责任。你说……我是该听大哥的照顾你，还是为大哥报仇杀了你？"他凌厉的锋芒乍显。

此刻我的脑海已是一片空白，已经不知道自己还能说些什么，原来连城竟是如此用心良苦。

"大哥说过的话我从来未曾拒绝过，这次也不例外。既然我不能杀你，那就会听大哥的话，照顾你，你依旧是昱国的辰妃，除了我，没人可以动你。"

　　自上回幽草行刺之后一连半个月连曦再也没有来过昭阳宫,我知道如今天下纷争,战事不断迫在眉睫,国事都处理不过来,他哪有那么多闲工夫来理会我。况且,他也不愿意见我吧,每次我与他对话总是围绕一个话题——连城。

　　看连曦如此坚定要对付亓国的态度,我知道此次我来昱国是白费工夫了。不能怪连曦,换了谁都不会放弃的。

　　而我则是天天被关在寝宫里,每走一步都会有兰兰跟在身边,几尺之外还有众侍卫跟随着。我就像一个被关在宫殿里的囚徒,没有自由。我该庆幸的是连曦没有杀我吧,此次前来昱国最坏的打算便是死,且还得看连曦想用什么样的手段将我折磨死去,却没想到,因为连城的一段遗言,我活得好好的。

　　连城,你真是天下最最最傻的傻瓜了,馥雅哪里值得你爱,甚至让你为我付出生命。

　　现在还处于初冬时节,今年的雪似乎来得很早,记得以往在亓国都是冬至过后才降雪,这就是北方与南方的气候之别吧。

　　萧瑟白雪孤城飘飘,风雪卷残苍茫如瀑,枯枝上银装素裹地结着透明的冰,飞雪乱舞如鳞甲之片纷纷坠落。如今身在边关的将士们一定顶着酷寒在斗争吧,可怜为了统一天下竟要牺牲那么多条性命。

　　再望窗外那片香雪海,雪虐风号梅自开,粉色残瓣自飘零。梅花傲立于雪中美丽地绽放,娇艳欲滴,色泽在这漫漫飞雪的衬托下更显粉嫩娇俏。

　　——还记得初次见你,你在夏宫的雪海林间翩然起舞,舞姿颇有流音回雪,漫步云端之感,乍望而去,宛若仙子,撼动我心。

初听见连城这句话时我只觉他轻浮,对我的情更是脆弱不堪。我一直认为若爱情是建立在容貌之上,那是长久不了的。

可是后来我才真正明白,那份迷恋早已在他心中转化为爱情,无私的爱,甚至用生命在爱。

遥望远处,一名衣着单薄的男子正站在梅林间缓缓朝这儿走来。怎么一到昱国想起的都是连城,睡觉,走路,就连赏梅都看见连城的身影……人真的不能旧地重游,否则一定会精神崩溃的。

但是再见到连城,我的脸上也浮现出笑容,风雪缥缈中我紧紧盯着越走越近的人影,脸色最后一僵,是连曦。

他蹙着眉头凝望着笑得灿烂的我,步伐一僵,冲我道:"笑那么灿烂做什么?"

笑容渐渐敛去,我有点尴尬地收回视线,"没什么,你怎么有空来昭阳宫?"我连忙转移着话题。

"不知道,走着走着便来到此处。"

"我看你挺烦闷,前线战况如何?"我现在最关心的还是前线的战况,到如今我还是希望亓国能胜,因为连曦还是被仇恨蒙蔽了双眼。说我有私心也罢,我真的不希望祈佑败。但是以现在的情形来看,若连曦继续打持久战,祈佑败的局面似乎已成定局。

他步至檀香桌前,为自己倒下一杯尘烟袅袅飘起的龙井,"老样子,没多大进展。"

"你是真的打算打持久战吗?折磨将士的身心,浪费百姓辛苦得来的粮食?"

"不打持久战昱国必败于亓,亓国的兵力与昱国的兵力是相当,但是昱国有一小半的军队都是由夏国并进的。这短短几年时间将士们之间的心根本无法契合在一起,相比较亓国便逊色许多。所以,我只能打持久战。"连曦今日与我说话的口气比起以前倒是平和了许多,不再会动不动便对我加以讽刺,也不会总在我面前提起连城的死。

"持久战,劳民伤财,已经延续两年的战争使百姓早已经身心疲惫了。"

他轻笑一声,端起茶呷了一小口,似在回味茶香,"只要能赢,不论付出多大的代价我都在所不惜。"

他真的已经被仇恨蒙蔽了双眼,或许连曦是个皇帝之才,但是连百姓死活都不顾的人若统一天下,那将会是苍生之苦。"亓国百姓的现状我姑且不说,我现在同你说说昱国此时的情形吧。"

见他没有打断我的话,便娓娓而道:"祈殒一路护送我来到昱国那几天的路途中,有在襁褓中哇哇待哺的婴儿,有年迈体弱的老者,有与丈夫分别多年独守空闺的妇人……你知道他们现在吃的是什么吗？是用清水煮草根、树皮啊，而你是高高在上的皇帝，你吃穿的是锦衣玉食，哪能体会到百姓们的疾苦？打持久战，你说得轻松，但是帮你完成这四个字的是顶着风雪而驻守在边关的将士们，而你却还在宫里与皇后娘娘因为纳妃之事争执不休。你扪心自问，你作为一个皇帝，尽到了对天下臣民的责任吗？"

不知道是不是自己说的话让他动容了，此刻的他端着杯，就连茶洒了出来都没发觉，良久才浅浅开口道："我为什么做皇帝，想必你是很清楚的。"

"不要再拿连城做借口了，做错了就是做错了。"我轻轻地将窗关上，冰冷的寒风已经无法灌入寝宫，"我不再劝你留时间给亓国喘息，只希望你能顾忌到昱国百姓的苦难，速战速决吧。"

他低低地重复了一遍，"速战速决？"

"一向自负的连曦，难道不敢与亓国来一次真正意义上的战争吗？即使是你败了，那也是战死沙场，死得重于泰山。将来的史册上会记载着你的丰功伟绩而不是枉顾天下臣民的安危一味拖延战事而取得胜利。况且，这次你未必会输！"

"到头来，你为的还是纳兰祈佑啊。"

"连曦，你总是喜欢扭曲我的本意。这个世上除了连城，你是否谁也不信任？这样会活得很累……就像数年前的祈佑，也像数年前的我。"

语罢，忽闻一声清脆的声音由寝宫外传来，声声荡漾整个寝宫，"二叔，二叔……下雪了……"

连曦只是闻其声，脸上便露出了浅浅的笑意，直到一个女娃啪嗒啪嗒地在嬷嬷的牵引之下跑进寝宫，扑进了连曦的怀中。连曦将她抱了个满怀，"初雪怎么来了？"

"二叔，下雪了，你要陪我去玩儿。"她如八爪章鱼般粘在连曦身上，笑得异常开心。尤其是她两靥之下那两个深深的酒窝，随着她说话时的笑容而深浅凹凸起伏，现在的她都如此可人，想必将来定是个美人胚子。

连曦厚实的大掌轻轻抚摸着她的脑门，眼中含着宠溺，"让母妃陪你去好吗？"连曦将目光转向一时摸不着头脑的我。

"母妃？"

"母妃？"

我与初雪异口同声，声音配合在一起却是如此和谐。

"是呀，她是你父皇的妻子，也就是你的母妃。"连曦划了划她粉嫩的颊，声音很轻柔，这样的连曦我还是第一次见，简直就像个……慈父。

初雪炯炯有神的目光转到我脸上，水汪汪的大眼流连在我身上，似乎想将我看个仔细。片刻后，她带着稚嫩的声音轻道："母妃……"

她是……连城的孩子？她在叫我母妃……

连曦将怀中的孩子交到我手中，我立刻接过，搂着她的时候双手有微微的颤抖，"初雪真乖。"我克制不住在她颊上印下一吻。

初雪"格格"地笑了起来，探起身子也在我脸上亲了一口，"母妃你真漂亮。"

连曦深深地凝望着我们两人，不再是冷漠，不再是阴狠，而是缕缕笑意。此刻的三人如此温馨，可谓其乐融融，如同一家三口。可是只有我们知道，我们三人之间有着千丝万缕的关系，却永远不会是一家三口。

连曦说："她是我大哥唯一的孩子，三年前在下冬日的第一场雪时出生，所以兰嫔为她取名初雪。"

这是兰嫔的孩子？原来我一离开昱国便已经是三年过去了，连城唯一的孩子此刻就在我的怀中。我想，我找到了可以补偿连城的方法了，初雪……

此后的日子初雪天天往昭阳宫跑，她的欢声笑语萦绕着原本凄凉冷寂的宫殿。她很依赖我，总是赖在我的怀抱里听我给她讲故事，唱童谣，一遍一遍地唤着"母妃"二字，仿佛怎么叫都叫不够。有初雪陪伴的这段日子真的很开心，虽然她不是我的亲生孩子，但是我却将她看得比亲生孩子还要重要。因为初雪常来的关系，连曦也经常来昭阳宫，他对初雪也很好，应该是爱屋及乌的关系吧，他将初雪也视如己出。

连曦说，初雪的母亲是兰嫔，她在产出孩子并亲自为她取了个名字后便悬梁自尽。只因兰嫔是亓国派来的奸细，所以她便要死。提起兰嫔我又想到了连思，此刻的她还在大牢里吗？其实连思并不可恨，只是可悲，被亲哥哥利用，就连自己的孩子也被亲哥哥谋杀，而爱情却也得不到相同的回应。

我问过连曦为何舍得将自己的亲妹妹送去亓国，他只是淡淡地勾了勾嘴角说，只有亲妹妹才能相信，却没想到最后连亲妹妹都背叛了他，曾让韩冥警告过她多次，却仍旧执迷不悟，为了惩罚她，所以杀了她的孩子。他还说，自己的妹妹都会背叛他，这个世上还有谁能信？

我想，如今的连曦再也不相信任何人了。

万里飞霜，白雪连天，大雪断断续续地下了半个月，将昭阳宫笼罩在银装素裹中，白茫茫一片。寒银冬染宫，红梅耐冷霜满天，清香数点裘朱扉。我搂着初雪站在宫前的回廊遥望纷纷扰扰的雪花绵绵不绝地落了满地，我与她的呼吸夹杂在一起如轻烟飘散。

 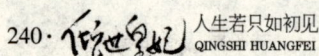

她的手攀着我的脖子悄悄附在我耳边问:"母妃,您知道初雪的娘亲是谁吗? 为什么我没有娘亲呢,每次问起二叔与嬷嬷,他们都不告诉我。"

听她稚嫩的声音刻意压低,生怕被人听见一般,我黯然地收拢了双臂,"初雪,我就是你的母妃,是你的娘亲。"连曦不告诉初雪兰嫔的事是正确的,她还是个三岁不到的孩子,不该承受这些的。如果可以,我愿永远做她的娘亲,如果我有命活到那个时候……

"辰妃,你何时成了初雪的娘亲了?"风雪交加之下传来一个凛然的声音,湘云皇后在众位奴才的簇拥之下朝我款步而来,石青锻缀四团蟆龙银鼠皮褂沾染了点点雪花,灵蛇髻嵌着耀眼的凤冠,在她的步伐之下铿锵作响。

我搂着初雪后退几步,深觉她此刻的神情似乎像是来找碴儿的,而初雪又趴在我耳边小声说:"她好凶。"

"或许该称你为堂姐吧,想不到你还有命活着。"她的双手藏在洁白如雪的狐裘套中,停伫在雪中没有进廊。隔着片片鹅毛大雪我们相对而望,时间有那片刻的静止。

湘云虽然被金黄的大伞笼罩着,但是仍有雪花纷扬飘进,她的睫毛上沾染了几抹雪花,长长的睫毛一扇一扇的,显得她的眸子更加闪闪耀眼。配合她那张淡抹脂粉的脸蛋与樱桃小嘴,那样貌简直像是被人精心雕琢过一般。湘云确实是个异常娇美的女子,尤其是那一身雍容的凤袍将她的气质衬得更加高贵,很有皇后之风。

须臾,我打破了此刻的沉寂,"不知皇后来昭阳宫有何赐教?"

"赐教倒不敢,只是很好奇,你对初雪如此好不免让人觉得你是别有用心。"她探出一手,将落在肩上的雪花拂了去。

"初雪自幼丧母,我膝下无子,自然将所有的疼爱给了初雪,这怎是别有用心?"

她的情绪微微有些波动,"你明知皇上视初雪为命根子,只要她想要的,哪怕是再难找,皇上都会命人找来。"

我淡淡地回视着她那凛然的眼睛,"那又如何?"

一声冷哼由鼻腔中发出,"用初雪来绑皇上的心,你确实很厉害。"

"看来皇后你误会了,皇上他对于我只是责任。"

"责任? 现在皇上天天往你昭阳宫跑,他去皇后殿都没那么勤快呢……你身为纳兰祈佑的妃子,又身为连城的妃子,更身为皇上的嫂子,竟如此不知廉耻地用此等下流的手段勾搭皇上。我怎么不知道馥雅堂姐对男人也这么有手段呢!"怒气顷刻间洒出,皇后的仪态荡然无存,目光凛凛地直射于我。

初雪突然由我怀中跳下,冲到她脚边用力推着她,"不准你骂母妃。"无奈,初雪的力气太小,非但没推开湘云,反倒将自己狠狠摔坐在地上。

我上前一把将初雪抱起，"皇后娘娘，您可是当朝母仪天下的皇后，如此没有仪态地当着这么多奴才的面就如一个市井村妇般骂人，确实有失身份。"

她上前一步，横手指着我的鼻子，"我有失身份？丢人的是你吧，现在昱国可是传得沸沸扬扬，先帝的辰妃勾引自己的小叔子，传得要多难听有多难听，丢了你的脸面不打紧，皇上可是九五之尊，哪能陪你丢这个人！"

听了她的话我错愕了，外面是这样传的？

近日来连曦是经常来到昭阳宫，一坐便是几个时辰，但是每回初雪都在场，我与连曦也就只是偶尔对弈品聊天下事，大多时候都是在逗初雪……我与连曦之间怎会被天下人传为……勾引小叔子这么难听？

我今日总算是明白了"人言可畏"四个字的真正含义。

"二叔！"初雪突然大叫了一声，小小的身子朝不远处扑了过去。

我与湘云皆侧首望着如冰雕一般站在昭阳宫朱门内不远处的连曦，他那乌黑的发与金黄的龙袍上覆盖了许多雪花，可见已经站在那儿很久了。

初雪扑到他的怀中大哭了起来，"二叔，皇后欺负母妃，欺负初雪……你要为我们做主啊。"她哭得肝肠寸断，那声音与风雪呼啸夹杂在一起，好不凄凉。

连曦将初雪搂在怀中，目光却是冷冷地盯着湘云，用不大不小的声音说："滚！"

湘云的脸色有些煞白，"皇上，臣妾是为你好。"

"朕叫你滚！"又是一句阴狠的话语，将她的话硬生生地堵了回去。

四周都是奴才，她这样被连曦羞辱，脸面上自然搁不下去，羞愤地冲出了昭阳宫。

连曦搂着初雪缓缓朝我而来，初雪那肝肠寸断的哭声也已经渐渐止住，她倚在连曦的怀中冲我笑了，那泪眼中还带着未尽的泪珠，甚是令人疼惜。

连曦在我面前停住步伐，"湘云就是这个脾气。"

"其实皇后说得对，你以后还是少来昭阳宫吧。虽然清者自清，但是毕竟人言可畏。"我冲连曦笑了笑，看着连曦与他怀中的初雪缓缓后退自己的步伐，直至寝宫内，最后我紧紧将宫门闭上，将连曦与初雪阻隔在外。

初雪环着连曦的颈项，望着那紧闭的朱门，眨巴着水汪汪的眼睛问："二叔，母妃生气了么？"

连曦不说话，只是宠溺地冲初雪笑了笑，眼底的温柔，只有对着初雪的时候才有。他对初雪早就视如己出，不仅是因她是连城的孩子，更因她的可爱，天真，还有那纯洁无邪的笑容。

"母妃生气了,怎么办? 要是她再也不理我们怎么办?"初雪拽着连曦的手臂,稚嫩的声音飘散在风雪中,似冬日里最纯洁的一抹天籁之音。

　　为初雪拂去额头上沾染的雪花,他问:"初雪想怎么办?"

　　初雪充满灵气的眼珠一转,立刻由连曦的身上跃了下来,"二叔,我们堆雪人哄母妃开心好吗? 堆一个初雪,一个母妃,再堆个二叔。"

　　她的话让连曦愣住,为初雪突然有这样一个想法感到惊奇,而他的心中似乎也有些期许,于是含着笑点头,"好,二叔陪你一起堆。"

　　冬雪宛然,寒风依旧,花枝摇曳,红梅飘落。

　　在昭阳宫内那片白茫茫的雪地间,一大一小两个身影忙前忙后地堆着雪人,一个个的脚印踩了满地交错,孩子那银铃般的笑声让男子冰冷的心渐渐融化。这样的温馨情景,却好似少了些什么……是母亲,这样才更像一家人。

　　也不知过了多久,三个雪人终于堆完,初雪那白嫩的小手早已冻得鲜红,但是她却笑得灿烂,指着那个最小的雪人说:"这个是初雪。"说完,再指着最大的那个雪人说:"这个是二叔。"

　　最后再指着中间那个,却顿了好久都说不出话。当连曦奇怪于此刻的安静,侧首凝望初雪之时,才发现,初雪的眼泪已经在眼眶中打转,那可怜兮兮的样子令他诧异,"初雪,怎么了?"

　　"这个……是娘亲。"初雪哽咽地将话语艰难地吐出,泪水却已滚滚而落,一把扑到连曦的怀中说,"初雪一直以为自己很可怜,没有爹爹,没有娘亲。现在才知道,原来二叔就是我的爹爹,母妃就是我的娘亲……是吗?"

　　连曦的身子一僵,目光深邃地盯着怀中这个哭得伤心的孩子,内心最深处似乎被什么扯动着,那是他心中最软弱的地方,渴望。

　　初雪此刻的心情他又何尝不知呢,自己不也曾与她一样很渴望亲情,希望父亲母亲能与他共度天伦,一家三口其乐融融地在一起。但是那永远只会是奢望,父亲与母亲中间永远夹了一个大娘,若是没有大娘,自己也不用承受那么多……穆馨如,是她害死母亲的! 是她!

　　突然,连曦的眼光变狠,变沉,变阴郁。曾经因为连城而刻意压下的仇恨突然一涌,填满了他整个心头。

　　"二叔,你弄痛我了!"

　　初雪一声低呼,让险些失去理智的连曦回神,才发现自己搂着初雪的手臂收拢得很紧很紧,她险些窒息。

立刻将手臂松开，将初雪搂起，"初雪，二叔现在要去办一件事……"

初雪疑惑地问："什么事？"

在雪中一直前行的那名男子似乎没有听到初雪的问话，喃喃自语道："有一件事，一定要办、一定要办……"眼中那坚定带有仇恨的目光已经让他目空一切，已经没有任何人能阻止他此刻的决定。

也许，连曦从最初就是因恨而生，他的一生都生存在仇恨中，无法自拔。

明月幽怆，宫寂轻纱拂。

冷侵烛曳，熏香沉满殿。

在皇上身边伺候的张公公走在太后殿空荡的游廊中，一路上的奴才早已用借口屏了去。咯吱一声推开太后寝宫的门，里面很是阴暗，唯有一盏烛火在漆黑中闪耀，轻纱飘拂在四周更显凄冷空寂。

太后一身素装，安静地坐在床头，那微弱的烛火忽明忽暗地映射在她的脸上，而她虚无的目光始终注视着那抹烛光。今夜的奴才突然间消失，她就觉得事情不对劲了，果然啊，她的猜测没有错。

张公公恭谨地低垂着身子道："奴才奉皇上之命给太后娘娘带一样东西与一句话。"

太后的目光转到他身上，悠然地叹了口气，"这一日，终于来了。"自连城死后连曦继位，她过了近三年提心吊胆的日子，每夜都会由梦中惊醒，面对连曦之时，总会回忆起多年前谋害李秀的那一幕，更觉得连曦的眼神随时要将自己杀死，这三年简直就像是一场噩梦。

"皇上说，命，始终要还的。"说罢，由袖口中掏出那个皇上亲手交给自己的小瓷瓶，缓缓走向太后，"此药服下只会让太后您久咳不止，最后吐血身亡。明日，天下人都会知道，您是年老病重致死，皇上会厚葬您的。"

她冷笑一声，凌厉地望着他手中的那小药瓶，"这么说，哀家还要感激他了？"

沉默片刻，没有犹豫，夺下那瓶药一口饮尽。

是的，这一日她早就料到了，只是晚了三年而已。连曦说得不错，命总是要还的，而她在这个世上也没有任何眷恋了，连胤被囚禁多年，已是人不人鬼不鬼，而连城的早逝，更是让她对繁华世间毫无眷恋，如今能够解脱，也算是一种安乐吧。

"城儿，母后来见你了……"

笺悟夜阑惊

深夜,我被外面嘈杂的声音惊醒,直觉告诉我发生了很大的事。由床上弹坐而起,披起一件单薄的衣衫便拉开宫门,望见四处的奴才冒着大雪匆匆在黑夜中来回奔跑,每个人那焦急的表情在灯笼的照耀下显得异常清晰。

我随便拉了一位宫女问:"发生何事如此慌张?"

宫女微微顺了口气,"太后病逝。"

太后病逝?怔了怔,良久才回神,这么快就病逝了吗,此刻的连曦一定很开心吧……

眼波一转,忽见大雪中堆了三个雪人,我随手拢了拢衣襟便走入漫漫风雪中,冰寒的雪花呼啸拍打在我身上,并不觉寒冷。夜色漆暗,只能借着奴才们手中那淡淡的烛光勉强看清这三个雪人。

蹲下身子,指尖抚过冰凉的雪人,脸上浮出笑容,也只有初雪这丫头会堆这三个雪人吧。我想,这最小的一定就是初雪了。身后这两个……是她想象中的父亲与母亲吗,虽然堆得不大像兰嫔与连城……

"太后好好的怎么会就这样病逝了呢……"

"听太医说,太后这是突发疾病,谁都没想到……"

"不过今夜确实有些奇怪,太后殿的奴才都不见了……"

"嘘,这话莫乱说,太医说是病死的就是病死的……"

我被这几句话吸引了目光,侧首凝望在我身后疾步而行,喃喃低语讨论着的几名宫女。她们这话倒让我疑心渐起,难道太后之死属他人所为?难道是连曦……不对啊,如果他要对付太后,为何三年前不对付,偏偏等到今日?

"参见皇上！"几个窃窃私语的奴才一声惊叫，立刻跪倒在冰凉的雪地中，战战兢兢地垂首，生怕刚才说的话已经被皇上听见。

我闻声而望，风将连曦的衣角吹起，翩翩而扬无限飘逸，发丝被雪白的冬雪覆盖，犹如染上一层霜。

他怎么又来了，我还记得晌午之时才让他别来……我真不想在亓国被指责红颜祸水，到昱国依然被指为祸水。而他，是个皇帝，始终不能被天下人所耻笑……虽然我与连曦之间根本不像他们口中那般不耻。

连曦挥了挥手示意她们可以退下，顶着片片大雪一脸阴郁地与我并肩蹲下，双手拢起雪白的积雪于掌心，呆呆凝望良久。

见他不言语，我便问："太后驾崩，你怎么还来此处？"

"太后是我派人杀的。"说这句话的时候如此平静，仿佛口中所言根本无关一条人命，"你看这三个雪人像不像一家人？"

正当我处在他承认杀太后之事的震惊下久久不能言语时，他却这样突然转移了话题，让我的脑海中一时反应不过来，只得点着头道："像。"

连曦的身子似乎僵住了，侧首用一种复杂的目光盯着我久久都不说话。

被他的眸子盯得怪不自在，难道我说错了什么吗……突然回神，意识到了什么，有些尴尬地笑了笑，"他们本来就是一家人。只可惜，永远不能在一起。"

他的眉头紧蹙着，手中那雪团已经紧紧被捏在手心，冰雪融化的水滴由他指尖一滴一滴地滑落。我被此刻怪异的气氛弄得脊背发凉，便移开视线望梅蕊新妆，万籁寂静，几瓣粉嫩的梅瓣随风而来，滑落在我的手心。

"你知道吗，我不开心……我以为她死了我便会开心，但是没有，只觉得心中空空的。"他的手一松，被捏得紧紧的雪球滚落在地。

"恨了这么多年，大仇终于得报，到今日我却发现并没有想象的那么开心，竟还发现……连自己恨的是什么都忘记了！你说可笑吗？"连曦的情绪有些波动，呼吸中带着急促，眼眶中还有明显的血丝。突然他笑了起来，很是狂放，"记得你曾经说过什么吗？如果我也能兼济天下，你绝对不会再为纳兰祈佑说话，是吗？"

"……是。"今天的连曦与往常真的很不一样，几乎接近癫狂，更失去了往常的沉稳与冷静，真的是因为太后的关系吗？

他点点头，又道："还记得我对你说过，'昱国若统一天下，你便与昱国同生；昱国若被亓国毁灭，你便与昱国同葬'吗？"

"记得。"

 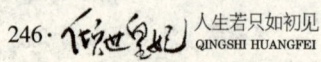

"好，既然你全都记得，我现在就命人写战帖，我要在战场上堂堂正正地赢纳兰祈佑一场，不论成败！"

"什么？"我不敢相信我所听见的话，但是看他眼底的认真之态，我清楚地发觉他对此话的信誓旦旦与严肃。

连曦蓦然回首，凝望那几个雪人，喃喃道："一家人……真好听。"

被他此刻忽冷忽热的神情弄得摸不着头脑，"连曦，你到底……"

"现在，你就修书一封，告诉纳兰祈佑，一个月后我要与他在战场上一较高下。我还要看见连思，必须保证她毫发无伤。其他内容你斟酌着写吧，写完送到御书房来盖玺印。"他缓缓起身，俯视着我，眼光由最初的阴鸷渐渐转为沉郁，最后变得清澄透明。

头一回见连曦的目光如此干净，他是真的能放下私怨，真正地来一场君子之战了吧。毋庸置疑，连曦真的看透了……到底是什么让他看透的呢？太后的死？

"初雪需要一个娘亲，请你给她加倍的关心。我与你之间的恩怨，待此次大战之后做个了断。"他笑了笑，伸手拍了拍我的额头，就像……哄一只小狗般。

当兰兰掌着灯笼将睃睡的我唤醒时，连曦早已经没了踪迹，而雪花早已经压了我满满一身。

"娘娘，风雪这么大，您穿得如此单薄还出来堆雪人，会冻坏了身子的。"她的手中撑着一把伞为我将头顶的风雪挡了去，侧首望着我身边的雪人，她掌灯照着看了看，抿唇笑道："都是娘娘堆的吗，很像呢，尤其是这个，真像您。"

"我？"被她的话一惊，借着烛火朝雪人望了去，这才清楚地看见那三个雪人……动了动唇，却发不出任何声音，只能僵硬着身子站在原地傻傻地凝望良久。

连曦果然说话算话，当我将一封信给他的时候还怕他会反悔呢，没想到他只是看了眼便盖下了自己的玺印，我知道那个玺印代表着一个帝王的承诺。当时我有很多话想问连曦，却不知从何问起，经过那天的雪夜之后我总觉得怪怪的，却又说不上哪儿怪，或许是自己太过多疑了吧。

近半个月连曦没有来昭阳宫，听奴才们说起连曦紧急召了祈殒回宫，两人在御书房内密谈了三日都未出。三日后祈殒便拿着将军令四处召集军队，一时间汴京变得异常热闹，走在大街上随处可见一支支军队四处行走游荡。这是战争的前兆，汴京内人心惶惶，气氛异常紧张。

这样的大场面也只有在对付亓国之时才会有吧，连曦是说话算话的，他真的要与祈佑来一场帝王之争，我……希望谁赢？

不，此刻的我不该再去管谁输谁赢了，亓国交给我的任务我已经完成，男人之间的事就让他们自己去解决吧，多余的事我不该再多问了。

梅蕊新妆，金凤阙，明月当空醉玉笙。

陌上梅雨晓冬风，已近深夜，四下无人，我依旧在外寝宫门外张望着那条来昭阳宫的路。由晌午起，我便一直站在此等待初雪到来，却怎么都不见她的身影，以往初雪每天都要来昭阳宫的，今日怎么没有来？难道出什么事了……

"辰妃娘娘……"人未至，声先到。

一个带着哭腔的中年之声传来，是从小看着初雪长大的苏嬷嬷，她从来不会露出如此慌张的神情，除非……初雪出事了！

"娘娘，您救救奴才……"她还没奔到我面前，便已经跪趴在地，发髻凌乱不堪。

我立刻冲出寝宫，一把上前将她扶起，"苏嬷嬷，什么事，初雪出事了吗？"

"晌午之后奴才就没有再见过公主，以为她贪玩偷跑出去了，可谁知到傍晚都不见公主的身影……到昭阳宫问过守卫的侍卫，也都没看见过公主前来。奴才真的好怕公主出了什么事，只能一个人四处寻找……却怎么也找不到……奴才没办法只能来找您……"她垂首而泣，泪水早已经弥漫一脸，泣不成声。

听到此处我一惊，"初雪失踪这么久，你也不告诉我，你太糊涂了。"

"奴才怕皇上怪罪……皇上他疼爱公主是咱们有目共睹的，万一……"

"好了，别再说了，去召集一些侍卫一同找寻比较快。"

"娘娘千万不要，万一此事传到皇上的耳中，奴才的命怕是难保啊，求娘娘念在奴才一直照顾着初雪公主的分上……"才平复了一些哭泣声的她，再次哭了起来，连连哀求道。

我叹了口气，拍了拍她的脊背，"苏嬷嬷，别哭了，我们先去找找初雪，若找不到就必须禀报皇上了，初雪的生命安危是缓不得的。"

"谢娘娘，谢娘娘！"她喜极而泣地冲我连连叩头。我扶住了她的身子道："好了，带我去初雪常去玩耍的地方看看能不能找到。"

说实话，此刻的我内心是焦急的，我真的很担心初雪会出什么事。但是我却一直告诫自己，这里是皇宫，初雪又是连曦如此疼爱的公主，她怎会出什么事呢，一定只是玩忘了时间。平复了自己的心情，我到苏嬷嬷说的几个地方去寻找，仍不见人影。我急得手心里全是汗水，双臂更有些颤抖。

初雪虽非我亲生，我却早已经将她当做我的亲生孩子，如此乖巧的孩子绝对不能出事。

 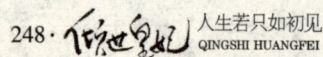

夜深,天色昏暗,四处的守卫也很松懈,苏嬷嬷拉着我四处避开那群侍卫一路找寻着。我们跑得很快,一路上低呼着初雪的名字,当我看见游廊中央门前那一团闪着绿光的翡翠时,我愣住了,忙转身问:"苏嬷嬷,你看那里……"身后却是空空一片,苏嬷嬷不知道何时已经不在身后了。

　　此时的我却已经管不了苏嬷嬷了,只有初雪此刻的安危。僵硬地朝前方走了几大步,才看清楚了那是一枚翡翠玉,几天前我送予初雪的!脑海间一愣,想也不想便一把推开朱门。里面很暗,暗到令我觉得阴森,"初雪……初雪……"我一声声唤着她的名字。

　　没有人回应,我借着手中的灯笼照了照,蓦地看见书桌上摆放着一个东西,我清楚地看见几个字"行军布阵图"。那一刻的闪神,当即警铃作响,我抬起手中的灯笼将整个地方照亮,才发现,这竟是御书房!

　　御书房内有着皇帝的重要机密,门外却无一人把守,这是……圈套!

　　当我反应过来之时,门外火光点点,隔着雪白的窗扉糊纸映射了进来,看着缓缓推开的门,我禁不住笑出了声。不论在亓国抑或昱国,他们都是无所不用其极呀,我真的让人这么讨厌吗,走到哪儿都有人要陷害于我。这次算是高明的了,用了我心中的最弱点,初雪。

　　进来的是连曦,他的目光中藏着恼怒与气愤,双拳握得紧紧的,凛然的目光直视着我满脸的轻笑,"辰妃,你真让朕失望。"

　　"若我说,是有人用初雪的失踪故意引我来此,你会信吗?"面对他我格外平静,也知道我此刻说的话等于是废话。连曦的心中从来不曾相信过任何人,而今夜我有着足够的理由来到御书房偷取机密作战分布图,窃取这样的情报传递给亓国,是啊,我完全有理由的……

　　"初雪。"连曦嗤鼻一笑,"辰妃啊辰妃,找借口为何不找个令人信服的?"

　　"公主一直都在皇后娘娘那儿,怎会失踪?"苏嬷嬷由人群中蹿了出来,对着我的目光仿佛……刚才什么事都没有发生,"奴才还记得晌午之时皇后娘娘带着公主去了皇后殿,奴才也去昭阳宫禀报过辰妃,公主今日不会去昭阳宫了,何来公主失踪一说?"

　　我揉了揉自己的额头,"哦?那是我记错了?"

　　"到现在,你还有心情笑?"连曦上前就掐住我的颈项,"我就知道,你的心一直还在纳兰祈佑的身上,我在这儿布置隐藏的人手已经七日,你还是忍不住过来偷行军布阵图。这就是你口中所谓的光明磊落,满口仁义道德的帝王之战吗?真是笑话!"说罢,他的手一松,已经被他双手掐得浑身无力的我腿一软,便狠狠地摔在地上。

"来人,辰妃通敌叛国,给朕拖下去,关进天牢。"连曦没再看我,只是丢下一句话,挥袖离开这凄冷的书房。

亓国

在亓国那冰冷的天牢中,一个女子的头发凌乱如枯草,微微有些发黄,口中一直喃喃念叨着一句话:我一直在你身边,为什么你的眼中只有她……

细细观望,才发觉那是当年不可一世的韩太后,她的脸上沾染了许多尘土,眼神空洞呆滞,手中紧紧地扯着那一簇稻草。此刻她的容颜已经苍老,再无曾经的风华绝代,牢中之人都说她得了失心疯。

与她关在一起的连思则是呆呆地靠在冰冷刺骨的墙角,目光始终盯着牢门,脸色微微泛着苍白,粉唇干涩。时常望着牢门会止不住地哭出声,脑海中闪现的皆是当年的一幕幕甜蜜,到如今她还是没有死心,她依旧不能接受祈佑自始至终都在利用她的事实。她不敢相信,祈佑真的对她如此无情。

突然,厚重的牢门外传来一声清脆的开锁声,惊了牢中的两个人,她们的目光刹那间变清明。一身便衣金色锦袍的祈佑稍微躬下身子才进入了天牢,连思看清此人立刻由墙角爬起身,满目的泪水立刻涌出。

祈佑淡漠沧桑的瞳光扫向两个狼狈不堪的女子,最后将视线停留在连思身上,现在的她异常狼狈,当初那份美貌皆因多年关在看不见天日的地方而褪去,现在剩下的只有斑驳的痕迹。

连思一步一步地朝祈佑移了去,内心克制不住地涌动着,酸涩哽咽在喉咙上,连声音都不能发出,终于是克制不住地放声哭了出来,"祈佑,你还是……还是来见我了,我就知道,你还是放不下我,对不对?"

望着她如此激动,祈佑不禁上前一步,"连思……"话未落音,连思便扑向祈佑,紧紧搂着他的腰际,泪水打湿了他胸前的衣襟,"我就知道,你还是戒不掉这个习惯,是吗?"

原本想推开连思的他缓缓垂下了手,任她紧紧靠在自己胸膛前。于连思,他是心存愧疚的,即使他再无情,毕竟连思陪在他身边整整三年,即使她是昱国的奸细,可是她却从未对自己做出有危害的事,更是为了他丢弃了与连曦的亲情,光这一点他便有愧。

"昱国来了书信。"祈佑没有回答她,只是说明了自己的来意。

已经激动得泣不成声的她一怔,呆呆地望着祈佑良久,只听他继续道:"连曦要

 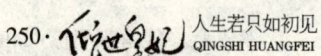

与我正面来一场交战,他要在战场上见到你安然无恙。"

连思立刻由他怀里脱出,用力摇头道:"不,不要送我回去,我想在你身边,只想在你身边……"

"你必须回去,亓国没有你的幸福。"

连思的手微微颤抖着,"有,你就是我的幸福。"

祈佑淡淡地笑了笑,"连思,我从来没有爱过你,对你的习惯,早已戒掉。你现在存在的目的是为了这一场战争,依连曦的行事作风来看,馥雅必定会成为他强有力的利用工具。而你,却会是我牵制连曦的工具。"

听着祈佑口中那无情的话语,她的头一阵晕眩,重心一个不稳,最后摔在地上。也许,梦早该醒了,纳兰祈佑的眼中永远只有馥雅一个人,只有她一个。

韩太后望着连思,眼睛睁得大大的,最后哈哈大笑出声,"活该,都活该。"

祈佑没有留恋地挥了挥衣袖,迈着稳重的步伐离开这阴冷的大牢,他的目光已经没有当初属于帝王的那份阴鸷凌厉,取而代之的只是多年磨砺出来的冷静与沧桑。

他早就已经累了,多年来沉浸在这权力的争夺中,利用了无数的人,手上染了太多太多的鲜血,他真的很累了。其实早在馥雅被苏景宏逼去昱国后他就知道,在这场战争中注定要输。他们只想到让馥雅去求连曦,却没想到连曦会反过来利用馥雅威胁亓国吗?

果然,半个月前收到馥雅的书信,她说,连曦已经同意与自己来一场帝王之间的战争。先是欣喜于她到如今还活得好好的,随后便想到馥雅的危险,连曦是何等人,他会放弃利用馥雅这个大好机会吗?

他相信,在这场战争之上,定然能见到馥雅的身影。到那时,连曦可会用馥雅与连思交换?

昱国

连曦一人独自站在书房内,昏暗的书房内只燃了一支蜡烛,明晃晃地耀着他的双眼,单手紧握成拳,一口怒气愤然冲上心头,将桌案上的书籍全数扫至地面。

初雪在苏嬷嬷的陪伴下才进入书房便见此情景,吓坏了,"二叔……"

连曦转身,望了眼初雪,最后将凌厉的目光直射向苏嬷嬷,她被这眼神吓得心里咯噔一跳。

"说吧。"

苏嬷嬷望着此刻极为危险的皇上,用力平复几乎要跳出口的心,"奴才……不知道说什么。"

连曦的嘴角边流露出一抹嗜血的弧度,"初雪,你说,今日到底怎么回事,你怎么会突然去了皇后那儿?"

初雪头一回见这样冷酷的二叔,不禁有些后怕,轻轻挪动了步伐,"皇后娘娘硬拉着我去她那儿,初雪本不想去,后来苏嬷嬷一个劲儿地让我去……初雪在皇后那儿吃了一块很香很甜的芙蓉糕,后来就睡下了……"

连曦的拳,一下一下地敲打着桌案,在此刻异常冷寂的御书房格外阴森,良久他才吐出一句,"初雪,你先出去,二叔有话与苏嬷嬷说。"

她的眼珠在苏嬷嬷与二叔的身上转了一圈才离去。

初雪才离去,苏嬷嬷双腿一软便跪下了,"皇上饶命,一切,一切都是皇后娘娘让奴才这么做的。皇后对奴才说,只有这样做,昱国才会有完全胜利的把握,否则亓国与昱国这场战争将会非常惨烈。"

连曦背对着苏嬷嬷不言不语,依旧一下一下地敲打着桌案,冷漠僵硬的背影犹如一座冰雕,纹丝不动。这样的皇上着实让苏嬷嬷浑身打战,冷汗已经由额头上滑落,但闻皇上冷道:"继续说。"

战战兢兢地伏在地上,苏嬷嬷开始老实交代,"娘娘知道皇上您最近故意让御书房的守卫表面看上去异常松懈,其实暗地里埋伏了许多隐秘的禁卫。她知道是您在故意试探辰妃娘娘的心是向着亓国还是昱国,她就顺水推舟演出了这样一幕。"

"是吗?她明知道朕在暗地里埋伏了禁卫,她还敢在朕的眼皮子底下导演这样一出可笑的戏?"他一阵嗤鼻之笑。

"娘娘说,皇上会理解她的良苦用心的。"苏嬷嬷将皇后当初交代给自己的原话一五一十地说着,安排这场陷害的戏码之时,皇后就有说过,若皇上问起便老实交代,定然能逃过一劫。

连曦的双拳紧紧握着,青筋暴起,脸色冷得吓人,强忍着怒火,平静地道:"你可以出去了。"

"谢皇上开恩。"得到皇上的应允,她仿佛大难逃生,连忙叩首谢恩便匆匆离去。皇后娘娘果然说中了,皇上即使知道了也不会怪罪,看来皇后还是挺了解皇上的。她就是不明白了,为何皇后能料定皇上不会怪罪?这奴才陷害主子可是死罪啊,是什么原因让皇上竟然能包容?更何况……皇上明知道辰妃是冤枉的,为何还要将错就错,将辰妃打入天牢?

御书房内的连曦弯下身子,拾起地上那一卷行军作战图,勾起一抹自嘲的笑容,

 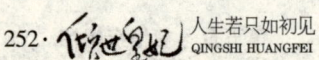

"辰妃,原谅我的自私,我的妹妹还在纳兰祈佑手中,只有你,才能保住连思。"

　　虽然这个妹妹因为爱情背叛了他,但是,亲兄妹毕竟是亲兄妹,血浓于水。他也不能再失去亲人了,这个世上除了初雪,便只剩下连思。他已经孤单了二十多年,虽然已经习惯了孤独,但是,也怕了孤独。

十年踪迹心

　　幽草被关在隔壁一间牢房内,自我被禁卫送进来那一刻她的视线就一直停留在我身上。她一直在笑,但是眸中却有着悲凉与沧桑。我没有看她,只是抱着腿,倚靠在阴湿的天牢墙角,仰头望着气窗口那一轮明月如霜倾洒在我的脸上,照亮了阴暗的天牢。

　　良久,冷寂的大牢中传来她的声音,"你真是个可怜之人,不论走到哪儿都有人要陷害你。"语气中颇有看好戏的意味,随之也淡淡地笑出了声。

　　"你怎知我是被陷害进来的?"收回目光,终于将视线投放在她身上。原本清丽的脸蛋上有几道伤痕,似乎经过拷打,难道她在牢中受了刑?

　　幽草脸色一变,愤怒地瞪着我,"收起你那怜悯的目光,我最恨的就是你那份善良,我最恨了……"她的情绪突然激动了起来,"从见你开始,你就一直是这样,遇到任何事你都在包容,用你的善良去包容,就算你恨一个人也仅是那瞬间。公主就是公主,永远不知道愁为何物,恨为何物。你说,像你这样一个女子能进这样肮脏的天牢,除了被人陷害还能有什么原因呢?"

　　我黯然一笑,"你真了解我。"

　　她的情绪渐渐平复,全身瘫软地靠在冰凉的铁栏之上,目光深深而又长远,似乎在回忆着什么事。须臾,她似乎想透了什么,虚弱苍白地露出一笑,"当初我选择忠于你,又何尝不是因你的善良呢。当年的灵皇后命我在你的膳食中下毒,穆太后命我挑拨你与皇上的关系,兰嫔命我监视你的一举一动……她们都许诺我,只要帮了她们便让皇上纳了我,可是我拒绝了。现在想想当时我怎会如此傻,明明那样深爱着皇上,明明如此想成为他的女人,却放弃了这大好机会。"

静静地听着她的一字一语缓缓飘进耳中,再听起这些我已经很平静了,往事皆空,物是人非,计较那些又能如何。

她的泪水溢满眼眶,蒙上一层水汽,最终滴落在脸颊,"曾经的我在你身上找到了一个可贵的气质,那便是与世无争的善良,尤其是皇上密谋篡位,你在听雨阁那两年。你陪皇上对弈,品天下,聊兵法,那时候我便知道,你与皇上是天造地设的一对,而皇上看你的眼神也由最初的迷恋转化为爱。后来我才懂得,原来爱情也是可以默默付出的……我真正断了对皇上的念想。馥雅公主更是我最敬佩的一个女子,她聪慧,她善良,她脱俗。可是,你害死了皇上!你害死了皇上!"她喃喃念叨着,拳头不断地敲打着铁栏,她的手已经被鲜血染红。

恍惚间我疯狂地笑了起来,带着泪水一同倾洒,"幽草你错了,我从来不曾善良。这几年我身处亓国,你知道我的手上染了多少人的血吗?我自己都忘记了,自己都忘记了……"

"因为他们都该死,所以你的手上才染了血。"幽草一针见血地回答,让我的笑声戛然而止,怔怔地望着她我沉默了许久许久,直到一声,"皇上驾到——"我才回神。

望着连曦那阴郁的目光与冷寂的脸色,我提起衣袖将脸上的泪痕抹了去,看他一步一步地进入牢房中,我的心情出奇地平静,"皇上驾临这样肮脏的天牢,不怕失了身份?"

他站在高处俯视着我,我毫不畏惧地对上他的瞳,他此次前来的目的我在方才冷静数个时辰后已经慢慢理清,现在大概猜到了几分。御书房何等地方,竟会让我那么容易进入,肯定暗中埋伏了许多人。那么,所有的一切都在连曦的控制下,包括苏嬷嬷的嫁祸。连曦是与苏嬷嬷同谋演出这样一场戏的吧,不然……他明知道我被陷害,为何还要送我进天牢?

连曦终于开口了,"你没话对我说?"

我嗤鼻一笑,"瞧皇上说的,这话应该是我问你吧?"

他蹙眉,长长一声叹息,蹲下身子与我平视,"你误会了。"

"误会什么?"我故作不解,疑惑地问他。

"我并不知情。"

看他诚恳的目光,我只觉得好笑,为何世人总喜欢为自己曾经做错过的事找借口呢,为何不能敢作敢当?

"可能你真的不知情,但是你最终还是选择了装傻,因为这是一个好机会。既能有把握打赢这场仗,亦能载入史册成为一位明君。连曦就是连曦,我从没小瞧过你。"

听罢,他也笑了,笑得凄楚,"你少说了一点,还能换回连思。"

"对,我漏了这一点。如果打这场仗,祈佑的手中有你的妹妹,你定然会顾虑再三而下不了决心。现在好了,你名正言顺地找到了祈佑的一个弱点,但是这个弱点是辰妃啊,你大哥的妃子,若你就这样将我带去战场做人质,天下人将如何看你啊。所以,这次苏嬷嬷真是帮了你一个大忙,助你找到一个非常好的借口。"

他仿佛没有听到我的话,扬起修长的指,勾起我颈边散落的一缕青丝,凝望许久。

见他不语,便继续道:"连曦,纳兰祈佑既然能送我到昱国,就不会受你威胁的。"

"这场战争很公平,他的手中有连思,我的手中有你。或许……这次我会带你去战场,让你看看,馥雅公主在纳兰祈佑的心中到底是个什么分量。江山重要,还是你重要。"他的指尖抚摸着我的发,声音异常平静。

"我可以替他回答,是江山。"

"不,你代替不了他。"手指一松,一缕青丝重回我的胸前,他含着笑起身,"馥雅,这场战斗不止是在考验纳兰祈佑,也在考验我。结果是什么,谁也不知道……谁也不知道。"

他笑着转身,离开了天牢,留给我的是一个苍凉的背影。

幽草轻笑一声,缓缓吐出一句,"原来,冷酷无情的他,也会被情左右。"

不解地看着她,"情?"

"你看不出来吗,他也在权力与爱情的边缘徘徊着。"幽草别有深意地笑了,那笑,让我心惊。

半个月后,我被关押在囚车里随着昱国大军声势浩荡,车马长行肃然有序地前行。天空中飘着小雪,冷风洋洋洒洒地将其卷起拍打在众人身上。我蜷缩在囚车内,那漫天的雪花与北风让我的身子已渐入麻木,双手抱膝,望着纷铺在地的飞霜傲雪被无数的马蹄踏过,车轮碾过。

这场仗终于开始了,过不了多久将会是一个结束。

连曦骑坐在矫健的棕红千里马上,整个身影被白白的雾色笼罩着,这场仗他有多大的把握呢,祈佑是否能运筹帷幄,睿智地拿下这场仗? 回想起临行前,连曦在天阙门那意气风发的模样,他告慰三军,洪亮的嗓音如长刃破雪使三军肃然振奋,口中直呼"不拿下亓国势不归师"。

那是千万名战士的心声,也是天下百姓的心声,如今他们只求一仗定胜负,不论是抛头颅洒热血也要换得天下的安定。

 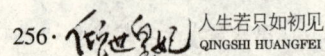

祈佑那边的情况我不知道，但是昱国势在必行，不拿下亓国决不罢休。

亓国强盛的兵力是天下盛名的，但是兵再多，始终要粮草，如今他们的粮草是否准备充足，是否足够打完这场仗呢？

经过几日的路途，三军驻扎边防，与祈殒驻扎在边防的军队会合。边防荒原漫漫无际，连续数日不停的大雪终于停滞，层层白云直破云霄，四处的荒凉因大军的到来得到了些许生机。

一名侍卫打开了囚车，将双手双脚已被铁链铐住的我请下了车，一步步地踩着雪花，走上了边防的城墙之上，皑皑白雪将其笼罩得犹如一座冰城。在踏上城楼顶端的那一刻，我看见祈殒正对一个身材娇小面目清秀的小兵怒目而视，一声声凌厉的声音若有若无地传来，却听不清他到底在说些什么。

头一回见到祈殒如此生气，不禁有些奇怪，温雅如他，何人竟如此厉害能引得他发怒。

随着越走越近，听到的声音也愈发得清晰。

"和你说过多少遍，少与那群蛮子厮混在一起，你怎么就是听不进去，那群都是五大三粗之人……"祈殒从开始到现在就一直喋喋不休地朝他吼着，而他的头也愈垂愈低，显得可怜兮兮。

祈殒见他不说话，紧蹙着眉头继续朝他吼道："你听清楚我说的话没！"

"我与他们厮混你会在乎吗？"声音很低脆，带着丝丝哽咽。见祈殒沉默很久都不说话，他竟哭出了声，这一哭不仅让我奇怪，更让祈殒那怒气腾腾的脸色软化下来，轻声安慰道："别哭了。"

不想，他却哭得更厉害了。

祈殒手足无措地望着他，又朝他吼了一句，"别哭了，我叫你别哭了。"

音方罢，正哭得伤心的他立刻止住了哭声，睁着一双水汪汪的眼睛望着祈殒，而祈殒在此时发现了我，目光突然有些凌乱尴尬，迅即恢复了以往的儒雅，"辰妃。"

我淡淡勾起一笑，目光徘徊在他们身上，最后深锁在那个泪眼蒙眬的孩子身上，突然察觉到了什么，了然一笑，"她还小，别太凶。"

正当祈殒失神之时，我已经随着侍卫越过了他们，那个孩子分明就是个小姑娘，怕是祈殒早就知道她的真实身份了吧。看得出来，祈殒似乎喜欢上了这个姑娘，否则也不会如此在意她是否与其他将士厮混在一起了，但是他自己好像还未发现那份情愫正悄悄地蔓延着。

有时候我真是羡慕他们，可以没有负担地相互喜欢，将那份感情悄悄蔓延下去。

可是我不同，我的爱情早已经被埋葬，随着祈佑一同埋葬。记得在天牢中幽草曾问过我，若是连曦肯为我放弃这大好江山，与我远居他方，随我过我一直所追求的日子，我可会愿意与他携手共同隐居他方呢？

我并不否认，那一刻是我此生最向往的日子，能有人伴我如此终老我余愿足矣。但是，连曦不可能放弃大好江山不说，我还是他的嫂子，我还是祈佑的妃子……更重要的是，我的心早已埋葬在最深处，再也无力去接受任何人了。

迈进城墙上被铁锤凿出的黄土砌成的……勉强称得上个屋子吧，案前的灯火摇曳生光。看连曦低头凝望着手中的布兵图，侧脸被赤光照射得忽明忽暗，我的心没来由地猛跳一下，有些心绪不宁。

那名侍卫找来一把残破的椅子让我坐下，我有些莫名其妙地望了眼依旧低着头没有看我一眼的连曦。见他当我不存在，便坐下了。拷着双手双脚的我坐在离他不远之处，他就当我是一个透明人，直到几位将领身披战甲进来后连曦才抬头，面无表情地说道："亓军那方的战况如何？"

几位将领正欲开口，却略带戒备地望着我，神色中还有鄙夷。而连曦依旧当我不存在，目光凌厉地盯着他们，"都哑巴了？亓军现况如何？"

"回皇上，此次亓国的皇帝御驾亲征，陪伴其左右的有苏景宏、展慕天两位大将，他们两人的关系似乎并不如传言那般势如水火，反倒……"一位将军见皇上询问，立刻答道。

"朕派你们安插人在他们身边就是为了挑拨他们之间的关系，现在他们竟然并肩与纳兰祈佑作战！你们竟连这点事也办不好，如何统率大军为朕出征？"连曦声音突然一阵起伏，带着隐隐的怒气。

在场的几位将士一颤，"皇上恕罪，原本是挑拨成功了，可是，可是，后来不知怎的，他们竟然摈弃前嫌……"

"够了，朕不想再讨论这些。如今，我们必须摸透他们的兵力，粮草，具体位置，想办法攻克他们。"连曦挥了挥手，众将士皆围上前一同观望那张牛皮纸地形图，你一言他一语地畅谈着如何进攻防守，头头是道。

连曦，他根本不怕我听到他们商议的军情，如今的我已是阶下囚，就算得知了秘密军情那又能如何呢？

我如隐形人一般呆呆地坐在椅上，对于屋内的嘈杂之声置若罔闻，目光深深地瞥着外边的白雪之景。那片片荒原雪如此净白透明，此刻的祈佑离我有三里？三十里？三百里？即使再近也是咫尺天涯，两两相望而已罢。

连曦要带我来看看,祈佑的心是在乎江山多一些还是在乎我多一些,或许我的心中也有个期待,想知道自己在祈佑心中到底是个什么位置。却又害怕去面对,若是我重要,那我便成了亡元的罪魁祸首,若是江山重要,我的心是否会疼呢?

　　冬日很快便进入夜幕之时,几名侍卫捧着炭火盆进来,冰冷的屋子内稍微有了些温度,而我的身子早已被冬日之寒冻得浑身僵硬。那丝丝的温度并没有缓和我全身的冰凉,我几度快坚持不下而昏昏欲睡,是众将士那粗犷的声音让我的意识稍稍有些恢复。

　　身体上的寒冷与麻木再也支撑不住,我的眼皮开始沉沉地合上,恍惚间有一丝温暖传遍了我的身子,就像夏日里得到一碗凉水,冬日里得到一根火柴。用尽全力撑开眼皮,一张冰冷的脸放大在我面前,而我整个人被一床被褥紧紧包裹着。

　　想开口说话,无奈,发不出任何声音。

　　连曦将我打横抱起,朝屋内唯一的一张床上走去,最后将我放好。看他的目光似忧似急,似喜似悲,我不解地看着他如此表情,他怎么了,为何对我流露出如此怜悯之情?

　　"馥雅……"他说话的声音很低沉,喊着我的名字,让我有些不知所措。

　　突然间看见连曦胸前的盔甲上沾染了不少鲜红的血迹,舔了舔唇,想出声提醒他,却感觉口中一片血腥味。

　　我才恍然回神,原来是我自己的血。

　　"我这是要死了吗?"我气若游丝地发出低低的声音,又是一股腥味涌出喉咙,冰凉的液体随着我的嘴角缓缓蔓延而下。

　　"我不会让你死的。只要昱国在一日,你便会与昱国同生!"这话说得坚定,那眼神是我从未见过的,但见他唇角紧抿,眼中有着怒色。我虚弱地笑了笑,"谁也抵不过天,阎王要将我的命夺了去,谁能阻止得了呢?"

　　"若阎王敢要你,那我必然去阎王殿将你抢回来。"他倏然起身,又拿起一条被褥将我牢牢地包裹起来,生怕我受了冻寒。

　　有时候我觉得连曦做事真的好矛盾,既然不愿我死,为何一路上却要将我关在囚车里顶着漫天的风雪来到边防,从来不给我加一件袄子。更是将狼狈的我丢在屋中,让众将士用鄙夷的目光去注视我,他的目的不就是为了折磨我吗?现在他如愿了,或许下一刻我就会死在他面前,可是他又不让我死……是想留下我继续折磨吗?如果是这样,我何须强忍着自己最后一口气与意念想要活下来,是为了依旧孤独的初雪还是为了再见祈佑一面,又或者是为了亲眼看看,在祈佑心中,我是否能抵过江山?

"馥雅,你别睡!"连曦一声怒吼将我逐渐虚弱的思绪拉回,他的双臂一紧,将我紧紧环在坚实的臂弯中,"来人,打一桶热水进来,快点!"他的声音如狂狮般怒吼,守在外的士兵立刻道:"是,皇上。"

士兵急匆匆地将满满几大桶热水倒进浴桶之后,那轻烟弥漫整屋,连曦还吩咐侍卫们去取来几味药,由于深处冰天雪地,药材资源并不多,便只说了几味能在四处找寻到的草药,最后将那些草药混合在一起丢入浴桶,是药浴。

他坐在床的边缘,双手置放在我的颈边。当我意识到他是要褪我衣裳之时用尽全身气力揪紧衣襟,"你干什么……"

"你认为现在的你还有力气动吗?"连曦很轻易地便将我的手由衣襟上扯下,不顾我的反对便开始为我解开纽扣。

没有再挣扎,别过头合上眼睛不去看他,任他将我的衣衫慢慢解开,窸窣的声音弥漫在四周,怪异的气氛使我无法喘息。

我知道,要活命便一定要褪去衣衫浸泡药浴,军中无女子也唯有他帮我褪衫了。脑海中突然闪现出被祈殒骂得可怜兮兮的孩子,她不正是女扮男装的女子吗?可是我不能对连曦说,这会害了祈殒,害了她的。

当我的衣衫被连曦褪得只剩一件裹衣与裹裤之时,整个人一阵悬空被抱起,最后沉入那滚烫的浴桶中。药草味弥漫在我周围,刺激了我混沌的思绪,僵硬的身子也因那滚烫的药浴渐渐得到舒缓。不知是不是药的作用,很快,一阵热气由脚心往头顶上蹿,丹田小腹中热气弥漫不绝。

"做什么,你还会害羞?"片刻后的安静,连曦一声轻笑由耳边划过,始终紧合双眼的我这才缓缓睁开眼帘。望着他戏谑的表情中还带有丝丝的欣慰,"试试自己的双手是否能动,自己把剩余的衣衫褪了吧,泡药浴,身上不能留任何衣物。"

不知是药浴的原因还是我在他面前害羞了,脸上火辣辣烧红一片,将身子再沉入水中几分,才将剩余的裹衣裹裤褪了下来。

他就这样直勾勾地盯着我,也不说话。这样尴尬的气氛让我无所适从,开口找着话题打破此时的诡异之气,"这次你为何要救我,这么多天来,你不就是想要折磨我吗?"

连曦一笑,带着湛湛的目光望着我,须臾才吐出沉沉的话语,"我以为看到你受苦我会很开心。"

在水中,我动了动双手,潺潺水声异常清晰,我深深地吸了一口气,暗想着他此话之意。没待我开口他便肃然收起淡淡的笑容,脸上一片冷峻,"待你身子好些,我便携你去会会纳兰祈佑。"

"会他?"我的声音渐渐起伏,莫不是又想如数年前连云坡那般来一次暗杀?在连云坡,牺牲了连城,而这一次,又将牺牲谁?若连曦又朝祈佑暗中放冷箭,我是否毅然如当年那般愿意为其挡箭?

似乎看出了我的忧虑,他眉头深蹙,桌案上那盏灯忽明忽暗地摇曳,那沉滞的影子深深蔓延着,"当年大哥去会纳兰祈佑,有我在其后射出冷箭三支,而今连曦去会纳兰祈佑,已经无人再为我射出三支冷箭了。"他顿声良久,仿佛在喃喃自语般又吐出几个字,"就算有人射冷箭,你依旧会为他挡箭吧,但是却没有人再会为你挡箭了……"

"是的,这个世上只有连城这个傻瓜肯为我挡箭。"我无声地笑了笑,却是笑得声音哽咽,眼眶泛涩,"连曦,是你让我知道,原来生在皇族家的兄弟也会有真情。兜兜转转数十年,我看了太多的手足相残,唯有你与连城,虽同父异母,却是兄弟情深。若是祈佑的兄弟有你们一半好,怕是弑父夺位的一幕便不会发生。而我,早在十年前便死于二皇叔的刽子手下了。"

"十年……"他重复着这个漫长深远的词。

"回廊一寸相思地,落月成孤倚。背灯和月就花阴,已是十年踪迹十年心。"

"你倒是颇有感慨。"他听完我低低吟诵的诗大笑一声,如此狂放,随即脸色一沉,变幻得如此之快让我措手不及,"记得我说过吗,你的不孕之症我能为你治好,去除你身上所有的病痛对我而言更是举手之劳。"

"当然,这种病痛在青出于蓝的连曦眼中根本不算什么。但是你的条件呢?"

"还是你了解我。"他上前一步,双手撑在浴桶两侧,俯身靠近我,"永远照顾初雪,做她的娘亲。"

听他这样的条件我倒是颇为惊诧,"只是这么简单吗?初雪,我早就当她是自己的孩子了,只要我有命在一日,便会将我全部的爱给她。"

"不,这一点也不简单。"连曦猛然掐住我的下颚,抬起我的头,对上他那邪魅的目光,"如若此次我输了,唯有你能保住初雪。"

"记得曾经你对我说过,若昱国亡,我便与之同葬。"

"不,我改变主意了。若有朝一日我沦为阶下囚,初雪的命运可想而知……唯有你活着,初雪才能好好活着。"颓然,手一松,带着异常悲凉的眸光转过身背对着我。

这是第一次,他第一次在我面前显露出他的懦弱,还有对这场战争所做的最坏的打算。

人非草木,孰能无情。

连曦似乎已经参透了一些作为帝王的道理,战争并不是为了玉石俱焚,而是为了天下安定。统一天下成为万万人之上的帝王，更应该有着包容之心去宽恕。

现在的连曦似乎已经在宽恕我对连城的伤害，那么总有一日，他也会淡化对祈佑的仇恨。毕竟连城之死，连曦自己也有很大的责任，若没有他背后的冷箭，我们又怎会走到今天这个地步呢？

北方边关常年飞雪，天寒地冻，玄冰万丈。

大雪飞扬在北疆辽阔的大地上，四处虽冰天雪地被白雪笼罩着，但是仍掩不住横卧沙场埋骨他乡的悲凉。我的双手依旧被紧紧铐锁着，只是将脚上的铐链卸了去。比起最初的狼狈，今日连曦为我添了貂毛袄子，怕我再冻出个万一来。

我与他同乘一匹马，他那坚实的手臂牢牢将我箍在怀抱中，他的黑袍随风舞动，扑扑作响。感觉到他的气息冷冷淡淡，浑身的杀气凶险至极。

我侧耳倾听着除了跟随在身后那一小股兵的脚步声还有没有其他的声音，我很怕连云坡的一幕再次发生在我的眼前。幸好我一丝声音也没有听到，唯独剩下北风狂啸。

险路崎岖，冰雪蔽日。

劲风如刀，狠狠刮在脸颊上硬硬生疼，吹得发丝散乱飞舞。

荒原之上，我终于见到了那个男子，金盔白羽，身披蟠龙战袍，坐在白马之上傲然挺拔睥睨着我们。一位目光空洞无神的女子亦与他同乘一马，寒气弥漫着他们两人，发丝被风卷起纠缠在一起。

他的目光紧紧地盯上我，两年了，他还是没变，王者的霸气凌然让人畏惧，只不过岁月的斑驳，使他显得有些沧桑。他已年近三十了吧，我们都老了，十年如白驹过隙，恍然回首才发现我与他之间走过的一切竟只是寥寥可数的几年而已。我与他之间的爱情一直都在陡生变故，一直都在权力的旋涡中盘旋。

连曦的手突然环上了我的腰，让我紧紧贴在他身上，下颚轻贴着我的额头，暖暖的呼吸拂面，酥酥痒痒的。我欲挣脱，他却搂得更紧。

看着祈佑那寒冷如冰的目光，我知道连曦做这个动作的目的，只是为了激怒祈佑。

对他这样的举动，我感到无奈，低声道："连曦，这样的你很像个小孩子。"话才落音，腰际上的力道突然收紧，呼吸顿时有些困难。

"勿用话激我，今日我让你看看自己在纳兰祈佑的心中到底是个什么地位。"他在我耳边轻道一声，后仰头望祈佑，"纳兰祈佑，想要你的女人吗？若想要，就单枪匹马带着连思过来交换。"

我一惊，单枪匹马过来不是送死吗，连曦这是在说什么鬼话！我气愤地回头道："你要做什么！"

他眸子微低，"心疼了？难道你不想知道自己在他心中的地位？"声音极具有危险性。

"我不需要用这样的方式来证明。"我的声音方落，一把匕首已经抵住了我的咽喉，"纳兰祈佑，说话啊，敢不敢过来?！"

苏景宏的脸色一变，立刻挥着手中的大刀指向连曦，怒斥，"你为何不单枪匹马带着雅夫人过来赎你的妹妹！"

连曦狂傲一笑，"任何一个筹码都有他本身的价值，连思是一个背叛我的妹妹，而馥雅，则是为了救亓国自我牺牲的女子，谁的价值更高，你们应该很清楚。"

苏景宏听罢也笑了起来，单手按着缰绳，"既然我们肯将雅夫人送出去，就已经做好了她回不来的打算，你拿这样一个没用的人来和皇上谈条件，简直是天大的笑话。"

"是不是天大的笑话，得纳兰祈佑说了才算。"连曦的脸色一冷，寒光直射祈佑，"你什么决定，回个话吧。"

祈佑的目光从始至终都投放在我的身上，没有多余的时间去观察他人的所为，我更怀疑他到底有没有听到连曦对他所说的话。

突然，祈佑松开了缰绳，由马上跳了下来，顺势也带下了木然的连思，"好，我过去。"

"皇上！"

"皇上！"

苏景宏和展慕天齐声唤了一句，马蹄嘶嘶之声响遍荒原。

我不可置信地盯着祈佑拽着连思一步步朝我走来，没有欣喜，只有心惊，"祈佑，不要过来，他不会杀我的！"

"闭嘴！"连曦一把掐住我的下颚，不让我继续说话。我奋力挣扎着，连曦手上的刀划破了我的颈项，他一惊，连忙将匕首移开半寸，死死固定着我的身子，不让我继续挣扎下去。

祈佑的脚步没有停，一直朝前走着。苏景宏翻身跃下马，横手挡住祈佑的去路，激动地冲他喊道："皇上，你要为亓国的将士、百姓着想。您肩负的是一个国家，不可为一个女人丢弃你的国家啊！"

风氅翻飞，踏雪无痕，他伫立在雪地间，深深地看着我，"或许……曾经的我认为一个女人是绝对抵不过一个江山，可是现在我才知道，一个女人与一个江山并没有多大区别，只是每个人所看重的不一样罢了。"似在对自己说，似在对苏景宏说，也似在对我说，"连曦是昱国的皇帝，我相信他不会再做暗箭伤人之事，毕竟，决战是他提议的。"

一个女人与一个江山并没有多大区别，只是每个人所看重的不一样罢了。

不再挣扎，唯独泪水渐渐涌出，只能无言相对。

同样的，连思的眼眶中也溢出了泪水，木然死寂的脸上出现了淡淡的笑容，笑得异常讽刺。

苏景宏霍然扬起大刀，锋利的刀锋抵上自己的脖子，双膝一弯，跪倒在地，"皇上，您若过去，老臣就死在您面前。"

祈佑语声淡定，蓄满坚定之意："朕意已决！"

没有受他的威胁，祈佑一步一步地朝我走来，苏景宏不可置信地望着他越过了自己，手微微地颤抖着，大刀终于还是无法握住，轰然摔落在地，"天要亡我亓国。"整个身子一软，匍匐在冰雪之中，痛哭出声。

展慕天并没有阻止祈佑，只是下马朝苏景宏走去，口中说："苏将军，皇上也是凡人，他也有自己拼了命想要保护的东西。皇上对雅夫人不仅仅是那刻骨铭心的爱，更有对她十年的亏欠！"

看着祈佑朝我缓缓走来，而连曦紧紧掐住我的手也缓缓松着力气，他低声在我耳边轻语着："没有想到，祈佑也是如此性情中人……你看到答案了吗？你在祈佑的心中已经大过了江山，大过了他的命。也许你自己都无法料到会是这个结局吧。现在只要我一声令下，纳兰祈佑就会是我的俘虏，我只用一个女人就得到了这个天下统一。这样的统一天下，不费一兵一卒，更不用流血……"

下颚得到丝丝的舒缓，我立刻挣扎着恳求道："求你……放过他，求你……"

连曦不再说话，只是笑望着祈佑一步步地朝我们走近。突然，连曦将我松开，带着我翻身下了马，对着近在咫尺的祈佑笑道："曾经一直很奇怪，这个女人为何总是傻傻地痴痴地为你付出那么多，换来的却是你的利用，你有什么吸引她的？算你还是个男人！若你今日不是选择馥雅，而是江山的话，我一定不会让你走出这片荒原。"顿了顿，他苦涩一笑，"既然下了战书，我便会与你对决战场，一决高下。馥雅现在还给你，过不了多久，我会由你手中重新夺回她的。"

祈佑停在我们面前，终于将视线投放在连曦身上了，眸子里含有钦佩与赞赏，这是我第一次见他对一个对手流露出此般眼神，就连我都不敢相信，连曦竟如此大度地放我们就此离开。看来，连曦真的已经在慢慢看淡仇恨，越来越有属于王者的风范了。

"我很期待与你的较量。"祈佑的唇边勾出若有若无的微笑，"你的妹妹，我毫发无伤地还给你。"

 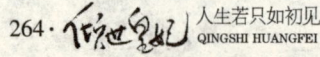

一直被祈佑挟制住的连思突然回首，与他相对而望，我看不清楚连思的表情，只听得她一声质问："你对不起馥雅，那你就对得起我吗！"

祈佑没有说话，脸色有些痛苦，我深觉不对劲，轻易地摆脱了连曦的控制冲上前，那触目惊心的场面让我彻底呆住了。

连思的手中紧紧握着一柄匕首，刀锋已经完全刺入祈佑的小腹，血一滴一滴地洒落在雪白的地面。连思的目光中带有悲愤，也有不甘的泪水，"纳兰祈佑，为了你我背叛了哥哥，你却从来不觉得自己亏欠了我吗？你的眼中只有这个女人，你对得起我吗！"

祈佑再也支撑不住了，无力地后退几步，双腿一软便要倒下。惊呆了的我立刻冲上去扶住他，"祈佑，祈佑……"

亓国的侍卫一见祈佑出事了，立刻飞奔过来，口中喃喃着："快救皇上，快……"七手八脚地将他扛起，目光戒备地盯着连曦与连思。尤其是苏景宏，若不是此刻祈佑情势危急，他铁定会与连曦拼命的。

连曦上前扯住冷静得让人觉得可怕的连思，"你做什么！"

"我恨他，我恨他！"连思突然激动了起来，瞪着连曦，"还有你，为什么要将我送去亓国，还要害死我的孩子！你没有人性，连自己亲妹妹的孩子都要杀！"

"你疯够了吧。"连曦一把扯过她，将其丢上马，侧首凝望了我片刻，"记住我们之间的承诺！"

我深深地凝望连曦，吐出"谢谢"一词，蓦地转身，追上了亓军的步伐，祈佑的伤势已经让我乱了方寸，脑海中只有一个念头，他绝对不能出事，不能……

　　站在军帐外，望着进进出出的侍卫在我面前晃过，我很想拉住一人询问祈佑此刻的状况，可是无人理会我。想进去瞧瞧祈佑，更是被苏景宏的兵拦在了帐外。我的双手紧紧纠结缠绕，在帐外徘徊不定，手上的铐链依旧挂着，随着我来回的步伐发出铿锵之声。

　　时不时见侍卫端着满满一盆猩红血水而出，我的心便猛地一颤，偶尔听见有侍卫的低语。

　　"那女人下手可真重，匕首几乎全部埋进了皇上的小腹……"

　　"看军医的神情，皇上的情况似乎不大乐观啊……"

　　"若是皇上有个万一，咱们是不是不用打这场仗了……"

　　"瞎说，皇上是天子，有天神庇佑。这场仗打了近三年，若在此刻不战而败，我是决不甘心的……"

　　听他们的话语，我的脸色愈发地凝重，望着被帘幕紧掩着的军帐，我几乎望眼欲穿。

　　深冬寒浓，浮云尽散，夜幕渐晚。

　　当一脸疲惫的军医与苏景宏、展慕天出来那一刻，我立刻提步冲上前欲问祈佑的安危。还没迈出两步，一直守候在外的士兵皆围涌了上去，你一言他一句地问着。我被挤在最边缘，一句话也插不上。

　　"静一静，皇上已安然无恙。"军医的声音在喧哗的询问声中异常低弱，这一声并没有引来多大的反应，将士们皆喊着要见见皇上，苏景宏勃然大怒，"都给本将军住嘴！"

　　这一声让众将士立刻噤声，原本嘈杂一片立刻鸦雀无声，睁着一双双期盼的眼

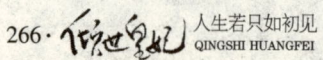

晴看着他。他清了清喉咙,肃穆着一张脸道:"如今皇上的伤势已被军医控制住,皇上现在最需要的是安静地休息。众将士可以放心回去坚守自己的岗位,昱军随时可能来袭,咱们要严阵以待,不得露出弱点让他们乘虚而入。"

展慕天也站了出来,用坚定有力的语气道:"相信皇上,他一定能挺过这一关的,我们现在要做的就是在皇上休养的数日,为他守住这个江山!"

"是。"众人半信半疑地应了声,最后四散而去,唯留下军医、苏景宏、展慕天三人,脸色异常凝重。

我凝望着他们的表情,心中有一股不好的预感上升,难道祈佑的伤势很重?军医这样说只是为了稳定军心?我箭步冲了上去,"祈佑到底怎么了,有没有事?我要去看看他。"

"不行。"苏景宏一把挡住我,厉色而斥,"若没有你,皇上怎会受如此之伤!"

满肚子的焦虑与担忧因他这句话转变为愤怒,我一声冷笑,"苏将军,若没有你求我来昱国,今日你们能这样堂堂正正与连曦正面交锋?若没有你,今日我会反被连曦利用来交换连思?她本是一个很好的利用工具,到最终却将她用在交换我之上,你很失望吧。这就是一个道理,你要得到一样东西,注定要舍弃一样东西,这便是天理循环。"

"本将军做的事还轮不到你来批驳,你没有资格。"苏景宏气得满面通红。

"好了,你们别吵了。"展慕天终是克制不住地怒吼出声,"皇上现在命悬一刻,你们还有心情在此争吵。"

"命悬一刻?"我压低了声音重复着这个至关重要的词,立刻用质问的目光看着军医,"你不是说他已无大碍吗?"

"那是为了稳定军心。连思那一刀是下了十分之力,丝毫没有手下留情,完全是冲着皇上的命来的,现在我已为皇上止血,稍微控制了一下伤势。北方荒原之地,药材稀少,要找药更是难上加难呀。若派人不眠不休马不停蹄地回亓国去取,往返最少也要十日,皇上的病情怕是拖不了那么长的时日了。"军医也压低了声音,生怕皇上的病情会泄露到将士的耳中,那将又是一场大乱了。

我紧蹙眉头问道:"没有其他的法子吗?"

军医望望我,再望望苏景宏与展慕天,欲言又止。

"有什么话就快说,婆婆妈妈的。"展慕天的情绪有些波动,很不耐烦地冲他吼了一声。

军医抬起食指,指向右侧一端。我们皆顺着他的手势望去,他所指之地不偏不倚，正是几里外那凝结了百丈冰雪的雪山，"破晓腊雪之露、雪莲。露水要在巅峰取最纯澈干净的露，若我没猜错，如此恶劣四季如冬的地方，定然会生长雪莲。只要在那儿找到这两味药，雪露为引，雪莲为药，将其磨成粉末混合在一起，一半内服，一半外敷，定能缓和伤势坚持到十日后名贵的药材送到。"

"好，我这就去。展相，你文采好嘴巴利，留下稳定军心。苏某一介武夫，甘愿为皇上上雪山找寻，若是找不到，定然不归。"苏景宏丝毫没有犹豫，提刀正欲离去，我立刻挡在他面前，"我也要去。"

"你去只会给我添麻烦。"苏景宏眼中满是鄙夷之色。

"皇上伤势未定这事断然不能泄露，现在只有我能帮你的忙，多一个人便多一分力量。上雪山我不怕，严寒我也不怕，在你面前我绝对不会喊上一声苦。若我喊了一句，你便可以丢下我独自离去，我只想与你一同上雪山，真的想为他做些什么，仅此而已。"我的语气近乎恳求，如今的祈佑已经危在旦夕，我只想为他做些什么，而不是一味地等待。

苏景宏那圆圆的眼睛上下打量我许久，终于是轻哼了一声，"你爱跟着去便去，你若跟不上，苏某定然不会等你片刻。"

得到苏景宏的应允后，我并没有立刻与他启程，而是带了些许干粮与火匣子。看着天色已经渐渐暗了下去，没有照明之火如何上那陡峭的雪山；要取巅峰之晨露，想必是要在山上过夜的，没有干粮哪来的力气继续寻找。

准备好了一切，我便背着一小包袱的东西与他上了雪山，临走时慕天让我万事小心，紧跟苏景宏的步伐，千万不要走丢。他是了解苏景宏的，若我跟不上，他铁定会丢下我不管的，哪会管我是不是雅夫人。

祈佑能有这样一个臣子真是他今生修来的福气，他做的一切都是为了朝廷，为了祈佑不惜甘冒欺君之罪也要将我送出去。只要祈佑有丝毫的不对，他必定坚持自己的原则与祈佑对着干，现在朝廷上这样的官员已经不多了。只是苏景宏的思想过于迂腐古板，遇事不懂变通，一味地往前冲，这样便会引起许多人的不满。这也是他为何在朝廷中独来独往，没人愿意与他打交道的关系吧。

月照雪成霜，寒气侵狐裘，冰雪浸雪靴。

我紧随在苏景宏的身后一同攀爬雪峰，虽说雪峰之路并不陡峭，但是夜黑风高，大雪蔽路，唯有手上的那一盏灯勉强可以照明前方的路途，确实难以行走。约莫攀爬了两个时辰我们才上了半山腰。

那路途很难行走，我们的脚踩在冰凉的雪花之中发出□□之声，我的体力也渐

 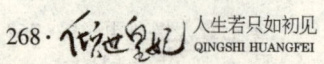

渐不支,喘得很厉害。苏景宏自始至终都没有理会我,一个劲地往上走。我很疲惫,但是不能喊累,因为上山之前我承诺过的。

眼看着苏景宏离我越来越远,我很想追赶上去,但是双腿已经软了,再也走不动了,一个趔趄,摔在冰凉的雪地中。我想,我要完了,苏景宏肯定会将我丢在这个冰天雪地中不予理会,我不怕死……但是至少要让我见到祈佑没事,这样我才能走得安心啊。

脸颊整个贴在冰寒的雪面上,冰寒刺骨的冷让我的全身麻木,直到一双手将我由雪地里扯了起来,"不能爬山路,何必自讨苦吃。"

瘫坐在地,借由苏景宏的手臂才勉强支撑住自己几乎力气殆尽的身子,"你不是说,不会管我吗?"

苏景宏一声轻哼,"你以为老夫愿意折回来? 若不是干粮与火匣子全在你身上,你的死活才不关老夫的事。"

我轻咳几声,露出惨淡的笑容,"那还是干粮与火匣子救了我一命。"

"好了,你省点气力吧,休息半个时辰继续赶路。我们必须在破晓之前到达山顶,取得最干净的腊雪之露,这样,皇上才有救。"

我深深吐纳着呼吸,平缓自己的体力,苏景宏也没有再说话,只是一直用手臂支撑着我摇摇欲坠的身子。其实苏景宏也并不是那么蛮不讲理的粗人,否则他大可丢下我自己出去寻找甘露、雪莲,粮食……或许他从来都没有在意过吧。

半个时辰后,我的体力稍微恢复了一些,吃了一些粮食补充体力,立刻与他一同继续朝雪峰攀爬。快要到达巅峰之时,山路愈发地陡峭,我的体力依旧不支,险些由雪峰上摔了下去,幸得苏景宏紧紧拉住了我,才免遭一难。

他温实带茧子的手突然让我想到了父皇,父皇的手也是这样的,年少时他多次领兵出征,无数次奋战沙场才稳定了夏国,苏景宏手上的茧子一点儿也不亚于当年的父皇,一股酸涩之感涌上心头。

万里荒原茫茫白雪,风势猛烈,衣角飞扬。

破晓那一刻,我匍匐着身子用手中雪白的羽毛轻轻将雪面上那层露水扫进瓶子中,片刻就装了满满一大瓶,随后小心地收入怀中。

"四处找找看有没有雪莲,听军医说它一般生长在雪峰的山峭边缘。"苏景宏见我已经收好瓶子,便在漫漫雪峰之巅四处找寻着。

我小心翼翼地踩在边缘,探出脑袋朝下望去,这雪峰还真不是一般的高,若是人摔下去铁定会粉身碎骨。

"雅夫人,小心点。"苏景宏突然回首,僵硬的声音带着丝丝的担忧。

"会的。"我冲他一笑,真没想到,一向对我有偏见的苏景宏竟会关心我。他不是巴不得我死吗,这样祈佑就可以安心当他的皇帝了。

突然,我在雪峰的山峭边看见一朵绚烂的白花,在风雪中傲然生长,色泽娇艳。那不是雪莲又能是什么!

掩不住兴奋,我立刻蹲下身子,伸手想去够那朵雪莲,"苏将军,我找到雪莲了!"一边回首冲苏景宏喊,一边用力去够下边的雪莲,可是离得实在太远,要够上还差好大一节。

苏景宏也兴奋地奔了过来,站在我身侧探脑而望,整个眉头深锁,"离得实在太远了,雅夫人你让让,我用刀鞘做几个能够踩踏的雪坑。"

待我让开,他便动手在陡峭险峻的峭壁之上凿下一个个雪坑。看他如此用力,我担心他脚底打滑,立刻托住他的胳膊,以免他不小心摔下去。苏景宏的身子被我触碰之后僵硬片刻,随后立即恢复,继续凿着。

片刻,终于凿出一个个可以抵达下方的雪梯。"好了。"说罢,苏景宏便将手中的大刀插入冰雪之中。

"我去。"一把拦住欲下去的苏景宏,坚定不容拒绝的声音由我口中吐出,侧首凝望着有些讶异的苏景宏,我冷着一张脸道,"你是亓国的大将军,要号令万千将士与昱国一搏,不能出事。我馥雅是红颜祸水,遗留在世只会祸害皇朝,若我出事,这世上便也少了一个祸害。"顿了顿,我笑道,"况且这个地方如此之滑,万一您一个不小心以我的力量是绝对拉不住您的,若我滑了,以您的力量或许还能拉住我呢。"

"好。"他没有拖拖拉拉,直接应下。他很聪明,知道考虑事情的严重性,不愧是久战沙场的大将军。

在下去之前,我看见苏景宏的眼中出现了一抹亮光,那是我从来没有见过的。

当我与苏景宏带着好不容易摘采到的雪莲下山之时,漫天的大雪又下了起来,纷纷扰扰,萧萧袭襟。苏景宏默然将雪莲与雪露递给军医让其磨成药粉给祈佑服下,我与他皆在帐外等待着,大雪落了我们满身。

展慕天听闻我们回来了,立刻由军队脱身而来,站在我身边低低地问:"他没对你怎么样吧?"

我含着淡笑而摇头,"没有。"

"看见姐姐安全回来,我就放心了。"他松了口气,细心地为我拂去发丝上片片雪花。

 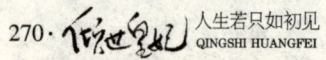

我站在原地一动不动，目光始终凝视面前那紧掩着的军帐，脑海中浮现的是在雪峰之上的情形。当我摘采到那株雪莲之时，我清楚地看见了苏景宏目光中那抹杀意。

　　其实早在上山之前我便已经知道，苏景宏定然会对我下手，但是我没有遗憾了不是吗？虽然明白，但是我还是含着笑容将手中的雪莲递给他，"一定要救活祈佑。"

　　苏景宏的手有些颤抖地接过雪莲，紧握着我的手有些生疼，突然间感觉到我的手一松，在我以为要摔下去之时，手再次被收紧。

　　他竟将我带上了雪地，没有再看我一眼，便孤身离去。

　　看着他矛盾的身影，我怔住了，他竟然将我救了上来。他方才那明显的杀意，根本就是想将我置之死地，他松手了，却再次握紧了。

　　无数的雪花片片打在我的脸颊之上使我回神，侧首望着站在身侧的苏景宏，那刚毅的脸以及满面的胡腮，炯炯淡漠的目光直勾勾地望着军帐。我动了动口，却没有说出话语。

　　此后我们三人都沉默着，天地间唯剩下风声呼啸，雪声簌簌。

　　直到军医出来，我们的眼睛一亮，不约而同地冲了上去。可是我冲到一半之时却停住了步伐，呆呆地立在原地，望着展慕天与苏景宏焦急地询问着祈佑的伤势。

　　军医终于是松了口气，笑道："皇上已然没有大碍，现在已经转醒……"

　　话未落音，二人已冲进帘帐，我的心也渐渐放下。

　　"雅夫人，您不进去么？"军医奇怪地看着我。

　　"不了……他没事，我便放心了。"苦涩一笑，我挪动着步伐缓缓后退。

　　展慕天和苏景宏却突然揭帐出来，"姐姐，皇上要见你。"

　　"见我？"瞬间，我乱了方寸，也不知该用何表情面对祈佑，又该与他说些什么呢？我想退却，但是心中却是如此渴望着想要见到他，见到他没事。

　　当我揭帘而进之时，眼眶猛地泛酸，望着虚弱着躺在床榻之上的祈佑，上身没有穿衣裳，唯有雪白的纱布将他的腰际缠绕了一圈又一圈，脸色异常苍白，但是目光却深炯地凝视着我。

　　虽然帐内生起了四个暖盆，热烘烘的，我还是担心他会冷，蹲下身子加了几块炭。

　　"馥雅……"他喑哑的声音唤了一声，气若游丝，几乎用尽了全力，闷哼一声，似乎扯动了伤口。我立刻跑到榻边担忧地望着他，"怎么了，伤口疼了？"

　　"没事。"他清寂的眼中略带着深软幽亮，巍巍地握住了我的双手，拉着我坐在床的边缘。

见他想起身,我立刻按住他,"别动,你有伤,万一扯动了伤口怎么办?"

他乖乖地不再动了,唇边划出淡淡的笑容,"方才苏景宏进来,只对我说……雅夫人是个好女人。"他扬起手,轻拂过我的脸颊,将我散落在耳边零落的发丝勾至耳边,"头一回,他在朕面前夸一个女人,一个他讨厌了大半辈子的女人。"

先是被苏景宏突然对祈佑说的话给怔愕住,随后又被他那句"讨厌了大半辈子的女人"之语逗笑,"大半辈子?那时的我还未出生呢,如何被他讨厌大半辈子?"

他无奈笑,却是多过宠溺,轻轻勾起了我的发丝,凝望了许久,"以后……不要再落发了,我保证,再也不会让你受到伤害,再也不会。"

原本带着笑意的我被他一句话弄得眼眶酸酸的,看他对我那情深款款的目光,我仿佛回到了从前。终于忍不住,我俯身靠在他的怀中,泪水一滴滴落在他赤裸的胸膛上,"你真是傻,为何要亲自带着连思过去,你真的不要你的江山了么?你舍得放弃吗?"

"我舍不得。"他很坚定地吐出几个字,随后又道,"看见连曦那把刀抵在你的脖子上,我很想赌,但是不敢赌……因为赌注是你的命,我输不起。"

感觉到他的手一直轻抚着我的脊背,那言浅意深的话语,前所未有的安心让我黯然一笑。

他将我埋在他怀里的头勾起,轻柔地抹去我的泪珠,看他刚毅的轮廓因唇角浅浅的笑意而柔软,我不禁有些呆愕,好久没有见到如此沐人的微笑,只属于他!

在我怔忪之时,他微白干涩的唇已经覆了上来,冰凉的舌尖触碰让我有些适应不了,向后退了分毫。他勾着我的颈项,不让我躲闪,唇齿间的嬉戏纠缠使我无法抗拒,就如一杯香气四射的酒,愈饮愈醉。

他厚实的手绕过我的腰间,隔着厚实的衣衫抚弄着我的酥胸,我立刻伸手制止他继续下去,"祈佑……你……你有伤!"在空隙之间,我断断续续地吐出几个字。

"真的……很想你。"他避过我制止他的手,唇慢慢滑落至颈边,唇时而轻柔若水地拂过,时而激狂若骤雨,迫出我紧闭唇间的呻吟声逸出。气息交织,于静默里带有暧昧的气息间,只听得彼此渐渐凌乱的心跳。

他渐渐火热的身躯灼了我抵在他胸前的手,怯懦着想要收回,但是迷乱的理智却让我攀上了他的颈项。他一个翻身,与我调换个位置,将我压在身下。

见他此番举动,我立刻清醒了神智,惊叫:"祈佑,你不要命了!你的伤才刚好……"我轻轻推拒着他,生怕一个不小心使他的伤口裂开,"别再动了,好好躺着。"

此时的他就像个孩子,伸手揽了我的腰肢,紧紧箍在怀中,任性着不肯松开。我不得不将脸色沉下,"祈佑,你再这样我可要生气了。"

 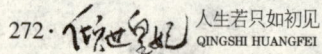

我轻轻将压在身上的他由身上翻过,让他重新平躺在床上,看着他的小腹上渗出了丝丝血迹,火气顿时涌上心头,"又流血了!"忙想下榻唤军医来为他重新包扎。

祈佑却紧紧拽住了我的手腕,"馥雅,别走。"他的眼中黑得清透,"留在我身边,让我好好抱抱你,不要让人来打搅我们。"

"可是你的伤……"我仍是不放心地盯着雪白的纱布上已经染上的丝丝的血红。

"一点轻伤而已,我还承受得住。"他将我揽入怀中,疲乏地伏在我胸前,闭目休憩,平稳的呼吸让我感觉他睡着了。

我的下身尽量不去贴靠在他的身上,生怕一个不小心又将他的伤口扯裂。指尖轻轻地划过他的脸颊,深深地凝视着他的容颜,就怕他会从我面前消失一般。

对于我的触碰,他的身子有片刻的僵硬,随即松弛而下,放在我腰肢的手又紧了几分,深深吸了几口气,脸上挂着干净的笑意,"馥雅……我爱你。"

一怔,我怀疑刚才听到的是幻觉,又问:"你说什么?"

"我说,我爱你。"他依旧是闭着眼睛,含着笑意重复了一遍。

好久,都没有听他再说过"我爱你"三个字,好像……唯独在与他大婚那夜,他对我说过……

笑意渐浓,很认真地又问了一次,"你说什么?我没听清楚。"

"纳兰祈佑说,很爱你,一辈子都不愿再与你分开!"他很有耐心地又回了一句,头深深地埋在我的胸前,薄削唇边犹带笑意,真的……很像个孩子。

我喜欢这样的他,因为此时的他才是最真实的他,真正的他!

待我惊醒,床侧却空无一人,我的心凉到脚底板,祈佑呢?祈佑呢?

迷惘地在帐中搜寻着,却见展慕天搀扶着祈佑揭帐而入,我一惊,立刻赤脚翻身跳下床,搀扶着他另一只手,冲着展慕天道:"皇上伤势未好,怎么能随便出去走动,你看,伤口又流血了。"

"臣也劝皇上勿出去,但是皇上坚持,臣拗不过他。"

祈佑淡淡地笑了笑,"朕的伤势怕是军中将士最为担心的一点,若朕不出去给他们一个安心,这场仗我军便已输了一半。"

"那你也不能拿自己的性命开玩笑啊,你的伤才刚稳定下来,药材还有好些日子才到。你要再出个万一,我岂不是又要再上雪峰采一次雪莲!"口气突然闪现异常的激动,但是搀扶他的力气依然是小心翼翼的。

我与展慕天合力将他扶坐在一张铺放了雪狼皮的椅子上,他软软地倚靠其上,带着笑意睨着我，"朕没事的。"

　　无奈地叹息一声，我忽望四个暖盆中的火没有初时之旺，便蹲在火盆边往里面加炭。

　　帐中的气氛顿时安静了下来，展慕天似乎察觉到什么，躬身一拜，"臣先行告退。"

　　只听得帐幕被揭开又被放下的窸窣声，火炭噼噼啪啪地在盆中燃烧着。我起身走至他身边，颇为忧虑地问："祈佑，这场仗有把握打赢吗？"

　　"没有。"他回答得很轻松，但是这两个字却是如此凝重。

　　"这么没有信心吗？咱们的兵力比连曦的兵力要盛许多。"听他这样说我很讶异，从来没有想过不可一世的他会说出这样没有信心的话来。

　　祈佑拉过我垂放在侧的左手，"是我累了。"

　　累！与祈佑相识十年，从来没有听他说过"累"这个字，我也没有想过，他竟会说累。

　　他修长的指尖摩擦过我每一根手指，那么轻柔。薄锐的嘴角一如往常那般凌起，然而那其中却挂着一丝淡淡的笑意与期许，"馥雅，我们也自私一次好吗？丢下这五十万大军，我们远走他方，去过平静的生活，没有战争，没有血腥，没有利用……"

　　我再一次因他的话惊呆，只能傻傻地望着他良久良久。祈佑真的变了，他真的已经厌倦了这宫廷的斗争与身为皇帝的无奈，再也没有那份强势与不近人情。他今天说的两个词，累，远走……在我面前的还是那个为了争夺皇位连父亲都能杀的祈佑吗？

　　"馥雅，回答我。"祈佑握着我的手用了几分力气，这才使我回过神，眼光凌乱地在四处徘徊不敢正视于他，"祈佑，你别与我开玩笑了。"

　　音未消散，他便立即接道："我很认真。"

　　我惨淡一笑，此刻多么希望自己真的能如他说的那般，自私一次。但是我不能，祈佑也不能，"你若真的想要舍弃亓国的百姓，我可以陪你自私一次，但是，我们离开之后呢？对，平凡的日子很快乐，但是你真的会开心吗？你的肩上永远背负着亓国千万百姓的责任，统一天下是你毕生的夙愿，这样不战而败，临阵退缩，将江山拱手让人，你真的会甘心吗？或许你现在会觉得值得，但十年后，二十年后你还会如现在这般不悔吗？你得到了自己想要的生活，却丢弃了一生的夙愿，这辈子你都将有遗憾。即使我们过着平凡的日子，也不会开心。"

　　恍惚间，我看见祈佑眸中那抹痛苦，挣扎，矛盾。我心中也在疼痛，旦旦说："不论这场仗是赢是输，我都将会永远与你并肩站在一起。"

　　"馥雅……"他动容地唤了一声，将我紧紧搂在怀中，却再也说不出话。

　　"战争的成败并不重要，重要的是我们都曾为自己的夙愿努力过，坚持过，付出

 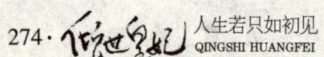

过。这样，即使战死沙场，也是重于泰山。祈佑，你不属于平凡，高高在上，睥睨天下才是你最终的位置。"

"那你怎么办，你的夙愿呢？"

既然祈佑能为我舍弃江山，那馥雅又为何不能为他舍弃夙愿？宛然一笑，我回拥着他，"数日前，我的夙愿是趋于平静，而今日，我的夙愿却是生，亦同生，死，亦同死。"

这十日来苏景宏已派探子秘密前往昱国十里外的边防，将其四面驻军情况摸得一清二楚，四面环雪以及可隐藏军队的地形也尽在掌握，纤毫不遗。每夜苏景宏都会与展慕天来到军帐内与祈佑商议军政，更想方设法用最短的时间攻克边防，可见他们仍在粮草之上颇有困境。

他们议战之时我本想避开，毕竟这军事机密不容得我去窥听，而祈佑却不准我出去，说外头冷，留在里边没事。苏景宏与展慕天都没有反对，当着我的面也侃侃而谈，夜夜都商议至天明方罢休，真的很担心祈佑的身子能否支撑得住。

如果我是连曦，定然会乘祈佑受伤这几日与之交锋，这样胜利的把握必然更胜一筹，但是连曦没有。有时候我真的很不懂连曦，时而为达目的不择手段，时而又保持着一个帝王的身份不去乘人之危。

我抱着双膝坐在火盆旁，时不时朝里面加炭保持着帐内的温暖。今日从亓国来的药材已经抵达，军医将其熬好送至军帐，但是祈佑却搁在桌案一旁动也没动，专心地与两位将士商议如何才能攻克边防那座如铁般的城墙。我知道他的压力很大，毕竟亓军比不了昱军，我们的粮草根本支撑不了。

亓国赢，昱国赢，在我心中已经不再重要。不论谁做了皇帝，都会为苍生造福的。曾经一度认为连曦没有资格统一三国，因为他心中的恨来得凶猛，而今他的心怀已经足够做一个统一天下的帝王。

而今两国的交战最重要的只是个过程而已，成败都已不重要。

有时候我会想，两位都是旷世之主，若能不战而统一，那这个天下将没有血腥。可是每每话到嘴边我却咽了回去，君主只能有一个，连曦绝对不会臣服于祈佑，连城的那笔债依旧在祈佑手中；而如此骄傲不可一世的祈佑，更不可能向连曦低头。

两人都是如此高傲，谁都不可能低头，即使输，也要输在战场之上。

一阵冰凉划过我的脸颊，倏然睁开眼睛，对上一双深邃如鹰的眸子。我揉了揉自己闭目沉思的眼，收回迷蒙的意识，用暖暖的双手捂上他冰凉的大掌，"都走了吗？"

他唇角微微一勾，回握着我为其取暖的手，"与你说过多少回了，我与他们二人商议军情会很久,你偏不早些去休息,总是要等我。"

"我不等你,谁能让火盆的炭一直燃烧呢？我不等你,谁能为你宽衣扶你上榻休息呢？我不等你,谁能盯着你将那碗早已凉透的药喝下去呢？"我振振有辞一连反问三个问题,他瞬间有些错愕地凝视着我,一时间不知该回些什么。

抽出一只手将他鬓角残落下的发丝拂过,"我去将药热一下……"

"夜深了,不要去了。"

"早已凉透了。"

"端过来吧。"

听他霸道坚定的语气,我也拗不过他,起身跑到桌案边端起冰凉的药碗递给他。他不接,只是挑眉问:"难道你不喂我？"

被他的表情逗笑,拿起勺舀起一勺黑汁递至他嘴边,"真像个孩子。"

他不与我辩,只是一口饮尽,却苦涩皱了皱眉,"真苦。"

我啐道,"难不成你真要学小孩儿加糖？"说罢,又凑过一勺至他嘴边。

他不说话,再次饮尽。在他灼热的目光之下,冰凉的药汁已见底,我的双颊早已飞红。我不敢看他,带着小鹿乱撞的心跑去案上放置好碗,才回首便撞入一个结实的怀抱。衣衫窸窣那熟悉的淡香若有若无,"祈佑,早些去休息吧。"眷恋地靠在他的怀抱中,我低低地提醒着他,看他眸中隐有血丝,怕他身子支撑不住。

"得妻若能如此,夫复何求。"低沉喑哑的嗓音滑过我的耳边,"过些日子就该与昱军正式交战了,怕以后都不能再这样抱着你。生亦同生,死亦同死。你可知这句话放在我心上多么沉重。"

"无须沉重,你只需知道,馥雅一直在这儿等着你归来。"浅浅一笑,倚在他的胸膛前细细吐出淡而坚定的话语。

他缓缓松开,牵起我的手揭帘而出,带着我投身在漫漫飞雪之中。

皎洁明月映白霜,劲风吹逝红尘歌,簌簌雪声落无痕。

"十年了,你我之间已不比年幼,都渐入中年,心绪也沉稳许多。"他始终紧紧握着我的手,对着头顶悬于苍穹的明月微微而道,我不知道他想说些什么便静静地与他并肩而立,任雪花飘零于身。

听得他继续启口道:"再也给不了你任何承诺,因为承诺这东西我再也给不起,也不敢给。我只能对你承诺一句,纳兰祈佑,定不再负你。"

轻轻吐出一口气,与他同望皎洁的明月,"我亦不再需要承诺,承诺这东西都是方及笄的姑娘们想要的。我只要你好好的,这便是你给我最大的承诺。"

 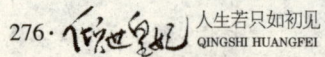

他突然笑出了声，嘹亮高亢之声响遍寂静的雪夜，"馥雅，祈佑庆幸今生能遇见你，即便是战死沙场，死亦无憾。"

一月，战鼓喧嚣，号角飞扬在北疆辽阔的荒原之上，朔风冬雪弹指千关。亓宣帝带伤上阵，挥师二十万精兵架云梯攻城墙，余十万左右夹击对其十面埋伏，余二十万驻守后方接应。战马飘零，声势如虹，亓宣帝仅支撑一个时辰，伤势加重，小腹血流不止，在众将簇拥下退回军帐，亓国士气瞬间低落。

三月，昱军死守城墙，久攻不克，火光烁烁，长箭如雨。亓国攻城者死伤惨重，日连旗影血刃孤城，满目疮痍硝烟滚滚。

四月，城墙自开，昱国大将李如风领十五万大军与之正面对垒，烈马如风，声势浩荡。雪山动摇，大雪蔽路，双方死伤惨重。亓军苏景宏大将军手持大刀上阵杀敌，血溅银盔，力斩千人首级，后亲取昱军李如风首级，昱军见之丧胆，退回城内。

七月，紫霓万丈干青霄，杀气肃穆地弥漫在荒原，亓宣帝伤愈，重披盔甲，手持长枪，坐镇挥军直逼昱军，势如破竹，锐不可当。

十月，战事连绵，亓军三次于国八百里加急调动粮草，百姓已是饥寒交迫，再无粮食可征。亓军剩余四十万大军陷入窘迫，渴饮雪，饿食树皮，终引起内乱，亓军战士疯狂地相互厮杀，饮血食肉。

十一月，亓国被迫无奈，派展相前往昱军与之谈判，成王败寇一决沙场。昱国允，两方全军出动，决战荒原。金戈铁马，山河撼动，血溅皑雪尸遍野。

十二月，亓国败。

至此延续近四年的亓昱之争，终宣告结束。

　　一年,我陪祈佑在边关待了整整一年,我目睹了战争的残酷,目睹了血腥的杀戮,目睹了满目的疮痍。最令我触目惊心的便是军中内变,因为没有粮食,受不了饥寒,原本并肩作战的战士们相互厮杀。弱的则会被丢入滚烫的水中煮熟了,十几个战士围成一圈吃得津津有味。

　　看到这样的场景我知道最难过的便是祈佑,他却将我护在怀中,不许我看那灭绝人性的场面。感觉到他厚实冰冷的手轻抚着我的脊背,很想在他怀中大哭一场,但是我不能哭。因为祈佑的心比我更痛,那皆是他的子民。

　　在走投无路的情况下,祈佑派慕天与连曦谈判,要求速战速决。连曦考虑了片刻,便接受速战速决这个提议,他也不愿再拖下去了,我知道,昱国的钱粮也将空虚。在这场战争中,亓国败了,我早就预料到了。

　　因为亓国将士已经不再上下一心,他们求的只是温饱,斗志早已被那饥寒交迫的日子给磨光。这场战争我们等于不战而败,连曦的三十万大军轻而易举地战胜了祈佑四十万大军。

　　最后,我们被俘房了,我、祈佑、慕天、苏景宏四人被严密押送至昱国,亓国的大军则逃的逃,散的散,投降的投降,战死的战死……

　　我们四人被关押在昱国同一间天牢中,这已是我第二次踏入这阴冷的天牢,不同的是,我身边有祈佑,他自始至终都握着我的手,没有松开过。

　　与他坐在冰凉的角落中,祈佑出奇地平静,一路上到现在没有说过一句话。我靠在他坚实的胸膛中,也没有说话。而慕天与苏景宏则靠坐在牢中另一端的墙角边,发丝凌乱,胡腮遍布。唯有沧桑狼狈能形容此刻的我们,我们被关进来两日,相互之间都没有任何言语,已是阶下囚的我们,说再多的话语也是枉然,我们能做的只是面对,面对死亡的来临。

这一战输了,骄傲如祈佑,他能接受吗?

我知道,他接受不了,他如此高傲,如此强大,这一生中不论是战争与宫廷他从来没有输过,唯独这一次,不仅输了,而且输得如此狼狈。

紧紧环着他的腰,将头深深埋在他的胸膛上,感受到他的身躯很是冰凉,我想拥紧他为其暖暖身子,却怎么都暖不热。

忽然之间苏景宏大笑出声,笑得如此狂放真实,我怔了怔,目光投射在仰天大笑的他身上。

"展相,你我相斗朝廷也有近四年之久了吧,今日竟一同沦为阶下囚。想当初老夫的女儿苏月因为你而与我断绝了父女关系,直到我的孙女出生……现在都两岁了吧,我还没有见过一面呢。"苏景宏豪放粗犷的声音朝展慕天逼了去。

展慕天也一笑,俊逸的脸上写满了无奈,却打趣道:"苏老头,你不会是怕死了吧? "

"老夫在沙场上征战近二十年,哪次不是提着脑袋浴血奋战? 只是没见到孙女有些遗憾罢了……老夫这一生从来没有遗憾的事,唯独这一件。"他的眼神闪现出缕缕悲哀,这是我第一次在狂妄自负的苏将军眼中见到悲哀。

展慕天笑了笑,"若月儿听到此番话定然会非常开心的,你可知月儿一直在为咱们之间的争斗为难着,其实你这个父亲在她心中一直是个最好的父亲,只不过她为了孩子所以选择了与你分开。多少次看着月儿因你偷偷垂泪,我的心也很难受……"

"罢了,现在说这些已经没有意义了,怪就怪咱们曾经太不懂得珍惜啦。"他拍了拍慕天的肩膀,露出遗憾的一笑。

"吵什么吵,吃饭了! "牢头用铁鞭敲了敲牢门,怒喝一声,然后将四人份的饭菜放在牢外,便离去。

苏景宏眼睛一亮,立刻起身将饭菜旁那一壶酒取了进来,"好小子,这牢头这餐竟给咱们送了酒。"才仰头要喝,慕天便丢出冷冷一句,"你就不怕里面有毒。"

他哈哈一声大笑,"老夫都沦落至此还怕里面有毒吗?就算死也做个饱鬼吧! "头一仰,壶一低,酒洒入口中。

"苏老头,别一人把酒喝光了。"慕天一把上前夺下他手中的壶,有些酒洒在枯黄的稻草之上。

祈佑依旧僵硬地靠在冰凉的墙壁之上,一动不动,对他们之间置若罔闻。我害怕这样的他,伸手轻抚上他的脸颊,"祈佑,你要不要吃点东西?连日来你滴水未沾,这样下去你会出事的。"

他目光呆滞,似乎沉浸在自己的思绪中,脑海里再无其他人的存在。看他这个样子,我的胸口一阵阵撕心地疼。此次的失败并不是你的错,更不是因为你没有帝王之才,而是输在你没有粮。

直到祈佑的手抚过我的脸颊,为我抹去泪水,我才发现自己落泪了。

"别哭,我吃。"他的声音沙哑,目光终于有神,扯出一抹勉强的笑容。我笑了,跑至牢门将一碗饭端了进来,一口一口地喂给他吃。看他勉强将饭菜咽下的样子,我的泪水更汹涌地滑落,如今的他该花多大的力气去咽下这口饭呢。

苏景宏和展慕天之间的谈笑突然敛了去,怔怔地凝望着我们俩,目光低垂感伤。

当满满一碗饭见底之后,展慕天捧着酒壶到祈佑面前,"皇上,您要不要喝点?"

祈佑一把接过,仰头便猛灌,看那酒滴滴由嘴角滑落,沿着颈项流入衣襟之内,我抢夺而下,淡淡说了两个字,"够了。"

他自嘲地笑着,目光掠过我与慕天,"你们说,我这个皇帝是不是很失败,带兵打仗,竟沦落到士兵相互残杀食人肉的地步?"

展慕天双膝一跪,急忙说道:"不是的,在慕天心中,您是最好的皇帝。您统一天下不是为了一己私欲,而是为了让百姓摆脱战乱的苦,之所以没有成功,只因钱财外漏,给了昱国这样一个机会……"

"我输了,你对我很失望,对吗?"祈佑凄惨一笑,侧首凝望着我。

"不是因为你强大,所以我才爱你。爱你,无关身份,只因你是纳兰祈佑,馥雅的丈夫。"我答完后,祈佑正欲再说些什么,我含着笑道,"执子之手,与子偕老。洗尽铅华,白发红颜。"

祈佑也笑了,温实的指尖抚上了我的脸颊,动情地唤道:"馥雅……"

"母妃。"却闻一声清脆动人的声音打断了他继续说下去的话。

我们齐目而望,站在牢门外的是一身白衣胜雪的初雪,还有她身旁立着的祈殒。祈佑皱着眉头,盯着我片刻,突然失笑,"什么时候你竟有这么大的女儿了?"

"不是……"我忙着解释,但是被他眼底淡淡的笑容给遏制住,现在他竟然还有心情与我开玩笑。

初雪一双美目在我们之间流转着,倒是祈殒先开口道:"辰妃,皇上要见您。"

带着笑,我一口回绝,"不,我要陪在祈佑身边。"

"母妃,您就去见见二叔吧,母妃……"初雪双手扶上牢门,可怜兮兮地望着我,

 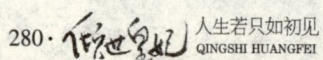

眼中含着泪珠,不停地唤着"母妃"。

我的心头一软,不得不佩服连曦,竟将初雪搬到牢中请我出去,为的是什么呢?

"祈佑……我……"为难地望了眼祈佑,他黯然一笑,"去吧。"

我伏下身子,深深拥抱着祈佑,"你等我回来。"直到离开,身上的温度渐渐消失,失落感渐升。我不愿去,但是我知道,去不去不能由我。

凤阙殿

飞檐卷翘,金黄的琉璃瓦被阴沉沉的天色笼罩着,金波顿逝。我被领进了凤阙殿的偏堂,一把覆盖着软鹅毛的椅子被两位奴才扛了进来,小心翼翼地摆放在我面前,"辰妃请坐。"

我安然坐下,静静地等待着连曦的到来,心中也暗生疑惑,连曦要见我为何要在凤阙殿?

连曦在众位奴才簇拥之下进入凤阙殿,我立刻想起身,但是我看见他的身后还跟随了许多官员,又安静地坐了回去。在偏殿,我能一览连曦脸上的表情,也能听到那批官员的说话声,只可惜,我在偏殿,那批官员根本看不见我。

"皇上,您快下令将亓国一干余孽皆斩首示众吧。"

"对啊,皇上,您还在犹豫什么呢?"

"难道皇上您想要纵虎归山?皇上可知斩草不除根,春风吹又生。为保好不容易建立起的基业,定然要毫不犹豫地将他们悉数斩杀。"

……

听着他们皆一致请求连曦将祈佑等人斩杀,我在心中暗暗一笑,难道连曦要我来只是为了听这样一番话吗?他认为我会怕死吗?与祈佑死在一起我此生无憾了。

"够了,你们给朕滚出去!"连曦愤然一声怒吼响彻整个大殿,众官员窸窣地跪了满满一地,"皇上息怒!"

连曦缓缓吐出一口凉气,用力平复着心中的怒火,"你们上的折子,朕会斟酌着考虑,都出去吧。"

"是。"

只闻脚步声渐远,连曦已朝我走来,眸子含着久战未褪去的沧桑痕迹。我立即起身向他跪行了一个礼,"参见皇上!"如今我已是阶下囚,连曦却已是一统天下的帝王,我该对他行拜礼的。

连曦站在我跟前,也没有让我起身,只是问:"你看见那些奏折了吗?"顺着他手指向的地方我望了去，在赤金的龙案之上摆放着堆积如山的奏折，只闻他继续道，"全是要求朕将亓国余孽斩杀的奏折，你说我该如何？"

"皇上是天子，您有自己的想法与主张。"对于他这样的问题我只是避而不答。

"为何不求我放了你们？或许我会考虑……"没待他说完，我便一下打断，"皇上，您做出任何决断，馥雅决不会有任何怨言。"

"我以为你会求我的。"他负手而俯视着我，眸子中闪现出让人异常有压力的亮光。

我勾起一抹若有若无的淡笑，毫不避讳地迎视着他。"纳兰祈佑决不会卑微地乞求敌人放他一条生路，他的女人更不会。"

连曦先是一怔，后是大笑，笑得疯狂，"好一个纳兰祈佑的女人！在我将你送还给纳兰祈佑之时便说过，我会将你重新夺回来的。还有我们之间的承诺，你忘记了吗？如今昱国生，你必须与昱国同生。"最后一句话说得坚定不容置疑，我的心却漏跳了一拍，"不，我若要死，你绝对无法阻止。"

"又是为了你的纳兰祈佑吗？多年前为了权力险些要了你的命，而今你却还要陪他一同死，我真不敢相信世上怎会有你这样……好的女人！"

我听到他原本那个"傻"字想出口，却改成了"好"字，笑出了声，其实我本来就是个傻女人，"在这场仗之前，我就对他承诺过，生亦同生，死亦同死。祈佑这辈子已经什么都没有了，我不能再弃他而去。"

他凌光一闪，嘴巴勾勒出嗜血的弧度，"你相信吗，我会让你来求我。"

"连曦，何苦呢？战败之后我与祈佑虽然没有说过同死之语，但是我相信，在心中我们早已经作出了决定。既然不能陪他一同俯瞰江山，那便一同共赴黄泉。"

"你什么都不用说了，三天，我给你三天时间考虑。若三天之后你没有求我，那我便成全你与祈佑共死。"

看他说得如此有把握，我的心咯噔一跳，他又想要做什么……不，现在连曦不论再做什么，大不了就是一死而已。

踩着沉重的步伐，带着忐忑的心绪重新回到了天牢，还记得离开凤阙殿的时候初雪扑了上来，紧紧搂着我的腿哭了起来，"母妃，不要走，初雪不要母妃和那个男人在一起……不要走好吗，和初雪和二叔在一起好吗……"

看她痛苦的样子，我于心不忍，却还是推开了初雪，"对不起，初雪，母妃爱的男人还在等我回去。"没有丝毫的犹豫，我转身离开，身后传来初雪肝肠寸断的声音。我强忍着没有回头，自己却落泪了。

连城,对不起,于你的愧疚,来生再报。

恍惚间,我在天牢中竟也听到了女孩的哭声,初雪?不会的,这并不是初雪的哭声。带着疑惑,我被送进了牢中,眼前的一幕却让我愣住。原本空空的天牢内竟多出了许多人,被挤得满满的。

而女孩的哭声出自于苏月怀中的孩子,泪水蔓延了面颊,嗓音也微微地嘶哑着。我一怔,这难道就是慕天的女儿,苏景宏的孙女?

目光一扫,其中还有祈皓、苏姚,与他们的儿子纳兰亦凡。还有众多官员的家眷,年幼的孩子,年迈的父母,样子狼狈,好不凄惨。

呵,我怎么没有想到,亓国战败,满朝官员皆是昱国的俘虏,这么多人即将面对的将是死亡。只是没有想到,连曦竟然连孩子与老者都不放过吗?我终于明白,为何连曦那么肯定我会求他……但是,馥雅不愿再心软,想自私一次。

我重新坐回祈佑身边,他伸出结实的手臂将我揽入怀,仿佛怕一松手我就会消失一般。我以为他会问连曦找我做什么,但是他没有问,只是紧紧拥着我。

"怎么不问我和连曦说什么了?"我微微仰头望他,额头抵上了他的下颚,胡楂刺得我有微微的疼痛与酥痒。

"重要的是你回来了,其他的都不再重要。"现在的他的情绪比起初进天牢的时候好了许多,笑容也渐渐有了,只是眼底的落寞却掩盖不住。

收回视线,我倚靠在他肩窝上,蓦然紧闭双目,耳边传来的却是苏景宏苦涩的笑声,"她的名字叫展语夕吗,多好听的名字。倒是外公连累了你们呀,要你们陪着一同赴死。"

"父亲,不要这样说。作为苏家的后人,我们感到非常光荣。咱们是将门子弟,绝不会在死亡面前流露出一丝丝的恐惧。"此话是苏姚所说,声音铿锵有力,其言语间的气势堪比男儿。

"可是我们不想死啊!"突然一个声音闯了进来,整个天牢中一片沸腾,呜咽之声源源不绝地传来。

"我父亲母亲都年迈了,他们没有罪啊,为何要他们陪着我死……"

"我的孩子才四岁,他什么都不懂,真的不想连累他……"

"我不想死,真的不想死啊……"

我又将头朝祈佑肩窝埋深了几分,不敢睁开眼睛望此刻凄凉的景象,手不自觉地紧攥着祈佑胸前的衣襟,竟想起了杜牧那首《题乌江亭》,禁不住脱口喃喃道:"胜败兵家事不期,包羞忍耻是男儿。江东子弟多才俊,卷土重来未可知。"

"馥雅,你知道自己在说什么吗?"祈佑蓦然一怔,音量提高了许多,但是在天牢那呜咽嘈杂之声中显得异常低微。

我不答,低声笑问:"如果,你能逃过此劫,会卷土重来吗?"

"有战疲劳壮士哀,中原一败势难回。江东子弟今虽在,肯为君王卷土来?"他只用了王安石的《乌江亭》来回答我的一问,"馥雅,我若为项羽,定然也是选择在乌江自刎,决不过江。"

终于,我睁开了双目,含着丝丝泪水凝望着他,"那我可会是你的虞姬呢?"

祈佑深深地与我对望,片刻间无言,突然他摇头道:"不,你若能保全性命,不要陪我离开。我没有资格拉着你与我陪葬,这辈子我欠你太多了,不想到最后仍旧要欠你。"

我黯然垂首,握住他冰凉的手,只是笑,却不说话,心中是五味掺杂,祈佑忘记了当初我说过"生亦同生,死亦同死"吗?他若走了,我哪能独活在世上?

"哭什么哭!"苏景宏愤然怒吼,带着血丝的目光扫过周遭哭泣的男女老少,"都是一群懦夫,哪配当我亓国的子民?"

"父亲,算了,每个人都他自己的选择。"展慕天的一句"父亲"让苏景宏脸色陡然软化而下,目光闪着泪水,"你……你叫我父亲?"

"这句'父亲'我已经欠着许久了,如今都到此地步了,再不还上,怕是要终身遗憾。"展慕天隔着天牢间的缝隙,握住苏月的手,含情脉脉的温柔藏着无限情意。

原本泪流满面的苏月破涕为笑,单手回握着慕天的手,另一手紧紧拥抱着怀中的孩子,"父亲,月儿早就对您说过了,慕天不是你所想象的独揽大权,欲祸害朝廷。您可信了吧……"

"傻丫头,爹早就知道了,只是拉不下老脸去与他和好……"苏景宏叹息着,终于对展慕天也是放宽了心怀,苏家人突然笑了出声,其乐融融,在天牢中竟也能看到这样的景象。苏景宏好福气,两个女儿与女婿,还有一个孙子一个孙女,在死之前竟然能得到这份安慰,真的死而无憾了。

一想至此,我的泪水悄然滑落,眼前这样的景象让我羡慕,不,说妒忌似乎更为恰当。祈佑似乎看出了我为何而哭,抚过我的发丝,轻柔道:"别哭,你还有我。"

强忍多日的心痛与泪水瞬间涌出,我扑向他的怀抱,放声大哭起来,我的哭声与众多呜咽之声夹杂在一起显得很渺小,我便可以不用理会他人的目光,放声大哭,"为何人总是在即将失去之时才懂得珍惜,才懂得放手……"

这是我说的最后一句话,此后我一直呆呆地靠坐在冰凉的墙角边,嘴角时不时勾起一抹令人无法察觉的嘲讽之笑，与祈佑一同沉默，一同望牢中那凄惨的景象。

　　三日后，我终于开口说了一句话，"祈佑，馥雅的心永远只属于你一个人。"祈佑似乎意识到什么，迷离的目光恢复了往日的犀利，凝望着我的眸仿佛能将一切看透。我坚定地回视着他那幽若寒潭，深冷难测的目光，似乎有千言万语想要说，但是却不知从何说起。

　　那短暂的安静迎来一声声催心的步伐，空气中凝结令人屏息却紧张的气氛，"辰妃，皇上让臣来接你。"

　　牢中之人皆侧目望着祈殒，包括祈佑。

　　听祈殒那语气，连曦让他来接我……听这语气似乎肯定了我会去求他一般，但是不得不说，连曦真的很了解我。

　　我当着众人的面起身，看见了苏景宏的疑惑，展慕天的惊愕，苏姚的奇怪，祈皓的不解，苏月的迷惘……唯独祈佑的脸上如寒冰，目光毫无温度。

　　他那份冷漠刺痛了我的心，他一定是在怪我，怪我背弃了生亦同生，死亦同死的誓言。但是，馥雅只能做到这些，因为馥雅不配拥有幸福，因为馥雅天生就是一个为他人做嫁衣的女子。

　　"你是一个女人，承受过亡国，复国，救国，你还想要承受什么？"在我一脚还未迈出牢门之时，祈佑低沉的声音传来，声音飘忽虚幻，让我整个身子都僵在那里，扶着牢门铁杆的左手多用了好几分力气。

　　"馥雅命该如此，怪不得他人。"

　　"若你只是为了救牢中所有人而离去，我劝你最好不要，没有人会感激你。"

　　牢中之人闻祈佑之言才意识到我为何要离去，跪着匍匐在铁栏边，用那一双双乞求期待的目光盯着我大喊，"夫人，我们会感激您的，只要您救我一家七口出去……"

　　那一句句乞求的声音响彻整个天牢，震耳欲聋。我缓缓回首，望着一脸阴沉的祈佑笑道："你瞧，很多人在感激着我呢。"

　　"雅夫人，你救这群贪生怕死之徒有何好处？"苏景宏脸色一变，猛然朝我吼道，他的声音盖过了众人乞求的声音，"都给老子闭嘴，闭嘴！"他冲那群乞求我的人怒道，近乎于疯狂。

　　"苏将军，我救他们的好处就是能够保自己的命，我也不想死。"这话说得坚定，对上苏景宏与展慕天不可置信的目光，我巧然一笑。转眸望着祈佑清冷的目光，"馥雅做不了虞姬，没有勇气在项羽面前挥剑自刎。所以，祈佑你也不要自比项羽，输了并不代表你之前所做的一切皆是枉然，像个平凡人一样去过自己的日子吧。"

缓缓后退几步终于离开了天牢，而祈佑始终坐在墙角，一动不动地凝望着我离去，眼底带过清癯的痕迹，面容上的线条更添肃峻，眸子异常清冷……我的离去似乎与他没有丝毫关系。但是我看见了他攥紧的拳头，以及那由眼角缓缓滑落的泪，晶莹剔透。

我眼底的他渐渐模糊，离我也越来越远，那份模糊却清晰至极，深深的刺痛不经意地袭入心间。

如果我知道，那会是此生最后一次见他，我定然会将他看个清清楚楚，铭刻在心，永不忘却。

我被领到了昭阳宫，一切都是再熟悉不过的景色，我却被琉璃瓦上粼粼耀目的金波刺得睁不开眼。置身在朱壁宫墙之中，我顿时没了方向，只能傻傻地站在原地四处望着，像是在寻找什么，却又不知道我要寻找什么。

恍惚地走进那片梅林，梅蕊初开，簇簇绯红缀于叶间，馥郁芬芳，却感觉四周一片天旋地转，绿的，粉的，赤的，金的，无数的湛然之光射进眼底，几欲昏厥。

"我知道你一定会求我的。" 寂然之时，一语入耳。

看着他，一股酸楚揉过，碎成了苦涩扼在胸间。没有选择，双膝一弯便跪在梅林间那尘土石子之上，"若我求你，你真的会放过牢中的人吗？"天下刚定，最重要的便是稳定朝纲，亓国的余孽若是不杀，某一日他们若揭竿而起，对朝廷来说会是一个棘手的麻烦。

"我会。"

"凭什么信你？"

"你只能选择相信。"

短短一言让我再也无法吐出一个字，如今是我求他，就算他反悔我又能怎么样呢？

他蹲下身子，目光在我脸上流连片刻，眼底冷锐隐去，慢慢泛起柔和，"十岁以下的孩子，六十岁以上的老人我皆会放他们走。纳兰祈佑，纳兰祈皓，苏景宏，展慕天，我也会放过。其余人一律斩首示众。"

心底缓缓松了口气，他若真能做到如此地步，也不枉我来求他了。牢中的老弱妇孺确实可怜，但是那群平日来享受尽了荣华富贵到此刻却贪生怕死的官员确实可恨。之所以会来求连曦也仅是为了那些老弱妇孺而已，他们不该成为战争的牺牲品。

"那你要我做什么？"

 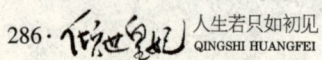

"做初雪的娘亲,连曦的辰妃。"

脑袋似乎被大锤狠狠敲打了一下,嗡嗡直叫。他在说什么,连曦的辰妃? 蓦地一激动,倏然起身,欲离去。

看着我欲离开的身影他没有阻止,只是拂了拂龙袍,起身淡淡地冲我说:"怎么,不想救那群孩子与老人了? 我印象中的馥雅可不是那种见死不救的人。"

带着清冷的目光直射于他,声音隐寒,"连曦,你非要如此逼我吗? "

"所有的一切都交由你自己去选择,我从来没有逼过你。" 晴空般的眼眸中净是一片祥和,未因我的情绪受左,静静地立在梅林间与我相望,"要知道,我还可以放祈佑一条生路,你不是为了他可以牺牲一切吗? "

放祈佑? 连曦真的认为祈佑会接受这样的"好意"吗?

或许他不了解祈佑,但是我知道,如今的祈佑早已做好了死的准备,所以我才一句话不说地待在祈佑身边,我早已经做好了与之同死的打算。

可是连曦为何又要逼我,用那一条条无辜的性命逼我。

突然间,我笑了,"连曦,你这样做又何苦? "

"我答应过大哥,定要照顾你。"见他缓步朝我而来,目光深沉让人难以琢磨,嘴角却始终挂着若有若无的淡笑。

"好一个冠冕堂皇的理由,代连城照顾我? "倏然起身,讽刺地笑着,"口口声声说是为了连城,若此刻的连城站在我面前,他定然会放我与祈佑同生同死,决不会像你这样逼我。"

他上前一步,猛然攥紧我的双肩,抵在梅树之上,唇狠狠地向我压下来。梅树上的叶片片飘落倾打在我们之间。

我用力推拒挣扎着,他却箍得更紧,炙热的唇割伤了唇,重重地喘息仿若癫狂。

绝望地闭上眼帘,涔涔泪水无声无息落下,湿了他的唇。

如果馥雅命该如此,那便认命,牺牲我一人换那么多条命,很值得不是吗?

良久,他才平复了他莫名的疯狂,扯我入怀,"是借口也好,私欲也罢。这若是罪孽,我要你与我一同承受!"喑哑的声音轻轻飘进耳中,"既得不到你的心,那便将你囚禁在昭阳宫,永不放手。"

木然盯着身侧的梅蕊,含着泪而轻笑。

罪孽,既然这罪孽要我承受,那我便受。

祈佑,你恨生在帝王之家吗?你也想要平凡的日子吧!将来,你会趋于平凡,你会娶妻生子;而馥雅,将终身站在昭阳宫,与你同生。

今日是大婚之日,我册封辰妃之时,外头似乎下雪了,我却不如以往的兴奋,甚至连窗都没有推开。

近日来昭阳宫的侍卫增加了许多,奴才也添了十来个,喜饼,喜烛,喜帐,喜帕,满目的血红,让我心惊。

桌上摆放的皆是璀璨夺目的金银首饰,金荷螃蟹簪,金莲花盆景簪,双正珠坠,金凤,朝珠,银粉妆盒……满目琳琅异常刺眼。

连曦说过,我册封当天他便会放人,祈佑、祈皓、慕天、苏景宏则会被接进一处府邸,让他们久居于此。想必连曦已经放人了吧,他是天下的王,他不可以说话不算话。

连曦确实考虑得很周到啊,老弱妇孺不可能揭竿而起,领头人物则被囚禁在府邸,更不可能危害到朝廷,其余有能力的官员皆被斩首,这样一来,连曦就没有丝毫顾虑了。

在兰兰与众位奴才们的伺候下,我木然地披上了凤绡嫁衣,站在妆台之前任她们对我上下其手地整装描眉抹脂。镜中却是一片空白,连我自己的容都不复见,我努力想要搜寻些什么,却在镜中见到了与祈佑大婚那日,整个昭凤宫也是如此,红帐漫天。他册封我为蒂皇妃,也像连曦一般赏赐了很多东西,看得我眼花缭乱。

人人都说:一女不侍二夫,还有些女子为表自己对丈夫的忠贞,立下贞节牌坊。那么一个女人出嫁三次,嫁的都是帝王,位居如此高位,天下人将如何看待?

是说我为求自保,抛弃沦为阶下囚的祈佑,转投荣华富贵……

是说我勾引小叔子,以美色诱其册封……

 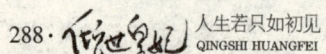

真的好复杂,怕是连我自己都理不清这千丝万缕的关系。

恍惚间,与祈佑大婚那日的场景瞬间破灭,我那张被描绘得艳丽夺魄的脸呈现在自己的眸中。看着眼前的自己,就像在看一个笑话。

"元帅,您不能进去……元帅……"守在门外的宫女一声声焦急地呼唤着,将我一切的思绪悉数打乱。

脚步声渐近,我疑惑地由妆台上起身。才回首,寝宫之门被人重重地推开。外头冬雪之寒风扑打在我脸上,将我未绾好的发丝吹起,纷纷扬扬地纠结在一起。

来人是纳兰祈殒,他面色十分凝重,眸子中含着挣扎之态,"潘玉。"

听他唤着十一年前我曾用的化名,我的心猛然一窒,心跳得厉害。

"纳兰祈佑他……死了。"

这句话仿若一个晴天霹雳打下,我怔怔得望着祈殒,寝宫满处的红帐飘飘攘攘晃在眼前就变成猩红的血液,溅了满地。

双腿一软,重重地坐回冰凉的凳上。

宫门紧闭,独留我孤坐妆侧,凝睎镜中,熠熠眸中竟无一丝泪光,只是淡莞轻笑。

恍惚间又想到了什么,我立刻起身,推开朱红的窗,大雪纷飞如鹅毛飘进窗,倾洒在我身上,脸上。勾起淡淡的笑容,我接下几片雪花,耳边浮现的却是祈殒对我说的话。

"皇上封锁了一切的消息,只怕你会想不开。"

"我之所以告知于你,只因死在天牢中的人,是我七弟。"

"这事,不该瞒你,你有权知道的。"

迢迢衰草承霜雪,辗转萧条融未尽,举头仰望着白茫茫的大雪将整个苍穹皆笼罩而下,还记得,与祈佑大婚那日,也下了一场雪呢。

当年,背我上花轿的是韩冥……

如今有谁来背我上花轿,谁再来陪我走完这条我用尽全力却也走不完的路呢……

当年,被我间接害死的祈星……

你要我答应你不被这个血腥的后宫污染,能走多远便走多远,可是走了十一年,我仍旧停留在原地,停留在这冷血的宫廷中……

祈佑,你还是选择做项羽了。

祈佑,为何要先走,为何不能与馥雅同生?

祈佑,你可以做个平凡的人,娶妻生子,共度天伦。

祈佑，我们可以天各一方，心却始终会在一起。

无力地靠在窗槛之上，看着眼前这片梅林，脸上浮现出淡淡的笑容，是甜蜜，是幸福，是哀伤，是沉痛……

梅，承载了我许多许多的梦想。

祈佑，却承载了我十一年的悲与欢。

深深呼吸着淡淡的梅香，还夹杂了一抹清冷，我的眼帘渐渐合上，脑海中闪现出与祈佑的第一次见面……祈佑第一次为我放弃皇位……祈佑要我做他唯一的妻子……祈佑对我的利用与伤害……祈佑对我的笑与怒……

十一年所发生的一切就像一场梦，竟然就这样在脑海中匆匆滑过，好快！

也不知过了多久，兰兰终于忍不住还是推开了寝宫之门，"娘娘，不能再拖了……皇上与诸位大臣在正殿……"门被咯吱推开，她的声音戛然而止，僵在原地痴痴凝视着我。

她哽咽着，颤抖而语，"娘娘，你的头发！"

我回首朝她轻笑，声音飘忽渺茫而虚幻，还有掩不住的自嘲，"他死了，为何无人告知我？我还准备做连曦的辰妃，准备享受着终身的富贵荣华……"

兰兰的泪却倏地滴落，如泉涌泛滥，怎地都止不住。

北风由窗口溜进，由背后将我散落着的发吹起，几缕飘落在胸前，颤抖着手轻轻抚过一缕不知何时已经花白的发丝，喃喃自语，"铅华洗尽，白发红颜。"曾经那份沧海桑田的誓言，终是实现了呢。

那些年少的梦，竟随着时光而飞逝去，我的凤愿一变再变，到如今，我已不知还有什么值得我去追求。

胸口一阵疼痛地抽搐，令我作呕的腥味涌上喉头，一口殷红的血喷洒而出，眼眶笼罩的是那怎么也洗不尽的血。

瞬间整个人被掏空，身子摇摇一晃，翩然如那被北风摧残的梅花飘落在地……

此情已自成追忆

零落鸳鸯

雨歇微凉

十一年前梦一场

（完）

【后 记】

十一年后

正值腊月,整个皇宫皆被那白雪笼罩,蜿蜒如一条银龙卧居飞檐之上,是个好兆头。白蒙蒙的天色夹杂着阵阵飞霜弥漫起层层烟雾风霜,幻如仙境。

一名穿着华丽白衣宫装的女子双腿盘旋而坐在床榻之上,掬起背对着她而坐的一名妇人披散在腰间的一缕白发,轻柔地顺过。无尽的沧桑之感在此时却显得异常柔美,"母妃,十一年了,您还是不愿醒来吗?"这句话似在喃喃自语,又似在询问白发妇人。

白发妇人默默地回头,睁着一双空洞无神的眼睛凝视着她,一句话不说,只是看。

她丢下手中的象牙梳,轻抚上她眼尾与唇角那岁月遗留下的痕迹,她的容貌不再如十一年前那般风华绝代,取而代之的是那苍老的痕迹,尤其是这满头的白发。十一年了,大婚那日母妃一口刺目的鲜血喷洒而出,惊了所有人,也惊了二叔。近乎癫狂的二叔没了以往的冷静,更少了王者的风范,他在母妃面前,只是一个男人,只是连曦。

二叔用尽了一切方式将生命垂危的母妃救醒,但是,命活下来了,目光却是空洞无神,如木偶般怔怔地盯着我们。她知道,母妃得了失心疯,她最爱的男人已经离她而去,她的心也早随那个男人而去。只不过,二叔太自私了,即使是一个躯壳,他也要将母妃留下。

"母妃,今天,初雪要办一件事。只要这件事完成了,母妃您就解脱了,而初雪……也解脱了。"收回抚摸在她脸颊上的手,目光隐隐含着一抹仇恨之光,随即消逝在眼底。

"母妃,记得您给我唱过一曲《凤求凰》,那时我便暗暗下定决心,要学好这首歌,将来也能唱给母妃听。今日,初雪就将这首歌唱给母妃您听……"她由床榻上起身,雪白的锦缎丝绸衣袂回旋舞起,步伐轻盈掠动,她侧眸盈盈轻笑,宛若洛水之神。

当年那个孩童历经十一年的沧桑已出落得亭亭玉立,今年,也该及笄了。

喜开封,捧玉照,细端详,但见樱唇红。

柳眉黛,星眸水汪汪,情深意更长。无限爱慕怎生诉?

款款东南望,一曲凤求凰。

声音清脆高雅,绕梁不绝。与当年在纳兰宪云面前唱凤求凰的潘玉有得一拼,甚至青出于蓝。

看着眼前衣袖飞舞,浅吟清唱的白衣女子,白发妇人的眸光一闪,手微微一颤,内心最深处的回忆似乎被这首歌激起,目光紧锁眼前的少女。

瞬间,歌声戛然而止,她僵在原地,深深吸了一口气。

有些事,是时候解决了。

她没有再望白发妇人,只是曼妙地转身,离开这间凄冷的大殿。

若是她能回首望望始终坐在榻上的白发妇人,或许她能瞧见一滴泪缓缓由她眼角滴落,而那迷茫的目光也随之渐渐清晰。

凤阙殿

初雪端着一碗人参燕窝汤走了进去，脸上挂着一贯常有的笑容，小跑着喊着，"二叔,二叔,初雪给你送汤来了。"

"每天都等着你的汤呢。"连曦宠溺地望着如一只翩舞的彩蝶飞进凤阙殿的初雪，嘴角的弧度不自觉地上扬，唯有面对初雪的时候他才能如此放开自己示人。

"二叔快喝吧,凉了就不好喝了。"初雪小心翼翼地递给他，但见二叔正要入口之时，一名太监匆匆奔了进来，"皇上,不,不,不好了……辰妃她,她上吊自尽了！"

连曦与初雪听闻此言猛然一怔，"馥雅……"连曦立刻放下手中的汤欲奔出，初雪连忙扯住他的胳膊道："二叔,我亲手为您熬的汤……"

他望着眼中含泪的初雪，瞳中有隐忍，有挣扎，更有矛盾。须臾，他端起桌上那碗汤，笑道："初雪亲手为二叔熬的汤,二叔怎能不喝？"

语罢，一饮而尽。

"我,去看看馥雅……"他的目中含有淡淡的哀伤，馥雅……终于是醒了过来，十一年后，她仍然要随着纳兰祈佑一起离去，难道在这个世上真无她可留恋的人或事吗？

初雪望着二叔的背影，低沉道："要去见母妃?正好,你可以陪母妃一同上天堂。"出奇地，连曦没有反应，仍旧一步一步地朝前走着。初雪也伴他一同朝前走，一抹精光闪现在美眸中，"这里里里外外的人早已变成太子哥哥的人了，只等待这一刻，他便可顺理成章地登基为帝。而二叔你，将会暴毙。"

"是吗？"连曦侧首凝望着面前这个自己疼爱了十四年的孩子，直到现在，他都还是将她当做自己的亲生孩子一般看待。

对于他的冷静，初雪有些诧异，"你不奇怪吗？"

"你说吧。"

"我早就知道娘亲是你害死的，兰嫔——我的娘亲！"初雪激动地冲他吼道，眼眶酸涩难忍，却硬将泪水逼了回去，"四年了，我每日都在人参燕窝汤里加微乎其微的毒，就怕你这位神医会有所察觉。今日，正是此毒的最后一分，你的阳寿也该尽了。"她笑了起来，可是为何心却如此之痛呢？继续冷望着他，"你能解所有人的毒，却始终解不了自己的毒，很可笑吧。"

"我输了，初雪。"他微笑着，手轻捂上自己开始疼痛的胸口，"死前，只求你，让我与馥雅合葬……求你答应我！"

初雪冷睨着他，本不愿答应，但是一声"好"字却无预警地脱口而出。

连曦终于安心地笑了，强支撑着自己逐渐虚软的身子，一步一步朝殿外走去。他……只想看看馥雅最后一面，最后一面。

但是，药力发作实在太快，没等他迈出凤阙殿，整个人便顷刻倒地。

元和十五年，昱太宗薨，因不详。

太子连云登基为帝，初雪公主尊上郡长公主，成为昱国历史上权力最大的公主。

新帝下诏，昱太宗与辰妃合葬皇陵。

初雪永远不会知道，连曦早就知道她每天送来的人参燕窝汤里有毒……

初雪永远不会知道，连曦可以解她下的毒，只因听闻馥雅自尽，他便已经有求死之心……

初雪永远不会知道，连曦对她的爱早已经超出了爱自己……

图书在版编目（CIP）数据

倾世皇妃：人生若只如初见 / 慕容湮儿著. —北京：中国画报出版社，2009.1
ISBN 978-7-80220-372-3

Ⅰ.倾… Ⅱ.慕… Ⅲ.长篇小说—中国—当代 Ⅳ.I247.5

中国版本图书馆 CIP 数据核字（2008）第 180539 号

倾世皇妃：人生若只如初见

出 版 人：	田　辉
作　　者：	慕容湮儿
责任编辑：	王少娟
出版发行：	中国画报出版社
	（中国北京市海淀区车公庄西路 33 号　邮编：100044）
电　　话：	88417359（总编室）、68469781（发行部）
网　　址：	http://www.zghbcbs.com
印　　刷：	北京市业和印务有限公司
监　　印：	敖　晔
经　　销：	新华书店
开　　本：	1/16
印　　张：	18.75
字　　数：	310 千字
版　　次：	2009 年 1 月第 1 版第 1 次印刷
书　　号：	ISBN 978-7-80220-372-3
定　　价：	26.00 元